DIE STUMME ZEUGIN

KATE PEPPER

DIE STUMME ZEUGIN

Thriller

Aus dem Englischen von
Bettina Zeller

Weltbild

Die englische Originalausgabe erschien 2012 unter dem Titel
The Vanishing Girls
bei HarperCollins Publishers, London.

Besuchen Sie uns im Internet:
www.weltbild.de

Genehmigte Lizenzausgabe für Verlagsgruppe Weltbild GmbH,
Steinerne Furt, 86167 Augsburg

Übersetzung: Bettina Zeller
Umschlaggestaltung: Jarzina kommunikationsdesign, Holzkirchen
Umschlagmotiv: mauritius images, Mittenwald (© Corbis)
Gesamtherstellung: GGP Media GmbH, Pößneck
Printed in the EU
ISBN 978-3-86365-281-4

2015 2014 2013 2012
Die letzte Jahreszahl gibt die aktuelle Lizenzausgabe an.

Kapitel 1

Als ich Macs Arbeitszimmer betrat, drehte er sich zu mir um und warf mir einen Blick zu, als hätte ich ihn dabei erwischt, wie er sich heimlich Pornos im Internet anschaute. «Sorry, dass du das gesehen hast», meinte er und schaltete hastig sein Notebook aus.

Seine schnelle Reaktion änderte nichts daran, dass sich das Bild auf dem Bildschirm unwiderruflich in mein Gedächtnis eingebrannt hatte: Eine Frau bohrte ihre rot lackierten Fingernägel in einen behaarten Männerrücken, während sich auf ihrem Gesicht entweder Lust oder Ekel widerspiegelte – in der Kürze der Zeit konnte ich das nicht eindeutig erkennen.

«Neuer Fall?»

«Bin schon seit einer Woche dran. Die Ehefrau ging davon aus, dass ihr Göttergatte sie betrügt. Und sie hat richtiggelegen. Volltreffer. Damit wäre die Sache abgehakt.»

Ich durchquerte den kleinen Raum und legte die Hand auf seine Stirn. «Du glühst ja.»

«Im Bett halte ich es einfach nicht mehr aus.»

«Man kann sich gegen Grippe impfen lassen, damit es einen nicht –»

«Jetzt geht das schon wieder los!»

Erwischt.

Wie oft hatte ich ihn gebeten, die Schutzimpfung nicht auf die lange Bank zu schieben? Unser Sohn Ben, seine Babysitterin Chali und ich hatten uns bereits vor zwei Monaten impfen lassen. Nur Mac, das Arbeitstier, hatte dafür keine Zeit erübrigen können. Und nun würde er vermutlich eine Woche lang flachliegen, unter Fieber und Gliederschmerzen leiden und sich ganz grässlich fühlen.

«Leg dich wieder hin, Schatz.»

Er hustete und schüttelte den Kopf. «Ich habe noch zu tun.»

«Es ist Sonntagabend. Deine Auftraggeberin muss diese Fotos nicht unbedingt heute zu Gesicht kriegen ... ganz im Gegenteil. Du tust ihr sogar einen Gefallen, wenn du sie noch ein bisschen warten lässt.»

«Da hast du auch wieder recht.» Er klappte das Notebook zu und sah zu mir hinüber.

Es war erst acht Uhr abends, und ich hatte Ben gerade zu Bett gebracht, doch bei Macs erschöpftem Blick hatte man das Gefühl, es wäre bereits Mitternacht.

«Wieso mache ich das eigentlich?», fragte er sich laut. «Ich dachte, ich hätte die Polizeiarbeit satt, und deswegen habe ich ja auch das Handtuch geworfen ... Nur – jedes Mal, wenn ich mit Billy rede ...»

«Der, wie du ganz genau weißt, total überfordert ist.»

«... denke ich, ich werde nie wieder einen Fall bearbeiten, der eine echte Herausforderung darstellt.»

«Möchtest du etwa mit Billy tauschen und einen Serienmörder jagen, der die Polizei seit nunmehr zwei Jahren in Atem hält? Hast du diese Quälerei nicht längst hinter dir? Meinst du nicht, du bist –»

«Gelangweilt.»

«Du bist krank und erschöpft, und wenn du jetzt behauptest, du würdest gern die Fälle bearbeiten, mit denen sich Billy herumschlagen muss, schreibe ich das mal dem Fieberwahn zu.»

«Vielleicht sollte ich versuchen, wieder als Sicherheitsberater bei einem Unternehmen anzuheuern?»

«Komm jetzt. Geh bitte ins Bett.» Ich reichte ihm meine Hand, die er bereitwillig ergriff, ehe er sich erhob und kurz innehielt, um Kraft zu schöpfen. Unter leisem Stöhnen ließ er sich von mir durch den Flur zum Schlafzimmer führen. Ohne das Licht einzuschalten, brachte ich ihn ins Bett. Die Luft roch abgestanden, was dem Zimmer etwas Klaustrophobisches verlieh, aber draußen war es viel zu kalt, um das Fenster zu öffnen.

«Schlaf jetzt.» Ich gab ihm einen Kuss auf die Stirn. «Ich bin oben.»

Er schnarchte, ehe ich die Tür schloss.

Da meine beiden Männer, von denen einer bald seinen vierten Geburtstag feiern würde, fest schliefen, herrschte im Haus eine ungewöhnliche Ruhe. Leise stieg ich die Stufen in das obere Geschoss unserer Maisonette-Wohnung. Diese Aufteilung – das Schlafzimmer im unteren Stockwerk und die Wohnräume in der darüberliegenden Etage mit den hohen Decken – war typisch für die rötlich braunen Sandsteinhäuser in Brooklyn, sofern man die untere Hälfte bewohnte. Während ich das Wohnzimmer durchquerte, knarzten die Dielen unter meinen nackten Füßen, und als ich versehentlich gegen einen von Bens Spielzeuglastern trat, der dann gegen die Wand geschleudert wurde, gab es einen lauten Knall. Ich hielt unvermittelt inne und wartete, ob Ben oder Mac sich rührten, doch anscheinend hatten sie nichts gehört. In der Küche schaltete ich das Licht ein, setzte mich an den Tisch und überlegte, was ich jetzt tun sollte. Eine wohltuende Stille breitete sich im Haus aus, und mit einem Mal nahm ich Geräusche wahr, die ich normalerweise nicht bemerkte: das Ticken der Wanduhr, das Summen des Kühlschranks, das dissonante Brummen des Heizkörpers.

Ich beschloss, zunächst Klarschiff zu machen. Vorhin hatte ich eine Hühnersuppe gekocht, und auf der Theke lagen noch Gemüseschalen und Brotkrumen von dem geschnittenen Baguette, das ich dazu serviert hatte. Als Erstes holte ich eine große Plastikfrischhaltedose aus dem Schrank und gab die restliche Suppe hinein.

Gerade als ich das Geschirr in der Spülmaschine verstaute, hörte ich den vertrauten Signalton, wenn eine SMS eintraf. Ich drehte mich um und hielt Ausschau nach Macs BlackBerry, denn meines – es steckte in der Gesäßtasche meiner Jeans – hatte sich definitiv nicht gemeldet. Er hatte sein Smartphone heute Morgen weggelegt, als er merkte, dass es ihm nicht gutging. Ich erblickte sein Handy auf einem der Küchenregale; es hatte den ganzen Tag über keinen Muckser von sich gegeben, und deshalb wunderte ich mich darüber, dass so spät, und dazu noch an einem Sonntag, eine Textnachricht einging. Da meine Hände vom Vorspülen nass waren, griff ich nicht nach Macs BlackBerry, sondern lud weiter das Geschirr in die Spülmaschine. Kurz darauf drehte ich den Wasserhahn zu, hob den Kopf – und erschrak, als ich in dem auf den Garten hinausgehenden Fenster mein Spiegelbild sah. Der Anblick, der sich mir bot, hatte etwas Gespenstisches. Eine großgewachsene, leicht irre wirkende Frau mit verstrubbelten, blond gefärbten Haaren starrte mich an. Unwillkürlich zuckte ich zusammen.

«Hau ab!» Ich winkte, und sie tat es mir gleich. Dann lachten wir einander zu, was nichts daran änderte, dass sie mich nervös machte.

Da Mac normalerweise abends die Küche aufräumte, war ich es nicht gewohnt, um diese Zeit hier zu stehen; und so stellten die undurchdringliche Dunkelheit dort draußen und mein verschwommenes Spiegelbild irritierende neue Erfahrungen dar. Falls er sich eine klassische Grippe zugezogen hatte, würde es noch einige Tage dauern, ehe er wieder auf dem Damm war. Bis dahin musste ich wohl oder übel seine *und* meine Aufgaben erledigen.

Ich war noch nicht müde und hatte mir zudem fest vorgenommen, bis zum Wochenende meine innere Blockade abzulegen und zu entscheiden, welche Kurse ich im kommenden

Frühjahr belegen würde. Vor einiger Zeit hatte ich mich durchgerungen, wieder aufs College zu gehen, obwohl mein Alltag schon ziemlich stressig war und meine zwanzigjährigen Kommilitonen mich mit meinen achtunddreißig Jahren unweigerlich als uralt empfinden mussten. Darüber hinaus war ich Mutter und bereits zum zweiten Mal verheiratet. In meinem bisherigen Leben war mir einerseits großes Glück vergönnt gewesen, andererseits hatte ich furchtbare Schicksalsschläge hinnehmen müssen. Nun sehnte ich mich danach, meinen Abschluss zu machen und einen neuen Beruf zu ergreifen. Im Gegensatz zu Mac hatte die Polizeiarbeit für mich jedwede Faszination verloren, obwohl ich in diesem Job gut gewesen war und inzwischen eine Lizenz als Privatdetektivin besaß, die es mir erlaubte, Mac gelegentlich zu unterstützen. Je mehr Aufträge er erhielt, desto mehr hatte auch ich zu tun, aber es war nicht mein Ziel, (wieder) in die Rolle seiner Kollegin zu schlüpfen. Ich wollte nicht mehr direkt involviert sein, sondern die Dinge aus einer gewissen Distanz analysieren. Daher hatte ich beschlossen, meinen Bachelor in forensischer Psychologie zu machen.

Nur ... ich wollte noch viel mehr.

Ich wollte *sie* zurück, und daran würde sich niemals etwas ändern.

Sie – Plural.

Cece, meine umwerfende kleine Tochter, die vor sechs Jahren zusammen mit Jackson, meinem ersten Ehemann, ermordet worden war.

Und Amelia, Sarah oder Dakota: meine andere Tochter, die nie das Licht der Welt erblickt hatte, die ich vor acht Wochen und drei Tagen im sechsten Monat der Schwangerschaft verloren hatte. Ein totes Kind zur Welt zu bringen, war ... Ich gab mir einen Ruck und versuchte, nicht an diese niederschmetternde Erfahrung zu denken.

Ich öffnete eine Schrankschublade, in der wir allen möglichen Krimskrams aufbewahrten, und suchte in dem Durcheinander das Vorlesungsverzeichnis. Nachdem ich es gefunden hatte, konnte ich nicht widerstehen, noch etwas Ordnung zu schaffen und ein paar Dinge auszusortieren, wie etwa den kaputten kleinen Plastikfächer und die Bedienungsanleitung für einen Toaster, den wir längst entsorgt hatten. In der Schublade fand sich noch ein Taschenkalender, ein Werbegeschenk, das irgendwann mal als Postwurfsendung gekommen war. Ich wollte das Ding schon in den Mülleimer werfen, hielt jedoch mitten in der Bewegung inne. Mac und ich nutzten ausschließlich die Kalenderfunktion unserer Handys, aber vielleicht benutzte ein anderer ja diesen Taschenkalender. Wie sich zeigte, war meine Vorsicht angebracht: Beim Durchblättern der Seiten stieß ich auf ein paar Einträge, die – nach der Handschrift zu urteilen – von Chali stammten. Erst da fiel mir wieder ein, dass ich ihrer Bitte entsprochen und ihr den kleinen Kalender überlassen hatte. Ich legte ihn in die Schublade zurück und setzte mich mit dem Vorlesungsverzeichnis an den Küchentisch.

Eigentlich hätte sie am 1. Januar das Licht der Welt erblicken sollen. An Neujahr. War der Wunsch, noch eine Tochter zu bekommen, zu gewagt gewesen? Vielleicht sogar vermessen? Es war eine gefährliche Hoffnung gewesen – als ob Cece ersetzt werden könnte. Natürlich war das absurd, und dennoch war es irgendwie ein verborgener Wunsch in mir gewesen, den ich niemals offen auszusprechen wagte. Während ich mit Leah, Elsa oder Caroline schwanger ging, überkam mich eine unsagbare Rastlosigkeit, als hätte dieses neue kleine Wesen die Macht, die nagende Leere in meinem Innern auszumerzen. Doch ihre Totgeburt verstärkte diesen Zustand nur noch. Als ich damals vor vier Jahren schwanger wurde, litt ich nicht unter solchen widerstreitenden Gefühlen. Vermutlich lag das daran, dass Ben ein

Junge war, Mac und ich erst kurz davor geheiratet hatten und ich mich schlichtweg freute, noch am Leben zu sein.

Jede einzelne Stunde während der vergangenen acht Wochen und drei Tage hatte sich unglaublich zäh und bleiern angefühlt.

Nun standen gleich mehrere Familienfeiern vor der Tür: in zwei Wochen Weihnachten und in einem Monat Bens Geburtstag. Bislang war ich nicht dazu gekommen, Geschenke zu besorgen und die entsprechenden Vorbereitungen zu treffen.

Während ich die Kursinhalte überflog, fragte ich mich, woher ich die Energie nehmen sollte, mich um Ben zu kümmern, zu arbeiten und obendrein zwei Seminare zu belegen. Nach meiner Fehlgeburt war ich vorübergehend nicht mehr aufs College gegangen, doch einer der Kurse hatte mich so sehr fasziniert, dass ich nun versucht war, ihn abermals zu belegen: «Schuldunfähigkeit und die Simulation psychischer Störungen, eine Einführung». Da mich bei der Beurteilung von Verbrechern die Grauzone zwischen vorgetäuschter und echter Geisteskrankheit besonders interessierte, holte ich meinen Laptop, stellte ihn auf den Küchentisch und fuhr ihn hoch. Danach loggte ich mich auf der College-Website ein und meldete mich für das Seminar an. Mit der Entscheidung, ob ich noch einen zweiten Kurs belegen sollte – und falls ja, welchen –, konnte ich mir noch Zeit lassen, denn das Semester begann erst Anfang Februar.

Während ich das Vorlesungsverzeichnis wieder in die Schublade legte, fiel mein Blick auf Macs Handy und das rot blinkende Licht. Wer schickte ihm wohl am Sonntagabend eine SMS? Ging es um etwas Wichtiges? Ich beschloss, gegen die unausgesprochene Regel, die Privatsphäre des anderen zu wahren, zu verstoßen, und las die Textnachricht.

Sie stammte von Detective Billy Staples, der seit unserer Hochzeit und unserem Umzug nach Brooklyn Macs bester Freund war und gleich bei uns um die Ecke auf dem 84. Polizeirevier arbeitete. Die Nachricht war kurz und – zumindest für mich – unverständlich.

Warren Nevins

Mit dem Handy machte ich mich auf den Weg in die untere Etage, schaltete im Vorbeigehen das Wohnzimmerlicht aus und hinterließ – so empfand ich es wenigstens – eine eisige und gespenstige Leere. Wir hatten das Heizungsthermostat so eingestellt, dass die Temperatur um elf Uhr nachts abgesenkt wurde. Nun verriet die zunehmende Kälte mir, dass es bereits spät geworden war. Ich war müde und hatte große Lust, neben Mac ins warme Bett zu kriechen, zumal Ben stets gegen sechs Uhr in der Früh aufwachte.

Kaum trat ich an Macs Bettseite, um das Smartphone auf seinen Nachttisch zu legen, spürte ich die Hitze, die sein Körper abstrahlte.

«Ich bin wach», flüsterte er.

«Du hast eine SMS gekriegt.» Ich reichte ihm das Handy.

Das fahle Licht des kleinen quadratischen Displays fiel auf sein Gesicht. Die beiden Worte starrte er länger an, als es zum Lesen nötig war. Dann legte er das Handy neben ein paar zerknüllte Papiertaschentücher auf den Nachttisch, schloss die Augen und stieß einen Seufzer aus.

Zehn Minuten später kam ich im Nachthemd aus dem Badezimmer. Mein Atem roch nach Pfefferminze, mein Gesicht glänzte von der Nachtcreme, und meine Haare waren vom Bürsten statisch aufgeladen. Zu meiner Überraschung stand Mac angezogen im Flur. Seine Wangen waren vom Fieber gerötet.

«Hä?», entfuhr es mir in meiner Verwirrung. Ungläubig starrte ich ihn an.

«Ich muss etwas erledigen.»

«Du musst ins Bett.»

«Ich treffe mich mit Billy.»

«Nein, kommt überhaupt nicht in Frage.» Ich nahm seine Hände und versuchte, ihn durch den Flur zurück ins Schlafzimmer zu lotsen, doch er sträubte sich.

«Du verstehst das nicht, Karin.»

«Mac, du hast die Grippe. Das ist doch vollkommen absurd. Du kannst nicht mitten in der Nacht bei null Grad rausgehen und dich mit Billy treffen. Was immer er von dir möchte, es kann bis morgen warten.»

«Nein, das hier nicht.» Er schritt auf die Treppe zu.

«Und warum nicht?»

Er hielt inne, drehte sich um und blickte mich an. «Ich bin schon ein großer Junge, Karin, und kann auch ohne deine Hilfe Entscheidungen treffen.»

«Du bringst mich gerade ganz schön auf die Palme.»

Sein Mund verzog sich zu einem schiefen Grinsen, bis ein Hustenanfall ihn zwang, sich nach vorn zu beugen, die Hände auf die Knie zu stützen und unkontrolliert nach Luft zu japsen.

Ich verschwand im Badezimmer und kam mit einer Schachtel Kosmetiktücher zurück. Als er sich wieder aufrichten konnte, zupfte er eins heraus und putzte sich die Nase. Ich berührte seine Stirn, die noch heißer als zuvor war.

«Wir müssen deine Temperatur messen.»

Er gab nach und legte sich angezogen aufs Bett. Ich schaltete eine Lampe ein und musterte ihn im gelben Lichtschein, während er mit dem Fieberthermometer im Mund zu atmen versuchte. Eine Minute später verkündete ein Piepton, dass die Messung abgeschlossen war: 40,1 Grad. Ich zeigte ihm das Ergebnis.

«Willst du immer noch los?»

«Ich muss.» Er machte jedoch keine Anstalten, sich zu erheben.

«Liebling, was ist los?» Ich setzte mich neben ihm aufs Bett, hielt das Thermometer in der einen Hand und berührte seine glühende Wange mit der anderen.

«Ich habe Billy versprochen, es niemandem zu erzählen. Nicht einmal dir.»

«Was darfst du mir nicht erzählen?»

Ich wartete und merkte, wie ich zunehmend nervöser wurde, was mich gar nicht freute. Schließlich holte er tief Luft, hustete und sah mich an.

«Er wird es verstehen.»

«Das wird er ganz bestimmt.»

«Ich würde gehen, wenn ich könnte.»

«Ich kann ihn anrufen und ihm ausrichten, dass du krank bist.»

«Nein, ruf ihn nicht an. Geh du an meiner Stelle.»

Es war kurz vor Mitternacht. Um den Gefrierpunkt. Und stockdunkel. «Wohin?»

«Kreuzung Warren und Nevins Street. Du kannst zu Fuß gehen; das ist ganz in der Nähe. Aber es wäre mir lieber, wenn du meine Waffe mitnimmst.»

Warren Street, Nevins Street – natürlich. Es war bis dorthin wirklich nur ein Katzensprung, doch normalerweise ging ich nie in diese Richtung. «Eine Waffe brauche ich nicht.»

«Eine Weiße, die mitten in der Nacht allein durch eine Sozialbausiedlung spaziert …»

«Keine Waffe.» Je öfter ich gezwungen gewesen war, auf Menschen zu schießen, desto stärker wurde meine Abneigung gegen Schusswaffen. «Was treibt Billy dort?»

«Vermutlich ist er an einem Tatort. Es kommt manchmal vor, dass er an Tatorten Flashbacks kriegt und die Kontrolle verliert, was ihm eine Heidenangst einjagt.»

«Was passiert, wenn er die Kontrolle verliert?»

«Er halluziniert.»

«Gütiger Gott.»

«Ganz deiner Meinung.»

Vor anderthalb Jahren hatte Billy auf einem Dach während eines Schusswechsels mit der Frau, die er liebte, sein Auge verloren. Der Schock und der Vertrauensbruch waren in vielerlei Hinsicht traumatisch gewesen – physisch, emotional und beruflich. Doch nachdem er pflichtschuldig die vorgeschriebene Auszeit genommen hatte, war er wieder in den Polizeidienst zurückgekehrt. Manche Polizisten waren offenbar in der Lage, ein traumatisches Ereignis einfach abzuschütteln, andere brachen sofort zusammen, und dann gab es noch jene, die nach und nach aus dem Leim gingen. Mit welcher Sorte man es zu tun hatte, wusste man meistens erst, wenn eine gewisse Zeit verstrichen war. Wir hatten geglaubt, Billy wäre über den Berg, doch offenbar hatten wir uns getäuscht.

«Hat er jemanden, der ihm hilft?»

Mac schüttelte den Kopf. «Er hat Schiss, dass das ein schlechtes Licht auf ihn wirft und er am Ende seinen Job verliert.»

Zeigte ein Bulle das leiseste Anzeichen von Schwäche, stand für ihn viel auf dem Spiel: Arbeitsplatz, Pension, Ruf. Als ich noch Polizistin war und einen Zusammenbruch erlitt, taten die Kollegen zwar nett, gingen jedoch auf Distanz, als handelte es sich bei meinem Versagen um eine ansteckende Krankheit, vor der sie sich fürchteten.

«Wie lange geht das schon so?»

«Keine Ahnung. Er hat mich vor ein paar Wochen eingeweiht und vorgeschlagen, mir die Adresse zu simsen, wenn er merkt, dass es wieder losgeht. Wir haben vereinbart, dass ich dann dorthin komme, egal, wo und wann es passiert, und ihm helfe, die Sache in den Griff zu kriegen.»

«Du bist ein wahrer Freund.»

«Heute Abend offensichtlich nicht.»

Ich küsste ihn auf die Stirn. «Ich kümmere mich darum.» Dann verabreichte ich ihm eine Ibuprofen, schaltete das Licht aus und zog mich wieder an.

Kapitel 2

Die Welt wirkte wie erstarrt, während ich durch die nächtlichen Straßen stapfte, die jenseits meiner normalen Route lagen. Während der drei Jahre, in denen ich in diesem Viertel wohnte, war ich nur selten in diese Gegend gekommen. Normalerweise war die Smith Street mit ihren Geschäften, Restaurants und der U-Bahn-Station mein Ziel und nicht die Nevins Street. Keine Menschenseele war unterwegs, weit und breit fuhr kein einziges Fahrzeug. Und auf allem lag eine dünne Eisschicht: auf den Treppen der Sandsteinhäuser, auf den geparkten Autos und auf dem holperigen Gehweg. Um nicht auszurutschen oder gar hinzufallen, musste ich mich beim Gehen vorsehen.

Nachdem ich anderthalb Blocks durch diese zunehmend trostlosere Gegend marschiert war, bog ich nach rechts in die Nevins Street, wo die schönen Häuserzeilen aus dem rötlich braunen Sandstein abrupt endeten und von einem desolaten Straßenbild abgelöst wurden. Mein Blick fiel auf eine verrammelte Bodega. Sowohl das angrenzende als auch das gegenüberliegende Grundstück waren verwaist. Etwas weiter vorn türmte sich die triste, kantige Fassade eines Sozialbaus auf. Hier war die Dunkelheit noch undurchdringlicher als dort, von wo ich gekommen war, und es dauerte einen Moment, bis ich begriff, woran das lag. Seit ich in die Nevins Street gebogen war, hatte ich keine einzige Straßenlaterne mehr gesehen. Das spärliche Licht, das mich überhaupt etwas erkennen ließ, drang aus den Fenstern der Häuser, in denen noch jemand wach war. Ein paar Blocks weiter vorn herrschte hektisches Treiben: ein halbes Dutzend Streifenwagen mit eingeschaltetem Blaulicht und ein paar Krankenwagen mit offenstehenden Türen. Im Licht der Fahrzeugscheinwerfer liefen Menschen hin und her, ehe sie wieder in der Dunkelheit verschwanden.

Ich ging schneller und hielt auf das Geschehen zu, wo ich Billy vermutete. Doch noch vor der nächsten Straßenecke hörte ich eine Stimme.

«*Scheiße*, was soll das denn?»

Instinktiv griff ich in meine Manteltasche und wünschte mit einem Mal, ich hätte doch auf Mac gehört und seine Waffe mitgenommen. Die Stimme klang unwirsch, irritiert – und vertraut. Ich drehte mich um und sah einen Schwarzen in einem überdachten Türeingang auf einer Treppe sitzen. Er hatte die Hände auf den Knien und sprach mit sich selbst.

«Wir werden's schon noch erfahren», fuhr er fort.

Ich trat einen Schritt näher, spähte in die dunklen Schatten.

«So kommst du mir nicht davon.»

Als ein Lichtstrahl auf ihn fiel, konnte ich sein Gesicht erkennen.

«Wieso legst du nicht die Knarre weg, Jazz?»

Sein Blick wanderte ziellos hin und her; und obwohl ich nur ein paar Schritte weit weg war, schien er mich nicht zu erkennen.

«Nur die Ruhe. Es muss sich um ein Missverständnis handeln.»

Ich wusste ganz genau, wo er sich in seiner Phantasie befand, denn alles, was er sagte, kam mir bekannt vor, auch wenn die Reihenfolge nicht stimmte. Er war in die Vergangenheit abgetaucht, erlebte noch mal jenen achtzehn Monate zurückliegenden Nachmittag, an dem alles aus dem Ruder lief, ein Schuss ihn das rechte Auge kostete und ihm das Herz brach.

Er war damals nicht in der Lage gewesen, Jasmine zu töten, da er sie liebte.

Sie hingegen hatte es keine Überwindung gekostet, die Waffe auf ihn zu richten und abzudrücken.

In dem Moment richtete er unvermittelt den Blick auf mich.

Seine schwarze Augenklappe war nach unten auf die rechte Wange gerutscht. Sein linkes, auf mich gerichtetes Auge funkelte in der dunklen Nacht.

«Schau dir das an», sagte er. «Schau nur. Kannst du das glauben?»

Dachte er, dass ich mit ihm dort war? Ich war seinerzeit tatsächlich mit ihm auf dem Dach gewesen. Anderenfalls wäre er jetzt aller Wahrscheinlichkeit nach tot.

«Ja, es ist passiert», antwortete ich.

«Das kann einfach nicht sein.»

«Doch, es ist passiert. Vor langer Zeit. Komm zurück in die Gegenwart, Billy.»

Er zitterte. Ich verspürte den Drang, die Hand auszustrecken und den Reißverschluss seines blauen Parkas hochzuziehen, nur fürchtete ich, ihn damit vollends aus der Bahn zu werfen. Jasmine hatte an einem warmen Sommertag auf ihn geschossen, und nun hatte der Flashback ihn offenbar in den Juni zurückkatapultiert und ihn dazu veranlasst, trotz der kalten Dezemberluft seine Jacke zu öffnen.

Schweiß tropfte von seiner Stirn und seinen Schläfen auf den Mantelkragen. Er nahm meine Hand; seine Haut fühlte sich heißer an als die von Mac.

«Atme ganz tief durch, Billy, mach es mir nach.» Ich holte Luft, hielt kurz inne und atmete langsam aus.

Es dauerte einen Moment, bis er meinem Beispiel folgte. Während wir langsam ein- und ausatmeten, fixierte er mich mit seinem linken Auge. Dabei weitete sich seine Pupille wie eine erblühende Rose.

«Ich fühle mich nicht so toll», meinte er.

«Ich weiß.»

«Wo ist Mac?»

«Liegt mit Grippe im Bett.»

«Tut mir leid.»

«Ist ja nicht deine Schuld.»

«Nein, ich meine das hier.»

«Wie ich schon sagte, es ist nicht deine Schuld.»

Er beugte sich vor und blickte die Straße hinunter zu den Blaulichtern am Tatort, die seinen Flashback ausgelöst hatten. «Ich bin nicht gerade erpicht darauf, dass mir jemand meine Rechte vorliest.»

Damit spielte er auf La-a an, seine Partnerin, deren Name tatsächlich mit einem Bindestrich geschrieben, aber *Ladasha* gesprochen wurde.

«Ich rede mit ihr.»

«Das glaube ich gern.» Auf einmal grinste er, und dies führte dazu, dass sich mein Puls wieder etwas beruhigte.

Ich trat einen Schritt zurück und half ihm auf die Beine. Billy war etwa eins fünfundachtzig groß und ich nur ein paar Zentimeter kleiner als er. Zur Aufmunterung legte ich den Arm um seine Taille.

«Möchtest du von hier verschwinden?», fragte ich ihn.

«Geht nicht. Ich bin im Dienst.»

«Dann bleibe ich noch bei dir.»

«Das ist ein freies Land», entgegnete er flapsig, aber ich spürte, dass er sich über mein Angebot freute.

Erst als wir uns den Blaulichtern näherten, stellte ich fest, dass es sich in Wahrheit um zwei Tatorte handelte und nicht – wie es von fern ausgesehen hatte – lediglich um einen. Eine Handvoll Polizisten und Sanitäter scharten sich um eine auf dem Boden liegende Bahre, wo jemand gerade für den Abtransport ins Krankenhaus fertig gemacht wurde. Mitten auf der Straße parkte ein Minivan, und eine Frau mittleren Alters, die ich für die Fahrerin hielt, sprach mit zwei Polizisten, die alles notierten, was sie sagte.

«Ich bin hier vorbeigefahren und habe da jemanden liegen gesehen.»

«Sind Sie so spät nachts immer allein unterwegs?»

«Ich war auf dem Weg zur Apotheke, um ein Rezept für meinen Sohn einzulösen. Sein Fieber ist gestiegen, und der Arzt meinte …»

Die beiden Polizisten tauschten skeptische Blicke aus. Das Opfer schien schwer verletzt zu sein, als wäre es von einem Auto angefahren worden. Der Van der Frau war weit und breit das einzige Zivilfahrzeug, doch es war auch durchaus möglich, dass ein Dritter an dem Unfall schuld war und Fahrerflucht begangen hatte. Da es keine Zeugen gab und das Opfer bewusstlos war, stellte niemand ihre Aussage in Zweifel.

«Neergaard in Park Slope hat rund um die Uhr geöffnet, falls es Sie interessiert.» Die Frau griff in ihre Tasche und zog ein Rezept heraus. «Das hier ist die schnellste Strecke, weil es keine Ampeln gibt.»

Soweit ich in der Dunkelheit erkennen konnte, klebte kein Blut an der Frontpartie des Fahrzeugs. Die Vorstellung, dass jemand das Opfer mit einem zwei Tonnen schweren Gefährt angefahren und dann einfach liegen gelassen hatte, jagte mir einen kalten Schauer über den Rücken. Dennoch bezweifelte ich, dass ein ganz gewöhnlicher Autounfall Billys Reaktion ausgelöst hatte.

«Was hat sich da drüben zugetragen?» Ich schaute zu dem anderen Tatort hinüber, wo es noch hektischer zuging als hier.

Billys Miene wurde starr. «Anscheinend ist mein Freund aus der Versenkung aufgetaucht.»

Sein «Freund» war *kein* Freund, und die Frustration und Bitterkeit, die in Billys Stimme mitschwangen, zeigten bei mir dieselbe Wirkung, als hätte ich gerade Gift geschluckt. Seit gut einem Jahr jagte Billy vergeblich den sogenannten Prostituiertenkiller, und nun schien es so, als hätte dieses brutale, in der ganzen Stadt gefürchtete Scheusal sein drittes Opfer in Brooklyn gefunden. In dem Jahr, bevor der Fall auf Billys Schreibtisch gelandet war, hatte derselbe Killer sieben Prostituierte in Manhattan umgebracht. Erst nachdem ein paar Mitglieder der Manhattan-SOKO der Brooklyn-SOKO zugeteilt worden waren, begann eine grenzüberschreitende Jagd in mehreren Stadtbezirken. Mein Blick glitt die dunkle Nevins Street hinunter, und plötzlich ergab es für mich einen Sinn, weshalb diese Straße so verlassen war: Es handelte sich um einen Rotlichtbezirk – ohne rote Lichter.

«Und außerdem wurde noch ein Kind angefahren.»

«Kind?»

«Ein Mädchen. Schätzungsweise zehn, zwölf Jahre alt.»

Zuerst reagierte ich bestürzt, dann wurde ich wütend. Was hatte ein Kind nach Mitternacht draußen auf der Straße zu suchen? Und vor allem *hier*, in dieser Gegend?

«Meinst du, sie wurde von dem flüchtenden Täter angefahren?» Das Objekt der laufenden Ermittlung: jenes gespenstische, unbekannte Wesen, das wie ein Tornado zuschlug und sich anschließend wie Nebelschwaden verflüchtigte.

«Schon möglich.»

Ich näherte mich der Bahre und erblickte im matten Scheinwerferlicht eines Streifenwagens ihr Gesicht: klein, mit leicht gebräuntem Teint, als wäre sie gerade aus dem Urlaub auf einer tropischen Insel zurückgekehrt, und seidigen, weizenblonden Haaren. Eine lange Strähne hatte sich gelöst und hing von der Bahre herab. Sie trug kleine goldene Ohrringe in Form von Sternen, und der blaue Lack auf ihren Fingernägeln glänzte, als hätte sie gerade eben erst eine Maniküre erhalten. Ihre Füße waren nackt, die Zehennägel in unterschiedlichen Farben lackiert.

«Wo sind ihre Schuhe?», fragte ich Billy.

«Soweit wir es beurteilen können, hatte sie keine an. Ihre Füße weisen frische Schnittwunden auf.»

«Ist sie von daheim weggelaufen?»

«Wer weiß?»

«Sie erscheint mir zu jung für solch eine Aktion.» Wäre sie im älteren Teenageralter gewesen, hätte dieser Verdacht durchaus nahegelegen. Und hätte es sich bei dem Unfallopfer um eine Schwarze gehandelt, wäre trotz ihres Alters sogar die Möglichkeit in Betracht gezogen worden, dass sie auf der Straße als Prostituierte arbeitete. Aber die frisch lackierten Fuß- und Fingernägel schienen in eine andere Richtung zu deuten. Das Mädchen trug eine pinkfarbene Pyjamahose mit einem weißen Schäfchenmuster. Ich wandte mich ab und schloss die Augen.

«Karin, wir haben nicht den geringsten Schimmer, was sie hier draußen zu suchen hatte.» Billy klang so traurig, frustriert und verzagt, dass ich automatisch nach seiner Hand griff und sie fest drückte, obwohl sie von einem Schweißfilm überzogen war.

Vorsichtig schoben die Sanitäter die Bahre mit dem Mädchen in den Krankenwagen. Einer von ihnen setzte sich zu ihr, während der andere die Tür schloss, nach vorne ging und sich hinter das Steuer setzte.

«Wo ist ihre Familie?», fragte ich.

«Wir wissen ja nicht mal, wer sie ist. Wir suchen die Gegend ab. Vielleicht wohnt sie irgendwo in der Nähe.»

Wenn Kinder mitten in der Nacht verschwinden, kriegen die Eltern das manchmal erst am nächsten Morgen mit. Wie groß war die Chance, dass ihre Eltern nicht mal auf das Läuten der Klingel reagierten?

Der Van eines Nachrichtensenders fuhr auf dem Weg zum anderen Tatort an uns vorbei. Wir sahen, wie er einem Schlagloch auswich, direkt neben dem Tatort parkte und seine Scheinwerfer auf die eh schon grell erleuchtete Szenerie rund um die tote Frau richtete.

«Die Bordsteinschwalbe ist noch warm gewesen, als wir hier eintrafen», sagte Billy.

Ich wusste genug über Fälle dieser Art, um zu begreifen, wie ungewöhnlich dies war: Normalerweise hatte bei den Opfern, wenn sie entdeckt wurden, schon die Verwesung eingesetzt.

«Selber Modus Operandi?»

«Ja.»

Eine Prostituierte Anfang zwanzig, die der Täter zuerst erdrosselt und der er anschließend ein Messer zwischen die Brüste gestochen hatte. Das Muster änderte sich nie: Immer fehlte ein Kleidungsstück – entweder ein Ober- oder Unterteil –, und bei dem Messer handelte es sich stets um ein langes Jagdmesser, im Jahr 1963 hergestellt von einer Firma namens Stark, die heute nicht mehr existierte. Messer dieser Art wurden seit Jahrzehnten nicht mehr produziert, waren nie sonderlich weit verbreitet gewesen und deshalb schwer zu finden. Allem Anschein nach hatte der Täter sich davon – lange bevor man Dinge im Internet erstehen konnte – einen Vorrat zugelegt, bar bezahlt und darauf geachtet, dass der oder die Verkäufer nicht Buch darüber führten. Seit Beginn der Ermittlung, die ja schon eine ganze Weile andauerte, hatte man nichts, aber auch gar nichts über den Käufer der Messer in Erfahrung gebracht. Inzwischen lagen insgesamt zehn Messer in Asservatenkammern, und bald würden es wohl noch mehr sein, falls der Mörder dem Töten nicht abschwor, wovon nicht auszugehen war.

Den größten Durchbruch in diesem Fall erzielte die Polizei zu Anfang der Mordserie, als es ihr gelang, das zweite Opfer zu identifizieren. Bei der Toten handelte es sich um eine fünfundzwanzigjährige Frau aus Upstate New York, die im Alter von elf Jahren spurlos verschwunden und seit damals nicht mehr gesehen worden war. Interessanterweise waren alle acht Opfer, die die beiden SOKOs im Lauf der Zeit identifiziert hatten, Ende der achtziger bis Mitte der neunziger Jahre im Alter zwischen neun und zwölf verschwunden. Alle stammten aus Ostküstenstaaten und waren auf dem Weg zur Schule, zum Haus der Eltern oder Freunde verschwunden. In jedem Fall waren die Eltern davon ausgegangen, dass ihre Töchter keine Begleitung mehr brauchten, und die meisten hatten sich über die neue Unabhängigkeit gefreut. In zwei Fällen waren die betreffenden Mädchen zum ersten Mal ohne einen Erwachsenen unterwegs gewesen. Und keine Menschenseele hatte etwas von einem der weiblichen Opfer gesehen oder gehört – bis zu jenem Tag, wo ihr Leichnam mit einem Strick um den Hals und einem Messer in der Brust in Manhattan oder Brooklyn auftauchte.

Im Lauf der Zeit gewöhnten die Zeitungsleser sich an die Schlagzeile *Weiterer Fund eines toten Mädchens*.

Im Grunde genommen handelte es sich dabei um Variationen eines alten Themas: Kinder verschwanden und tauchten irgendwann physisch und psychisch lädiert oder gar nicht mehr auf. In diesem Fall lag die Vermutung nahe, dass ein aufgebrachter Zuhälter oder unzufriedener Freier es auf die Prostituierten abgesehen hatte – auch dies war nichts Neues. Die vordringlichste Aufgabe war, den Verantwortlichen zu schnappen und sein Tun zu beenden. Danach musste geklärt werden, wo all diese Mädchen in der Zwischenzeit untergetaucht waren oder versteckt gehalten wurden. Der Verdacht, dass die Opfer gegen ihren Willen dem Sexgewerbe zugeführt wurden, war alles andere als unbegründet. Doch mit der Zeit schwand zusehends das Vertrauen, den Killer zu erwischen. Fakt war, dass die Opfer von der Bildfläche verschwanden und später tot aufgefunden wurden, aber ob und inwiefern beides zusammenhing, gab Billy und allen anderen, die diese Fälle seit zwei Jahren bearbeiteten, immer noch Rätsel auf. Dabei war die SOKO mit Polizisten aus unterschiedlichen Revieren und FBI-Spezialisten aufgestockt worden. Ich entsann mich, dass Billy irgendwann einmal geklagt hatte, dass die Größe des Teams in keinem Verhältnis zu den Ermittlungsergebnissen stand.

Billy setzte sich nun in Bewegung und marschierte die Straße hinunter. Ohne seine Hand loszulassen, folgte ich ihm. Je näher wir kamen, desto mehr sorgte ich mich, dass es ihn erneut überkommen würde, sobald er den Tatort erreichte.

«Wo hast du gesteckt, Arschloch?» Als La-a sich zu Billy und mir umdrehte, fielen ihre langen, dicht geflochtenen Zöpfe über eine Schulter. Sie war klein, kompakt, Mutter von fünf Kindern; zudem buk sie köstliche Weihnachtskekse und nahm kein Blatt vor den Mund. «Ich bin hier schon seit einer Stunde zugange!»

Ein Dutzend Ermittler, ein paar Sanitäter und Streifenpolizisten hatten sich am Tatort eingefunden und gingen ihrer Arbeit nach. Die Sanitäter waren im Prinzip überflüssig, da dem Opfer nicht mehr geholfen werden konnte. Auf dem Gehweg hatte sich eine Schar Schaulustiger versammelt. Ein Fotograf machte Bilder – vom Opfer, wie ich mutmaßte, denn genau sehen konnte ich es nicht.

«Tut mir leid, Dash, ich …»

«Bei ihm ist wohl eine Grippe im Anflug», verteidigte ich Billy.

La-a richtete den Blick auf mich, und ein ironisches Funkeln blitzte in ihren Augen auf. «Bist du jetzt seine Mutti, Karin?»

«Aber sicher. Ich habe ihn neun Jahre vor meiner eigenen Geburt zur Welt gebracht.»

«Mensch, du bist echt komisch, Mädel», meinte sie mit einem leisen Lächeln, bei dem ihr goldener Eckzahn zum Vorschein kam. «Du weißt ganz genau, worauf ich anspiele. Tu nicht so, als wüsstest du's nicht.»

La-a hatte mir mal anvertraut, sie sei als zweifach geschiedene

Frau und Mutter von vier Söhnen felsenfest davon überzeugt, dass alle männlichen Wesen – egal welchen Alters – Kinder waren. Angesichts der Tatsache, dass sie von zwei Ehemännern verlassen worden war und ihre Söhne sich durch die Bank im Leben schwertaten, war ihre einzige Tochter, eine herausragende Studentin, die für ihre Leistungen ausgezeichnet worden war, der beste Beweis für La-as Geschlechtertheorie.

«Sorry», murmelte Billy.

«Ja, das höre ich immer wieder.»

Ich trat ein paar Schritte näher und roch das süße Parfüm, das sie gern in Unmengen auftrug. («Weil es den Schweißgeruch auf dem Revier, den Mief in meinem Haus und den Leichengestank übertüncht», hatte sie mir mal verraten.)

«Könnte auch eine Magen-Darm-Grippe sein», sagte ich. «Als ich ihm einen Block die Straße hinunter über den Weg gelaufen bin, hat er sich übergeben.»

Sie verzog das Gesicht. «Danke für die Info. Was hast du eigentlich hier zu suchen?»

«Bin rein zufällig hier vorbeigekommen.»

«Warst du mit der anderen Weißen in dem Van? So ganz zufällig?»

Ich lächelte, denn ich konnte nicht beurteilen, ob sie mich auf die Schippe nahm oder wieder zu einer ihrer üblichen, rassistisch eingefärbten Hasstiraden ansetzte. Irgendwann musste Billy ihr erklären, was ihn plagte, doch jetzt war nicht der passende Moment dafür. Wenn mich nicht alles täuschte, würde er sie eines schönen Abends auf einen Drink einladen und sie bei der Gelegenheit einweihen. La-a war besser drauf und wesentlich lockerer, wenn sie ein paar Drinks intus hatte; dann bekam, wie ich persönlich erfahren hatte, ihr harter Panzer Risse, und ihr weicher Kern kam zum Vorschein.

«Danke, Karin», sagte Billy. «Es war nett, dass du mir geholfen hast … Ich bin jetzt wieder auf dem Damm.» Trotz dieser Worte vermittelte er einen ganz anderen Eindruck: Er sah blass und abgeschlagen aus. Ich selbst hatte noch nie einen Flashback gehabt, doch mir war zu Ohren gekommen, dass sie einen so tief in die Vergangenheit zogen, bis sie ganz real wirkten und man sich ihnen vollkommen ausgeliefert fühlte, und dass in dem Moment ein Film im Kopf ablief, dessen Bilderflut einen überwältigte.

«Bist du dir sicher?»

Er nickte, getraute sich allerdings nicht, mich anzusehen. Ich wollte ihn nicht im Stich lassen, ihn allerdings auch nicht vor Kollegen blamieren. Zum Glück kam mir La-a zu Hilfe.

«Du verschwindest von hier, Billy. Ich kann es mir nicht leisten, mich anzustecken. Schließlich bin ich Mutter und kann es nicht gebrauchen, wenn meine Sprösslinge sich übergeben. Und außerdem will ich nicht, dass du den Tatort kontaminierst.»

«Mir geht's gut», erwiderte er benommen.

«Ich sagte …» Sie bombardierte ihn mit wütenden Blicken, und ich fürchtete schon, dass sie ihn gleich wie eines ihrer Kinder behandeln und langsam bis drei zählen würde.

«Dash hat recht. Du solltest dich hinlegen.» Ich wandte mich an sie. «Mac hat auch Grippe.»

«Wie ich bereits sagte.» La-a schüttelte den Kopf. *«Männer.»*

Die Reihen der Ermittler auf dem Gehweg hatten sich gelichtet, und so konnte ich nun, als ich den Kopf drehte, das Opfer sehen. Die Tote lag mit dem Rücken auf dem vereisten Asphalt, und ihre Haut nahm bereits einen graublauen Farbton an; ein winziger Stecker im rechten Nasenflügel funkelte im Scheinwerferlicht. Sie trug einen Büstenhalter aus blauer Spitze. Ein Arm lag über ihrem Kopf, als hätte es den Täter Mühe gekostet, ihr die Bluse auszuziehen. Aus der seltsamen Kopfhaltung schloss ich, dass der Mörder ihr wie bei zwei anderen Opfern das Genick gebrochen hatte, als er sie erdrosselte. Sie lag in einer Lache aus Blut, das aus der Stichwunde zwischen den Brüsten geflossen war. Das Jagdmesser steckte immer noch in ihrem toten Fleisch. Obwohl ich die Einzelheiten zu dieser Serie von Morden schon aus der Zeitung kannte und Billy uns auch ein paar Details verraten hatte, schockierte es mich, sie dort so liegen zu sehen: … leibhaftig … tot, immer noch blutend, hingemetzelt von einem Monster, das nicht begriff, dass sie eine reale Person mit einem ganz realen Leben gewesen war … dass es dort draußen wahrscheinlich jemanden gab, der sie trotz ihres Berufes geliebt hatte … dass sie jemandes Kind, Schwester, Enkelin, vielleicht gar jemandes Mutter gewesen war. Die maßlose Geringschätzung, die sich in diesem Mord ausdrückte, entsetzte mich noch mehr als der Leichnam selbst. Als ehemalige Soldatin und Polizistin hatte ich viele Tote gesehen, und dennoch würde ich mich nie an das Grauen, die Willkür und die morbiden Beweggründe gewöhnen, die zu solch einem heimtückischen Akt führten.

Urplötzlich wurde mir schwindelig. Rasch ging ich über die Straße zur gegenüberliegenden Ecke, lehnte mich an das Parkschild, schloss die Augen und wartete, bis es mir wieder bessergging.

«Hat sie's jetzt auch mit dem Magen?», hörte ich La-a meckern.

«Sieht ganz so aus», entgegnete Billy, doch ich vermutete, dass er den wahren Grund für mein Verhalten kannte. Mir fiel auf, dass er der Toten den Rücken zuwandte. Auf diese Weise verhinderte er, dass ihr Anblick den nächsten Flashback auslöste.

Ich beobachtete, wie auf der anderen Straßenseite der Leichnam in einen schwarzen Sack gesteckt und danach auf eine Bahre gelegt wurde. Jetzt, wo die junge Frau in dem Sack lag, wirkte sie kaum größer als das angefahrene Mädchen. Die Bahre wurde in den Krankenwagen geschoben, der dann langsam wegfuhr.

Nachdem beide Krankenwagen sich entfernt hatten – der eine in Richtung Hospital, der andere in Richtung Rechtsmedizin –, konnte ich aus der Ferne beobachten, wie der andere Tatort sich ebenfalls leerte. Der weiße Van verschwand in einer Seitenstraße, und der letzte Ermittler packte seine Habseligkeiten zusammen.

Billy sagte irgendetwas zu La-a, das ich nicht hören konnte. Sie schüttelte den Kopf, verdrehte die Augen und ging weg. Während Billy auf mich zuschritt, sah ich, wie La-a auf einen Mitarbeiter der Gerichtsmedizin zusteuerte, der am Fundort der Leiche ausharrte. Eine weiße, von Blutspritzern getränkte Kreidelinie, mit der die Position der Toten gekennzeichnet worden war, leuchtete im Dunkeln: eine Art Andenken, die beim nächsten Regenguss auf Nimmerwiedersehen verschwinden würde.

«Lass uns abhauen», schlug ich Billy vor. «Ich bringe dich nach Hause.»

«Nein, ich bringe *dich* nach Hause.»

«Ich bin mitten in der Nacht losgerannt, um dir zu helfen; dann nimm die Hilfe bitte auch an.»

«Du hast mir doch schon geholfen. Und jetzt geht es mir besser.»

«Ach, einfach so?»

Er nickte. «So ein Flashback ist wie ein Zusammenstoß mit einem Güterzug. Doch danach fährt er einfach weiter.»

«Erwecke ich den Eindruck, ich hätte Bock, jetzt mit Ihnen zu reden?», hörte ich La-a laut schimpfen, woraufhin Billy und ich uns umdrehten. Einer der Kerle aus dem Van des Fernsehsenders war mit gezücktem Mikrophon auf sie zugeeilt. Er musste ein Neuling sein, der La-a noch nicht kannte, denn die alten Hasen passten den richtigen Augenblick ab.

«Ich will Ihnen doch nur eine Frage stellen …»

«Was habe ich gerade gesagt?»

Der Reporter starrte sie an.

«Ich habe gefragt, was ich gerade gesagt habe!»

«Sie sagten …»

«Stimmt genau.» Sie machte auf dem Absatz kehrt und kommandierte wieder den Mitarbeiter von der Spurensicherung herum, der etwas sagte, das ich nicht verstehen konnte, La-a jedoch gut gelaunt auflachen ließ.

«Sie ist schon ’ne Nummer, was?», murmelte Billy.

«Ich kann sie eigentlich ganz gut leiden, auch wenn du mich für verrückt hältst.»

«Sie beherrscht ihr Handwerk … unser Handwerk.»

«Du musst es ihr sagen, Billy.»

«Ich weiß.»

Gemeinsam schlenderten wir die Nevins Street in Richtung meiner Wohnung hinunter. Die Stelle, wo man das Mädchen gefunden hatte, war nun leer bis auf ein paar Pflaster, die ein Rettungsassistent zurückgelassen hatte.

Wir bogen in die Bergen Street und kehrten damit in die anheimelnde Sandstein-Enklave zurück, die ich inzwischen als meine Nachbarschaft betrachtete und deren Größe – wie in New York üblich – in Straßenblocks gemessen wurde. Manchmal musste man tatsächlich nur einen halben Straßenblock weit gehen, und schon landete man in einer ganz anderen Welt.

«Wie spät ist es?» Nachdem ich meine Armbanduhr beim Geschirrspülen abgelegt hatte, fehlte mir jedwedes Zeitgefühl. Es hätte ein oder auch fünf Uhr nachts sein können. Mit Sicherheit wusste ich nur, dass es immer noch dunkel und bitterkalt war.

«Zeit für einen Drink. Kommst du mit rein?»

Wir standen an der Ecke Bergen und Hoyt Street vor dem Brooklyn Inn, einer Kneipe aus dem neunzehnten Jahrhundert, in der ich noch nie gewesen war.

Ich gähnte. «Warum nicht?», erwiderte ich trotz meiner Müdigkeit, da ich nicht wollte, dass Billy in seinem Zustand allein in einer Bar hockte.

Beim Eintreten hatte ich den Eindruck, als ob wir in die Zeit zurückreisten, in der dieses Haus erbaut worden war: dunkle Holzvertäfelung, lange Holztheke, Barhocker mit dunklen Ledersitzen, üppige Buntglasfenster über einer Tür, die ins Hinterzimmer führte, und Gaslampen, die zwar auf Strom umgerüstet worden waren, aber nur spärliches Licht spendeten. Überraschend viele Gäste saßen an der Theke, tranken und redeten miteinander. Eigentlich hätte ich erwartet, dass die Leute längst schliefen, weil sie morgen früh zur Arbeit mussten. Doch dann kam mir ein anderer Gedanke: Seit dem wirtschaftlichen Niedergang und dem Beginn der großen Rezession hatten viele Menschen ihre Jobs verloren, weshalb Kneipen vermutlich zu den wenigen Läden gehörten, die noch gut liefen.

Wir setzten uns an die Theke und bestellten bei einem Barkeeper mit einem schwarzen Kinnbart und Diamantohrsteckern zwei sogenannte Winterspecials – laut Kreidetafel über der Bar «heiß und geheimnisvoll». Er stellte eine Schale mit Erdnüssen vor uns, und ich griff sofort zu, denn ich merkte auf einmal, wie hungrig ich war.

«Servieren sie hier auch Essen?», fragte ich Billy.

Er schüttelte den Kopf. «Nur Nüsse.»

Ich nahm mir noch eine Handvoll. Im Spiegel hinter der Theke entdeckte ich das Zifferblatt einer runden weißen Uhr, deren kleiner Zeiger auf der Zwei stand. Endlich wusste ich, wie spät es war.

Unsere Drinks kamen. Glühwein mit einem Schuss Rum. Das süße, heiße Getränk stieg mir sofort in den Kopf, entspannte und wärmte mich, sodass ich innerhalb kürzester Zeit meinen Pulli auszog und die langen Ärmel meines Baumwollshirts hochschob. Billy entledigte sich seiner Jacke und öffnete die beiden oberen Hemdknöpfe.

Beherzt bestellten wir die nächste Runde.

«Jetzt mach schon», forderte ich ihn auf. «Rede mit mir.»

«Was soll ich sagen?» Er lehnte sich auf seinem Stuhl ganz nach hinten und verschränkte auf dem Bauch die Finger ineinander. Seine braunen Knöchel schienen von einem weißen Puder überzogen zu sein, und etwas an seiner schrundigen, trockenen Haut vermittelte mir das Gefühl, dass er unter Einsamkeit litt. Oder vielleicht stimmte es mich auch nur traurig, dass ihm nach all dem, was er heute Nacht erlebt hatte, nichts Tröstlicheres einfiel, als mit mir in eine Bar zu gehen. Er hatte, wie ich nur zu gut wusste, geliebt und diese Liebe verloren, er war jedoch niemals verheiratet gewesen. Auch schmerzte mich der Gedanke, dass sein Beruf, den er seit zwanzig Jahren ausübte und der die einzige feste Größe in seinem Leben war, nun äußerst schädlich für sein seelisches Gleichgewicht zu sein schien.

«Wie lange hast du diese Flashbacks schon?»

Sein dunkles Auge wanderte zu der braun gestrichenen, mit dekorativen Zinnquadraten geschmückten Decke, als müsse er ganz akribisch nachrechnen. Ich vermutete jedoch, dass ihm die Antwort auf der Zunge lag, er allerdings nicht darüber reden mochte. Das Erlebnis des ersten Flashbacks war gewiss genauso niederschmetternd, wie wenn der Arzt einem die Diagnose eröffnete, vor der man sich am meisten gefürchtet hatte: In der einen Minute fühlte man sich noch wohl, und in der nächsten stand man mit einem Fuß im Grab. Niemand würde den Tag vergessen, an dem so etwas sich ereignet hatte.

«Vor etwa vier Monaten», bekannte er schließlich. «Mac habe ich erst neulich davon erzählt.»

«Ziemlich lange Zeit, um einsam zu leiden.»

Er schluckte, musterte uns im Spiegel hinter der Bar und nickte bedächtig. Ich vermochte nicht zu erkennen, ob sein Nicken sich auf die lange Zeit, das Leiden, die Einsamkeit oder dies alles bezog.

«Ich habe mich dagegen gesperrt und gehofft, dass sich das von allein wieder gibt.»

«Wie oft ist es inzwischen vorgekommen?»

«Heute zum dritten Mal.»

«Und immer an einem Tatort?»

Er richtete den Blick auf mich und nickte.

«Hast du mal mit jemandem über posttraumatische Belastungsstörungen gesprochen?»

«Nur während der Therapiesitzungen, nachdem ich angeschossen wurde, aber zu jener Zeit ging es mir noch gut. Und wäre ich dafür anfällig gewesen, hätten sich die Symptome von PTBS schon viel früher gezeigt.»

«Pete Soronack.»

Er nickte.

«Des Lee.»

Jetzt wandte er den Blick ab.

Pete und Des hatten einander nicht gekannt, doch das ganze NYPD und ein Großteil der Bewohner dieser Stadt wussten von ihnen. Diese zwei Polizisten hatten bei ihrer Arbeit Grauenvolles erlebt: Anschließend hatten beide entsprechend den Vorschriften drei Stunden mit Psychologen gesprochen und pflichtschuldig eine Auszeit genommen; danach waren beide für arbeitsfähig erklärt worden. Und dann, etwa ein Jahr später, tauchten beide Männer zufällig am gleichen Tatort auf, da sie zur selben Zeit in einem Unterbezirk von Queens Streife fuhren, als über Funk ein Fall von häuslicher Gewalt gemeldet wurde. Als sie vor dem Haus aufkreuzten und auf den aufgebrachten, bewaffneten Gatten trafen, konnte keiner von beiden reagieren. Damals kriegte Pete seinen ersten Flashback, und später stellte sich heraus, dass Des schon seit mehreren Wochen von solchen Intrusionen heimgesucht wurde. Die beiden Polizisten litten unter einer – inzwischen chronischen – posttraumatischen Belastungsstörung, die sich oftmals erst mit zeitlicher Verzögerung zeigte. Anstatt zu reagieren, kehrten sie wie Zeitreisende in die Vergangenheit zurück und ließen tatenlos mehrere Minuten verstreichen. Bis eine Handvoll Kollegen auftauchten, um sie zu unterstützen, hatte der Ehemann vor den Augen seines sechsjährigen Sohnes zuerst seine Frau und anschließend sich selbst erschossen.

«Du musst mit jemandem reden», riet ich.

«Karin, dann kann ich meinen Job an den Nagel hängen, und darauf bin ich nicht erpicht.»

Doch ich hatte ihn während eines Flashbacks erlebt und wusste, wie schlecht er diese Sache im Griff hatte. Daher war ich der felsenfesten Überzeugung, dass er seinen Beruf mit Sicherheit vergessen konnte, sofern er sich diesem Problem nicht bald stellte. «Ich denke nicht, dass dir noch eine andere Wahl bleibt.»

Er drehte sich auf seinem Barhocker um und spähte in das Hinterzimmer. «Da gibt es einen Billardtisch. Hast du Lust, ein paar Kugeln zu versenken?»

Ich überlegte kurz. Es wäre nicht sinnvoll, sich zu dieser späten Stunde noch hinzulegen, da Ben stets gegen sechs Uhr putzmunter aus dem Bett hüpfte, ich für den kranken Mac heute einspringen und den Kleinen um neun in den Kindergarten bringen musste. «Gern.»

Der Billardtisch stand in der Mitte eines großen Raumes mit kastanienbraunen Wänden und hohen, vergitterten Fenstern. Vor zwei Wänden waren Holzstühle aufgereiht. Die Luft im Hinterzimmer roch ziemlich abgestanden, was vermutlich der Tatsache zuzuschreiben war, dass hier jahrzehntelang gequalmt und Drinks verschüttet worden waren. Auf einer Kreidetafel, die an einer schmalen Theke lehnte, standen noch die Namen früherer Spieler.

Wir spielten eine Stunde lang Pool und verloren dabei kein Wort mehr über Billys Problem. Wir sprachen auch nicht darüber, dass sein *Freund*, der Serienmörder, heute Nacht wieder zugeschlagen hatte und dass ein bislang nicht identifiziertes Mädchen bewusstlos und mutterseelenallein auf einer heruntergekommenen Straße aufgefunden worden war – nur ein paar Meter vom anderen Tatort entfernt. Es war spät, wir waren erschöpft, und so spielten wir eben Billard. Um halb vier rief der Barkeeper die letzte Runde aus und löschte dreißig Minuten später kurzerhand das Licht. Zu unserer Verwunderung stellten wir fest, dass wir – abgesehen vom Barmann, der hinter uns abschloss – als Letzte die Kneipe verließen. Er nickte uns noch kurz zu, ehe er sich umdrehte und sich auf den Heimweg machte. Das Licht einer Straßenlaterne ließ seine Diamantohrstecker für den Bruchteil einer Sekunde in der Dunkelheit aufleuchten. Dann verschwand er und ließ Billy und mich allein in dieser stillen Straße zurück.

«Noch mal danke, Karin.» Billy beugte sich vor und küsste meine Wange.

«Versprich mir, dir von jemandem helfen zu lassen.»

Sein Grinsen verriet mir, dass er meinen Rat nicht beherzigen würde.

Kapitel 3

Da ich die Erfahrung gemacht hatte, dass wenig Schlaf manchmal schlimmer war als gar keiner, kochte ich Kaffee, frühstückte und las, bis Ben gegen sechs Uhr aufwachte. Als ich hörte, wie er durch den unteren Flur tapste, eilte ich die Treppe hinunter, um ihn abzufangen, ehe er Mac aufweckte.

«Mami!» Er blieb vor der Schlafzimmertür stehen, drehte sich um und rannte mir entgegen. Ich schloss ihn in die Arme und steckte die Nase in seinen verstrubbelten Haarschopf.

«Pst», flüsterte ich. «Daddy ist immer noch krank. Wir sollten ihn schlafen lassen.»

Auf Zehenspitzen gingen wir nach oben und begannen den neuen Tag so wie jeden Morgen. Ben verdrückte eine Schale Haferflocken, ich setzte mich mit einer Tasse Kaffee zu ihm und lauschte, wie er begeistert von dem roten Sportwagen redete, den er tags zuvor auf der Straße gesehen hatte. Er stand generell auf Autos, und ganz besonders auf schnelle. Heute fiel es mir allerdings schwer, mich auf sein Geplapper zu konzentrieren, denn in Gedanken kehrte ich zu den Ereignissen der vergangenen Nacht und zu dem Mädchen auf dem Gehweg zurück. Aus irgendeinem unerfindlichen Grund wurde mir jedes Mal, wenn ich an ihre blau lackierten Nägel dachte, ganz mulmig.

«Kawumm!» Ben holte einen gelben Sportwagen aus der Brusttasche seines Schlafanzugs und ließ ihn über den Tisch brausen. Plötzlich flog das Spielzeugauto durch die Luft und landete in seinem Orangensaftglas. «Mami, sieh doch! Maretti kann schwimmen!» «Maretti» war eine Verschmelzung von Vor- und Nachnamen des berühmten Rennfahrers Mario Andretti. Bedauerlicherweise gab es erste Anzeichen, dass Ben nach mir kam und eine Schwäche für alles hatte, was nach Gefahr roch.

«Maretti muss jetzt ein Bad nehmen.»

«Nein, es *gefällt* ihm.»

Er trank seinen Saft aus, ohne das Auto aus dem Glas zu fischen, das ich dann ausspülte und zum Trocknen auf das Abtropfregal stellte. Anschließend machte ich Ben für den Kindergarten fertig. Unsere Teilzeitbabysitterin Chali holte ihn dort um zwölf Uhr ab und verbrachte den Nachmittag mit ihm, sodass ich Mac bei seiner Arbeit unterstützen, Seminare belegen oder beides tun konnte. Heute freute ich mich allerdings schon darauf, mich schlafen zu legen, nachdem ich ihn im Hort abgeliefert hatte. Er setzte seinen Helm auf und ließ sich von mir die Jacke und Fäustlinge anziehen. Ich trug sein Bobby-Car die Treppe hinunter, dann gingen wir aus dem Haus und genossen den strahlenden Wintermorgen. Die dünne Eisschicht, die das Fortkommen vergangene Nacht so erschwert hatte, war in der Sonne geschmolzen. Dafür war ich sehr dankbar, denn ich hätte dem Jungen nicht erlauben dürfen, mit dem Spielauto auf spiegelglatten Wegen zum Kindergarten zu fahren – und es hatte bisher jedes Mal Streit gegeben, wenn ich so etwas Ben ausreden musste.

So aber lief ich munter hinter Ben her, der wie eine Rakete die Smith Street hinunterschoss, und musste mehreren Passanten ausweichen, die ihm Platz machten. Da Ben im Gegensatz zu vielen seiner Altersgenossen nicht unter Trennungsängsten litt, löste die morgendliche Verabschiedung im Kindergarten glücklicherweise kein Drama aus. Ich brauchte ihn nur in seinem Raum abzuliefern und war drei Minuten später schon wieder zur Tür hinaus.

Auf dem Rückweg erblickte ich mehrere Menschen, die mir früher schon aufgefallen waren, wenn ich ausnahmsweise Ben zum Kindergarten gebracht hatte. Offenbar gehörte es zu den festen Abläufen ihres Alltags, um diese Uhrzeit hier zu sein: der

Mann im Businessanzug und offenen Mantel, der zur U-Bahn hastete; die junge Frau mit den pelzbezogenen Kopfhörern, die ganz gemächlich ging; der alte Dominikaner mit der blauen Strickmütze, der auf einer Bank vor dem italienischen Restaurant saß; drei Männer in den Vierzigern, die mich an die drei Musketiere erinnerten und immer wie aus dem Ei gepellt wirkten, aber mit ihren Hüfthosen, den grellbunten Turnschuhen und den schräg auf den Köpfen sitzenden Baseballkappen viel zu jugendlich gekleidet waren.

Als ich schließlich die letzte Kreuzung erreichte und in die Bergen Street einbog, dachte ich nur noch an eines: an Schlaf.

* * *

Stunden später wachte ich in einem siedend heißen Bett auf, das sich klaustrophobisch anfühlte. Mac lag so reglos neben mir, dass ich annahm, er schliefe tief und fest. In dem Raum war es unglaublich stickig, was kaum verwunderte, da Mac stark schwitzte und wir im Winter immer nur kurz lüfteten. Ich strampelte die Decke weg, streckte mich genüsslich und gähnte laut.

«Du bist wach», bemerkte er mit dünner, heiserer Stimme.

Ich stützte mich auf meine Ellbogen und warf einen Blick auf die grüne Anzeige der Digitaluhr. «Es ist schon nach eins. Sind Ben und Chali da?»

«Schon 'ne ganze Weile.»

Ich legte mich wieder auf den Rücken. «Gut.»

«Und?»

«Wie fühlst du dich?»

«Beschissen. Was ist gestern Nacht passiert?»

«Puh … das willst du gar nicht wissen.»

«Doch, sonst hätte ich ja nicht gefragt …» Ein Hustenanfall

ließ ihn verstummen. Ich ging ins Badezimmer und brachte ihm ein frisches Glas Wasser. Er setzte sich auf, trank gierig und starrte mich dann an. «Jetzt erzähl schon. Ich muss meine Stimmbänder schonen.»

Ich streckte die Hand aus und berührte seine Stirn. «Wir müssen unbedingt dein Fieber messen.»

Er warf mir einen wütenden Blick zu. Trotz Husten, Schnupfen und hohem Fieber interessierte er sich im Moment nur für das, was sich vergangene Nacht zugetragen hatte.

Ich lenkte ein und erzählte ihm, dass Billy wie ein gottverlassener Obdachloser auf dem Gehweg halluziniert hatte. Dann berichtete ich von dem Mädchen, dem Mord und wie ich versucht hatte, mit Billy über sein PTBS zu sprechen, und an seiner Sturheit gescheitert war.

«Falls er sich nicht helfen lässt, wird das schlimm enden», erklärte ich zum Schluss.

Mac legte sich auf die Seite und richtete seinen fiebrigen Blick auf mich. «Sobald ich wieder auf dem Damm bin, knöpfe ich ihn mir vor.»

«So einen Flashback hautnah mitzuerleben ist ziemlich verstörend. Billy konnte sich nicht dagegen wehren, er war ganz woanders.»

«Das haben Flashbacks offenbar so an sich.» Er drehte sich um, nahm ein Taschentuch, schnäuzte sich und warf es danach in den Mülleimer, der auf seiner Seite des Bettes stand.

«Wie kommt es, dass Billy unter PTBS leidet», wunderte ich mich, «und wir nicht? Schließlich ist das, was wir durchgemacht haben, genauso schlimm.»

«Glück und Zufall, denke ich.»

«Der arme Billy. Ihn so zu sehen, hat mich schwer mitgenommen.»

«Vielleicht kann ich später mit ihm reden, denn egal, wie mies ich mich auch fühle, das große Spektakel möchte ich auf gar keinen Fall verpassen.» Heute Abend würde im hiesigen CVJM das monatliche Treffen von Anwohnern und der Polizei stattfinden, auf dem Billy für seinen Heldenmut und seinen Einsatz für die öffentliche Sicherheit ausgezeichnet werden sollte.

«Glaubst du, die anderen sind scharf darauf, sich bei dir anzustecken, Mac?»

«Ich werde Abstand halten.»

«Und wie willst du dich auf den Beinen halten, wo du nicht mal fünf Minuten lang aufrecht sitzen kannst? Lass es gut sein. Ich gehe an deiner Stelle.»

«Mal sehen. Wie hieß noch gleich diese Polizistenselbsthilfegruppe?», fragte er.

«Weiß ich nicht mehr. Wenn du mich fragst, macht er so dicht, dass er da nie und nimmer hingeht.»

Er versuchte aufzustehen.

«Was hast du vor?», fragte ich.

«Ich will meinen Laptop holen.»

«Lass mich das machen.»

Ich holte den Rechner aus seinem Büro am anderen Ende des Flurs und fuhr ihn hoch. Dann schaltete ich die Nachttischlampe an, setzte mich auf das Bett und googelte so lange, bis ich die Organisation fand, von der Mac gesprochen hatte.

«POPPA – *Police Organization Providing Peer Assistance*.»

«Treffer.»

Ich klickte den Link an und begann zu lesen. «Hier steht, dass ungefähr die Hälfte aller traumatisierten Bullen früher oder später PTBS kriegt und nur ein Bruchteil davon Hilfe in Anspruch nimmt. Bei dieser Gruppe unterstützen die Kollegen sich gegenseitig. Gute Idee, oder?»

Mac nickte und putzte sich die Nase.

«Und sie treffen sich hier in New York», fügte ich hinzu.

Er beugte sich zu mir hinüber, um einen Blick auf den Bildschirm zu werfen. «Großartig.»

«Nur könnten die Treffen genauso gut in Minnesota stattfinden», gab ich zu bedenken. «Wenn er keine Hilfe will, geht er da auch nicht hin.»

«Wir werden ihn bearbeiten.»

Ich klickte den Link *Polizistenselbsthilfegruppe* an. «Die treffen sich alle zwei Wochen in Lower Manhattan. Vielleicht kannst du ihn ja begleiten.»

«Kann ich machen.» Mac bekam wieder einen Hustenanfall und musste sich nach vorn beugen. Ich stellte die Schachtel mit den Kosmetiktüchern vor ihn und öffnete ein neues Suchfenster, denn ich wollte wissen, was der Reporter, den La-a angeschnauzt hatte, über den Mord geschrieben hatte und ob die Meldung überhaupt schon im Netz kursierte.

ZEHNTES OPFER lautete die Schlagzeile der Online-Ausgabe der *Daily News*. MORDSERIE GEHT WEITER meldete die Titelseite der *New York Post*. SERIENMÖRDER SCHLÄGT WIEDER ZU – *Die Jagd auf Prostituierte nimmt kein Ende – Zehntes Opfer innerhalb von zwei Jahren* hatte die *New York Times* im Lokalteil ausschweifend getitelt. Sämtliche Artikel erwähnten nur am Rande, dass sich unweit des Tatorts ein Autounfall ereignet hatte und das Opfer ins Krankenhaus gebracht worden war.

Ich recherchierte weiter und erfuhr, dass in ein paar New Yorker Blogs über das barfüßige Mädchen diskutiert wurde, das angefahren worden war. Da *Brownstoner* und *Gothamist* über die Kleine berichteten, konnte man davon ausgehen, dass sich morgen die traditionellen Medien auf das Thema stürzen würden.

«Das Mädchen wurde ins New York Presbyterian Hospital in Manhattan gebracht», berichtete ich Mac und scrollte nach unten. «Sie heißt Abby Dekker, ist elf Jahre alt, besucht das Packer Collegiate und geht in die fünfte Klasse. Sie und ihre Eltern wohnen hier in Boerum Hills.»

«Dekker», meinte Mac nachdenklich. «Da läutet etwas bei mir.»

Ich überflog die Seite. «Hier steht, dass sie nicht bei Bewusstsein ist. Man hat sie in ein künstliches Koma versetzt, um auf diese Weise die Schwellung zu vermindern, die von einer Kopfverletzung stammt.»

«Armes Ding.»

«Sie war noch so *jung*.»

«‹Ist›, nicht ‹war›», korrigierte er mich. «Immerhin lebt sie ja noch.»

«Ihre Eltern müssen krank vor Angst sein.»

«Google mal Dekker. Mich interessiert, was die Suche ergibt. Irgendwie kommt mir der Name bekannt vor.»

Mac rückte näher und fixierte den Bildschirm, während ich die *Enter*-Taste drückte. Die ersten drei Treffer verwiesen auf einen Bestsellerautor, der Thriller schrieb, einen Staubsaugerhersteller und eine Managementfirma. Wir klickten den vierten Eintrag an, der uns zum professionellen Internetauftritt eines Unternehmens führte. Auf dieser Website war das offizielle Mitarbeiterprofil von einem gewissen Reed Dekker eingestellt. Ein typisches Bewerbungsfoto zeigte einen Weißen mittleren Alters mit ordentlich gescheitelten braunen Haaren. Er sah ziemlich gut aus, wirkte seriös und hatte ein triumphierendes Funkeln in den Augen.

«Ich wusste es!», rief Mac.

Ich warf meinem Mann, dessen Miene erstrahlte, einen verwunderten Blick zu. «Du kennst ihn?»

«Das ist Reed. Ich unterhalte mich öfter mit ihm im Fitnessstudio. Er hat mir erzählt, er würde bei einer Bank arbeiten.»

Wir studierten das Profil. «Na, da hat der Mann aber ganz

schön tiefgestapelt, Mac. Schau mal. Er ist *Senior Vice President* bei Goldman Sachs.»

«Du machst Witze, oder?»

«Weißt du, was solche Typen verdienen? Millionen, Riesenbonus inklusive. Ich wusste ja gar nicht, dass du im Fitnessstudio mit Superreichen verkehrst.»

«Wir schwitzen gemeinsam auf irgendwelchen Crosstrainern, mehr nicht.»

Ich las Reed Dekkers Biographie. «Hier steht es … Er wohnt mit Frau und Tochter in Brooklyn Heights. Das ist komisch. In den Blogs stand, Abby Dekker würde in Boerum Hills leben. Was stimmt jetzt?»

«Sie wurde in Boerum Hills angefahren …» Er brach ab, um einen Schluck Wasser zu trinken.

«Und zwar mitten in der Nacht. In dem Fall passt Boerum Hills besser. Hat Reed Brooklyn Heights in seiner Biographie erwähnt, weil es vornehmer klingt? Wie auch immer … er könnte es sich auf jeden Fall leisten, in den Heights zu wohnen.»

«Ich mochte den Typen.»

«Er ist *auch* nicht tot», erinnerte ich Mac, wohl wissend, weshalb ihm dieser Versprecher unterlaufen war. Tragödien verändern Familien. Das einzige Kind der Dekkers, von einem Auto angefahren und ernsthaft verletzt, lag nun im Koma. Als Vater konnte Mac durchaus nachempfinden, was sein Kumpel aus dem Fitnessstudio gerade durchmachte.

«Stimmt schon. Reed Dekker ist nicht –» Ein Klopfen an unserer Schlafzimmertür ließ ihn innehalten.

«Ben?», rief ich. «Chali?»

«Ich habe Sie reden gehört», ertönte Chalis gedämpfte Stimme im Flur.

«Herein.» Ich schwang meine Beine über die Bettkante, setzte mich hin, schaltete meine Nachttischlampe an und wartete.

«Leg deine Hand auf den Knauf», hörte ich sie in diesem ungezwungenen Ton sagen, den sie bei Ben immer anschlug. «Braver Junge. Und nun drehen.»

Da nichts passierte, erhob ich mich, um die Tür zu öffnen. Chali stand im Flur und hielt ein Tablett mit zwei dampfenden Schüsseln in ihren Händen. Wie üblich hatte sie die Haare zu einem Pferdeschwanz zusammengefasst. Trotz der zierlichen Figur und den funkelnden braunen Augen konnte man sie nicht als klassische Schönheit bezeichnen. Allerdings versprühte sie viel Energie und Optimismus, was einem Wunder gleichkam angesichts der Tatsache, dass sie in Indien eine *Harijan,* ein «Kind Gottes», gewesen war, also den Kastenlosen angehörte. Dieser menschenunwürdigen Ausgrenzung war sie durch ihre Umsiedlung in den großen Schmelztiegel New York City entkommen.

Mit gerade einmal sechsundzwanzig Jahren war Chali eine weitere Witwe in meinem direkten Umfeld, auch wenn ihre Witwenschaft sich stark von der meiner Mutter oder meiner eigenen unterschied. Im zarten Alter von vierzehn hatte sie eine Tochter auf die Welt gebracht, nachdem sie mit einem Vierundsechzigjährigen zwangsverheiratet worden war. Als sie mir schilderte, wie sie vor vier Jahren neben ihrem toten Gatten aufgewacht war – er hatte nachts einen Herzinfarkt erlitten –, erweckte sie den Eindruck, dass dieser Verlust sie nicht sonderlich deprimiert hatte. Eine ganze Weile lang hatte sie gegen die drohende Armut gekämpft und verzweifelt versucht, sich und ihre kleine Tochter Dathi über Wasser zu halten. Doch schließlich hatte sie aufgegeben, ihr Kind – wie viele andere Mütter in der Dritten Welt – einem Familienmitglied anvertraut und war Tausende von Meilen gereist, um ihre Sippe aus der Ferne finanziell zu unterstützen. In dieser Hinsicht unterschied sich Chali, die für mich ansonsten eine einzigartige Person war, nicht im Geringsten von den Heerscharen anderer Kinderfrauen und Haushälterinnen, die nach Amerika flohen, schweren Herzens die eigenen Kinder zurückgelassen hatten und sich um fremde Familien kümmerten, um die eigene in der alten Heimat durchzubringen. Sie besaß einen scharfen, wenn auch wenig gebildeten Verstand, zeichnete sich durch eine erfrischende Mischung aus Frohnatur und Ehrlichkeit aus und war darüber hinaus absolut zuverlässig. Bislang hatte sie uns noch nie im Stich gelassen, und ich wusste, dass sie dies auch in Zukunft nicht tun würde. Je länger sie für uns arbeitete – inzwischen tat sie dies seit mehr als einem Jahr –, desto stärker sah ich in ihr ein Familienmitglied.

Ben stieß die Tür weit auf, sprang sofort auf das Bett und schlüpfte zu Mac unter die Decke. «Daddy brennt!»

«Daddy ist krank», warnte Chali. «Lass ihn in Ruhe.»

«Nein, schon gut», sagte Mac. «Ich kann eine Umarmung gut gebrauchen.»

«Ich habe etwas zum Mittagessen zubereitet.»

«Chali, das ist wirklich sehr nett, aber ich bin nicht krank», erklärte ich.

Sie schmunzelte. «Umso besser. Setzen Sie sich bitte, und nehmen Sie mir die Suppe ab, bevor ich sie noch verschütte.»

Ich stellte eine der Schalen auf meinen Nachttisch und half Chali, das Tablett auf Macs Schoß zu platzieren. Gemeinsam suchten wir ein paar Kissen zusammen, damit er im Sitzen essen konnte. Während wir ihm halfen, sich aufzurichten, erhaschte Chali einen Blick auf den Laptop, auf dem Reed Dekkers Porträt zu sehen war.

«Ich kenne ihn, aber ich weiß nicht, woher», meinte sie.

«Mac kennt ihn aus dem Fitnessstudio», erklärte ich. «Da er in unserem Viertel wohnt, bist du ihm bestimmt schon mal begegnet.»

«Könnte durchaus sein.» Sie machte diese für Inder so typische Kopfbewegung, die Zustimmung signalisierte. «Aber den Namen Dekker habe ich auch schon mal irgendwo gehört.»

«Seine Tochter wurde vergangene Nacht von einem Auto angefahren. Das ist auch einer der Gründe, wieso ich heute so lange geschlafen habe. Billy war am Tatort, und ich habe mich dort mit ihm getroffen.»

Ben löste sich aus Macs Umarmung, glitt vom Bett und stürmte aus dem Zimmer.

«Bleiben Sie im Bett und ruhen Sie sich aus», empfahl Chali, ehe sie Ben hinterherlief. «Ich komme nachher noch mal und hole das Tablett.»

Ich hörte ihre Schritte, als sie nach oben gingen und dann dort im Wohnzimmer herumliefen.

Nachdem wir unsere Suppe gegessen hatten, beschloss ich, meine E-Mails abzurufen und anschließend zu duschen. Keine der eingegangenen Nachrichten war wichtig. Ich wollte schon aufstehen, drehte mich dann aber noch mal zu Mac um und sah, dass er die Decke wieder bis zum Kinn hochgezogen hatte.

«Soll ich auch deine abrufen?» Gestern Morgen hatten wir eine Anzeige auf *Craigslist* geschaltet, denn wir suchten für Macs Firma MacLeary Investigations eine Teilzeitkraft für das Büro. Da die Geschäfte gut liefen, brauchten wir dringend Unterstützung, um die anfallenden Arbeiten zu bewältigen. Für Interessenten hatten wir seine E-Mail-Adresse angegeben, und ich nahm an, dass er noch keinen Blick in seinen Posteingang geworfen hatte.

Er nickte.

Ich öffnete sein Postfach und wurde von der Fülle der Nachrichten erschlagen.

«Was für eine Resonanz!» Ich drehte den Laptop so, dass er den Bildschirm sehen konnte. «Und es kommen noch weitere Antworten herein.»

Einhundertsiebzehn Personen hatten bislang auf seine Anzeige reagiert, und während wir aus dem Staunen gar nicht mehr herauskamen, trafen zwei weitere ein. Und dann noch eine und noch eine. Nicht zu fassen, wie viele Menschen sich auf eine läppische Teilzeitstelle bewarben. In unserer Anzeige stand: *Büroangestellte für zwölf Stunden in der Woche gesucht, Bezahlung bis zu fünfzehn Dollar die Stunde*.

Ohne zu überlegen, öffnete ich die nächstbeste Bewerbung. «Also, die stammt von einer Frau, die zwei Jahrzehnte lang ein Theater am Broadway gemanagt hat.»

«Überqualifiziert.»

Ich öffnete eine andere Mail. «Hier bewirbt sich jemand mit einem Harvard-Abschluss in Landschaftsarchitektur, der für die Stadt drei Jahre lang Spielplätze entworfen hat.»

«Überqualifiziert.»

«Dann hat sich ein Schauspieler gemeldet, der eine Hauptrolle in *Law&Order* hatte. Und eine Frau mit einem Doktortitel in Mikrobiologie … sie hat an der University of Pennsylvania promoviert.» Ich warf Mac einen Blick zu, der mich fassungslos anstarrte. «Das ist doch verrückt. Warum interessieren sich solche Leute für unser Job-Angebot?»

«Denk an die Wirtschaftslage, Dummerchen.»

Richtig. Der Wirtschaft ging es gerade überhaupt nicht gut, und all die vielen Bewerbungen von überqualifizierten Menschen stützten nur die Horrormeldungen, die Tag für Tag in den Nachrichten verkündet wurden.

«Kann nicht dein Kumpel Dekker ein paar Millionen zugunsten von uns Normalbürgern lockermachen? Letzte Woche wurde gemeldet, dass Goldman Sachs einen Riesenprofit gemacht hat und die Gehälter und Boni wieder so üppig sind wie vor der Rezession.»

«Ja, das habe ich auch gelesen.»

Gerade als ich mich aus Macs Postfach ausloggte, kam eine weitere Bewerbung herein. «Da eine Auswahl zu treffen wird schwierig. Morgen versuche ich, mir einen groben Überblick zu verschaffen und eine Vorauswahl zu treffen. Die ganze Sache wird wohl aufwendiger als gedacht.»

«Wir brauchen Hilfe, um eine Bürohilfe auszusuchen.» Als Mac Anstalten machte, über seinen eigenen Witz zu lachen, bekam er gleich den nächsten Hustenanfall. Ich gab ihm einen Kuss auf die heiße Stirn, verabreichte ihm noch eine Ibuprofen und verschwand im Badezimmer.

* * *

Zwanzig Minuten später lag ich in unserem sonnendurchfluteten Wohnzimmer auf dem Boden, während ich Ben auf den ausgestreckten Füßen balancierte und dabei seine Hände hielt. Er liebte es, wenn ich ihn so hin und her schaukelte, beinahe fallen ließ und in allerletzter Sekunde auffing.

Als es unten an der Tür klingelte, ließ sich Ben kichernd auf meinen Bauch plumpsen.

«Ich gehe schon!», rief Chali, die in der Küche ihre E-Mails abrief. Da sie daheim keinen eigenen Computer hatte, benutzte sie meinen, um Kontakt mit ihrer Tochter zu halten.

«Lass nur. Ich mache auf.» Ich erhob mich und ging zur Tür.

Auf dem Weg nach unten hörte ich, wie Chali Ben abfing, der mir folgen wollte. «Halt, wir müssen erst deine Zeichenblöcke wegräumen. Oder willst du lieber ein Fort bauen?»

Ich spähte durch den Spion. Zu meiner Überraschung stand Billy vor der Tür, die ich sogleich öffnete.

«Morgen.» Er beugte sich vor und küsste mich auf die Wange. Er roch, als hätte er gerade geduscht und sich mit Rasierwasser eingerieben.

«Hast du etwas Besonderes vor?», erkundigte ich mich.

«Ich hatte den Eindruck, dass ich mich gestern Nacht wie ein Idiot verhalten habe, und wollte mich für mein Verhalten entschuldigen.»

«Du weißt aber schon, dass das nicht notwendig ist, oder? Möchtest du reinkommen?»

In dem Moment sah ich, wie die Postbotin auf dem Bürgersteig vor unserem Haus anhielt. Sie griff in ihre große Tasche, kam die Stufen hoch und reichte mir mehrere Briefe. Dabei warf sie Billy, dessen Augenklappe oft Aufmerksamkeit erregte, einen flüchtigen Blick zu. Billy tat so, als nähme er keine Notiz von ihr.

«Danke, Terry», sagte ich.

«Schönen Tag noch.»

«Das wünsche ich Ihnen auch.»

Ich schaute ihr hinterher, während sie die Treppe hinunterrannte und dann ihren Taschenwagen weiterschob. Als ich mich wieder Billy zuwandte, fiel mir auf, wie er das gegenüberliegende Haus musterte. Bei diesem Bauwerk handelte es sich um ein ganz gewöhnliches, vierstöckiges Backsteinhaus, das sich von allen anderen Häusern in unserer Straße kaum unterschied. Dennoch war an ihm etwas Besonderes: Auf dem Dach dieses Gebäudes hatte Billy bei einem Schusswechsel mit seiner Geliebten ein Auge verloren. Bislang hatte er jedes Mal, wenn er uns einen Besuch abstattete, so getan, als existiere dieses Haus gar nicht. Dass er es heute zum ersten Mal zur Kenntnis nahm und wie gebannt anstarrte, stimmte mich traurig. Was hätte ich darum gegeben, seinen Schmerz zu lindern, ihm sein rechtes Auge zurückzugeben, das Rad der Zeit zurückzudrehen und zu verhindern, dass Jasmine in sein Leben trat. Mac und ich hatten tatsächlich einen Umzug in Erwägung gezogen, damit Billy nicht jedes Mal, wenn er zu uns kam, an die schrecklichen Ereignisse jenes schicksalhaften Tages erinnert wurde. Doch da die Immobilienpreise stark gefallen waren, hatten wir nicht die Möglichkeit, unsere Maisonette-Wohnung zu einem halbwegs vernünftigen Preis zu verkaufen und woanders im Viertel unsere Zelte aufzuschlagen. So war uns nichts anderes übrig geblieben, als weiterhin hier zu wohnen.

«Komm rein, Billy. Hier draußen ist es einfach zu kalt.»

Ich hängte gerade seine Jacke an die Flurgarderobe, als Ben auf ihn zugestürmt kam. Chali schien bei Billys Anblick kurz zu zögern. Die Farbe wich aus ihrem Gesicht, weil es ihr – wie ich mutmaßte – nicht passte, dass Ben vom Aufräumen abgelenkt wurde. Oder lag ich da falsch? Doch was auch immer der Auslöser für ihre Reaktion sein mochte, es beunruhigte sie nur kurz, denn kurz darauf lächelte sie wieder gut gelaunt.

«Pirat Bill!»

«Ahoi, Maat!» Billy kniete sich hin und umarmte Ben. «Wo ist dein Hut? Du trägst ja gar keine richtige Montur. Willst du mal über die Planke gehen?»

Ben flitzte davon und kam kurz darauf zurück. Nun thronte ein schwarzer Piratenhut mit weißem Totenkopf und gekreuzten Knochen auf seinem Haarschopf. Billy hatte ihm den Hut letztes Jahr zu Weihnachten geschenkt. Seit diesem Geniestreich zeigte Ben nicht mehr andauernd auf Billys Augenklappe, sobald dieser bei uns auftauchte, sondern die beiden schlüpften einfach in die Rolle von Piraten.

«Wie lauten meine Befehle, Pirat Bill?»

Billy richtete sich wieder auf und massierte melodramatisch sein Kinn. «Fessele die Prinzessin!»

«Wird gemacht, Bill!»

«Nicht *schon* wieder.» Lachend lief Chali in die Küche, holte die Schnur, setzte sich mitten im Wohnzimmer auf einen Stuhl und ließ sich von Ben fesseln.

Währenddessen verzogen Billy und ich uns in die Küche, wo

ich uns Kaffee einschenkte. In seine Tasse gab ich einen Schuss Milch. Ich trank meinen schwarz.

«Wie geht es Mac?»

Ich schüttelte den Kopf. «Hoffentlich zieht sich diese Grippe nicht ewig hin.»

«Ein Virus geht gerade rum. Ein paar von meinen Arbeitskollegen, die's auch erwischt hat, mussten eine Woche daheimbleiben.»

«Billy, können wir über gestern Abend reden?»

«Das wird nicht wieder vorkommen.»

«Woher willst du das wissen?»

«Ich spüre es», antwortete er ungerührt. Doch er klang benommen und womöglich sogar leicht irritiert. Mir kam es vor, als hätte sich seine Abneigung, den Tatsachen ins Auge zu sehen, in den letzten Stunden noch verstärkt.

«Es gibt da diese Selbsthilfegruppe namens POPPA ...»

«Ich will nicht darüber sprechen.»

«Aber du kannst nicht ewig die Augen davor verschließen.»

«Es gibt Wichtigeres als mich und meine Probleme, Karin. Zum Beispiel das Mädchen, das gestern Abend angefahren wurde.»

Die Erinnerung an ihr Engelsgesicht und ihre blau lackierten Nägel versetzte mir einen Stich. «Abby Dekker. Ich habe heute Morgen recherchiert. Einmal abgesehen von ein paar spärlichen Fakten wurde über den Vorfall nicht groß berichtet.»

«Sie wohnt nur ein paar Blocks von hier. Leider ist es uns nicht gelungen, die Eltern zu kontaktieren. Ich habe Dash versprochen, mich darum zu kümmern. Sie ist gerade ziemlich gestresst, weil eins ihrer Kinder an einem Krippenspiel in der Schule teilnimmt und sie nicht überall gleichzeitig sein kann, blablabla.» Während er La-as Worte wiederholte, schüttelte er den Kopf und musste grinsen.

Manchmal hatte ich den Eindruck, dass die Spannungen zwischen den beiden die Arbeit für Billy erträglicher machten. Doch an gewissen Tagen hätte ich mir die Frau am liebsten zur Brust genommen und ihr befohlen, endlich mit dem ewigen Gejammer aufzuhören.

«Mac kennt den Vater – Reed Dekker. Er ist Banker und arbeitet bei Goldman Sachs.»

«Hat Mac zufällig seine Privatnummer? Seine Sekretärin sagt, er sei heute nicht ins Büro gekommen und sie wisse nicht, wo er steckt. Über das Festnetz ist er jedenfalls nicht zu erreichen.»

«Ich denke nicht, dass Mac seine Nummer hat. Nach dem, was ich gelesen habe, geht Abby auf das Packer Collegiate. Hast du schon mit der Schule gesprochen?»

«Die geben telefonisch keine Auskunft. Mann, wir wollen doch nur die Eltern finden, damit sie die Kleine im Krankenhaus besuchen können.»

«Verstehe.»

«Die Sekretärin der Schule hat sich bereit erklärt, bei Abby daheim anzurufen, und dabei erwähnt, dass die Mutter nicht berufstätig ist. Ich schaue dort jetzt mal vorbei.»

«Ich komme mit.»

«Also ehrlich, Karin …»

«Ist schon gut.» Ich stand auf. «Ich hole nur schnell meinen Mantel.»

«Das war nicht der Grund, weswegen ich hergekommen bin, und du weißt das ganz genau. Du kannst mich nicht begleiten. Es wirkt total unprofessionell, wenn ich während der Arbeit jedes Mal mit dir irgendwo aufkreuze. Wart's nur ab, bald glaubt Dash, ich hielte sie nicht für eine gute Partnerin, und auf den Stress kann ich gut und gern verzichten.»

«Ich muss ein paar Besorgungen machen und daher in die gleiche Richtung.»

«In welche Richtung?»

Jetzt hatte er mich überlistet, denn er hatte mir die Adresse der Dekkers nicht verraten. Das hinderte mich allerdings nicht daran, mir Mantel und Tasche zu schnappen. Anschließend wartete ich im Flur auf ihn.

«Bin gleich fertig mit dem Fesseln der Prinzessin, Pirat Bill!», rief Ben Billy zu, der durch das Wohnzimmer widerwillig auf mich zuging.

«Gute Arbeit, Maat! Und jetzt nimmst du ihr die Fesseln ab und … verfütterst sie an die Haie.»

Voller Begeisterung machte Ben sich an die neue Aufgabe.

«Danke, Billy», sagte Chali und strahlte übers ganze Gesicht.

«Ich glaube nicht, dass ich schon mal jemanden getroffen habe, der seinem Schicksal so frohgemut entgegensieht», meinte er.

«Sie wären auch glücklich, wenn Ihre Tochter bald aus Indien anreisen würde.»

«Wann ist denn der große Tag?»

«Am 1. Januar – Neujahr. Ich habe eben die Flugbestätigung erhalten. Sie wird eine Stunde früher als zunächst geplant eintreffen, was mich natürlich freut. Ich bin schon ganz aufgeregt.»

«Das ist ja großartig, Chali!», rief ich. Offenbar hatte sie die Mail wirklich gerade erst bekommen, denn sonst hätte sie mir schon früher davon erzählt. Chali plante das Wiedersehen mit ihrer Tochter bereits seit einer ganzen Weile, und ich vermutete, dass sie Dathi nicht zu ihrer Großmutter nach Indien zurückschicken wollte. Das Arrangement, dass Chali in den USA genug Geld verdiente, um für den Lebensunterhalt ihrer Familie und das Schulgeld ihrer Tochter aufzukommen, hatte gut funktioniert, aber die Großmutter wurde auch nicht jünger, und ihre Gesundheit ließ zu wünschen übrig.

«Sie können sich gar nicht vorstellen, wie sehr ich mein Kind vermisse.»

«Seit sie sich das letzte Mal gesehen haben, ist fast ein Jahr vergangen», erklärte ich Billy, während er seine Jacke anzog, und öffnete dann die Haustür. «Bin bald wieder da, Chali. Ich gehe kurz mit Billy weg … Ähm, nein, ich meinte, ich muss ein paar Besorgungen machen.»

«Lügen hast du echt nicht drauf», konstatierte Billy, bevor wir uns auf den Weg machten.

«Woher willst du das denn wissen? Möglicherweise bin ich eine so gute Lügnerin, dass es dir meistens gar nicht auffällt, wenn ich die Unwahrheit sage.»

Gemeinsam marschierten wir die Bergen Street entlang und damit ein Stück desselben Wegs, den wir erst vergangene Nacht zurückgelegt hatten. Irgendwann fiel mir auf, dass er aufgehört hatte, mich von meinem Vorhaben abzubringen, und da hörte ich auch auf, so zu tun, als hätte ich die Absicht, Besorgungen zu machen.

Wie sich herausstellte, waren die Dekkers quasi unsere Nachbarn: Sie wohnten nur zwei Blocks weiter unten zwischen der Hoyt Street und der Nevins Street. Gegen halb drei erreichten wir das Haus, stiegen die Stufen hoch und läuteten. Das Haus wirkte ungewöhnlich still und verlassen, was mich befremdete. Die Sonne schien so stark, dass ihre Strahlen von den Fenstern gespiegelt wurden. Niemand öffnete die Tür. Ich läutete abermals, während Billy sich vorbeugte und vergeblich versuchte, durch eines der Fenster zu spähen. Die Vorhänge waren zugezogen, so als ob heute Morgen in diesem Haus niemand aufgestanden wäre, um den neuen Tag hereinzulassen.

Kapitel 4

Wollen Sie zu den Dekkers?»

Ich drehte mich nach rechts und erblickte eine kleine Frau mit schwarz gelockten Haaren, die auf der Treppe nebenan stand und uns neugierig beäugte. Durch ihre offenstehende Haustür erhaschte ich einen Blick auf den auf Hochglanz gebohnerten Eichenboden, auf das untere Ende eines Geländers und auf einen prächtigen Kristalllüster. Im Wohnzimmer, das an den Flur angrenzte, stand eine kleine Staffelei mit einer plumpen Skizze von einem Baum. Eine orangefarbene Katze rieb ihren Kopf am Türrahmen, wagte sich jedoch nicht nach draußen in die Kälte.

«Richtig», antwortete Billy.

«Und … wer sind Sie?»

Ich spürte deutlich, wie bei Billy die Verärgerung aus allen Poren drang, und ergriff das Wort, um ein potenzielles Wortgefecht zu vereiteln.

«Es geht um Abby.»

Die Frau nickte. «Dann sind Sie also mit den Dekkers befreundet. Ich bin Gay.» Sie sagte das, ohne mit der Wimper zu zucken; offenbar war sie daran gewöhnt, falsch verstanden zu werden. Mir entging nicht, dass sie einen Ehering trug.

«Ich bin Karin und wohne ein paar Blocks die Straße hoch. Kennen wir uns vom Spielplatz?» Das war faustdick gelogen. Ich hatte sie noch nie zuvor gesehen, doch ich wollte ihr Vertrauen gewinnen. «Ben, mein Sohn, ist fast vier. Wir sind da ziemlich häufig.»

Gay lächelte. «Kann durchaus sein. Meine Tochter Sarah ist fünf. Was ist denn nun mit Abby?»

«Ich bin ja nicht gern die Überbringerin schlechter Nachrichten, aber Abby wurde gestern Nacht von einem Auto angefahren, und wir konnten ihre Eltern nicht erreichen.»

Entsetzen und Skepsis spiegelten sich in Gays Miene. Vermutlich fragte sie sich, woher wir Bescheid wussten, während ihr, der Nachbarin, noch nichts zu Ohren gekommen war. Billy, der instinktiv spürte, dass wir im Begriff waren, ihr Wohlwollen zu verlieren, griff in seine Tasche und zog seinen Ausweis heraus.

«Karin ist eine Freundin von mir und wohnt ein Stück die Straße hoch. Ich bin Kriminalbeamter und arbeite auf dem 84.»

«Was soll das denn sein?» Gay trat einen Schritt näher, um Billys Ausweis genauer in Augenschein zu nehmen.

«Das hiesige Polizeirevier.»

«Oh.»

Ich war einfach fassungslos, enthielt mich jedoch eines Kommentars. Wie konnte es sein, dass jemand weder das nächstgelegene Revier kannte noch wusste, wo es war oder wie man es im Notfall erreichte?

«Marta hat übers Wochenende unsere Katze Orangina versorgt. Ich habe mich gleich nach unserer Rückkehr gestern Abend per SMS bei ihr bedankt, aber dann nichts von ihr gehört. Ziemlich merkwürdig. Normalerweise hat sie ihr iPhone immer griffbereit und antwortet umgehend. Ich habe ihren Hausschlüssel. Soll ich …?» Ohne auf eine Antwort zu warten, lief sie in ihr Haus und kam mit einem Schlüsselbund zurück.

Nun hatte es mir endgültig die Sprache verschlagen. Was, wenn Billys Marke gar nicht echt gewesen wäre? Immerhin gab es unzählige Kriminelle und Betrüger, die durchaus in der Lage waren, Ausweise zu fälschen. Es mochte ja sein, dass ich das als ehemalige Polizistin überbewertete, aber Gays Naivität haute mich um. Gleichwohl verzichteten Billy und ich darauf, die Frau davon abzuhalten, die Tür aufzuschließen. Zwar durfte er als

Polizist ohne Durchsuchungsbeschluss keinen Fuß in das Haus setzen, doch mir, einer besorgten Nachbarin, war das durchaus erlaubt. Und Billy hatte mich ja tatsächlich als Mutter aus dem Viertel und nicht als Privatdetektivin vorgestellt. Darüber hinaus bearbeitete ich den Fall nicht, sondern begleitete Billy nur.

«Wenn einer von uns in den Urlaub fährt, sieht der andere nach dem Haus», erläuterte Gay und drehte den Schlüssel um hundertachtzig Grad, bis ein leises Klicken ertönte. Mit einem zweiten Schlüssel versuchte sie das obere Schloss aufzusperren, aber da tat sich nichts. «Komisch. Das hat doch sonst immer funktioniert.»

«Könnte sein, dass da gar nicht abgeschlossen worden ist», mutmaßte Billy.

Gay drehte den Knauf – und tatsächlich, die Tür öffnete sich. «Sehr eigenartig. Die Dekkers schließen immer beide ab. Hm, wenn ich es mir recht überlege …» Sie zog die Tür zu, schloss unten ab und sogleich wieder auf. «Bisher ist mir das noch nie aufgefallen, aber das untere schließt von allein. Das heißt doch, dass es gar nicht doppelt verriegelt ist, wenn man den Schlüssel nur halb drehen muss. Wie es aussieht, hat jemand das Haus verlassen und nur die Tür hinter sich zugezogen.»

Billy und ich tauschten vielsagende Blicke aus.

Mit hochgezogener Stirn öffnete Gay erneut die Tür und betrat das Haus.

«Marta? Ich bin's, Gay! Bist du da? Marta?»

Ich ließ Billy vor der Tür stehen und folgte Gay in die Diele, die wie in vielen anderen Sandsteinhäusern im Viertel mit dem Wohnzimmer zusammengelegt worden war, um den Vorstellungen von großräumiger moderner Architektur gerecht zu werden. Dekorative Details aus vergangenen Tagen waren restauriert worden und verliehen dem Raum den Charme des neunzehnten Jahrhunderts, doch gleichzeitig wurde dem Betrachter die Weitläufigkeit eines Lofts vorgegaukelt. Es gab eine Menge geschnitztes Holz, modische Teppiche, hochmoderne Lampen, antike Möbel und eine High-End-Stereoanlage. Auf dem unteren Treppenabsatz stand neben einem riesigen Spiegel eine hohe Vase auf einem Podest, ein Gebilde aus orangefarbenem und rotem Glas, das nur eine einzelne Blume aufnahm und wirkte, als würde es beim leisesten Luftzug zerbrechen. In einer Ecke des Wohnzimmers gab es einen Stutzflügel, auf dem mehrere Bilderrahmen standen. Auf einer Aufnahme waren Reed, der breit grinste, und Marta gemeinsam abgelichtet. Sie trug hübsche Ohrringe, die teilweise von dem rotbraunen Haar verdeckt wurden, das bis zu den Schultern herabhing. Auf dem nächsten Bild, das sicherlich ein Berufsfotograf geschossen hatte, waren alle drei Familienmitglieder zu sehen. Dann gab es noch ein Foto von Reed und einem Mann auf einem Fischkutter und ein halbes Dutzend Bilder von Abby, die sie in unterschiedlichen Lebensaltern zeigte.

«Marta!» Die Selbstverständlichkeit, mit der Gay sich in diesem Haus bewegte, machte deutlich, wie gut sie sich hier auskannte. Sie ging durch eine Tür mit Rundbogen. Dahinter war eine Kücheninsel mit gesprenkelter Granitplatte, auf der eine Keramikschale mit Äpfeln stand. Während ich Gay folgte, schaute ich mich im Essbereich um. Plötzlich stieß sie einen Schrei aus.

In der Küche lag ein Mann mit dem Gesicht nach oben in einer Lache aus Blut, das langsam zu trocknen begann. Er hatte die gleiche Haarfarbe wie Reed Dekker auf dem Profilfoto; doch sein zerschossenes Gesicht – ein blutiger Brei aus Fleisch und Knochensplittern – war bis zur Unkenntlichkeit entstellt. An der Decke und der Wand klebten Blutspritzer. Es kostete mich große Überwindung, noch einen Moment länger hinzusehen, ehe ich mich abwandte. Da es keinerlei Anzeichen von Maden gab, konnte Reed Dekker nicht länger als einen Tag tot sein. Ich legte die Hand auf den Mund, um mich nicht zu übergeben.

Am ganzen Leib zitternd, rannte Gay an mir vorbei nach draußen zu Billy und brach in Tränen aus.

«Was?», fragte er sie. «Bitte … beruhigen Sie sich. Ich kann Sie sonst nicht verstehen.»

Nun hielt auch ich es nicht mehr in dem Haus aus. Im Vorgarten blickte Billy verdutzt zu Gay, die sich über einen Tontopf mit gefrorener Erde und bunten Bändern beugte und würgte. Orangina, ihre Katze, stand jetzt auf der Treppe des Nachbarhauses und ließ sie nicht aus den Augen.

Billy wandte sich an mich. «Was ist da drinnen los?»

«Reed Dekker … ist tot.»

Ihm fiel die Kinnlade herab, als würden seine Kiefergelenke nicht mehr funktionieren. Innerlich wappnete ich mich schon, da ich befürchtete, die Nachricht könnte bei ihm erneut einen Flashback auslösen. Würde ich es *mitkriegen*, wenn das PTBS von seinem Verstand Besitz ergriff?

Glücklicherweise blieb er ganz der Alte und verwandelte sich nicht in Mr. Hyde. Mit einem leisen Seufzer holte er sein Handy heraus und sagte nur: «Ich muss das melden.»

Innerhalb von zehn Minuten tauchte die Verstärkung auf. Aus Zivilfahrzeugen, die vorfuhren und mitten auf der Straße parkten, stiegen Ermittler, die zusammen mit Billy das Haus betraten. Die Mitarbeiter der Spurensicherung kamen in einem ehemals weißen, jetzt von einer dicken grauen Staubschicht überzogenen Van und schleppten ihre Ausrüstung die Treppenstufen hoch. Streifenwagen blockierten beide Straßenenden. Die Namen aller Personen, die diesen Abschnitt verlassen oder betreten wollten, wurden notiert. Als die Medienvertreter auftauchten, verzog ich mich augenblicklich nach drinnen; um keinen Preis wollte ich Teil dieser Geschichte werden. Gay war längst in ihrem Sandsteinhaus verschwunden und hatte sich dort eingeschlossen.

Allem Anschein nach bewohnten die Dekker alle vier Etagen des Hauses, die nun von den Ermittlern akribisch durchsucht wurden. Über mir ertönten laute Schritte, die meine Aufmerksamkeit erregten, und instinktiv folgte ich diesem Geräusch. Dass mich niemand des Hauses verwies, kam mir sehr gelegen. Aus Erfahrung wusste ich, dass man Schaulustige an der ihnen eigentümlichen Mischung aus Angst, Fassungslosigkeit und Konfusion entlarven konnte. Da ich solche Situationen von früher zur Genüge kannte, fiel es mir leicht, in dem Chaos nicht weiter aufzufallen. Ein Detective kam die Treppe hinunter und nickte mir im Vorbeigehen zu. Ich folgte seinem Beispiel, ohne innezuhalten.

Im zweiten Stock des Hauses gab es drei Räume: ein Gästezimmer mit einem Doppelbett und einem Fenster, vor dem bunte Marimekko-Vorhänge angebracht waren; ein Büro mit einem schlichten Schreibtisch, zwei Flachbildmonitoren und einem teuren Bürostuhl; ein zweites Wohnzimmer, das wesentlich gemütlicher als das untere war, mit einem riesigen Flachbildfernseher und einer bequemen Couch. Die in diesem Wohnzimmer verstreuten Bücher, Puppen und Spielsachen legten den Schluss nahe, dass die Familie sich meistens hier aufgehalten hatte. Da nur ein einziger Kriminalbeamter diese Etage durchsuchte, musste der Krach, der meine Neugier geweckt hatte, von weiter oben kommen.

Je höher ich stieg, desto lauter wurde der Lärm. Auf dem oberen Treppenabsatz kam ich zunächst an einem Raum mit einem schmalen Bett vorbei, der nur Abby gehören konnte. Die Wände waren fliederfarben gestrichen, in den weißen Einbauregalen türmten sich Jugendbücher, und auf dem unaufgeräumten Schreibtisch standen ein weißer Laptop und ein Schmuckbaum mit mehreren Halsketten. Je weiter ich mich den Flur hinunterwagte, desto stärker wurde meine innere Unruhe. Ich kam an ein paar geschlossenen Türen vorbei, ehe ich das Zimmer am anderen Ende erreichte.

Im Elternschlafzimmer hatten sich Ermittlungsbeamte um das riesige Bett geschart. Der Raum war in einem Aprikosenton gestrichen und mit zwei Kommoden gleicher Bauart und einem Flachbildfernseher ausgestattet, der an der Wand gegenüber dem Bett hing. In der fahlen Wintersonne wirkte das Zimmer nahezu kärglich. Die Wand über dem Kopfende des Bettes wies kurioserweise ein apart anmutendes Muster aus Blutspritzern auf, das mich an die einzige Sternschnuppe erinnerte, die ich je gesehen hatte. Ich richtete den Blick auf das Bett und versuchte, trotz der anwesenden Ermittler etwas zu sehen.

Vom Türrahmen aus konnte ich nur ein Paar nackte, schmale und wächsern wirkende Füße erkennen. Die Fußnägel der Frau waren in demselben Blau wie Abbys Fingernägel lackiert. Sofern mich nicht alles täuschte, hatten sich Mutter und Tochter erst vor kurzem eine Maniküre und Pediküre gegönnt. Unwillkürlich musste ich an meine vor sechs Jahren ermordete Tochter denken, die ebenfalls im Bett zu Tode gekommen war. Bei der Erinnerung daran schnürte es mir den Magen zu. Als sich einer der Polizisten bewegte, erhaschte ich einen Blick auf Martas Gesicht – oder auf das, was von ihm übrig geblieben war – und rang nach Luft. Genau in dem Moment trennte sich ein Mitarbeiter der Spurensicherung von seinen Kollegen, drehte den Kopf und entdeckte mich. Er hatte am Kopfende des Bettes gestanden, seine Latexhandschuhe waren blutverschmiert.

«Kann ich Ihnen helfen?»

Ich hatte meine Nüchternheit und professionelle Wesensart verloren, sodass er in mir eine Außenseiterin sah, die mit polizeilicher Ermittlungsarbeit nichts zu tun hatte.

Ich räusperte mich und bemühte mich um Haltung. «Wie lange ist sie schon tot?»

«Sind Sie Journalistin?»

Auf einmal wandten sich alle um und musterten mich mit schroffen Mienen.

«Nein», versicherte ich. «Ich bin eine Nachbarin.»

«Schafft sie hier raus!», befahl er, woraufhin mich ein uniformierter Beamter nach unten eskortierte.

Während ich zum Eingang gebracht wurde, kam Billy aus der Küchentür. Aus Sorge vor einem weiteren Flashback warf ich ihm einen warnenden Blick zu.

«Ich kümmere mich um sie», sagte Billy vollkommen ruhig zu dem Polizisten, doch kaum war dieser verschwunden, schlug er einen anderen Ton an. «Warum bist du noch hier, Karin?»

«Geht's dir gut?»

«Ja.»

«Warst du oben?»

«Bisher noch nicht.»

«Dann lass es lieber bleiben.» Es stand zu befürchten, dass Marta Dekkers Anblick ihn aus der Bahn werfen würde. Wie Billy war den beiden Dekkers ins Gesicht geschossen worden, nur dass sie es nicht überlebt hatten. Wie sollte sich Billy da nicht an damals erinnern?

In dem Augenblick verließ La-a die Küche und nahm von mir Notiz. «Bist du neuerdings ein Tatort-Groupie, Karin?»

«Bin nur zufällig mit Billy die Straße hinuntergegangen.»

«Muss ich deinem Mann jetzt stecken, dass du und Billy was am Laufen habt?» Sie stemmte die Hände in die Seiten und legte den Kopf schräg. Ich war mir nicht ganz sicher, aber ich meinte, sie zwinkern zu sehen.

«Wie war das Krippenspiel deiner Tochter?»

«Kurz und nett.»

Billy legte die Hand auf meinen Arm und dirigierte mich weg. «Karin wollte sich gerade verabschieden, Dash.»

«Schon? Wo die Party doch gerade erst anfängt!»

«Bis bald, Dash.» Ich musterte Billy, der ungeduldig am unteren Treppenabsatz wartete, schüttelte den Kopf und flüsterte eindringlich: «Lass es bleiben.»

Vor dem Haus lauerte eine Schar Nachbarn hinter wissbegierigen Journalisten und Pressefotografen, die von einer Handvoll Polizisten in Schach gehalten wurden. Kaum machte ich einen Schritt nach draußen, wurden Kameras gezückt. Verglichen mit dem gestrigen Mord an einer Prostituierten erregte das Abschlachten eines wohlhabenden Paares in einem Viertel mit vielen hochwertig sanierten Häusern deutlich mehr Medieninteresse, was kaum verwunderte. Ich hingegen musste immer wieder an die junge Frau denken, die man gestern Nacht tot auf dem vereisten Asphalt gefunden hatte. Ihren Namen kannte ich immer noch nicht. Kannte ihn überhaupt jemand? Und kümmerte es eigentlich irgendwen, dass sie tot war?

Hinter mir wurde die Haustür geschlossen und zugesperrt. Ich stieg die Stufen hinunter und wurde sofort mit Fragen bombardiert.

«Was ist da drinnen passiert?», erkundigte sich ein Reporter.

«Wir hörten, zwei Menschen sind tot. Können Sie das bestätigen?», wollte der Nächste wissen.

«Wie heißen Sie?»

«Stimmt es, dass in dem Haus zwei Personen ermordet wurden?»

«Gehört das Haus Reed Dekker? Ist er Banker? Ist Martha Dekker seine Frau?»

Marta, hätte ich am liebsten dem jungen Mann mit dem Schlangen-Tattoo, dessen unteres Ende sich um seine Hand wand, und den mit Augenmotiven tätowierten Ohrläppchen zugerufen. *Sie heißt Marta und nicht Martha. Du weißt rein gar nichts über diese Menschen. Und ich auch nicht. Niemand weiß, was sich da drinnen abgespielt hat oder weshalb sie ermordet wurden.* Doch ich hielt meinen Mund, trat auf den Bürgersteig und marschierte die Bergen Street entlang. Der Bursche von eben verfolgte mich und bedrängte mich unablässig mit Fragen, bis ich mich an der Absperrung vorbeizwängte.

Ich stieg gerade die Vordertreppe hoch, als ich Billy bemerkte. Im Schnellschritt und mit hochgestelltem Jackenkragen näherte er sich mir; die Hände hatte er in die Hosentaschen gesteckt.

«Wie bist du an den Journalisten vorbeigekommen?», fragte ich, als er an meine Seite trat. Aufgrund seiner Größe, Hautfarbe, der Augenklappe und der Tatsache, dass man ihn im Zusammenhang mit dem berüchtigtsten Serienmörder der Stadt, der immer noch auf freiem Fuß war, wiederholt interviewt hatte, war Billy so bekannt wie ein bunter Hund. Dass er berühmt war, behagte ihm gar nicht.

«Habe den Kopf eingezogen und bin einfach losgerannt.»

«Hast du … sie gesehen?»

Er nickte, getraute sich allerdings nicht, mich anzuschauen.

«Bist du in Ordnung?»

«Fühlte mich am Tatort ein bisschen mulmig und habe mich deswegen vom Acker gemacht. Dash habe ich erzählt, ich würde jetzt ins Krankenhaus gehen und nach Abby sehen.»

«Und … Tust du das?»

«Kommst du mit?»

«Möchtest du das denn?»

«Nein», erwiderte er und grinste.

«Lass mich kurz sehen, wie es Mac geht. Dann begleite ich dich.»

Billy folgte mir nach drinnen. Im Haus war es still; offenbar war Chali mit Ben auf den Spielplatz gegangen. Billy wartete im Wohnzimmer, während ich nach unten ging und nach Mac sah. Er schlief tief und fest. Ich marschierte wieder nach oben und hinterließ auf einem Notizzettel für Chali die Nachricht, dass ich mich verspäten würde. Ich hatte sie gebeten, am Abend auf Ben aufzupassen, damit Mac und ich zu dem Treffen um neunzehn Uhr gehen und Billy moralischen Beistand leisten konnten. Nun würde ich dort wohl ohne Begleitung erscheinen, es sei denn, Mac wurde auf wundersame Weise gesund.

Wir gingen bis zur Court Street hoch, einer Einkaufsstraße, die meiner Vorstellung von *Deep Carroll Gardens* entsprach und noch nicht hochwertig saniert worden war wie die meisten anderen Gebiete in diesem Viertel. Die Straße führte nach Brooklyn Heights; dort wollten wir in den Expresszug steigen. Auf dem Weg berichtete Billy, was er in Erfahrung gebracht hatte.

«Beiden wurde aus kurzer Entfernung einmal ins Gesicht geschossen.»

«Hat man die Tatwaffe gefunden?»

«Noch nicht.» Er schüttelte den Kopf. «Da war ziemlich viel Wut im Spiel … Jemand hat die beiden nicht sonderlich gemocht.»

«Reeds Gesicht …» Ich wünschte, den Anblick vergessen zu können. «Glaubst du etwa, der Täter war irgendein Irrer, der zufällig dort reinschneite?»

«Es gibt keine Anzeichen, dass eingebrochen wurde.»

«Also haben sie den Täter hereingelassen.»

«Oder er war bereits dort. Hoffentlich kann Abby uns in dem Punkt weiterhelfen.»

«Könntest du dir vorstellen, dass *sie* …» Den Gedanken führte ich nicht weiter aus. Das Mädchen im Schlafanzug mit Schäfchenmuster *konnte* einfach keine Mörderin sein.

«Ist doch egal, was ich denke, Karin. Ich mache nur meinen Job.»

«Wird man bei ihr einen Schmauchspurentest machen?» Nicht, dass solche Rückstände auf der Haut jetzt noch nachzuweisen wären, da man das Mädchen im Krankenhaus bestimmt gewaschen hatte.

«Ihre Kleidung ist im Labor.»

Wir bogen in die Joralemon Street und stiegen dann die steile U-Bahnhof-Treppe hinunter. Auf halbem Weg drehte ich mich zu Billy um.

«Könnte es deiner Meinung nach eine Verbindung zu der Frau von vergangener Nacht geben? Immerhin wurde Abby ganz in der Nähe des letzten Opfers vom –»

Er ließ mich nicht ausreden. «Das ist ziemlich weit hergeholt, Karin. Das Haus der Dekkers liegt gleich um die Ecke von der Nevins Street … Etwas ist in dem Haus passiert, und Abby ist dann einfach weggelaufen. Die Stelle, wo wir sie gefunden haben, ist ja nicht weit von ihrem Haus entfernt. Unser Serienmörder bringt Prostituierte um, und wie wir alle wissen, bieten Nutten auf der Nevins ihre Dienste an. So ist das nun mal in einer Großstadt: Man geht einen Block weiter, und schon tut sich ein total anderes Universum auf. Ich würde also keine Verbindung suchen, die wahrscheinlich überhaupt nicht existiert.»

«Nur … wie groß ist die Wahrscheinlichkeit, dass innerhalb weniger Stunden all diese Dinge in solcher Nähe zueinander passieren, ohne dass es einen Zusammenhang gibt?»

«Das war einfach ein Scheißtag in Brooklyn.»

«Vielleicht ist demjenigen, der Abby angefahren hat, etwas aufgefallen.»

«Kann sein, kann auch nicht sein. Im Labor wird nicht nur nach Schmauchspuren, sondern auch nach Farb- und Metallpartikeln gesucht. Ob das etwas bringt – wer weiß? Aber falls doch, und wenn wir Glück haben und den Wagen und den Fahrer finden – wie groß ist da die Wahrscheinlichkeit, dass er die Dekkers umgebracht und Abby entführt hat, sie ihm entkommen ist und er sie dann umgefahren hat, ehe er die nächste Hure abgeschlachtet hat?»

«Klingt ziemlich plemplem, Billy.»

«Genau.»

«Aber falls er oder sie etwas gesehen hat …»

«Wäre prima.» Er bedachte mich mit einem höhnischen Grinsen, denn er arbeitete schon lange als Polizist und hatte gelernt, seine Hoffnungen nicht allzu hoch zu schrauben und sich ausschließlich auf Fakten zu konzentrieren.

«Ich hab's kapiert. Wenn da nur nicht dieses Gefühl wäre …»

«Keine Gefühle, Karin. Fakten. Vergiss deine Gefühle. Ich muss jetzt jedenfalls unbedingt mit Abby sprechen oder – falls sie nicht bei Bewusstsein ist – einen anderen Zeugen auftreiben, der etwas …»

Ich wartete kurz und beendete dann den Satz für ihn. «Beobachtet hat.»

Billy hielt dem Fahrkartenverkäufer seine Marke vor die Nase, der ihn sogleich durchließ. Ich zog meine Monatskarte durch den Schlitz und zwängte mich durch das Drehkreuz. Eine weitere Treppe führte zum Bahnsteig, wo wir auf die U-Bahn warteten. Wie üblich roch es hier unten nach faulen Eiern, aber dafür war es auch beträchtlich wärmer. Die Schienen begannen zu vibrieren, und dann tauchte ein Zug der grün gekennzeichneten Linie 5 auf. Wir drängten uns in den Wagen und fuhren eine halbe Stunde, ohne ein Wort zu wechseln. Als wir an der Haltestelle Lexington Avenue ausstiegen und die Treppe hochstiegen, setzte in Manhattan schon die Dämmerung ein und färbte den Himmel grau.

Der Fußmarsch zum Fluss und zu dem an der 68th Street

gelegenen Eingang vom New York Presbyterian Hospital, wo Abby auf der Komansky-Kinderstation lag, dauerte nur zehn Minuten. Kaum hatten wir die York Street überquert und hielten auf die halbrunde Auffahrt vor dem Eingang zu, bemerkten wir fünf Übertragungswagen mit hoch aufragenden Antennen. Die Reporter lauerten neben den Drehtüren und warteten, dass etwas passierte.

Erwartungsgemäß stürzten sie sich umgehend auf Billy, sobald sie ihn sahen.

«Kein Kommentar», verkündete er mit fester Stimme.

Wir gingen durch den Haupteingang, wo es zuging wie in einem Bienenstock, und wurden umgehend zur pädiatrischen Intensivstation geschickt. Dass wir vor dem richtigen Fahrstuhl standen, schlossen wir aus den dort herumlungernden Reportern.

«Ein Kommentar zu den Morden, die in direkter Nachbarschaft verübt wurden», fragte eine Frau mit riesiger Pelzmütze, «und zu dem Mädchen, das etwa zur selben Zeit angefahren wurde?»

Billy warf ihr einen bitterbösen Blick zu, ehe er den Lift betrat und mit mir in den fünften Stock fuhr.

Wir blieben im Flur vor Abbys Privatzimmer stehen. Man hatte Billy gebeten, auf jemanden zu warten, der uns über alles Wesentliche informieren würde, vor allem über die Grundregeln im Umgang mit Komapatienten im Allgemeinen und mit dieser Patientin im Besonderen. Ich verabscheute Krankenhäuser mit ihren Hochglanzböden, der schauerlichen, von einzelnen Schreien durchbrochenen Stille und dem grauenvollen antiseptischen Chaos. Das einzige nicht traumatische Ereignis in einem Hospital war die Geburt eines Kindes, und selbst da konnte einiges schiefgehen. Kurz dachte ich an den letzten Oktober – an Julie, Marisa oder Zoe – und kämpfte angesichts des emotionalen Aufruhrs, von dem ich in Augenblicken wie diesem heimgesucht wurde, gegen die Tränen an. Als ich mich wieder einigermaßen im Griff hatte, verspürte ich ein Hochgefühl, dem jedoch gleich schiere Verzweiflung folgte. Manchmal wünschte ich mir mein Prozac zurück, das bei mir nicht so richtig funktioniert oder wenigstens nicht das erwartete Resultat geliefert hatte. Ich schaute auf Billy, der mit geschlossenen Augen an einer Wand lehnte, und überlegte, ob ihm wohl Antidepressiva helfen könnten.

Schließlich näherte sich uns eine Frau mit ausgestreckter Hand. Billy hörte ihre Schritte, öffnete die Augen und ging auf sie zu.

«Ich bin Sasha Mendelsohn. Entschuldigen Sie, dass das so lange gedauert hat.» Sie war klein, hatte kurzes rotes Haar, Sommersprossen und trug einen weißen Kittel mit Namensschild, auf dem kein Doktortitel vermerkt war. «Ich weiß nicht, ob man Ihnen am Empfang erklärt hat, dass ich als Abbys medizinische Betreuerin fungiere. Falls Sie also Fragen oder Bedenken haben oder mit einem Arzt sprechen möchten, dann wenden Sie sich bitte an mich, und ich, ähm, kümmere mich darum.»

«Detective Staples, Brooklyn, 84. Polizeirevier.» Billy schüttelte ihre Hand. «Das hier ist Karin Schaeffer, die mich in diesem Fall berät. Wir waren beide gestern Nacht am Unfallort und gehen der Sache nun nach. Können wir sie sehen?»

«Wir sind uns darüber im Klaren, dass Sie die Kleine befragen möchten», antwortete Sasha. «Aber Sie müssen sich leider gedulden, bis wir sie aus dem Koma holen. Momentan ist ihr Zustand noch sehr kritisch.»

«Haben Sie eine Ahnung, wie lange das dauern wird?»

«Ich wünschte, ich könnte Ihnen eine Antwort auf diese Frage geben.» Ihr Blick ruhte auf Billys Augenklappe. «Wie haben Sie das Auge verloren?»

«Was bringt Sie denn auf die Idee, ich hätte es verloren?», entgegnete er schneidend. Ihre direkte, wenig feinfühlige Frage rechtfertigte seinen Tonfall.

«Die Augenklappe.»

«Was, wenn ich mit einem blinden Auge auf die Welt gekommen bin oder eine bakterielle Infektion habe?»

«In beiden Fällen tragen die Betroffenen nach meiner Erfahrung keine Augenklappe.»

«Ich will nicht darüber reden.»

«Tut mir leid, dass ich das Thema angesprochen habe … Ehrlich. Es geht mich nichts an.»

«Wann können wir mit Abby sprechen?»

«Das kann Tage oder gar Wochen dauern.»

«Womöglich ist sie unsere einzige Zeugin. Sie ist noch jung und schwer verletzt, das ist uns bewusst. Doch die Zeit drängt.»

«Lassen Sie es mich Ihnen erklären», begann sie, während ihr Blick zwischen uns beiden hin- und herwanderte. «Sie wurde in ein künstliches Koma versetzt, um eine potenzielle Schädigung des Gehirns zu verhindern. Das Koma hilft, die Schwellung zu verringern, die wiederum die Blutversorgung des Gehirns beeinträchtigen könnte, was lebensbedrohlicher wäre als alle anderen Verletzungen. Es handelt sich also um eine Vorsichtsmaßnahme, um den Gesamtorganismus zu entlasten. Leider hat sie noch weitere Traumata. Eines ihrer Beine ist gebrochen und wurde eingegipst. Zudem sind vier Rippen und das Schlüsselbein gebrochen, worum wir uns ebenfalls gekümmert haben. Damit die Brüche heilen, muss Abby ruhiggestellt werden. Das Koma stellt ihren Körper *und* ihr Gehirn ruhig. Derzeit ist dies die einzig probate Vorgehensweise.»

«Gut.» Billy bemühte sich zwar, Verständnis zu zeigen, doch sein grantiger Ton entlarvte ihn. «Können Sie den Zeitrahmen nicht etwas genauer benennen?»

«Billy», ermahnte ich ihn, «sie müssen tun, was für Abby am besten ist.»

Sasha überlegte kurz. «Ich kann Sie ein paar Minuten zu ihr lassen», bot sie uns an.

«Das wäre ganz wunderbar», sagte ich.

«Warten Sie kurz.» Vorsichtig öffnete sie Abbys Tür, warf einen Blick in das Krankenzimmer und bedeutete uns dann, ihr zu folgen.

Vergangene Nacht hatte ich, überwältigt von dem Umstand, dass es sich um zwei Tatorte handelte, nicht sofort erkannt, dass es sich bei dem Unfallopfer um ein Kind handelte, doch hier stach es einem sofort ins Auge. In dem großen weißen Krankenhausbett wirkte ihr schmaler, zerbrechlicher Körper, gefangen in einem Wirrwarr aus Gipsverbänden, Bandagen und Schläuchen, beinahe verloren. Ihr linkes Bein, vom Fußgelenk bis zur Hüfte eingegipst, sodass nur die verschiedenfarbig lackierten Zehennägel zu sehen waren, ruhte auf der Decke. Ihre Arme lagen reglos neben dem Körper. Als mein Blick auf ihre blauen Fingernägel fiel, verspürte ich wieder ein merkwürdiges Gefühl. Ihre Rippen wurden von dem Krankenhausnachthemd verdeckt, während das linke Schlüsselbein, von blauen Flecken überzogen und gebrochen, unter dem durchsichtigen medizinischen Klebeverband deutlich zu erkennen waren. Man hatte ihr den Schädel kahl rasiert, und ein weißer Mullturban verbarg die Kopfverletzungen. Die Blutergüsse auf der linken Gesichtshälfte waren schwerer als die auf der rechten. Entweder hatte der Fahrer sie links erwischt, oder sie war nach dem Zusammenstoß auf diese Seite gefallen. Eine Mund- und Nasensonde mündete auf ihrer Brust in dickere Schläuche, die mit lebenserhaltenden Maschinen verbunden waren.

Sasha warf mir einen vielsagenden Blick zu, woraufhin ich mein Pokerface aufsetzte und in mein Alter Ego schlüpfte, in die knallharte Polizistin, die alles wegsteckte – oder sich das zumindest einbildete. Nun verstand ich, weshalb Sasha uns erlaubt hatte, Abbys Zimmer zu betreten: Der erbarmungswürdige Zustand der Kleinen überzeugte selbst den größten Skeptiker davon, dass ihr Leben an einem seidenen Faden hing. Am liebsten hätte ich das bemitleidenswerte, mutter- und vaterlose Mädchen in die Arme geschlossen, doch das war natürlich vollkommen unmöglich. Der Gedanke, dass man sie irgendwann aus dem künstlichen Koma holen und ihr erklären würde, dass ihre Eltern tot waren, stimmte mich unendlich traurig.

Oder wusste sie schon, was geschehen war?

Was wusste sie überhaupt?

Das war hier die große Frage.

Kapitel 5

Ein ohrenbetäubendes Pfeifen hallte durch die Turnhalle des CVJM, woraufhin ein kleiner grauhaariger Mann, der unter dem Basketballkorb stand, zusammenzuckte und auf Distanz zum Mikrophon ging. In seiner Funktion als Vorsitzender des Komitees koordinierte Howie Marcus die Kommunikation zwischen dem 84. Polizeirevier und den Bewohnern des Stadtviertels. Welchen Beruf er ausübte, wusste ich nicht, doch es war offensichtlich, dass er es nicht gewohnt war, in ein Mikrophon zu sprechen. Während die drei Polizisten, die hinter Marcus standen, sich trotz des Lärms nicht rührten, presste einer der Gäste – er hatte breite Koteletten und saß in der mittleren Reihe auf einem Klappstuhl – die Hände auf die Ohren, bis die Lautsprecheranlage so eingestellt wurde, dass es keine Rückkopplungen mehr gab. La-a saß ein paar Reihen weiter vorn zwischen zwei Jungs, wahrscheinlich ihre Söhne. Dass sie in ihrer Freizeit hierherkam, um Billy bei der Preisverleihung moralisch zu unterstützen, überraschte mich keineswegs, denn tief in ihrem Innern war sie trotz ihrer harten Schale eine gute Seele.

«So ist es besser», verkündete Howie. «Jetzt können wir fortfahren. Wie ich bereits sagte oder sagen wollte …» – er hielt kurz inne, weil ein paar Zuschauer lachten –, «… ehe ich das Mikrophon Detective Gates überlasse, also … Ich möchte unsere Jugendlichen eindringlich bitten, nicht zu rauchen, und die Eltern daran erinnern, dass sie eine Vorbildfunktion haben und besser auch auf Zigarettenkonsum verzichten. Detective Gates?»

Ein Mann in dunklem Anzug und pinkfarbenem Hemd sowie mit einer Pistole, die am Gürtel befestigt war, nahm Howies Platz unter dem Basketballkorb ein. Dass man sich in dieser weitläufigen Turnhalle ausgerechnet für diese Stelle als Rednerplatz entschieden hatte, amüsierte mich: Irgendein Schlaumeier war auf die kuriose Idee gekommen, direkt unter dem Korb das Mikrophon für die Redner und davor zwei Reihen Klappstühle aufzustellen.

«Zuerst möchte ich mich bei allen bedanken, die heute Abend hier erschienen sind. Wie Howie bereits erwähnt hat, veranstalten wir einmal im Monat diese Treffen, die ein wichtiger Bestandteil der Öffentlichkeitsarbeit unseres Reviers sind. Auf diese Weise lernen wir die Bewohner dieses Viertels kennen, die uns bei dieser Gelegenheit Fragen stellen können. Zuerst aber möchte ich kurz über Identitätsmissbrauch sprechen.»

Ich drehte den Kopf und schaute mich um. Seit unserem Eintreffen waren weitere Besucher erschienen, die meisten davon ältere Herrschaften. Darüber hinaus waren auch ein paar von den für dieses Viertel so typischen Hipstern gekommen, ein deutliches Zeichen für den demographischen Wandel in unserer Nachbarschaft. Eines schönen Tages, wenn ihre nicht mehr ganz so coolen Tattoos auf der schlaffer werdenden Haut verblassten, würden sie die Alten sein, und dann würde eine neue Generation stylischer junger Menschen in ihre Fußstapfen treten.

Detective Gates griff in seine Tasche, zog ein kleines schwarzes Plastikgerät heraus und hielt es hoch.

«Das hier ist ein sogenanntes Vorsatzgerät, das Daten auf Magnetstreifen liest. Sehen Sie den Schlitz in der Mitte? Nehmen wir mal an, Sie sind in einem Restaurant, und der Kellner geht mit der Rechnung und Ihrer Kreditkarte kurz weg. Wenn er zurückkommt, hat er womöglich Ihre Karte durch dieses Gerät gezogen und ist im Besitz aller Informationen, die er braucht, um Ihre Karte zu kopieren. Sie unterschreiben, und damit hat er auch noch einen Durchschlag von Ihrem Autogramm. Mehr braucht er nicht. Am nächsten Tag fertigt er eine Karte an, die ihm den Zugriff auf Ihr Konto ermöglicht, und kann außerdem Ihre Unterschrift fälschen. Nun steht einer Einkaufsorgie auf Ihre Kosten nichts mehr im Weg.»

Ein leises Raunen ging durch die Turnhalle.

«Oder der Typ setzt ein Vorsatzgerät auf den Kartenschlitz Ihres Bankautomaten. Wenn Sie dann Geld abheben, kommt er an Ihre Daten ran. Die Person, die hinter Ihnen am Bankautomat steht, ist sein Partner und beobachtet, wie Sie Ihre PIN eingeben, und notiert sie sich. Jetzt können diese Typen Ihre Karte duplizieren und somit auch auf Ihr Bankkonto zugreifen.»

In der ersten Reihe hob eine Frau ihre Hand. Detective Gates nickte ihr zu.

«Wie kann jemand so ein Ding an einem Bankautomat anbringen, ohne dass das jemand mitkriegt?»

«Gute Frage. Sie warten eben, bis niemand in der Nähe ist. Der Komplize stellt sich dann mit einem großen Schirm vors Fenster und versperrt Passanten die Sicht, während sein Kumpel das Vorsatzgerät anbringt.»

«Wie kann man erkennen, dass so ein Vorsatzgerät angebracht wurde?», erkundigte sich ein Mann hinter mir.

«Prüfen Sie, ob da etwas wackelt. Fühlt es sich komisch an, ziehen Sie kein Geld. Wenden Sie sich an einen Bankmitarbeiter, falls die Filiale geöffnet hat. Und falls möglich, entfernen Sie das Gerät und erstatten Meldung.»

«Von dieser Nummer habe ich noch nie etwas gehört», murmelte jemand.

«Aus diesem Grund spreche ich das Thema ja an. Ich arbeite jetzt seit einem Jahr in der Abteilung Computerkriminalität und habe Dinge gesehen, die Ihnen nicht mal im Traum einfallen würden.»

«Ich habe eine Frage», meldete sich eine Frau mit fester Stimme zu Wort. Als ich mich umdrehte, sah ich, dass sie eine junge

Mutter war, die sich ihr Baby über die Schulter gelegt hatte und ihm nun vorsichtig auf den Rücken klopfte. «Aber es hat nichts mit Identitätsmissbrauch zu tun.»

«Nur zu. Bestimmt kann Ihnen einer von uns weiterhelfen.»

«Mein Mann und ich überlegen, hier in der Gegend ein Haus zu kaufen.»

«Dieses Viertel ist ein guter Ort für Familien», versicherte Gates und lächelte ermunternd.

«Das habe ich auch schon gehört, aber die Nachrichten von diesen Morden und dem kleinen Mädchen, das angefahren wurde, jagen mir eine Heidenangst ein. Auf einmal bin ich mir gar nicht mehr so sicher, dass es sich in diesem Viertel gut leben lässt.»

Unruhe machte sich breit; mehrere Leute meldeten sich gleichzeitig mit Handzeichen. Ich wurde unruhig, und Billys Kiefermuskel begann hektisch zu zucken. Er drehte den Kopf ganz bewusst nicht, um nicht allen sein Gesicht zu zeigen, doch irgendwann musste er sich zu erkennen geben. Zudem hatte er eine Baseballkappe aufgesetzt, damit man das Gummiband seiner Augenklappe von hinten nicht erkennen konnte. Innerlich versuchte ich mich schon auf den Augenblick einzustellen, wo er sich umdrehte und die Leute ihn erkannten. Schließlich war er nicht nur der Polizist, der heute Abend eine Auszeichnung erhielt, sondern auch der Mann, der seit Monaten den Serienmörder jagte.

Detective Gates hob die Hand, um die Menge zu beruhigen. «Wir werden dazu gleich Stellung beziehen. Zuvor möchte ich jedoch alle Anwesenden daran erinnern, dass wir unter den sechsundsiebzig Polizeirevieren in dieser Stadt auf Platz neunundsechzig sind, was die Verbrechensquote anbelangt. Daher ist die Behauptung, dass dieses Viertel ziemlich sicher ist, nicht aus der Luft gegriffen.»

Der Lärm wurde stärker, und ein Mann sagte laut: «Wenn drei Personen innerhalb von vierundzwanzig Stunden ermordet werden, fühlt sich das alles andere als sicher an.» Von allen Seiten erhielt er lautstarke Zustimmung.

Plötzlich erhob sich La-a und schaute sich mit grimmiger Miene um, doch dann warf sie einen Blick auf ihre Kinder und setzte sich wieder.

Die anwesenden Streifenpolizisten und Ermittlungsbeamten hatten offenbar entschieden, Billy und La-a den Wölfen nicht zum Fraß vorzuwerfen. Billy war heute Abend nur gekommen, um die Auszeichnung entgegenzunehmen. Und es würde die festliche Stimmung beträchtlich trüben, falls eine Meute aufgebrachter Bürger ihre aufgestaute Wut an ihm ausließ, ehe er die Plakette überreicht bekam, die deutlich sichtbar auf dem Tisch hinter Howie Marcus, Detective Gates und drei uniformierten Polizisten lag.

«Dies sind laufende Ermittlungen», begann Gates, «aber ich kann Ihnen verraten, dass – soweit ich weiß – bei dem Ehepaar in der Bergen Street nicht eingebrochen wurde. Es ist noch nicht einmal sicher, ob es sich überhaupt um Mord handelt. Und der andere Fall liegt vollkommen anders.»

«Der geht auf das Konto des Prostituiertenkillers», sagte in dem urplötzlich totenstillen Raum eine Frau mit leiser, zitternder Stimme. «So habe ich es jedenfalls gehört. Neuerdings treibt sich dieser bestialische Mörder in unserem Viertel herum.»

Die junge Mutter stand auf und verließ die Turnhalle. Wie es aussah, hatte sie sich gerade eben von der Idee verabschiedet, hier ein Sandsteinhaus zu kaufen.

«Diesem speziellen Fall widmet sich eine SOKO, und zwar rund um die Uhr –», verkündete Gates, ehe ihm der Mann mit den breiten Koteletten ins Wort fiel.

«Ich dachte, beide Fälle würden von denselben Ermittlungsbeamten bearbeitet. Warum?» Der Mann hielt nun einen Notizblock und einen Stift in den Händen: Offensichtlich war er ein Journalist.

«Ob das zutrifft, kann ich nicht sagen.» Gates' Blick wanderte kurz zu La-a und dann wieder zurück zu dem Journalisten.

La-a schnappte ihre Kinder und stürmte aus der Turnhalle. Billy sah ihr mit sehnsüchtigem Blick hinterher, als würde er sich am liebsten auch davonstehlen, aber da die Auszeichnung einer der Tagesordnungspunkte war, musste er ausharren.

«Da Sie offenbar Journalist sind», fuhr Gates fort, «würde ich vorschlagen, dass wir uns nach dieser Veranstaltung unterhalten.»

«Und warum nicht jetzt?», rief eine Frau.

«Genau!», unterstützte sie der Mann. «Wir alle möchten hören, was Sie zu sagen haben.»

«In Ordnung.» Gates lächelte gezwungen. «Glauben Sie mir, Fälle wie diese sind in unserer Gegend ungewöhnlich. Solche Morde werden nicht häufig verübt, und schon gar nicht am selben Tag oder Ort. Jedenfalls nicht in unserem Viertel. Und dennoch geschieht manchmal genau das, womit wir nicht rechnen. Aber wir werden nicht lockerlassen, das verspreche ich Ihnen.»

«Es ist hier ja längst nicht so sicher, wie Sie behaupten», murmelte ein älterer Herr direkt hinter uns; er sprach jedoch noch so laut, dass Gates seinen Kommentar hörte.

«Leute, das ist einer der sichersten Stadtteile in New York. Vertrauen Sie mir. Die Morde waren keine Zufallstaten, und wir werden beide Täter schnappen. Bis dahin tun Sie, was Sie immer tun, und verlassen sich auf Ihren gesunden Menschenverstand. Gehen Sie nur an die Haustür, wenn Sie jemanden erwarten. Laufen Sie nicht allein durch dunkle Gassen, wenn es sich irgendwie vermeiden lässt.»

«Und rauchen Sie nicht», scherzte ein junger Mann ganz

hinten, woraufhin die anderen Anwesenden in sarkastisches Gelächter ausbrachen.

Als ein paar Leute, die hinten saßen, sich murrend erhoben und fortgingen, trat Howie Marcus wieder vor das Mikrophon. Gates stellte sich zu den drei uniformierten Polizisten.

«Vielen Dank, Detective Gates, für Ihre Einführung über Identitätsmissbrauch.» Er wartete auf den obligatorischen Applaus, der nun recht spärlich ausfiel. «Nachdem wir den offiziellen Teil hinter uns gebracht haben, möchte ich Ihnen ein ganz besonderes Mitglied unserer lokalen Polizeitruppe vorstellen.»

Seit Wochen wusste Billy, dass dieses Komitee ihm eine Auszeichnung verleihen würde. Ich drehte mich zu ihm um, zwinkerte ihm zu und hoffte auf ein Lächeln, doch die Aufmerksamkeit, die ihm gleich zuteilwerden sollte, versetzte ihn augenscheinlich in Angst und Schrecken. Offenbar hatte er sich von der gestrigen Reise in die Vergangenheit immer noch nicht ganz erholt. Dass Mac nicht hier war, um ihn aufzumuntern, war mehr als schade. Im Unterschied zu mir wäre es ihm vielleicht gelungen, Billy den Rücken zu stärken. Oder war die Vorstellung, dass Macs Freundschaft Billy aufbaute, inzwischen vollkommen abwegig? Was, wenn überhaupt niemand mehr zu ihm durchdrang?

«Detective William Staples, würden Sie sich bitte erheben?»

Billy stand pflichtschuldig auf, faltete die Hände vor dem Bauch und drehte sich zu den Anwesenden um, die zuerst leise klatschten und dann die Luft anhielten.

«Ist *das* nicht der Detective?», fragte jemand laut.

«Er hat die ganze Zeit da gesessen!», rief ein anderer.

«Warum hat er nichts gesagt?»

«Was hat es mit all den Morden auf sich?»

«Sind wir nun sicher oder nicht?»

Mit erhobener Hand bat Billy um Ruhe. Als er zu reden begann, klang er wesentlich gefasster, als er sich meiner Einschätzung nach fühlte. «Ich verspreche Ihnen, Sie zu informieren, sobald wir mehr wissen, wenngleich ich Ihnen jetzt schon versichern möchte, dass Sie heute genauso sicher sind wie gestern. Wie Detective Gates bereits sagte, waren die Ereignisse vom Wochenende alles andere als Zufall. Wir setzen alles daran, beide Fälle aufzuklären. Darauf gebe ich Ihnen mein Wort.»

«Und nun», sagte Howie mit fast schreiender Stimme und bedeutete gleichzeitig Billy, auf das Podium zu kommen, «widmen wir uns dem eigentlichen Anlass, weswegen Detective Staples heute Abend hergebeten wurde.» Howie blickte nun auf ein Papier in seiner Hand und las die vorbereitete Rede ab: «Detective Staples arbeitet seit sechzehn Jahren auf diesem Revier und ist ein unbeugsamer Verfechter unserer Sache, aber das ist nicht der Anlass, weshalb er heute für seine herausragende Leistung geehrt wird. Der wahre Grund, weshalb wir Detective Staples auszeichnen, ist folgender: Jeder Mann, der in Ausübung seiner Pflicht sein Leben aufs Spiel setzt, wie Detective Staples dies Tag für Tag tut, verdient unsere Anerkennung und unseren Dank. Aber das, was Detective Staples vor achtzehn Monaten getan hat, geht weit darüber hinaus. Er hat sein Leben riskiert, wurde angeschossen und ist glücklicherweise nicht nur hier, um uns seine Geschichte zu erzählen, sondern immer noch im Polizeidienst. Wenn das nicht mutig ist, was dann?»

Als alle applaudierten, umspielte zum ersten Mal ein Lächeln Billys Lippen.

«Im Namen des Polizeireviers und des ganzen Viertels möchten wir Ihnen die Auszeichnung für Tapferkeit in Ausübung Ihrer Pflicht überreichen.»

Howie überreichte Billy die Medaille, der sie jedoch keines Blickes würdigte. Er beugte sich über das Mikrophon in Howies Hand, bedankte sich kurz und kehrte auf seinen Platz zurück.

«Tja, das war's dann wohl», verkündete Howie. «Vielen Dank, dass Sie alle gekommen sind. Wir hoffen, Sie am zweiten Dienstag im Januar, also in einem Monat, hier wieder begrüßen zu dürfen.»

Billy und ich warteten auf unseren Plätzen, bis die Halle sich geleert hatte, bevor wir sie ebenfalls verließen.

«Gott sei Dank ist das vorbei», murmelte Billy, als wir die Treppe hinuntergingen und auf die Atlantic Avenue traten. Während wir in der Dunkelheit und Kälte ausharrten und die Autos auf dieser stark befahrenen Straße an uns vorbeirauschten, beugte Billy sich vor und gab mir einen Kuss auf die Wange. «Danke, dass du gekommen bist, Karin. Ich weiß das wirklich zu schätzen.»

«Billy … warte!» Ich öffnete meine Handtasche, nahm einen Zettel mit der Adresse und Telefonnummer von POPPA heraus und drückte ihn Billy in die Hand.

«Was ist das?»

«Infos über POPPA, diese Selbsthilfegruppe, von der ich dir erzählt habe.»

«Jesus, Karin.» Er wollte mir den Zettel zurückgeben, aber ich weigerte mich, ihn zu nehmen.

«Du musst mit Menschen sprechen, die wissen, was du durchmachst. PTBS, Billy, du kannst nicht länger die Augen davor verschließen. Es wird nur noch schlimmer, wenn du nicht –»

«Vergiss es.»

«Lass mich ausreden.»

«Nein», entgegnete er und marschierte einfach Richtung Boerum Place.

Ich stand einfach nur da und schaute ihm hinterher. Er wohnte in Park Slope, zu Fuß gerade mal zwanzig Minuten von hier entfernt. Da er mir deutlich zu verstehen gegeben hatte, dass er allein sein wollte, folgte ich ihm nicht. Auf dem Heimweg hatte ich noch eine Besorgung zu erledigen: Gestern hatte ich für meine Mutter ein Rezept eingelöst und versprochen, ihr heute das Medikament vorbeizubringen. Bevor ich mich umdrehte und in die entgegengesetzte Richtung ging, bemerkte ich, wie Billy den Zettel in seine Hosentasche steckte. Dass er ihn nicht wegwarf, wertete ich als positives Signal, auch wenn dies noch lange nicht bedeutete, dass er meinen Ratschlag befolgen würde.

* * *

So weit das Auge reichte, war die Court Street weihnachtlich dekoriert; die aufgehängten leuchtenden Sterne und Schneeflocken schmückten die Straße von November bis Januar. Die Weihnachtsdekorationen versetzten mich stets in gute Laune. Schon nach ein paar Blocks stieg mir der wohlriechende Tannenduft von den Weihnachtsbäumen in die Nase, die vor einer Drogerie verkauft wurden. Und wie jedes Jahr hatte hier eine kleine Gruppe französisch sprechender Kanadier ihr Lager aufgeschlagen, die aus dem hohen Norden ganze Lastwagenladungen von Tannen nach New York brachten und bis Heiligabend feilboten. Da wir die Feiertage dieses Jahr bei meinem Bruder in Los Angeles verbringen wollten, hatten wir beschlossen, auf einen Baum zu verzichten; doch da ich wusste, wie viel Freude ein Baum Mac bereiten würde, änderte ich kurzerhand unsere Entscheidung.

Ich zeigte auf eine zwei Meter hohe Tanne mit silbrig grünen Nadeln, die ganz wunderbar duftete. «Wie viel?»

«Siebzig Dollar», verkündete der junge Mann im schwarz-rot karierten Flanellhemd mit einem starken französischen Akzent.

«Ich gebe Ihnen fünfzig.»

«Tut mir leid, Ma'am. Ich kann auf fünfundsechzig runtergehen, aber mehr ist nicht drin.»

«Fünfundfünfzig, weil Sie mich Ma'am genannt haben.»

«Sechzig.»

«Einverstanden.»

Ich bezahlte und vereinbarte, dass der Baum am nächsten Morgen geliefert wurde. Nachdem ich bei Blue Marble für meine Mutter einen Becher Himbeereis, ihre Lieblingssorte, gekauft hatte, marschierte ich in Richtung Kane Street, wo sie wohnte. Seit Mutter an Arthritis litt, sahen wir sie eher selten. Daher vermisste ich sie oft, und heute ganz besonders. Die sieben Blocks zu uns im Auto oder gar zu Fuß zurückzulegen war für sie äußerst problematisch. Wie sie die bevorstehende Flugreise nach L. A. bewältigen wollte, war mir ein Rätsel, aber sie hatte mir versichert, dass alles gutgehen würde, zumal der Arzt versprochen hatte, ihr ausreichend Schmerzmittel mitzugeben. Wir hatten den Weihnachtsurlaub geplant, bevor sich ihre Arthritis verschlimmerte, und meine Schwägerin Andrea war aufgrund ihrer Schwangerschaft nicht in der Verfassung zu reisen. Den Gedanken, Weihnachten allein in New York zu verbringen, hielt meine Mutter für vollkommen abwegig.

Meine Mutter lebte im Erdgeschoss eines Sandsteinhauses unweit vom Tomkins Square. Die Gegend war ruhig und grün – nur nicht im Winter. Jetzt erinnerten die nackten, ineinander verschränkten Äste der mächtigen alten Bäume an filigranes graues Gitterwerk; und der helle Mond verlieh der Straße einen seltsamen Glanz. In dem Moment musste ich an Abby Dekker denken. Ich setzte mich auf die nächste Treppenstufe und vergoss ein paar Tränen, was ich auf meine Übermüdung schob. Mit der Hand trocknete ich mein Gesicht, stand wieder auf und ging weiter, bis ich das Haus meiner Mutter erreichte. Ich sperrte mit meinem Schlüssel zuerst das Eisentor und danach die Haustür auf.

«Hallo!», rief ich, kaum dass ich die Wohnung betreten hatte, damit sie sich nicht erschreckte.

Sie schaltete umgehend im Wohnzimmer die Lautstärke des Fernsehers herunter.

«Karin, bist du das, Liebling?»

«Tag, Mom.» Mantel und Tasche legte ich auf den Stuhl neben der Eingangstür, schaltete das Licht ein und ging mit der Tüte von Blue Marble den Flur hinunter, durch den man in ihr Schlaf- und Wohnzimmer sowie in die Küche gelangte. Von der Küche aus kam man in einen großen Hinterhof, den sie allein benutzen konnte und der den Ausschlag für die Anmietung dieses Apartments gegeben hatte.

Sie saß auf der einzigen Sitzgelegenheit, auf der sie es noch aushielt, einem dick gepolsterten weißen Ledersessel mit verstellbarer Rückenlehne und passendem Hocker für die Beine. Ich beugte mich nach unten und küsste sie.

Als sie die Tüte sah, musste sie schmunzeln. «Woher wusstest du, dass ich mich genau danach sehne?»

«Ist das so?»

«Darauf kannst du Gift nehmen.»

Ich begab mich in ihre winzige Küche, die frisch renoviert und ultramodern war, während sie die *Antiques Roadshow* ausschaltete. Mir gefiel die Schlichtheit und Sachlichkeit dieser Küche, in der es keinerlei Unordnung gab – im Gegensatz zu der großen Landküche meiner Jugendzeit in Montclair, New Jersey, wo jeden Nachtmittag stets ein heilloses Durcheinander geherrscht hatte, wenn Jon und ich von der Schule zurückgekommen waren. Auch Mom mochte ihre heutige Küche, die sie irgendwann einmal als «extraordinär» und «meditativ» bezeichnet hatte.

Inzwischen hatte meine Mutter sich an ihre Witwenschaft und ihr gemächliches Single-Dasein gewöhnt. Ich vertraute darauf, dass Mac, Ben und ich es schafften, dass bei ihr keinerlei Gefühle von Einsamkeit aufkamen; außerdem hatte sie sich seit ihrem Umzug nach Brooklyn, der schon ein paar Jahre zurücklag, mit einer Handvoll Leute angefreundet. Selbstverständlich hatten wir ihr angeboten, bei uns zu wohnen und Macs Arbeitszimmer für sie freizumachen, doch sie hatte uns erklärt, dass sie großen Wert auf ihre Privatsphäre lege und noch nicht bereit sei, darauf zu verzichten.

Ich kehrte mit zwei Löffeln und zwei weißen Schalen zurück, in die ich die hellrote Eiscreme gegeben hatte. Sie kostete davon und stieß einen Seufzer aus.

«Wie geht es Mac?», erkundigte sie sich.

«Er ist noch nicht aus dem Gröbsten raus. Du hast dich doch gegen Grippe impfen lassen, oder?»

«Ja.» Sie tätschelte mein Knie. «Ich mag es, wenn du mich bemutterst. Und du bist eine gute Mutter, Karin.» Sie reckte den Kopf und musterte mich ganz genau. «Hast du geweint?»

«Nur kurz. Es war ein verrückter Tag.»

«Deshalb kann ich Feiertage nicht ausstehen … da empfindet man viel intensiver.»

Damit spielte sie auf meine Fehlgeburt an. Aus den vielen Gesprächen, die wir darüber geführt hatten, wusste sie natürlich, wie sehr dieser Verlust an mir nagte.

«Nein, Mom, daran liegt es nicht. Ich habe in den letzten vierundzwanzig Stunden viel Zeit mit Billy verbracht … an zwei unterschiedlichen Tatorten.»

«Warum das?», wollte sie wissen.

Ich erklärte ihr, was geschehen war, und erzählte von Billys PTBS, aber was die Einzelheiten zu den Morden anbelangte, hielt ich mich ziemlich bedeckt. Wie sich jedoch herausstellte, war sie eh schon auf dem Laufenden.

«Essie hat mich heute Morgen angemailt, gleich nachdem sie davon erfahren hatte.» Mit Essie hatte Mutter sich letztes Jahr während eines Kunstgeschichtskurses an der New School in Manhattan angefreundet. «Sie hat mir einen Link geschickt, und ich habe online ein paar Artikel gelesen. Karin, warst du *tatsächlich* dort?»

«Ja.»

Sie starrte mich einen Augenblick lang nur an. Ich wusste, wie sehr sie sich wünschte, dass ich überhaupt nicht mehr ermittelte. Nach all dem, was ich hinter mir hatte, konnte sie einfach nicht begreifen, weshalb ich mit Mac zusammenarbeitete und forensische Psychologie studierte. Meine Einwände – das ist nun mal mein Beruf, in diesem Metier kenne ich mich aus und verfüge über eine große Kompetenz – fielen bei ihr nicht auf fruchtbaren Boden.

«Du bist wie eine Motte, die ums Licht schwirrt und irgendwann verbrennt, Karin», meinte sie verstimmt, ließ dann jedoch das Thema fallen. Wir hatten in der Vergangenheit zur Genüge darüber gesprochen, und meine Mutter, die alles andere als ein weiblicher Don Quijote war, versuchte nicht mehr, mich von etwas abzubringen, wofür ich mich längst entschieden hatte.

Wir plauderten eine Stunde lang, bis mich die Erschöpfung übermannte. Obschon es erst kurz nach neun war, hatte ich das Gefühl, es wäre bereits Mitternacht. Also machte ich mich auf den Heimweg, und allein die Aussicht, mich gleich aufs Ohr legen zu können, ließ mich einen Fuß vor den anderen setzen.

Ich betrat das stille Haus und fand Chali in der Küche, wo sie eine Zeitschrift las.

«Schlafen die beiden?», fragte ich sie.

Sie schlug die Illustrierte zu und drehte sich auf dem Stuhl zu mir um. Ihr müder Blick erinnerte mich daran, dass auch sie einen langen Tag hinter sich hatte. «Mac hat immer noch hohes Fieber. Knapp 40 Grad. Ich habe ihm noch eine Ibuprofen gegeben und ihm ein Schale mit Eiswasser ans Bett gestellt.»

«Vielen Dank, Chali. Sehr nett von dir, dass du heute so lange geblieben bist.»

«Wie war's?»

«Nicht sonderlich feierlich. Am Ende der Versammlung haben sie ihm die Medaille überreicht und ein paar nette Worte gesagt. Spaß gemacht hat ihm das nicht.»

«Detective Staples hat ein schlechtes Selbstbild. Ich finde, er ist auch mit einem Auge sehr attraktiv.»

«Das werde ich ihm ausrichten.»

«Nein, tun Sie das bitte nicht!», rief sie scheinbar entsetzt, doch dann kicherte sie.

«Es wird dich freuen zu erfahren, dass ich einen Weihnachtsbaum gekauft habe, der morgen früh angeliefert wird.»

«Sehr schön. Ben und ich können ihn dann am Nachmittag schmücken.» Als strenggläubige Christin wäre Chali garantiert enttäuscht gewesen, hätte ich das bevorstehende Weihnachtsfest einfach ignoriert, auch wenn sie mich dafür nie und nimmer kritisiert hätte.

«Ich bin total geschafft», sagte ich. «Würde es dir etwas ausmachen, wenn ich gleich ins Bett gehe?» Sie hatte einen Schlüssel und konnte kommen und gehen, wie es ihr beliebte.

«Ja, aber …», begann Chali, erhob sich vom Tisch und setzte sich dann wieder. «Es gibt da etwas, über das ich gern mit Ihnen reden möchte. Mir ist etwas eingefallen, und ich wollte …»

Ihre Miene verriet, dass sie ein ernstes Anliegen hatte. Wenn mich etwas an Chali störte, dann ihr ausgeprägtes Mitteilungsbedürfnis. Sie war die geborene Kommunikatorin, hätte studieren und einen Medienberuf ergreifen oder Bloggerin werden sollen. Stattdessen war sie in einem kleinen Kaff in Zentralindien aufgewachsen und hatte sich Lesen und Schreiben, so gut es eben ging, selbst beigebracht.

«Macht es dir etwas aus, wenn wir das auf morgen verschieben? In den letzten zwei Tagen habe ich kaum geschlafen, und mir fallen jetzt wirklich gleich die Augen zu.»

Sie stand zögernd auf. «Einverstanden. Das kann warten. Ich gehe jetzt nach Hause und gönne mir ein Bad.»

«Du solltest dich auch ausruhen», meinte ich. «Ehe du dich's versiehst, landet Dathi.»

«Am 1. Januar», frohlockte sie mit einem strahlenden Lächeln. «Schöner kann das neue Jahr gar nicht anfangen.»

«Noch mal danke, Chali.»

«Gute Nacht.»

Als ich in ihre dunklen Augen blickte, überkam mich plötzlich ein seltsames Unbehagen, ein Art Vorahnung. Doch ich ignorierte es und wollte nicht mehr reden, denn ich hatte einen langen, schweren Tag hinter mir.

«Gute Nacht. Wir sehen uns morgen.»

Kapitel 6

Ich trat ein paar Schritte zurück und betrachtete den Baum, der nun einen Großteil unseres Wohnzimmers beanspruchte. Liebend gern würde ich ihn heute Nachmittag zusammen mit Ben und Chali schmücken, doch das ging nicht, denn ich hatte meiner Mutter versprochen, sie zum Arzt zu begleiten. Inzwischen war es kurz vor zwölf. In zwanzig Minuten würden Ben und Chali nach Hause kommen, und ich hatte noch so viel zu erledigen.

Ich ging mit meinem Laptop nach unten. Vor dem Schlafzimmer blieb ich stehen, legte das Ohr an die Tür und lauschte. Es war still darin; offenbar schlief Mac. Doch dann vernahm ich, wie er wieder einen von diesen besorgniserregenden Hustenanfällen bekam. Ich wartete, bis das Husten aufgehört hatte, ehe ich die Tür öffnete, um nachzusehen, ob er aufgewacht war. Der dritte Tag einer Grippe war wie das Auge eines Orkans; man konnte nur warten, bis der Sturm weiterzog. Doch dieser Husten gefiel mir ganz und gar nicht.

Ich setzte mich in Macs Arbeitszimmer, um noch ein bisschen zu arbeiten, bis Ben und Chali auftauchten und zu Mittag aßen. Bis dahin konnte ich ein paar Bewerbungen sichten, denn inzwischen war ich mehr denn je der Überzeugung, dass wir dringend Unterstützung brauchten. Am Vormittag hatte ich bereits fünfzig Lebensläufe überflogen, und es gingen immer noch E-Mails ein. Falls dieser Zustrom bis zum Abend nicht abflaute, musste ich das Inserat, das für sieben Tage geschaltet war, vorzeitig beenden. Ich las ein Dutzend neue Bewerbungsschreiben und speicherte sie in verschiedenen Ordnern – «ja», «nein», «vielleicht» –, als mein Handy klingelte. Den ersten Ziffern auf dem Display konnte ich entnehmen, dass jemand aus Bens Kindergarten mich anrief.

«Karin? Hier spricht Alyssa von Open House.»

«Er musste doch nicht schon wieder auf die Bank, oder?» Ich war schon einmal von Bens Kindergärtnerin angerufen worden, als mein sturer Sohn sich geweigert hatte, beim Zirkeltraining seinen Platz für einen anderen Jungen zu räumen. Im Kindergarten achteten sie streng darauf, jedwede Form von unsozialem Verhalten im Keim zu ersticken, und falls sich eines der Kinder nicht an die Regeln hielt, wurden die Eltern umgehend informiert. Doch wie sollten die Kinder eigentlich lernen, Differenzen unter sich auszumachen, wenn sich sofort ein Erwachsener einmischte?

«Nein, er war ein Engel. Ich rufe an, weil seine Babysitterin ihn noch nicht abgeholt hat. Haben Sie für heute eine andere Abmachung getroffen?»

Laut meiner Computeruhr war es Viertel nach zwölf. Normalerweise tauchten Ben und Chali um diese Uhrzeit hier auf. «Wahrscheinlich steckt ihre U-Bahn irgendwo fest. Ich komme gleich vorbei und hole ihn ab.»

«Er kann gern länger bleiben. Allerdings essen jetzt die Kinder zu Mittag, die ganztags betreut werden, und wir können ihn nicht verpflegen.»

«Nein, schon gut. Ich mache mich sofort auf den Weg.»

Bis zum heutigen Tag hatte Chali sich noch nie verspätet, doch früher oder später passierte es jedem New Yorker, dass er irgendwo tief unter der Erde in einem dunklen Schacht festsaß. Ich schnappte mir Mantel und Tasche.

Draußen war es eiskalt und sonnig. Ich rannte die menschenleere Straße entlang und bog dann in die Smith Street, wo ich beinah mit den drei Musketieren zusammengestoßen wäre. Wie üblich redeten sie in einem fort, gingen jetzt allerdings in die entgegengesetzte Richtung, die sie morgens einschlugen. Kehrten sie um diese Uhrzeit immer von dem Ort zurück, den sie aufsuchten, wenn ich Ben in den Kindergarten brachte? Der Kleinste von ihnen – er trug gelb-rote Turnschuhe und eine *Mets*-Kappe – zuckte zusammen, als ich zufälligerweise in seine Nähe kam. Seine Koteletten hatte er so geschnitten, dass sie an Dolche erinnerten, und seine Haut wirkte grau und grobporig. Er roch nach Zigarettenrauch und Zahnpasta. Fast hätte ich mich bei ihm entschuldigt, aber sein verärgerter Blick hielt mich davon ab. Ich sah ihn missmutig an und ging schnellen Schrittes in Richtung Open House, das noch vier Blocks entfernt war.

Auf halber Strecke blieb ich beim Anblick von zwei Zeitungen, die vor einem Feinkostladen im Regal standen, wie angewurzelt stehen. Auf beiden Titelseiten war ein Foto vom Haus der Dekkers samt gelbem Absperrband und Blumensträußen auf der Vortreppe abgebildet. Eine Mutter, die ich vom Spielplatz kannte, schob ihre Tochter im Kindersportwagen an mir vorbei und blieb kurz stehen.

«Ist das nicht grauenvoll?», fragte sie und setzte sich wieder in Bewegung.

Ich nickte nur. Wahrscheinlich interpretierte sie meinen erschrockenen Gesichtsausdruck als eine Reaktion auf das Verbrechen. Doch in Wirklichkeit irritierte mich, wie allgegenwärtig die Nachricht vom Tod der Dekkers war.

Zehn Minuten später joggte ich meinem auf dem Bobby-Car davoneilenden Sohn hinterher. Spontan beschloss ich, einen Abstecher zum Dekker-Haus zu machen, weil ich erfahren wollte, was sich dort tat, und Ben der kleine Umweg nicht auffallen würde. Daher überholte ich ihn und marschierte an der nächsten Ecke weiter geradeaus, anstatt abzubiegen. Er folgte mir und freute sich, auf seinem Gefährt dahinflitzen zu dürfen. Ich wurde langsamer und ließ ihn vor mir fahren, um ihn im Auge zu behalten. Als wir den Block der Dekkers erreichten, sah ich schon von fern, dass das geschäftige Treiben dort nicht geringer geworden war, sondern sich nur verändert hatte. Die Vans der Spurensicherung waren zwar verschwunden, doch Streifenwagen sperrten immer noch die Straße ab, und uniformierte Polizisten bewachten das Haus. Allem Anschein nach hatten sich noch mehr Reporter als gestern am Tatort eingefunden. Unter all den Blumen, Kerzen, Ballons und Stofftieren war die Außentreppe kaum noch zu erkennen.

«Eine Party!», brüllte Ben und legte einen Zahn zu.

Ich rannte hinter ihm her und fing ihn noch rechtzeitig ab. «Wir sind nicht eingeladen. Komm, wir gehen auf die andere Straßenseite und dann nach Hause.» Vorsichtshalber legte ich die Hand auf seine Schulter und manövrierte ihn zwischen zwei parkenden Autos hindurch – verkehrserzieherisch betrachtet ein absolutes Unding. Doch plötzlich wollte ich nicht, dass er in der Nähe eines Tatorts war.

* * *

Nach dem Mittagessen kramte ich die Kiste mit dem Weihnachtsschmuck heraus und ließ Ben ein paar Kugeln aufhängen. Ihn zu beschäftigen war ganz schön anstrengend und führte mir deutlich vor Augen, wie sehr ich mich daran gewöhnt hatte, dass Chali sich unter der Woche am Nachmittag um ihn kümmerte. Immer wieder schaute ich auf die Uhr, und es wurde später und später. Schließlich stellte ich entsetzt fest, dass ich mich schon in ein paar Minuten auf den Weg machen musste, um meine Mutter abzuholen. Allein der Gedanke, mit Ben eine geschlagene Stunde lang in der U-Bahn zu sitzen und ihn danach eine weitere Stunde im Wartezimmer des Arztes vom Herumtollen abzuhalten, stresste mich. Erneut wählte ich Chalis Handynummer, und wieder erreichte ich nur ihre Mailbox und musste zuhören, wie sie mit fröhlicher Stimme versprach zurückzurufen. Ich hinterließ ihr eine weitere Nachricht und überlegte, was ich jetzt tun sollte.

Das Knarzen der Treppenstufen verkündete, dass Mac aufgestanden war.

«Geht es dir gut?», rief ich nach unten. «Brauchst du etwas?»

«Im Schlafzimmer halte ich es nicht mehr aus», bekannte er mit schwacher Stimme. «Nur … das Bett zu verlassen war anscheinend auch keine gute Idee.»

Ich ging ihm entgegen. Er war ein paar Stufen hochgestiegen und lehnte erschöpft am Treppengeländer.

«Ist dir schwindelig?»

«Das vergeht gleich.» Er nahm die nächste Stufe. «Ich kann einfach nicht mehr liegen.»

«Du bist ganz blass.» Ich legte den Handrücken auf seine Stirn. «Und heiß.»

«Heiß bist du auch, Schatz.» Er zwinkerte mir zu, was in dieser Situation weder lustig noch aufreizend war.

Ich dirigierte ihn zur Couch. Keuchend ließ er sich nieder und legte den Kopf auf ein Kissen, das ich ihm geholt hatte.

«Klasse Baum.» Er rang sich ein Lächeln ab.

«Ich muss zu meiner Mutter … Ich habe versprochen, mit ihr zu Dr. Alderson zu gehen.»

«Wo ist Chali?»

«Keine Ahnung.»

«Geh nur. Ich passe auf Ben auf.»

«Das halte ich für keine gute Idee, Mac. Du kannst dich ja kaum auf den Beinen halten.»

«Schließ die Tür zum Flur und zur Küche, dann kann er mir nicht entwischen. Und bring uns etwas zum Knabbern und die Fernbedienung.»

Sein Vorschlag klang vernünftig. Er konnte es sich mit Ben

auf dem Sofa gemütlich machen und mit ihm fernsehen. Das hatte bislang immer funktioniert. Und Chali würde bestimmt auch jeden Moment auftauchen. Ich stellte Saft, Wasser und Erdnussflips auf den Couchtisch, küsste meine Jungs zum Abschied und verließ das Haus.

* * *

Ein paar Stunden später stand meine Mutter vor dem Christbaum zwischen den hohen dunklen Wohnzimmerfenstern und befestigte Kugeln, die Ben ihr reichte, an den oberen Ästen. Sobald draußen ein Wagen vorbeifuhr, erstrahlte ihr kurzer weißer Haarschopf. In der freien Hand hielt sie ein fast leeres Weinglas.

«Das Alter ist ein Massaker», meinte sie.

«Wie bitte?» Ich hob den Blick vom Boden, auf dem ich kleine dünne Haken an den Ösen der Christbaumkugeln anbrachte.

«Der Ausspruch stammt von Philip Roth. Und Bette Davis hat gesagt –»

«Alter ist nichts für Feiglinge.» Sie hatte diesen Satz schon einmal zitiert.

«So ist es.» Sie trank den letzten Schluck Weißwein und stützte sich mit der Hand am Fensterbrett ab. Da ihr Arzt entschieden hatte, ihr ein anderes Medikament gegen die Schmerzen zu verabreichen, musste sie das alte absetzen und nun eine kurze Pause einlegen, ehe sie das neue nehmen konnte. Der Wein sollte ihr helfen, die kommende Nacht durchzustehen. In den letzten drei Stunden war sie ständig auf den Beinen gewesen, weil ihr das Sitzen unerträglich war.

Es klingelte an der Tür. Mein Herz machte einen Freudensprung. Chali, dachte ich im ersten Moment. Aber das konnte nicht sein, denn sie besaß einen Hausschlüssel, und außerdem hatten wir nicht vereinbart, dass sie an diesem Abend auf Ben aufpasste. Ich stand auf und lief nach unten.

Vor der Tür stand der Mann vom Lieferservice. Ich bezahlte, nahm die Tüte mit dem bestellten Essen in Empfang und ging damit nach oben in die Küche. Für Ben gab es Huhn, Brokkoli und Reis, für meine Mutter und mich Pad Thai mit Shrimps. Wenn Mac aufwachte, würde ich ihm ein wenig Suppe aufwärmen.

Mom aß im Stehen und trank zu jedem Bissen einen Schluck Wein. Mir war klar, dass sie sich gegen den Vorschlag, bei uns zu übernachten, sträuben würde – aber wie sollte ich sie in ihrem Zustand nach Hause schaffen? Ich entschied, dieses Thema erst anzuschneiden, wenn ich Ben gebadet und ins Bett gebracht hatte. Sollte ich mit ihr eine DVD ansehen und darauf hoffen, dass sie dann vor lauter Erschöpfung einnickte und auf dem Sofa übernachtete? Sogleich schlug ich ihr vor, einen Film anzuschauen. Sie war einverstanden.

«Wo wohnt Chali eigentlich?», fragte meine Mutter, während ich eine DVD in den Player schob.

«Sunset Park.»

«Liegt das in Brooklyn?»

Ich nickte. «Ist nur fünfzehn Minuten von hier entfernt.» Chalis Apartment war mit dem Auto, Bus oder der U-Bahn tatsächlich in einer Viertelstunde zu erreichen, und nun überlegte ich, ob ich nicht kurz bei ihr vorbeischauen sollte.

«Bestimmt hat sie auch die Grippe gekriegt und liegt jetzt flach.»

«Sie hat sich impfen lassen, und außerdem hätte sie mir in dem Fall Bescheid gegeben.»

«Da wäre ich mir nicht so sicher.»

Was, wenn Mom recht hatte? Es konnte durchaus sein, dass Chali trotz der Impfung erkrankt war. Oder es gab irgendein

Problem mit Dathi, ihrer Tochter. Plötzlich ging die Phantasie mit mir durch: Gerade noch hatte ich mir vorgestellt, wie sie mit hohem Fieber im Bett lag, und nun malte ich mir aus, wie sie aus einem mir unbekannten Grund in der indischen Botschaft Hilfe suchte. Vielleicht war mit dem Visum, das sie für ihre Tochter beantragt hatte, irgendetwas schiefgelaufen? Nein, das Visum war erteilt, das Flugticket gekauft, alles detailliert geplant worden. Ich schloss die Augen und bemühte mich, die aufkommende Hypernervosität – die Angst, dass jeder Tag mit einer neuen Katastrophe aufwartete – in den Griff zu bekommen.

Chali ging es *gut*.

Und sie würde sich morgen bei mir melden.

Wenn ich ehrlich zu mir war, hatte meine momentane Verfassung mehr mit mir als mit Chali zu tun. Das, was mich wirklich quälte, waren meine eigenen Ängste, die gerade wieder aufkeimten. Immer wieder musste ich an die Todesfälle denken, die sich in den vergangenen beiden Tagen ereignet hatten. An die Dekkers, an die Prostituierte. Und an die kleine Abby … Jedes Mal wenn ich mich fragte, ob sie noch im Koma lag, ob sie überhaupt noch am Leben war, bekam ich rasende Kopfschmerzen. Der Verlust einer Tochter ließ mich in ein tiefes Loch fallen. Ob es sich dabei um ein fremdes Kind handelte oder meine eigenen Töchter – das war vollkommen bedeutungslos.

Ich sagte meiner Mutter, dass ich kurz ins Bad gehen würde, sie jedoch die DVD nicht anhalten sollte. Anschließend suchte ich das Badezimmer auf und nahm dort zwei Ibuprofen ein. Da der Film mich eh nicht fesselte, schlich ich in die Küche, schloss leise die Tür und rief Billy an.

«Störe ich gerade?» Im Hintergrund hörte ich Stimmen und Gelächter.

«Nein, eigentlich nicht. Ich bin gerade in Long Island auf

der Vorweihnachtsparty, die meine Schwester Janine jedes Jahr schmeißt.»

«Bist du allein?»

«Ja, im Schlafzimmer.»

«Läuft da ein Fernseher?»

«Ich sehe mir ein Spiel an.»

«Du gehst allen Ernstes auf eine Party, stiehlst dich davon und schaust fern?»

«Lasse ich mich nicht blicken, hält sie mir das auf immer und ewig vor, und das ist die ganze Sache nicht wert. Mann, ich bin hundemüde. Letzte Nacht habe ich kaum geschlafen.»

«Hast du die POPPA-Nummer angerufen, die ich dir gegeben habe?»

Er stöhnte. «Noch nicht, aber –»

«Billy!»

«Ich rufe dort schon noch an», versprach er, allerdings in einem Tonfall, der mich das Gegenteil vermuten ließ.

«Wohin bist du gestern Abend nach der Preisverleihung gegangen?»

«Nach Hause. Nur dass ich einen kleinen Umweg und einen Zwischenstopp eingelegt habe. Habe mir ein paar Flaschen Bier genehmigt, war vor Mitternacht zu Hause und bin gegen fünf eingeschlafen. Zwei Stunden später hat schon der Wecker geklingelt.» Er hielt inne, trank etwas und schluckte. «Mir geht das nicht aus dem Kopf, weißt du?»

Ja, das glaubte ich ihm gern. Ich wusste, dass er mit seiner letzten Äußerung nicht nur auf die jüngsten drei Gewaltverbrechen anspielte, sondern auch auf seine Reisen in die Vergangenheit und die Frau, die er geliebt und die einen Mordanschlag auf ihn verübt hatte.

«Wie geht es Abby? Warst du noch mal bei ihr?»

«Nein. Dafür habe ich noch mal mit dieser Sasha gesprochen.

Keine Veränderung. Nichts. Und es gibt auch keinerlei Hinweise auf mögliche Verdächtige. Vom Labor, das Abbys Kleidung untersucht, habe ich auch noch nichts gehört. Darauf müssen doch Partikel von dem Fahrzeug sein, mit dem das Mädchen angefahren wurde. Wir brauchen dringend einen Anhaltspunkt, um loslegen zu können.»

«Hab noch ein bisschen Geduld», versuchte ich ihm Mut zu machen.

«Ja. Im Normalfall …»

«Was ist mit der Waffe?»

«Nichts.» Er schluckte wieder. Seine Frustration konnte ich gut nachempfinden. Falls sie die Waffe fänden, würden sie endlich etwas Handfestes haben, um voranzukommen. *Falls.*

Ich wechselte das Thema. «Chali hat Ben heute nicht vom Kindergarten abgeholt.»

«Hm.»

«Und sie hat sich auch nicht gemeldet.»

Jetzt hatte ich ihn an der Angel. Er sagte zwar nichts, aber ich wusste, dass er nun ganz bei der Sache war.

«Ich mache mir ihretwegen Sorgen», fuhr ich fort.

«Ihr geht's garantiert gut.»

«Versuch nicht, mich zu beschwichtigen, Billy.»

«Ihr ist etwas dazwischengekommen, Karin. So was passiert immer wieder mal. Sie wird sich morgen bei dir melden.»

So reagierte Billy immer, wenn er wusste, dass Grund zur Sorge bestand: Er argumentierte ganz rational. Ich wollte schon anführen, dass Chali nicht zu den Menschen gehörte, die einen warten ließen oder ihren Verpflichtungen nicht nachkamen, und dass sie sich immer meldete.

Aber ehe ich meine Einwände äußern konnte, hörte ich Janine mit lauter Stimme rufen: «William Luther Staples, beweg deinen trägen Hintern und komm wieder nach unten!»

«Luther?», fragte ich kichernd. «Wie diese Bluesrock-Band *Luther the Devil*?»

«Sehr witzig, Karin. Dieser Name hat in unserer Familie Tradition. Tschüs.»

* * *

Am nächsten Morgen lieferte ich Ben im Kindergarten ab, holte für Mom das neue Schmerzmittel und versprach ihr, sie nach Hause zu bringen, sobald es wirkte. Als ich mich dann ein weiteres Mal verabschiedete, hing Mac im Wohnzimmer auf einem Sessel, und Mutter lag bäuchlings auf dem Bettsofa. Ich kam mir wie eine Krankenschwester vor, die ihre Pflichten vernachlässigte, aber ich musste noch einmal fort, und zwar rasch, denn in zweieinhalb Stunden erwartete Ben, vom Kindergarten abgeholt zu werden. Dass Chali dort auftauchte, bezweifelte ich sehr angesichts meines unguten Gefühls.

Ich fischte Chalis Ersatzschlüssel aus der Schale neben der Eingangstür. Sie hatte ihn bei uns deponiert für den Fall, dass sie ihren verlor. An dem Schlüsselring hingen ein Haus- und ein Wohnungsschlüssel und eine kleine weiße Feder, damit man ihn zwischen den vielen anderen Schlüsseln leichter finden konnte. An dem Tag, an dem sie mich gefragt hatte, ob sie ihren Ersatzschlüssel bei uns hinterlegen könnte, war mir klargeworden, dass sie nur wenige Freunde in New York hatte. Sie war in dieses Land gekommen, um zu arbeiten, um ihre Familie in der alten Heimat finanziell zu unterstützen – und nicht, um ein geselliges Leben zu führen. Dass die Immigranten in unserer Stadt bis zum Umfallen arbeiteten, jeden Cent, den sie erübrigen konnten, sparten und ihr ganzes Augenmerk auf die Zukunft richteten, war ein weitverbreitetes Phänomen. Ich erinnerte mich, wie sehr ich mich geehrt gefühlt hatte, als Chali uns ihre

Ersatzschlüssel anvertraut hatte. In jenem Moment begriff ich, dass sie nicht länger nur unsere Babysitterin war, sondern sich unsere Beziehung zu einer Freundschaft weiterentwickelt hatte. Ich steckte die Schlüssel in meine Tasche und verließ das Haus.

Kapitel 7

Ich nahm eine U-Bahn der Linie R und stieg in Sunset Park an der Station 36th Street/4th Avenue aus. Oben empfing mich ein kräftiger Wind. Ich zog die Mütze tiefer in die Stirn, schob den Schal bis unters Kinn und stapfte die breite Avenue Richtung 33th Street hinunter. Es war ein trostloser Weg, der mich an einer Bodega, einer Kombination aus Waschsalon und Friseur, einem Beerdigungsinstitut, zwei Bars und kurz vor meinem Ziel an einer Tankstelle vorbeiführte. Das Viertel passte zu dem Leben der Menschen, die hier wohnten: ein Dasein, geprägt von Härten, dem Überlebenskampf, der Einsamkeit und der nicht enden wollenden Arbeit. Ein paar Fenster allerdings waren mit weihnachtlichen Lichterketten geschmückt und führten mir vor Augen, wie trügerisch der erste Eindruck manchmal sein konnte. So unterschiedlich die Menschen waren, so verschiedenartig ihre Geschichten. Ich dachte an Chali und all die Gründe, die sie veranlasst hatten, Indien den Rücken zu kehren – wie sie noch als Kind mit einem viel älteren Mann verheiratet worden war, wie sein Tod sie mittellos gemacht und ihr gleichzeitig die Freiheit geschenkt hatte. Wie sie ihre geliebte Tochter zurücklassen musste, um hier ein neues Leben zu beginnen, was sicherlich keine leichte Entscheidung gewesen war. Und wie sie sich nicht unterkriegen ließ, wie sie unermüdlich und zielstrebig auf eine bessere Zukunft für sich und ihre Tochter hinarbeitete. Jemanden wie sie musste man einfach bewundern. Als ich den heruntergekommenen Block zwischen der 4th und 5th Avenue entlangging, wo ihr Wohnhaus lag, spürte ich deutlich, wie sehr sie mir ans Herz gewachsen war, wie sehr ich ihr vertraute, wie wichtig sie mir war.

Ich blieb vor ihrem vierstöckigen Gebäude mit der Vortreppe

und der grün-roten Schachbrettfassade stehen, holte ihre Schlüssel aus der Handtasche hervor und suchte ihren Namen auf den Klingelschildern. Drei waren mit anderen Namen versehen, auf dem vierten stand nichts. Ich läutete, wartete, läutete eine Minute später noch mal und schloss schließlich die Tür auf.

Der Eingangsbereich war schäbig, aber nicht dreckig. Jemand machte hier offenbar regelmäßig sauber und hatte versucht, mit einem Plastikblumenstrauß samt Vase und einem Poster von einem griechischen Dorf den engen Flur etwas schöner zu gestalten. Oben in der dritten Etage ließ der Ammoniakgeruch nach. Vor der Wohnungstür standen Chalis schwarze Stiefel, von denen einer umgefallen war. Obwohl ich mit keiner Reaktion rechnete, klopfte ich vorsichtig an. Nach ein paar Augenblicken steckte ich den Schlüssel ins Loch. Die Tür ging auf, ehe ich ihn ganz umgedreht hatte.

«Chali?» Ich setzte meinen Fuß in ein kleines Wohnzimmer. Vor den pinkfarbenen Wänden türmten sich Regale, die randvoll mit Büchern waren. «Ich bin's, Karin. Bist du da?»

In der Wohnung herrschte eine beklemmende Stille. Die Vorahnung, die mich hierhergeführt hatte, dieses ungute Gefühl, das ich als unbegründet abgetan hatte, verstärkte sich. Während ich in Chalis Wohnzimmer zwischen ihren Habseligkeiten stand – den Büchern auf Englisch und Hindi, einer Art Manuskript, einem kleinen schwarzen Adressbüchlein und zahllosen Fotos von Dathi, die ich von den Bildern kannte, die Chali mir gezeigt hatte –, steigerte sich meine Furcht ins Unermessliche.

Schweren Herzens durchquerte ich das Wohnzimmer.

Die bunten Holzperlen des im Türrahmen befestigten Vorhanges klimperten leise, als ich in ihr winziges Schlafzimmer ging.

Auf der breiten Matratze auf dem Boden lag eine weiße Chenille-Tagesdecke, und am Kopfende lehnte ein halbes Dutzend bunter Kissen an der Wand. Über dem provisorischen Bett hing ein großes, rundes Bild von einer gelben Wasserlilie. An der gegenüberliegenden Wand stand eine alte Holzkommode, über der Chali ein Jesusbild angebracht hatte. Auf der Kommode stand ein gerahmtes Foto, das vom Bett aus gut zu sehen war. Darauf abgelichtet waren Dathi und eine ältere Frau, wahrscheinlich Chalis Mutter: Sie trug einen himmelblauen Sari, und ihre stahlgrauen Haare waren hinten zu einem Knoten gebunden. In dieser Wohnung spürte man sofort, dass sie Chali gehörte: Diese Mischung aus Tatendrang, Familiensinn und Frömmigkeit war ganz typisch für sie. Die Jeans und der Pullover, die sie am Montag getragen hatte, lagen auf der Matratze, ihre Socken daneben auf dem Boden. In der Ecke neben dem Fenster stand eine Tür einen Spaltbreit offen.

Langsam näherte ich mich ihr und spähte durch den Spalt. Mein Blick wanderte über weiße Badezimmerfliesen, die Toilette und einen grünen Badewannenvorleger.

«Chali?», flüsterte ich. Nach einem anstrengenden Tag badete sie gern, weil es sie entspannte. Hatte sie am Montagabend, ehe sie sich verabschiedete, nicht davon gesprochen? Oder lag sie womöglich gerade in der Wanne und hatte deshalb nicht gehört, wie ich läutete und ihre Wohnung betrat?

«Chali?»

Ich stieß die Tür auf und zwängte mich in das beengte Badezimmer. Neben der Toilette gab es ein kleines Waschbecken, auf dem eine rote Plastikbürste mit schwarzen Haaren lag. Ich trat einen Schritt zur Seite, um die Tür zu schließen, damit ich die Wanne sehen konnte, als mir ein grauenvoller Geruch in die Nase stieg.

Dann entdeckte ich Chali. Sie war so weit nach unten gerutscht, dass nur noch ihre Knie aus dem dunkelrot gefärbten Wasser ragten.

Mein Blick fiel auf den Griff eines Messer, das in ihrer Brust steckte. Der Anblick kam mir vertraut vor. So ein Griff hatte auch in dem Leichnam der noch nicht identifizierten Toten in der Nevins Street gesteckt: Er gehörte zu jenen seltenen Jagdmessern, mit denen der Prostituiertenmörder seine Opfer abstach.

Ich taumelte rückwärts aus dem Bad und kämpfte gegen das Schwindelgefühl an. Da ich wie Espenlaub zitterte, ließ ich mich auf der Matratze nieder. Vergeblich versuchte ich, ruhig zu atmen. Meine Vorahnung hatte sich bewahrheitet: Chali war tatsächlich tot … wie all die anderen jungen Frauen. Und ich war hierhergekommen, um mich davon zu überzeugen, dass meine Befürchtung unbegründet war, doch stattdessen …

Wie ferngesteuert suchte ich in meiner Handtasche nach dem Handy. Ich staunte über die prosaischen Dinge, die sich in der Tasche befanden, und konnte mich auf einmal nicht mehr rühren.

Nach einer Weile ging ich zum Fenster, trat in den hereinfallenden Sonnenstrahl und holte mein Handy heraus. Ich drückte die Kurzwahltaste, unter der ich Mac abgespeichert hatte, und als ich den Ansagetext seiner Mailbox hörte, war ich so perplex, dass ich nur unzusammenhängend vor mich hinplapperte. Danach tippte ich auf die Taste für Billy. Ich hätte natürlich die Nummer des Notrufs wählen sollen, aber ich konnte einfach nicht mehr klar denken. Mehr noch: Mein Verstand funktionierte gerade nicht.

Nebenan lag Chali tot in der Wanne.

Im Badewasser, das ihr Blut rot gefärbt hatte. Wie lange lag sie schon dort? Seit Montagnacht? Falls das zutraf, hatte sie sechsunddreißig Stunden lang tot in ihrer Wohnung gelegen, und keiner hatte es bemerkt. O Gott! Hätte ich mich heute nicht aufgerafft, um nach ihr zu sehen – wie lange hätte es wohl gedauert, bis dieser grauenvolle Geruch in den Hausflur gedrungen wäre und ihre Nachbarn alarmiert hätte?

«Hallo, Karin», meldete sich schließlich Billy.

«Er hat sie umgebracht», sagte ich mit tonloser Stimme.

«Hä … Was redest du da?»

«*Er*. Er war hier.»

«Wo steckst du?»

«In Chalis Wohnung. Ich wollte nach ihr sehen.»

Für einen kurzen Moment herrschte Schweigen in der Leitung.

«Ich hätte den Notruf –»

«Ich kümmere mich darum. Verlass die Wohnung, Karin. Auf der Stelle.»

Wie in Trance bewegte ich mich durch Chalis Schlafzimmer. Das Gehen war äußerst mühselig, und gleichzeitig fühlte ich mich schwerelos. Die Vorhangperlen hinter mir machten ein Geräusch, das mich an Wellenbrecher erinnerte. Und dann stand ich wie gebannt in ihrem Wohnzimmer und glaubte, den Verstand zu verlieren. *Chali*. Der Prostituiertenmörder hatte seine ausgetretenen Pfade verlassen, sich über seine eigene Logik hinweggesetzt und einen Menschen ermordet, der gar nicht in sein Muster passte. Diesmal hatte er jemanden getötet, den ich schätzte und mochte … hatte mich da mit reingezogen … All das ergab überhaupt keinen Sinn.

Warum?

Weshalb Chali?

Und wieso gerade jetzt?

Ich hob den Blick und stellte fest, dass ich vor einem Foto von Dathi stand. Jetzt durfte ich es nicht anfassen, denn ich befand mich an einem Tatort. So beugte ich mich vor und studierte das Gesicht des Mädchens. Von der Mutter hatte Dathi die großen dunklen Augen, die schmale Nase und dieses verschmitzte Grinsen geerbt, als würde sie gerade einen Witz zum Besten geben. Doch ihr Gesicht war breiter als das von Chali und ähnelte vermutlich dem des Vaters, der – wie ich aus Erzählungen wusste – die Mutter während der Schwangerschaft wiederholt geschlagen hatte. Dathis sanfter Blick erinnerte mich an Chali, und ich hätte wetten können, dass auch sie eine gute Seele war. Ich neigte mich weiter vor. Ja, Chali hatte sich glücklich schätzen können. Immerhin war ihr eine Tochter vergönnt gewesen ... Aber das Schicksal hatte es mit ihrer Tochter nicht so gut gemeint, denn deren Mutter lag nun tot in der Wanne.

Wie würde sie die Nachricht aufnehmen, dass sie nun eine Waise war und in Zukunft bei einer gebrechlichen Großmutter leben musste, die ohne Chalis finanzielle Unterstützung nicht in der Lage war, ihre Enkelin großzuziehen? Dabei war das Geld noch das kleinste Problem, denn ich war durchaus in der Lage, ihr finanziell zu helfen. Aber alles andere? Wer würde Dathi und ihrer Oma beibringen, dass sie einen geliebten Menschen verloren hatten? Und wer nahm die Bürde auf sich, ihnen begreiflich zu machen, wie Chali gestorben war?

Das Läuten der Klingel riss mich aus meinen Überlegungen. Mein Blick löste sich von dem Foto und wanderte zu der offen stehenden Wohnungstür. Wieder läutete es, und ich hörte, wie unten jemand versuchte, die Haustür zu öffnen. Neben der Tür entdeckte ich eine alte Gegensprechanlage und drückte eine Taste.

«Hallo?»

«Polizei.»

Ich öffnete die Haustür und hörte im nächsten Moment, wie mehrere Personen die Treppe im Laufschritt nach oben stürmten.

Die Beamten würden den Tatort sichern, Chalis Leichnam in die Gerichtsmedizin schaffen, die Untersuchungsergebnisse abwarten, Berichte schreiben und die vergangenen Ereignisse interpretieren, um einen Blick in die Zukunft zu werfen.

Was bezweckte der Täter?

Warum tötete er?

Wer könnte das nächste Opfer sein?

Wie konnte man verhindern, dass er wieder zuschlug?

Als die Polizisten oben ankamen, informierte ich sie kurz darüber, weshalb ich hierhergekommen war und wie ich Chali entdeckt hatte. Anschließend stieg ich hektisch, beinahe verzweifelt die Stufen hinunter. Ich hielt es in Chalis Wohnung einfach nicht mehr aus. Außerdem musste doch Ben in einer Stunde abgeholt werden … Auf dem Treppenabsatz im ersten Stock hielt ich inne. War ich nicht noch am ehesten das, was man als Chalis nächste Angehörige in New York bezeichnen konnte? Nach meinem Wissen hatte sie keine Verwandten in den Vereinigten Staaten. Vor diesem Hintergrund blieb mir gar keine andere Wahl, als in der Nähe des Tatorts zu bleiben.

Dass ich vor zwölf Uhr von hier wegkam und Ben vom Kindergarten abholen konnte, war illusorisch. Doch weder Mac noch meine Mutter waren in der Verfassung, kurzfristig für mich einzuspringen.

Ich wartete draußen vor dem Wohnhaus in der Eiseskälte, während die Polizei oben ihrer Arbeit nachging und immer mehr Nachbarn auftauchten, die erfahren wollten, was passiert war. Ich stellte mich taub und beschäftigte mich mit meinem BlackBerry, sodass sie mich irgendwann für eine Journalistin hielten. Nach ein paar Telefonaten mit dem Kindergarten hatte ich zumindest das Problem gelöst, wer sich in den nächsten Stunden um Ben kümmern würde. Kinder, die bei Open House normalerweise nur halbtags betreut wurden, konnten im Ausnahmefall und gegen Bezahlung einer Gebühr länger bleiben. Ben, der mich seit Wochen anflehte, einmal den ganzen Tag im

Kindergarten verbringen zu dürfen, würde sich über diese «Überraschung» garantiert freuen. Nun hatte ich bis fünf Uhr den Rücken frei, falls ich hier überhaupt so lange gebraucht wurde.

Kurz darauf meldete sich endlich Mac. «Deine Nachricht klang so, als ... ähm ... wärst du betrunken», sagte er besorgt. Er ahnte, dass etwas nicht stimmte.

«Ich bin bei Chali.» Ich wusste nicht, wie ich anfangen sollte.

«Was ist los?»

«Sie ist tot.» Ich brach in Tränen aus. «*Er* hat sie umgebracht.»

Es folgte ein entsetztes Schweigen. Als Mac schließlich wieder sprach, klang seine Stimme ganz rau. «Was ist passiert?»

Ich berichtete, was ich gesehen hatte, und erklärte, dass Billy unterwegs war und Polizisten bereits den Tatort sicherten.

«Wo steckt Ben?»

«Ich habe mich darum gekümmert, dass er länger im Kindergarten bleiben kann.»

«Okay, gut.» Mac hustete. «Wie lautet Chalis Adresse? Ich komme, so schnell ich kann. Halte durch.»

«Du bist krank, Mac, und dass du dir hier draußen in dieser Affenkälte den *Tod* holst, ist das Letzte, was ich jetzt brauchen kann.» Ich betonte dieses verhasste Wort absichtlich, damit meine Botschaft auch ankam: *Tu bitte auf keinen Fall etwas, das deinen Zustand verschlimmert, denn wenn ich dich auch noch verliere, dann ...*

«Es ist doch nur eine Grippe ...»

«An der Jahr für Jahr Menschen sterben.» Vor meinem geistigen Auge sah ich, wie er schlotternd in der Kälte stand und immer blasser und schwächer wurde.

«Du übertreibst, Karin. Hol mal tief Luft und ...» Dem Vernehmen nach hatte er sich bewegt oder war kurzerhand aufgestanden, denn etwas polterte mit einem lauten Knall zu Boden. «Mist.»

«Mac, ich schwöre dir, wenn du hier auftauchst, bringe ich dich um», drohte ich ihm. Ehe er etwas darauf erwidern konnte, beendete ich das Gespräch und legte das Handy in die Tasche zurück. Danach steckte ich die Hände in die Manteltaschen und wartete auf den Detective, dem der Fall übertragen worden war.

Zwanzig Minuten später kam eine blaue Limousine, die wie ein Zivilfahrzeug der Polizei aussah, und hielt direkt neben einem Lieferwagen mit der Aufschrift *Trevello Bros*. Wer so dreist seinen Wagen in der zweiten Reihe parkte, konnte nur ein Detective sein. Als der Fahrer ausstieg, glaubte ich zuerst, mich geirrt zu haben, doch dann erinnerte ich mich daran, dass Großstadtpolizisten sich anders kleideten als meine ehemaligen Kollegen in der Vorstadt. Hier in New York mussten sie in völlig anderen Milieus verkehren, und wer nicht sofort auffallen wollte, verzichtete lieber auf frisch gebügelte Chino- oder Stoffhosen. Dennoch wirkte dieser Typ aufgrund seines Äußeren – Röhrenjeans, Wildlederstiefel, kurze Lederjacke, schwarzer Kinnbart, rot getönte Brillengläser, Glatze und modisches Käppi – nicht wie ein Ermittler auf mich. Er griff in den Wagen und holte einen orangenen Becher mit dem Aufdruck *Gorilla Coffee* hervor. Als er den Deckel abnahm, stieg aus dem Behälter heißer Dampf auf. In aller Seelenruhe trank er erst einmal drei Schluck Kaffee, bevor er Chalis Haus auch nur eines Blickes würdigte. Seine offenkundige Gleichgültigkeit versetzte mir einen Stich, aber vielleicht zog ich voreilige Schlüsse. War er tatsächlich desinteressiert, oder sammelte er sich erst einmal? Gut möglich, dass er schon die wichtigsten Fakten kannte: illegale Immigrantin wurde in heruntergekommener Gegend ermordet. Eine Menge Polizisten, die ich kannte, reagierten darauf nach dem Motto: *Häng dich da nur nicht allzu sehr rein*. Auf der anderen Seite kannte ich diesen Mann nicht und durfte ihm so eine Haltung nicht unterstellen, noch bevor ich ein einziges Wort mit ihm gewechselt hatte.

Nachdem er die Straße überquert hatte, ging ich ihm entgegen. Kaum setzte ich mich in Bewegung, blieb er stehen und starrte mich an.

«Es war nicht meine Absicht, Sie so zu überfallen», entschuldigte ich mich. «Ich wollte mich nur kurz vorstellen, ehe Sie in dem Haus verschwinden.»

«Sind Sie die Dame, die das Opfer gefunden hat?» Er hatte eine kratzige Stimme, als würde er rauchen oder hätte erst vor kurzem dem Nikotin abgeschworen.

«Karin Schaeffer. Sie hat für mich gearbeitet.»

«Was bringt Sie auf die Idee, dass ich mit Ihnen sprechen möchte?»

«Sind Sie nicht Polizist?»

«Dachte nicht, dass man mir das ansieht.»

«Ich war früher auch in dem Club ... allerdings nicht hier. In New Jersey.»

Ein leises Lächeln umspielte seine Lippen. Er reichte mir die Hand. Diese Geste freute mich, obwohl der große Ring an seinem kleinen Finger in meine Handfläche schnitt. «Im Ruhestand?»

«Ja, darauf können Sie Gift nehmen.»

«Dann muss das hier ja ein Freudenfest für Sie sein.» Er zwinkerte, und dabei gelang es ihm, gleichzeitig warmherzig und sarkastisch zu wirken. Plötzlich mochte ich ihn. Er nahm einen Stapel Visitenkarten aus der Jackentasche, zog eine heraus und überreichte sie mir. *Detective Jorge Vargas, 72. Polizeirevier.*

«Höflichkeit, Professionalität, Respekt», las ich von der Karte ab. «Klingt gut.»

«Das steht bei uns auf allen Karten.»

«Trotzdem.»

Er verstaute die restlichen Karten wieder in seiner Tasche. Als er die Hand wieder herausnahm, fiel etwas herunter und landete klimpernd auf dem Bürgersteig. Er bückte sich und hob es auf.

«Den habe ich von meiner Freundin, und er rutscht mir immer wieder runter.» Er steckte sich den Silberring an den kleinen Finger. «Sie hat ihn auf dem Flohmarkt in Brooklyn gefunden und mir das Versprechen abgenommen, ihn zu tragen, obwohl er zu groß ist.»

«Sie könnten ihn kleiner machen lassen.»

«Keine schlechte Idee.»

«Ungewöhnliches Schmuckstück», bemerkte ich und musterte den Ring neugierig. Oben war ein dünner behauener Silberdraht aufgelötet, sodass es aussah, als hätte jemand am Fingeransatz eine Linie gezogen.

«Den hat ein Goldschmied von hier angefertigt», sagte er mit einem Achselzucken.

«Ich verstehe, warum er Ihrer Freundin gefällt.» Was nicht der Wahrheit entsprach, denn der Ring war zwar cool, aber auch irgendwie hässlich. Das Design sprach mich überhaupt nicht an.

«Könnten Sie noch eine Weile bleiben?», fragte er mich.

«Ja, kein Problem, aber später muss ich los.»

«Übrigens, alle nennen mich George. Geht einfacher von der Zunge, was?»

Ich nickte. Er ging weiter, traf in der Tür auf einen Mann mit blauen Plastikhandschuhen und einer blauen Jacke, auf der in großen weißen Buchstaben *N. Y. C. Crime Scene Unit* stand, und klatschte ihn ab.

«He, Georgie-Boy!»

«Hallo, Bud. Schlimm da drinnen?»

«Geht so.»

Ich erinnerte mich an die Parolen während meiner Ausbildung: Immer schön den Kopf hochhalten! Und keinen Fehler machen! Für die beiden war es ein ganz normaler Arbeitstag. Inzwischen waren sich alle darüber im Klaren, dass der Täter das Opfer abgeschlachtet hatte und ihnen nichts anderes übrig blieb, als hinter ihm aufzuräumen. In diesem Moment schwor ich mir, Chalis Mord persönlich zu nehmen.

Polizisten gingen von Tür zu Tür und befragten die Anwohner. Kurz plauderte ich mit einem jungen Reporter. Da er mich nicht nach meinem Namen fragte, glaubte ich, dass auch er mich für eine Journalistin hielt. Und dann kamen Billy und La-a herangebraust. Sie hielt hinter Georges Wagen und sprang aus dem Auto, ohne richtig einzuparken.

Billy kam im Laufschritt auf mich zu und gab mir einen Kuss auf die Wange. «Wie steht's?»

«Detective George Vargas ist gerade nach oben gegangen.»

«Vom 72.?»

Revier, meinte er. «Ja.»

«Karin.» La-a stellte sich zu uns, schüttelte den Kopf und zog ungehalten die Mundwinkel nach unten. «Das tut mir wirklich sehr leid. Bin ich ihr mal begegnet?»

«Keine Ahnung. Wahrscheinlich nicht.»

Sie schüttelte ein weiteres Mal den Kopf und ging dann auf die Haustür zu. Billy und ich folgten ihr. Jemand hatte einen Backstein besorgt und zwischen Türblatt und Rahmen gelegt, damit sie nicht zufiel.

«War die zu?», fragte La-a.

«Hier unten musste ich aufschließen», antwortete ich, «aber Chalis Wohnungstür war offen.»

«Wurde eingebrochen?»

«Nein, glaube ich nicht.»

«Wie ist das Arschloch diesmal reingekommen?» La-a ging in den Flur und inspizierte die Tür von innen.

«Entweder hat ihm jemand aufgemacht, oder ein Bewohner hat aufgeschlossen, und der Täter ist ihm unbemerkt gefolgt», mutmaßte Billy und ging ebenfalls hinein.

Ich folgte den beiden in den Flur und die Treppe hoch. Eine Etage höher sprach ein Polizist mit einem korpulenten Mann im weißen Unterhemd, der aussah, als hätte man ihn aus dem Schlaf gerissen.

«Sind Sie um diese Uhrzeit immer daheim?», hörte ich den Polizisten fragen.

«Nein, erst seit kurzem.» Den starken Akzent des Mannes konnte ich nicht einordnen. «Habe letzten Monat meinen Job verloren.»

«Waren Sie Montagabend zu Hause?»

«Ja, abends bin ich meistens hier.»

«Ich habe nach Montagabend gefragt.»

«Ja, Sir.»

«Haben Sie etwas gehört?»

«Nein, nichts. Ich habe nichts gehört.»

Der Polizist gab ihm eine Visitenkarte und bat ihn, sich zu melden, falls ihm noch etwas einfallen sollte. Der Mann schloss hastig die Tür. Einen Augenblick später tauchte eine Frau in einem billigen Schürzenkleid und mit Lockenwicklern und Lippenstift auf. Sie weinte.

«Nicht Miss Chali!» Sie warf sich fast dem Polizisten an den Hals, der gerade kehrtgemacht hatte und nun am Treppenabsatz stand. «Bitte, sagen Sie mir, dass das nicht wahr ist?»

«Tut mir leid, Lady.» Er ließ sie einfach stehen.

La-a folgte ihm nach oben und verdrehte die Augen. Billy nickte der Frau zu, als er an ihr vorbeiging, und ich berührte im Vorbeigehen ihre Schulter.

«Wohin des Weges?», fragte mich La-a, als sie sich umdrehte. Offenbar hatte sie jetzt erst bemerkt, dass ich ihnen nachlief.

«Sie war schon oben», verteidigte Billy mich. «Also, was soll's?»

Eigentlich widerstrebte es mir, in Chalis Apartment zurückzukehren. Aber ich machte mir wegen Billy Sorgen und wollte vermeiden, dass er am Tatort ohne moralische Unterstützung war.

La-a grinste höhnisch. «Na gut.»

Angesichts der vielen Ermittler und Mitarbeiter der Spurensicherung, die ihrer Arbeit nachgingen oder einfach nur dastanden und sich unterhielten, wirkte die kleine Wohnung völlig überfüllt. George Vargas' Gestalt war hinter dem Perlenvorhang zu erkennen. Seinen orangefarbenen Pappbecher hatte er auf das Manuskript gestellt, das auf dem Tisch lag. Entsetzt lief ich hinüber, um den Becher wegzuräumen. Gerade als ich die Hand nach ihm ausstreckte – mein Blick fiel dabei auf die oberste Seite des Manuskripts, auf die Chali von Hand ein Gedicht geschrieben hatte –, blaffte La-a mich an.

«Was treibst du da, Mädchen?»

«Der Becher gehört dem Detective, und ich wollte bloß –»

«Nee!» Sie wedelte mit dem erhobenen Zeigefinger. «Du müsstest es eigentlich besser wissen.»

Ich trat von dem Gedicht und dem Becher zurück und verkniff es mir, Besitzansprüche auf Chalis Hinterlassenschaft zu erheben. Kleinlaut stellte ich mich hinter Billy.

Und da lag sie: in einem noch nicht geschlossenen schwarzen Leichensack auf einer Rollbahre. Nur dass dieser aufgedunsene Körper mit der aufgeschlitzten Brust nicht mehr Chali war. Jemand hatte das Messer entfernt und für die Spurensicherung eingepackt. Der Gestank war noch schlimmer als zuvor. Ich wandte mich jäh ab und drückte die Nase an Billys Schulter. Durch den Stoff seiner Jacke spürte ich deutlich, wie stark er zitterte. Ich hob den Blick. Seine Miene sprach Bände. Sein Gesicht war von Schweißperlen überzogen, seine linke Pupille auf die Größe eines Stecknadelkopfes geschrumpft. Entgeistert betrachtete er Chalis leblose Hülle.

«Billy», flüsterte ich.

Er rührte sich nicht.

«Schau mich an.»

Keine Reaktion.

«Komm.» Vergeblich versuchte ich, ihn wegzuziehen: Er war zur Salzsäule erstarrt.

«Ich wollte das nicht.» Das Bedauern, das in seiner Stimme mitschwang, erschreckte mich. «Leider hast du mir keine Wahl gelassen.»

«Verdammt noch mal!», schrie La-a, die durch den Perlenvorhang gestürmt kam. «Mann, du bist echt 'ne Nummer.» Ich riss den Kopf zu ihr herum. Ihr besorgter Blick sagte mir, dass ihre rüden Worte nicht ernst gemeint waren. «Würdest du unseren Freund an die frische Luft bringen? Sofern es die in Brooklyn überhaupt gibt.»

Sie wusste also Bescheid. Und wieso auch nicht? La-a verbrachte mehr Zeit mit ihm als ich, und die Symptome seines PTBS waren alles andere als unterschwellig.

«Was ist mit ihm?», hörte ich Vargas La-a fragen, während ich Billy am Ellbogen nach draußen führte.

«Der Typ reagiert manchmal komisch», erwiderte sie. «Sein gesundes Auge tränt ständig.»

«Wieso trägt er diese Augenklappe?»

Darauf antwortete sie nicht, sondern fragte: «Haben Sie hier das Sagen?»

«So ist es.»

«Ich bin Ladasha. La-a geschrieben. Und zwar mit Bindestrich.»

Er kicherte, und dann konnte ich nicht mehr hören, was sie redeten, weil ich mit Billy bereits auf dem Treppenabsatz stand.

Er bebte am ganzen Körper, sein Blick war starr. Ich drängte ihn weiter, dirigierte ihn vorsichtig die Stufen hinunter. Ein paar Polizisten zwängten sich an uns vorbei und musterten uns mit seltsamen Blicken. Unten auf der Straße steuerten Billy und ich auf die 5th Avenue zu, weg von dem ganzen Tohuwabohu. An der nächsten Straßenkreuzung gelang es ihm endlich, sich aus den Klauen der Vergangenheit zu befreien.

«Es ist wieder passiert», murmelte er.

«Erinnerst du dich?»

Er schüttelte den Kopf. «Hinterher fühle ich mich immer ganz mies. Dann weiß ich nicht, was sich abgespielt hat.»

«Weißt du noch, was du gesagt hast?»

«Was habe ich denn gesagt?»

Er hatte mit Chalis Leichnam gesprochen. *Ich wollte das nicht. Leider hast du mir keine Wahl gelassen.* Diese verstörenden Worte konnte ich nicht laut wiederholen, zumal ich nicht die geringste Ahnung hatte, wie ich diese Aussage interpretieren sollte. Sonntagnacht hatte ich ihn zum ersten Mal in diesem Zustand erlebt. Doch da hatte er buchstabengetreu jene Worte wiederholt, die ihm über die Lippen gekommen waren, bevor Jasmine die Waffe auf ihn gerichtet und abgedrückt hatte. Seine heutige Äußerung, die für mich keinen Sinn ergab, war für mich wie eine Erinnerung aus einer anderen Realität, denn ich konnte mich nicht entsinnen, dass er an jenem Abend auf dem Dach Jasmine gegenüber etwas in der Art geäußert hatte.

«Ich weiß nicht, was da abläuft», gestand er. «Es fühlt sich an, als würde ich mich auflösen.»

«Gleich nachdem du den Raum betreten hast, ist es passiert. Wenn du mich fragst, sind der Auslöser …» *Tote Frauen.* Ich brachte es nicht über mich, diese Worte laut auszusprechen.

«Ich kann mich nicht entsinnen, was ich gesehen habe. Wie schlimm war es?»

«Sehr schlimm.»

«Ausgerechnet Chali.» Er schüttelte den Kopf. «Sie entspricht doch gar nicht seinem Opferschema.»

«Bislang waren all sein Opfer Prostituierte.»

«Eventuell handelt es sich um einen Nachahmungstäter. Was, wenn da draußen noch ein anderer Verrückter rumläuft, der sich die gleichen Jagdmesser besorgt hat?»

«Hast du mir nicht erzählt, sie würden schon seit Jahrzehnten nicht mehr hergestellt?»

«Vielleicht über eBay?» Er rieb sein Auge. «Könnte doch sein, oder?»

«Zu gern wüsste ich, was Abby gesehen hat.»

Er warf mir einen Blick zu. Sein linkes Auge war von roten Äderchen durchzogen.

«Als ich Montagabend nach Hause gekommen bin, wollte Chali etwas mit mir besprechen. Es schien wichtig zu sein. Mist, ich war einfach zu müde und habe das Gespräch auf den nächsten Tag verschoben.»

«Hast du eine Idee, was ihr auf dem Herzen lag?»

«Nein.»

Gemeinsam schlenderten wir wieder zurück und standen in der Kälte ganz nah beieinander, als Chali aus dem Haus gebracht wurde. Detective Vargas kam zu uns und versuchte, mit seinem Atem die Hände zu wärmen. Zwei Männer schoben den Leichnam – der Reißverschluss des schwarzen Leichensacks war inzwischen geschlossen worden – in den Krankenwagen und verriegelten rasch die Türen, weil es eiskalt war und sie es eilig hatten,.

«Kennen Sie jemanden aus ihrer Familie?», fragte mich Vargas.

«Ihre Familie – Mutter, Tochter und Bruder – lebt in Indien.»

Er zog die Augenbrauen hoch. «Na, auf das Gespräch freue ich mich schon. Sprechen die Englisch?»

«Ihre Tochter schon. Ob der Rest der Familie unsere Sprache beherrscht – keine Ahnung.»

Im Grunde wusste ich nur, dass der Besuch von Dathi bevorstand. Als ich an sie dachte, wurde mir ganz schwer ums Herz. Schon seit Wochen hatte Chali sich auf das Wiedersehen gefreut, und ihrer Tochter ging es gewiss nicht anders. Immerhin war es Ewigkeiten her, dass sie einander gesehen hatten. Was hätte ich darum gegeben, Dathi und der Großmutter die schlechte Nachricht zu verheimlichen, aber das kam selbstverständlich nicht in Frage. Und es ging auch nicht an, dass ein wildfremder Polizist aus New York ihnen am Telefon die Todesnachricht überbrachte.

«Ich werde sie verständigen», bot ich an. «Nur brauche ich dazu die Telefonnummer der Großmutter. Oben auf dem Schreibtisch liegt Chalis Adressbuch. Mit Nachnamen heißt sie Das und ihre Tochter Dathi, eine Kurzform von Arundathi. Arundathi Das. Chalis vollständiger Name ist Panchali Das. Und die Großmutter heißt Edha … Ihren Nachnamen kenne ich allerdings nicht, doch Das wird er gewiss nicht lauten.»

Billys warme Hand auf meiner Schulter ermahnte mich, dass ich mich beruhigen sollte. Ich redete viel zu schnell, plapperte das wenige, das mir bekannt war, einfach heraus, als könnte ich, wenn ich mich nur beeilte, das Geschehene rückgängig machen und Chali von den Toten auferstehen lassen. Mir kamen die Tränen, die ich mit einem kalten Lederhandschuh wegwischte.

Vargas nickte. «Gut. Danke. Ich schaue mal, ob ich die Nummer finde.»

* * *

Als ich später mit Ben nach Hause kam, lag Mac im Dunkeln auf der Couch und schlief fest. Bei jedem Atemzug meinte man, jemand würde Holz sägen. Er war angezogen und trug sogar seine Winterschuhe.

Meine Mutter saß im Sessel direkt neben ihm. Auf ihrem Schoß lag ein aufgeschlagenes Buch. Im kalten Licht der Leselampe wirkte ihr Gesicht aufgedunsen, die Augen vom Weinen stark gerötet. Also wusste sie Bescheid.

«Er war nicht imstande, das Haus zu verlassen», flüsterte sie.

Dass er es dennoch versucht hatte, verriet seine Kleidung.

Ich beugte mich nach unten, drückte die eisigen Lippen auf Macs Stirn und spürte, wie meine Mutter ihre Hand auf meinen Rücken legte. In dem Moment begann ich zu weinen. Meine Mutter hielt den Atem an, wie sie das immer tat, wenn sie versuchte, standhaft zu sein.

Kapitel 8

Um Viertel vor sechs am nächsten Morgen kroch ich so leise wie nur irgend möglich aus dem Bett, damit ich Mac nicht im Schlaf störte. Die Vorsicht hätte ich mir jedoch sparen können, denn er war schon wach und stöhnte leise. Wie es aussah, hatte sich sein Zustand noch nicht gebessert. Ich legte die Hand auf seine fiebrige Stirn.

«Ist diesmal ganz schön hartnäckig», flüsterte ich, denn Ben, der noch schlief, sollte mich nicht hören.

«Fünfter Tag.»

«Zumindest dein Verstand funktioniert noch.»

«So würde ich das nicht formulieren. Ich liege hier nur so rum.»

«Immerhin kannst du bis fünf zählen.»

Er lachte leise, was den nächsten Hustenanfall auslöste.

«Meiner Meinung nach solltest du zu Dr. Velasquez gehen und deine Brust von ihr abhören lassen.»

«Karin, ich habe Grippe, und die geht wieder vorbei.» Sein Körper wurde von dem rasselnden Husten richtig durchgeschüttelt.

Um einen Streit zu vermeiden, hielt ich den Mund und beschloss, einfach einen Termin für ihn zu machen. Überzeugen konnte ich ihn später.

«Möchtest du Tee und Toast oder lieber versuchen, noch einmal einzuschlafen?»

«Tee und Toast wären super.»

«Bin gleich wieder da.»

Zu dieser frühen Stunde war das Haus ziemlich ausgekühlt, denn wir hatten das Thermostat so eingestellt, dass die Heizung erst in fünfzehn Minuten anging. In Bademantel und Hausschuhen stieg ich leise die Treppe hoch. Draußen war es noch dunkel, und als ich die Deckenlampe in der Küche einschaltete, empfand ich das Licht als viel zu grell. Ich stellte den Wasserkessel auf, schaltete die Kaffeemaschine ein und deckte den Tisch.

Der Zettel mit Edha Senguptas Namen und ihrer Telefonnummer in Indien lag noch dort, wo ich ihn gestern Abend hingelegt hatte, nachdem George Vargas mir telefonisch die Information durchgegeben hatte. Edha und Dathi lebten in einem kleinen Haus in dem Dorf Sahalwada, wo auch Chali und ihr Bruder Ishat aufgewachsen waren. Da der Zeitunterschied zwischen Indien und New York neuneinhalb Stunden betrug, war es dort halb fünf in der Früh gewesen, als George mich anrief. Aus diesem Grund hatte ich entschieden, sie ausschlafen zu lassen und den Anruf aufzuschieben.

Die halbe Nacht hatte ich wach gelegen und überlegt, wie ich ihnen die entsetzliche Nachricht beibringen sollte. Gleichwohl mussten sie über Chalis Tod in Kenntnis gesetzt werden, und zwar von mir. Erst jetzt merkte ich, wie selten sie über ihr Leben hier in New York gesprochen hatte. Ich wusste eigentlich nur, dass sie fünfundzwanzig Stunden pro Woche bei uns arbeitete und in der restlichen Zeit gelegentlich auf andere Kinder aufpasste. Über alles andere hatte Chali kein großes Aufheben gemacht. Ihr ganzes Leben war nur auf ein Ziel ausgerichtet gewesen: ihre Tochter zu sich zu holen. Je länger ich darüber nachdachte, desto sicherer war ich mir, dass hinter Chalis Plänen für Dathi mehr steckte, als sie verraten hatte. Sie selbst hatte man im zarten Alter von dreizehn Jahren zwangsverheiratet; und Dathi war mittlerweile zwölf. Vielleicht hatte Chali unter Zeitdruck gestanden und schnell handeln müssen, um Dathi vor dem gleichen Schicksal zu bewahren.

Jetzt musste es in Indien halb vier Uhr nachmittags sein. Inzwischen dürfte Dathi von der Schule nach Hause gekommen sein. Oder war es vielleicht besser, wenn ich allein mit Edha sprach? Dann konnte sie den furchtbaren Schlag zumindest ansatzweise verarbeiten und entscheiden, wann und wie sie es Dathi mitteilte, deren Enttäuschung und Trauer gewiss unermesslich sein würden.

Ich wählte die Landesvorwahl und anschließend die Nummer von Edha. Zunächst hörte ich es knacken, ein paarmal klingeln, und dann war die Leitung plötzlich tot. Ich probierte es noch dreimal, doch immer mit dem gleichen Ergebnis. Schließlich wandte ich mich hilfesuchend an die internationale Vermittlung, wo ich erfuhr, dass dieser Anschluss nicht mehr existierte.

Als der Wasserkessel pfiff, sprang ich hektisch auf, um ihn schnell abzustellen, damit der Lärm nicht Ben vorzeitig aus dem Schlaf riss. Danach schaltete ich meinen Laptop auf dem Küchentisch ein und suchte im Posteingang nach Dathis Namen. Sie hatte mir vor zwei Monaten einmal gemailt, kurz nach meiner Fehlgeburt, und mir ein Gedicht geschickt, das sie für meine tote Tochter verfasst hatte. Ihre warmherzige Geste und die wunderschönen Verse auf Englisch – sie lernte diese Sprache in der Schule – hatten mich sehr berührt.

Sie reitet auf einem Tiger
weg vom Feuer
in den Himmel
mit einer Lotusblume in der Hand.

Auf den Blütenblättern
stehen ihr und
dein Name
geschrieben in Wasser.

Ich las das Gedicht und klickte das *Antworten*-Feld ein, woraufhin eine neues Fenster aufging. In meiner damaligen Antwort hatte ich mich nur bei ihr bedankt. Und auch jetzt machte ich nicht viel Worte.

> Hallo, Dathi,
> ich müsste mit deiner Großmutter sprechen und wollte sie anrufen, aber die Nummer, die ich von euch habe, ist nicht mehr gültig. Würdest du ihr bitte ausrichten, sich bei mir zu melden?
> Sei ganz lieb gegrüßt
> Karin

Hoffentlich versetzten meine Direktheit und die Tatsache, dass ich Chali mit keiner Silbe erwähnte, sie nicht in Panik, aber es schien mir angeraten, mich kurz zu fassen und zuerst mit Edha zu sprechen. Ich schickte die Mail ab und machte dann für Mac Tee und Toast.

* * *

Am darauffolgenden Morgen saß ich mit einem in unregelmäßigen Abständen hustenden und zitternden Mac in Dr. Velasquez' Wartezimmer. Fast den gesamten gestrigen Tag hatte ich gebraucht, um ihn zu diesem Besuch zu überreden; doch zu guter Letzt waren ihm die Einwände ausgegangen. Und dass er sich besser fühlte, konnte er nun wirklich nicht behaupten.

Endlich wurde sein Name aufgerufen. Er bestand darauf, allein in das Sprechzimmer zu gehen, und warf mir diesen Blick zu, der besagte: *Du bist nicht meine Mutter*. Die Wartezeit, die mir ewig vorkam, vertrieb ich mir damit, immer wieder mein BlackBerry zu konsultieren und nachzusehen, ob Dathi mir geantwortet hatte, was jedoch nicht der Fall war. Vier ganze Tage waren seit Chalis Tod verstrichen, zwei Tage, seit ich sie gefunden hatte, und vierundzwanzig Stunden, seit ich versucht hatte, mit ihrer Familie Kontakt aufzunehmen. Sollte ich heute wieder keine Antwort erhalten, würde ich morgen versuchen, den Bruder ausfindig zu machen.

«Bronchopneumonie», verkündete Mac, als er schließlich mit einem Rezept aus dem Sprechzimmer kam. «Zusätzlich zur Grippe.»

«Was habe ich dir gesagt?»

Natürlich gab er nicht zu, dass ich recht behalten hatte, drückte mir jedoch zum Zeichen der Versöhnung das Rezept in die Hand. Ich brachte ihn nach Hause, besorgte das Medikament und verabreichte ihm eine doppelte Dosis davon. Dann packte ich ihn ins Bett und machte mich auf den Weg, um Ben vom Kindergarten abzuholen.

Bald schon hastete ich wie von der Tarantel gestochen durch die Smith Street und kämpfte gegen die aufkeimende Panik an. Ich fühlte mich vollkommen überfordert von den Ereignissen. Grippe war eine Sache, aber jetzt auch noch Bronchopneumonie? In dem Moment musste ich an Chali denken, was meiner Furcht nur neue Nahrung verschaffte. Jedes Mal wenn ich vor meinem inneren Auge ihren toten Körper in dem blutroten Wasser sah, stockte mir der Atem. Doch Mac kam wieder auf die Beine; Chali hingegen würde ich nie mehr wiedersehen.

Vor ein paar Jahren hatte ich auf einer Party zufällig gehört, wie mich jemand als «Mordmagnet» bezeichnete. Ich war schon im Begriff, dagegen zu protestieren, als ich mir eingestand, dass der Betreffende gar nicht so falschlag. Bis dahin hatten sich tatsächlich mehrere unnatürliche Todesfälle in meinem unmittelbaren Umfeld ereignet, und jedes Mal hatte ich alles in meiner Macht Stehende getan, das drohende Unheil aufzuhalten: Zuerst versuchte ich meine Familie zu schützen, und später setzte ich alles daran, meinen vermissten Ehemann zu finden. Wenn das Böse in mein Leben trat, konnte ich einfach nicht die Hände im Schoß falten, sondern musste mich zur Wehr setzen.

Warum war ich jetzt wieder an diesem Punkt? Wieso mussten erneut Menschen in meinem direkten Umfeld eines gewaltsamen Todes sterben, wo endlich Ruhe eingekehrt war und mein Leben wieder halbwegs normal verlief?

Da Mac und ich beruflich immer noch indirekt mit polizeilichen Ermittlungen und Gewaltverbrechen zu tun hatten, war die dunkle Seite nie weit weg. Doch im Unterschied zu früher waren wir heute nur Beobachter und nicht direkt Betroffene. Selbst der Mord, der Sonntagabend auf der Nevins Street verübt worden war, und die Dekker-Tragödie berührten uns nicht persönlich. In letzter Zeit hatte ich geglaubt, wieder auf festerem Boden zu stehen, doch Chalis Ermordung war persönlich. Ihr Verlust glich einer Unterströmung, die uns in die Dunkelheit zurückzog, von der ich geglaubt hatte, sie wäre inzwischen aus unserem Leben verbannt. Und nun schien es auf einmal so, als würde ich tatsächlich Gewaltverbrechen anziehen.

Weshalb?

Chali, die praktizierende Christin, hatte mir mal anvertraut, sie glaube an Karma und daran, dass die Handlungen der Vergangenheit über die Form der nächsten Wiedergeburt entschieden. Dass sie eine Halskette mit einem Kreuz trug und gleichzeitig über Karma sprach, amüsierte mich. Doch sie war in einer Hindu-Welt aufgewachsen und hatte unterschiedliche, zum Teil sogar gegensätzliche Glaubenssysteme in sich vereinigt. Da ich selbst keinem Glauben anhing, waren ihre philosophischen Widersprüche kein Problem für mich; im Gegenteil, sie machten Chali in meinen Augen nur noch liebenswerter. Sie war genauso komplex, skurril und aufrichtig wie der Rest der Menschheit; und diese verrückte Mischung sorgte dafür, dass auf der Welt manchmal alles glattging und dann auch wieder nicht. Wer war ich, dagegen aufzubegehren?

Endlich erreichte ich den Kindergarten. Als ich die Eingangstür öffnete, quälte mich eine Frage: Weshalb hatte die an Karma glaubende Chali nicht sofort gekündigt, als sie von meinen Tragödien erfuhr? *Immerhin zog ich Gewaltverbrechen an wie das Licht die Motten.* Hatte meine Geschichte ihr keine Kopfschmerzen bereitet? Oder hatte die Christin in ihr sie zum Bleiben veranlasst?

Kaum betrat ich das weihnachtlich geschmückte Spielzimmer, flog Ben in meine Arme. Ich drückte ihn an mich, küsste ihn und merkte, wie die Wärme seiner Wange, die meine Lippen berührten, mich für einen Moment meine Sorgen vergessen ließ. Meine Ausrede, die von ihm angebetete Chali läge wie Daddy mit Grippe im Bett und könne ihn deshalb nicht abholen, hatte er bislang widerspruchslos geschluckt. Doch früher oder später musste ich ihm reinen Wein einschenken oder zumindest eine geschönte Version der Wahrheit auftischen. Wie sollte ein Junge seines Alters so etwas verarbeiten? Ich beschloss, ihm bei Gelegenheit zu erzählen, dass sie weggegangen war, und konnte nur hoffen, dass er mich nicht nach ihren Beweggründen oder dem Zeitpunkt ihrer Rückkehr fragte.

Gemeinsam verließen wir das Gebäude. Draußen auf der Straße brodelte das Leben, auch die drei Musketiere waren wieder unterwegs. Sie flanierten die Smith Street hinunter und schnatterten wie eine Horde Teenagermädchen.

Auf dem Heimweg erledigte ich ein paar Weihnachtseinkäufe und schlug gleich zwei Fliegen mit einer Klappe: Ich unterstützte die Geschäfte in meinem Viertel und erstand ein paar besondere Geschenke als Ergänzung zu all den anderen Dingen, die ich bereits online bestellt hatte. Ein Großteil wurde direkt nach L. A. geschickt, doch das eine oder andere Stück mussten wir mitnehmen. In einer Woche würden wir fliegen, und bis dahin sollte Mac laut Dr. Velasquez' Prognose wieder halbwegs auf den Beinen sein.

Während Ben und Mac Mittagsschlaf hielten, überflog ich noch ein paar Bewerbungen und rang mich zu einer Entscheidung durch. Ich hatte bereits mit zwei Kandidatinnen Gespräche geführt, die beide einen guten Eindruck hinterlassen hatten – eine von ihnen würde ich nehmen.

Als ich beinahe damit fertig war, die E-Mails des heutigen Tages zu sichten, traf eine neue in meinem Posteingang ein. Mein Herz machte einen Freudensprung, als ich Dathis Namen las.

Liebe Karin,
über Ihre Nachricht habe ich mich sehr gefreut. Ich hätte Ihnen schon eher schreiben sollen, denn Mami hat sich nicht bei uns gemeldet. Ich wohne jetzt bei Onkel Ishat und habe schlechte Nachrichten: Meine liebe Omi ist am Dienstag an einem Herzinfarkt gestorben. Wir haben sie heute beerdigt. Mami weiß noch gar nicht, dass sie tot ist. Ich weiß nicht, ob es gut wäre, wenn Sie es ihr erzählen. Auf der anderen Seite möchte ich auch nicht, dass Onkel Ishat sie informiert, denn er ist nicht sehr nett. Am besten wäre es wahrscheinlich, wenn ich mit ihr rede. Oder soll ich damit warten, bis ich in New York bin? Was meinen Sie? Dann könnten wir uns gegenseitig trösten.
Im Haus meines Onkels darf ich nicht weinen. Ich bin hier ziemlich unglücklich, was nicht so schlimm ist, denn bald gibt es ja ein Wiedersehen mit meiner Mutter.
Richten Sie ihr bitte aus, meinen Onkel anzurufen. Hier ist seine Telefonnummer.
Dathi

Bedauerlicherweise hatte sie vergessen, die Nummer einzufügen. Leicht frustriert machte ich mich daran, ihr zu antworten, doch dann ging eine weitere Mail von ihr mit der fehlenden Information ein, die ich gleich in meinem Handy abspeicherte. Auch wenn ich ihr am Telefon gewiss nicht erzählen würde, dass ihre Mutter gestorben war, musste ich doch Dathi wissen lassen, dass es in der großen weiten Welt jemanden gab, der an sie dachte – so wie sie mir mit ihrem Gedicht das Gefühl gegeben hatte, nicht ganz allein zu sein. Jetzt, wo das arme Mädchen Mutter und Großmutter verloren hatte und notgedrungen bei ihrem Onkel lebte, konnte es nicht schaden, wenn sie wusste, dass sie auf mich bauen konnte.

Erst als es am anderen Ende der Leitung läutete, fiel mir ein, dass es in Indien fast Mitternacht war. Ich wollte schon auflegen, doch dann meldete sich Ishat, und mir blieb gar nichts anderes übrig, als mich vorzustellen.

«Ach ja», sagte er. «Meine Schwester hat oft von Ihnen gesprochen.»

Ich hingegen wusste kaum etwas über ihn. Chali hatte nur selten ein Wort über ihn verloren – und wenn, dann hatte sie sich immer bitterlich über ihn beklagt. Laut Chalis Schilderungen, die sich seit ihrer Übersiedlung in die Staaten den Mund nicht mehr verbieten ließ, waren indische Männer durch die Bank frauenfeindlich. Obwohl sie ihn nicht sonderlich geschätzt hatte, rang ich mich zu einer Lüge durch.

«Ja, sie hat mir auch von Ihnen berichtet, und zwar nur Gutes.»

«Dass sie Gutes über Sie erzählt hat, habe ich nicht gesagt, Madam», entgegnete er und lachte höhnisch. «Wie auch immer, ich bin froh, dass Sie sich melden. Wir konnten meine Schwester nicht erreichen. Sie hat auf keine meiner Nachrichten reagiert, die ich ihr auf dem Anrufbeantworter hinterlassen habe.»

Sollte ich ihm mitteilen, dass Dathi mir gerade gemailt hatte? Besser nicht. Dass eine Zwölfjährige um diese Uhrzeit noch auf war, gefiel einem herrischen Typen wie ihm bestimmt nicht.

«Der Grund, weshalb ich Sie anrufe –»

Er fiel mir ins Wort, ehe ich die traurige Nachricht übermitteln konnte.

«Ich wollte Chali wissen lassen», sagte er, «dass unsere Mutter von uns gegangen ist. Schade, dass sie offenbar keine Zeit findet, sich bei uns zu melden. Deshalb möchte ich Sie bitten, meine Schwester davon in Kenntnis zu setzen. Mutter wurde schon beerdigt und hat uns nichts vermacht. Die Kleine wohnte bis zu ihrer Abreise bei mir.»

«Hat Dathi noch andere Verwandte, zum Beispiel eine Tante?»

«Wieso fragen Sie mich das?»

«Ich habe auch schlechte Neuigkeiten.»

Obwohl es mir nicht leichtfiel, fasste ich mir ein Herz und berichtete, was sich zugetragen hatte. Da er kein Wort sagte, sondern nur schwer atmete, wusste ich nicht, wie schwer ihn die Nachricht traf. Er stellte mir keine Fragen, vergoss keine Tränen.

«Ich habe Chali gewarnt und sie aufgefordert, nicht nach New York zu gehen», entgegnete er schließlich selbstgerecht.

«Es ist zwar schon spät, aber ich würde gern mit Dathi sprechen.»

«Das Mädchen schläft längst.»

Dass dieser arrogante Kerl mir eine so dreiste Lüge auftischte, erzürnte mich. Wider besseres Wissen platzte ich mit der Wahrheit heraus. «Sie hat mir gerade eine Mail mit Ihrer Telefonnummer geschickt.»

«Ich verstehe», erwiderte er in eisigem Ton. «Tja, dieser Computer, den sie von der Schule gekriegt hat, war mir von Anfang an ein Gräuel.»

«Sie hat auf eine meiner Mails geantwortet und liegt jetzt bestimmt im Bett. Dathi ist doch noch –»

Ein Kind, wollte ich noch sagen. *Ein kleines Kind.* Doch ich hatte ein klickendes Geräusch in der Leitung gehört: Chalis Bruder hatte einfach aufgelegt.

Im nächsten Moment kam Ben mit einem leeren Glas in die Küche. «Daddy hat Durst.»

«Wieso bist du denn schon wieder auf, Schatz?»

«Ich habe nicht geschlafen.» Er drückte mir das Glas in die Hand und rannte weg. Darauf zu hoffen, dass ein Vierjähriger Mittagschlaf hielt, war – wie sich herausstellte – recht verwegen. Mit seinem Kommentar gab er mir ganz deutlich zu verstehen, dass ein «großer Junge» wie er darauf verzichten konnte. Lag er mit seiner Einschätzung richtig? Auf der anderen Seite war er erst vier und konnte noch nicht selbst entscheiden, was für ihn gut war. Doch wann war der richtige Zeitpunkt, bei der mütterlichen Fürsorge einen Gang herunterzuschalten und die Zügel etwas schleifen zu lassen?

Und wie lief das bei einem Waisenkind? Legte da die Umwelt die Regeln fest? Und wer schützte dieses Kind, wenn es die Menschen, die es geliebt hatten, nicht mehr gab?

Als ich Wasser in Macs Glas goss, wurde mir bewusst, dass ich mir große Sorgen um Dathi machte. Mich zu verplappern und Ishat zu verraten, dass seine Nichte mir kurz zuvor eine Mail geschickt hatte, war ein Riesenfehler gewesen. Hoffentlich zog meine Unbedachtheit keine harte Strafe nach sich. Auf einmal musste ich an das schreckliche Schicksal der drei Waisen aus Lemony Snickets Büchern denken, die ich meiner Nichte bei unserem letzten Zusammentreffen vorgelesen hatte.

Was hielt die Zukunft für Dathi bereit?

Wie konnte ich sie erreichen, ohne Onkel Ishat zu erzürnen?

Der Gedanke, ihr noch eine Mail zu schicken, behagte mir

nicht, aber in Ermangelung einer Alternative tat ich es dennoch.

> Hallo, Dathi,
> ich hoffe, dir geht es gut. Ich mache mir deinetwegen Sorgen, was dir womöglich komisch vorkommt, da wir uns eigentlich gar nicht kennen. Doch du bist mir wichtig, sehr wichtig sogar. Kannst du mich anrufen oder mir wenigstens schreiben?
> Melde dich bitte.
> In Liebe
> Karin

Ich tippte meine Adresse und die Nummern von meinem Festnetzanschluss und meinem Handy ein. Nun konnte sie mich überall erreichen, und ich betete stumm, dass sie das auch bald tat.

Kapitel 9

Am darauffolgenden Sonntag hatte sich einiges zum Positiven verändert.

Macs Fieber war gesunken, der Husten hatte nachgelassen, und er konnte aufstehen.

Ich hatte eine Sekretärin eingestellt, die am Montag bei uns anfangen sollte: eine Frau Mitte dreißig namens Star, die drei Jahre lang bei einer Investmentbank als Teamassistentin gearbeitet und ihren Job nach den Wirren in der Finanzwelt verloren hatte.

Und die Ermittler, die die Prostituiertenmorde bearbeiteten, waren auch ein Stück vorangekommen. Billy kam vorbei, um uns über die Fortschritte zu informieren … und mir beim Schneeschippen zu helfen. Denn die Ostküste war von einem heftigen Schneesturm heimgesucht worden.

Ich befreite die Stufen und den Treppenabsatz vom Schnee, während Billy den Gehweg vor unserem Haus räumte, da die Mieter über uns schon in den Weihnachtsferien waren. Ben, der uns mit seiner kleinen Schaufel unterstützte, schob die Schneereste auf die Straße. Mac stand am Fenster und schaute uns zu. Wahrscheinlich plagte ihn das schlechte Gewissen, weil er sich nicht selbst darum kümmerte oder uns wenigstens zur Hand ging; aber aus Sorge vor einem Rückfall hatten Billy und ich darauf bestanden, dass er drinnen im Warmen blieb. Nach getaner Arbeit saßen wir am Küchentisch und genehmigten uns Rühreier, Croissants und heiße Schokolade.

«Wir sollten uns gesünder ernähren», meinte Mac, gab etwas Rührei auf ein Stück Croissant und steckte es in dem Mund. «Mhm, sehr köstlich.»

«Du siehst aus, als hättest du in dieser Woche zehn Pfund

verloren. Verschieb die gesündere Ernährung auf später.» Billy grinste breit, was er meiner Meinung nach schon seit Wochen nicht mehr getan hatte.

«Und … wie geht es dir?», erkundigte ich mich.

«Na, da ich gerade nicht an einem Tatort bin, ganz gut.» Er lachte verhalten. «Vielleicht ist es an der Zeit, mir einen anderen Job zu suchen.»

«Was würdest du denn stattdessen gern tun?» Mac, der aus dem Polizeidienst ausgeschieden war, weil ihm der Job zu sehr unter die Haut gegangen war, beugte sich neugierig vor.

«Keine Ahnung.» Das Grinsen verschwand, und Billy setzte wieder seine mürrische Miene auf.

Mac lehnte sich zurück und warf mir einen vielsagenden Blick zu.

«Du hast die Nummer noch nicht angerufen, oder?», fragte ich Billy.

«Doch, um ehrlich zu sein. Ich habe sogar eine Nachricht hinterlassen. Zufrieden?»

«Ich weiß, ich nerve dich damit, aber du musst diese Sache in Angriff nehmen.»

«Stimmt», pflichtete Mac mir bei.

Billy verbarg das Gesicht in den Händen. Dabei rutschte seine Augenklappe hoch, und einen kurzen Moment lang sah ich den Mann, den ich vor vier Jahren kennengelernt hatte. Obwohl er damals bereits vierzig gewesen war, hatte er zehn Jahre jünger gewirkt und Lässigkeit und Selbstvertrauen ausgestrahlt. Und wenn dieser gutaussehende Mann einen dann mit seinen warmen braunen Augen anblickte, verfehlte das seine Wirkung nicht. Seit einiger Zeit war von der ihm eigenen Vitalität leider nicht mehr viel zu spüren. Die Haut auf seinen Handrücken war runzlig und trocken, wie ich jetzt bemerkte. Und als er sein Gesicht wieder hob, loderte in seinem gesunden Auge auch nicht mehr das Feuer. Es dauerte einen Moment, bis die Falten, die seine Hände auf den Wangen hinterlassen hatten, wieder verschwanden.

«Ich weiß», sagte er. «Darum habe ich ja endlich dort angerufen. Mir ist bewusst, dass ich mich den Tatsachen stellen muss, aber diese Flashbacks sind total verstörend. Wenn ich mich wieder im Griff habe, weiß ich ja nicht mal, wo ich war oder was passiert ist. Und wie soll es einem wildfremden Menschen gelingen, Ordnung in meinen Kopf zu bringen und den Schalter umzulegen? Wäre das so einfach, bräuchte ich auch keine Hilfe. Über all das zu reden bringt doch nichts. Und am Ende kostet es mich womöglich noch meinen Job.»

«Womöglich wirst du ihn verlieren, wenn du das nicht angehst», gab Mac mit einem schiefen Lächeln zu bedenken, auf das Billy nicht reagierte.

«Ich weiß einfach nicht, was ich will.»

«Es gibt leider keinen Schalter, den man einfach umlegen kann», meinte ich. «Nur hilft es manchmal schon, mit jemandem zu sprechen.» Da ich gleich mehrere Krisen mit Hilfe von Therapeuten überstanden hatte, sprach ich aus Erfahrung. «Wie dem auch sei … du kannst das nicht ewig vor deinen Arbeitskollegen verbergen. Früher oder später kommt dir jemand auf die Schliche.» Dass La-a höchstwahrscheinlich schon Bescheid wusste, erwähnte ich nicht.

«Ich habe jedenfalls dort eine Nachricht hinterlassen und warte jetzt auf einen Rückruf.» Billy trank einen Schluck heiße Schokolade, holte tief Luft und wechselte das Thema. «Nun zu unseren Fällen.»

Mac drehte sich zu Ben um, der am Tisch saß und malte. «He, Benny, möchtest du nicht ein paar von deinen Zeichnungen im Flur aufhängen?» Dort schmückten bereits einige von seinen Bildern eine Wand.

«Gute Idee.» Ich holte eine Rolle Klebeband aus einer Schublade und gab sie Ben, der anschließend mit seinen Bildern aus der Küche stürmte.

Mac und ich rückten näher an Billy heran, um von ihm die neuesten Entwicklungen zu unseren Fällen zu hören. Die vergangenen beiden Nächte hatte ich nicht abschalten können und deshalb kaum ein Auge zugetan. Die Frau auf der Nevins Street und Chali, beide mit einem Messer in der Brust, das viele Blut im Haus der Dekkers, Abby mit den lackierten Zehen- und Fingernägeln, die bewusstlos im Krankenhaus lag – all diese Bilder ließen mich keine Ruhe finden. Und Dathi, die weit weg und seit kurzem ganz allein war. Ich trank die Schokolade aus, schenkte Kaffee in den Becher und hielt das Gesicht in den aufsteigenden Dampf.

«Das Labor ist fündig geworden.» Billy griff in seine Jeanstasche, zog einen USB-Stick heraus und legte ihn auf den Tisch.

Ich schaltete meinen Laptop ein, und während er hochfuhr, lauschte ich Billys Erläuterungen.

«Auf Abbys Pyjama waren Spuren von schwarzem Lack und Sägemehl. Wie sich herausstellte, gibt es an der Bodega auf der Nevins eine Videokamera. Der Besitzer hatte wohl die Nase voll davon, dass bei ihm nachts immer wieder eingebrochen wird. Das Ding macht Schwenks und nimmt alles auf, was sich draußen auf der Straße abspielt. Es hat ein schwarzes Fahrzeug aufgezeichnet, selbst das Kennzeichen ist gut sichtbar. Der Lack des Autos stimmt mit dem auf dem Schlafanzug überein. Auch das Sägemehl passt: Der Besitzer stellt nämlich seinen Wagen in einer Garage in Queens ab, wo er mit Holz arbeitet.»

Vor meinem geistigen Auge sah ich Werkzeuge und mehrere Messer. Bei dem Gedanken, dass ein Mann, der schreinerte, auch gern Frauen aufschlitzte, wurde mir übel. «Ist er Zimmermann?»

«Nein, das Schreinern ist sein Hobby», meinte Billy. «Seinen

Lebensunterhalt verdient er als Hypothekenmakler. Er ist verheiratet und hat drei Kinder.»

Mac verzog das Gesicht. «Sieh mal einer an.»

«Was hatte er Samstagnacht in Brooklyn zu suchen?», fragte ich.

Billy gab mir den USB-Stick. «Das kann er euch selbst erzählen.»

Nachdem ich den Stick in den Schnittstellen-Port gesteckt hatte, mussten wir kurz warten, bis der Mediaplayer geladen wurde. Dann wählte Billy mit der Maus das Video aus, das er uns zeigen wollte.

Auf dem Bildschirm tauchte ein untersetzter Mann mittleren Alters in einem zerknitterten Anzug auf, der sich mit den Fingern über das schüttere, quer über den Kopf gekämmte Haar strich. Sein Schädel war von Sommersprossen überzogen, und er trug einen großen Ehering aus Gold. Er saß in einem kleinen Verhörraum, ihm gegenüber am Tisch hatten sich Billy und La-a gesetzt. Das Licht und die relativ schlechte Aufzeichnung ließen das Ambiente noch schäbiger wirken, als es in Wirklichkeit war. La-a begann das Verhör, indem sie pflichtgemäß Datum und Uhrzeit nannte, ehe sie den Mann direkt ansprach.

«Nennen Sie bitte Ihren vollen Namen.»

«P-p-patrick John R-r-ryan S-s-scott.»

Seine Hände, die auf dem Tisch lagen, zitterten sichtlich. Er tat mir ein bisschen leid.

«Das sind eine Menge Namen.»

«Wir sind ursprünglich aus I-i-irland.»

«Wie redet man Sie an – mit Patrick oder Pat?», fragte La-a.

«P-p-pat.»

«Also, Pat, möchten Sie uns nun erzählen, was Sie Sonntagabend in Brooklyn gemacht haben?»

«I-i-ich bin nach Hause gefahren.»

«Von wo?»

«A-a-abendessen mit Freunden.»

«Waren Sie allein?»

«M-m-meine Frau fühlte sich nicht g-g-gut und ist daheim-g-g-geblieben.» Pat warf Billy, der sich Notizen machte, einen Blick zu.

«Wo haben Sie gespeist?»

Pat zögerte. «I-i-irgendwo in der Nähe, an den Namen des Restaurants kann ich m-m-mich nicht erinnern. Es war ein Italiener.»

Billy schaute nicht von dem Schreibblock auf. Aber ich kannte ihn gut genug, um zu erkennen, dass er dem Mann nicht glaubte, auch wenn er sich zusammenriss und mit keiner Wimper zuckte. Jeder hätte einen Typen genauer unter die Lupe genommen, der gegenüber Polizisten behauptete, er könne sich nicht daran erinnern, wo er in der Nacht gegessen hatte, in der er an einem Tatort vorbeigekommen war.

La-a trommelte mit einem kurzen Bleistift, den sie nicht brauchte, da Billy sich Notizen machte, auf die Tischplatte. «Nun, ich würde vorschlagen, Sie geben uns Bescheid, wenn es Ihnen wieder einfällt. Dann können wir in dem Restaurant anrufen und uns dort Ihre Aussage bestätigen lassen. Haben Sie nach Ihrer Heimkehr den Namen des Restaurants Ihrer Frau gegenüber erwähnt? Gut möglich, dass sie es noch weiß. Wir können sie anrufen. Wie heißt sie?»

«Andie.» Pats Blick wanderte von La-a zu Billy und wieder zurück, ehe er mit der Sprache herausrückte. «Rufen S-s-sie sie nicht an. Sie erinnert s-s-sich nicht. Sie hat schon geschlafen, a-a-als ich nach Hause kam.»

Sein Stottern verschlimmerte sich, während er über seine Frau sprach. La-a beäugte ihn skeptisch.

«Lassen Sie sich Zeit damit», erklärte sie.

«W-womit?»

«Uns die Wahrheit zu sagen.»

Sie lehnte sich zurück und schürzte die Lippen. So ging sie bestimmt auch mit ihren Kindern um. Ihre Geste sprach Bände: *Erzählt keinen Unsinn, ihr redet schließlich mit mir, und ich habe keine Zeit für euren Mist.*

«Tja, lassen Sie es mich wissen, wenn Sie so weit sind.» Sie stand auf und verließ den Raum, um auszuprobieren, ob ein Gespräch unter vier Augen fruchtbarer verlief. Es war ein klassischer Schachzug während eines Verhörs.

Billy legte den Stift weg und schaute Pat an. «Sie meint es nur gut.»

Pat nickte und grinste vorsichtig. «Sie m-m-macht mich n-n-nervös.»

«Willkommen im Club. Möchten Sie ein Wasser oder einen Kaffee?»

«Nur ein Wasser. Vielen Dank.»

Billy ging nach draußen und kehrte mit einem Becher Wasser zurück, den er Pat reichte. Auch diese Masche war nicht unüblich: Entschärfe die Situation für den Verdächtigen und gib ihm das Gefühl, dir vertrauen zu können, auch wenn er deinem Kollegen misstraut. Du bist anders, freundlicher, verständnisvoller. Mit dir kann man reden.

«Also», sagte Billy.

Pat starrte ihn eine Weile lang an, dann sprudelten die Worte förmlich aus ihm heraus: «Ich war an dem Abend nicht im Restaurant, und ich habe auch niemanden getroffen. Ich war allein unterwegs. Manchmal fahre ich die Nevins auf und ab, halte Ausschau nach Nutten, okay? Erzählen Sie das ja nicht meiner Frau. B-b-bitte, b-b-bitte verraten Sie mich nicht.»

«He, Mann, Sie sind doch auch nur ein Mensch. Ich habe dafür Verständnis.»

«Ich h-h-habe das Mädchen gesehen, und weil ich mal auf etwas anderes Bock hatte, bin ich ihr in meinem Wagen gefolgt.»

«Drück mal auf *Stopp*, Billy», bat ich.

Er unterbrach die Aufzeichnung, damit Mac und ich das verdauen konnten: *etwas anderes*.

«Verstehe ich ihn richtig?»

«Aber sicher. Er hat Abby gesehen und gedacht, sie sei eine Professionelle.»

«Die Kleine ist elf.»

«Willkommen in der Realität, Karin.» Für einen Sekundenbruchteil wurde Billys Gesichtsausdruck knallhart, als hätte mein Freund plötzlich eine Maske aufgesetzt: Seine Haut schien so dick wie eine Plastikplane zu sein, sein Auge so hart und funkelnd wie ein Diamant. Eine Sekunde später kam wieder der liebenswürdige Billy zum Vorschein, den ich kannte.

Ich holte tief Luft. «Na gut. Zeig uns den Rest des Verhörs.»

Billy drückte auf *Start*.

«D-d-dann sprang s-s-sie auf e-e-einmal vor mein Auto. Ich hätte anhalten s-s-sollen, nachdem ich sie angefahren hatte, a-a-aber ich kriegte Schiss und f-f-fuhr einfach weiter. Die Frau h-h-habe ich gar nicht gesehen. V-v-von ihr habe ich erst a-a-am nächsten Tag aus der Zeitung e-e-erfahren. D-d-da draußen war es stockdunkel. Und ich wollte n-n-nur weg.»

«Da draußen war es stockdunkel», wiederholte Billy.

«K-k-kurz bevor sie mir v-v-vors Auto lief, habe ich e-e-einen Schatten gesehen. E-e-einen schwarzen Schatten. Könnte ein Mann gewesen sein. E-e-er rannte in Richtung der S-s-sozialbausiedlung auf der 3rd Avenue. T-t-tauchte einfach aus dem N-n-nichts aus. I-i-ich war total p-p-perplex. Und dann i-i-ist das Mädchen losgerannt, h-h-hat mir eine Heidenangst eingejagt, und ich bin a-a-auf und davon.» Pat sah zu Billy hinüber, schüttelte voller Bedauern den Kopf, hob den Blick und sagte: «Ich hätte d-d-das nicht tun sollen!»

Was meinte er damit? Tat es ihm leid, dass er versucht hatte, Sex mit einem Kind zu haben? Dass er die Kleine angefahren hatte und hinterher abgehauen war? Dass er mehrere Frauen ermordet hatte? Wahrscheinlich bedauerte er vor allem, erwischt worden zu sein.

Inzwischen tat er mir nicht mehr leid.

Auf dem Video gab Billy sich ungerührt und schüttelte nur den Kopf. «Abgefahrene Geschichte. Hätte mich auch in Panik versetzt.»

«Ich weiß, w-w-was sie denkt. Sie g-g-glaubt, ich hätte e-e-etwas mit diesen M-m-morden zu tun, aber das s-s-stimmt nicht.»

«Sie sind da einfach zufällig vorbeigekommen.»

Pat nickte, schloss die Augen und begann zu weinen.

Billy hielt die Aufzeichnung an, als sich Pat mit der Hand über seinen fast kahlen Schädel fuhr.

«An seinem Wagen haben wir Spuren von Abbys Blut gefunden, was ja zu erwarten gewesen war, wenn man bedenkt, wie schlimm es sie erwischt hat. Doch kein Blut von anderen Personen. Es könnte also sein, dass er tatsächlich die Wahrheit sagt.»

«Was ist mit dem Schwarzen, der auf dem Weg zu der Sozialbausiedlung war?», fragte Mac.

Billy zuckte mit den Achseln. «Solche Geschichten kriegen wir immer zu hören, wenn ein Weißer in der Klemme steckt. Immer ist es ein Schwarzer, der plötzlich auftaucht und sie in irgendwas reinreitet, oder?»

Sein Einwand war nicht unberechtigt. Spontan fielen mir zwei Fälle ein, die mittlerweile berühmt-berüchtigt waren.

1989 behauptete Chuck Stuart, ein Schwarzer habe urplötzlich vor seinem Wagen gestanden, seiner im siebten Monat schwangeren Frau den Schmuck abgenommen, sie (und ihren ungeborenen Sohn) erschossen und sei dann weggerannt. Wochenlang wurde in den von Schwarzen dominierten Stadtteilen in Boston nach dem Täter gefahndet. Stuarts Bruder gab später zu, dass er auf Chucks Bitte hin den Schmuck in den Charles River geworfen hatte. Kurze Zeit später beging Chuck, der einen fiktiven schwarzen Täter erfunden hatte, Selbstmord. In Wahrheit hatte er selbst seine Frau und seinen ungeborenen Sohn getötet, weil er die Verantwortung für die Familie scheute und mit einer Kollegin angebandelt hatte.

1991 bat Susan Smith, eine junge Südstaaten-Mutter, das ganze Land um Mithilfe bei der Suche nach einem Schwarzen, der ihren Geländewagen gestohlen und ihre beiden Söhne entführt hatte, die in Kindersitzen auf der Rückbank saßen. Schließlich wurde der Wagen in einem See gefunden; die beiden Kinder darin waren ertrunken. Später gestand Smith, dass sie den schwarzen Täter erfunden hatte; sie habe ihre Söhne opfern müssen, weil ihr Freund Kinder nicht ausstehen konnte.

«Du hast vollkommen recht», meinte Mac und hob entschuldigend die Hände.

Im Geiste ging ich noch einmal Pats Worte durch. «Wartet mal. Er hat ausgesagt, er hätte einen dunklen Schatten gesehen. Von einem Schwarzen hat er nichts gesagt. Er hat die Sozialbausiedlung erwähnt und einen dunklen Schatten, der in Richtung der Siedlung rannte. Nur zur Klarstellung: Er hat nicht behauptet, ein Schwarzer wäre zum Ghetto gelaufen. Wenn wir uns gegen Klischees wenden, sollten wir uns davor hüten, selbst in Stereotypen zu denken.»

Billy verzog die Miene und nickte zögernd.

«Mensch!», rief ich aus. «Pat hat Abby für eine Prostituierte gehalten, nur weil sie auf der Nevins Street unterwegs war. Er hat das tatsächlich gedacht!»

«Es war kurz vor Mitternacht.»

«Also bietet jede Frau, die sich spätnachts in einer heruntergekommenen Straße herumtreibt, ihren Körper feil?»

«Karin», mahnte Mac mich sanft, aber bestimmt. «Ich kann ihn schon irgendwie verstehen.»

«Sie trug einen Schlafanzug mit Schäfchenmuster!» Ich starrte Mac und Billy vorwurfsvoll an. Musste ich die beiden Männer, die mir am wichtigsten waren, jetzt wirklich dazu drängen, ihre männliche Triebstruktur zu hinterfragen?

Billy rutschte auf seinem Stuhl nach vorn. «Und du bist schockiert, weil er ein *weißes* Mädchen in einem Schlafanzug mit Schäfchenmuster vernaschen wollte.»

«Nein!»

«Denn lass dir eins gesagt sein: Kleine schwarze Mädchen sind das gewöhnt. Du würdest nicht glauben, was ich in dieser Stadt schon alles erlebt habe. Schwarze Zuhälter, die kleine schwarze Mädchen an deine weißen Nachbarn verhökern.»

«Puh.» Mac legte jedem von uns eine Hand auf den Arm, als könnte seine Berührung die Schärfe aus dieser unerfreulichen Diskussion nehmen. «Könntet ihr beide mit diesem Geschwafel über Geschlechts- und Rassendiskriminierung jetzt aufhören? Dieser Patrick ist ein Schwein, und das hat wirklich nichts damit zu tun, dass er weiß ist, in seiner Freizeit Regale zusammenzimmert oder in Queens wohnt. Solche Typen findet man überall, unabhängig von Rasse oder Geschlecht. Und das wisst ihr auch. Also, jetzt mal runter von eurem hohen Ross.»

Billy und ich ließen seine berechtigte Schelte wortlos über uns ergehen.

Ich schämte mich und spürte gleichzeitig, wie blinde Wut von mir Besitz ergriff. Billy brachte mich auf die Palme … Nur war das tatsächlich der Auslöser? In der letzten Woche war so viel passiert, dass ich nicht mehr genau wusste, was für ein Mensch er war. Bislang hatte ich ihn für verlässlich und unbeirrbar gehalten, und nun wirkte er auf einmal ganz zerbrechlich. War ich desillusioniert, weil er gravierende psychische Probleme hatte? Verstörte mich seine Krise? Kam ich nicht mit der Tatsache zurecht, dass er sich in einer Zwangslage befand? Wieso nervte er mich? Schließlich war er nicht für die grassierende Engstirnigkeit in unserem Land verantwortlich. Dass sich das gesellschaftliche Klima derart veränderte, war unser aller Schuld.

«Entschuldige, Billy. Ich wollte dich nicht so anmachen, aber … Männer, die zu Prostituierten gehen, selbst wenn sie noch minderjährig sind – was sind das bloß für Typen? Wie kann jemand einen anderen Menschen so ausbeuten, ohne zu begreifen, was er ihm damit antut? Das alles macht mich krank.»

«Mir tut es auch leid, Karin», murmelte Billy. «Und, um es ganz deutlich zu sagen, ich kapiere das auch nicht. Das ganze letzte Jahr habe ich mich mit diesem Serienkiller beschäftigt und fühle mich deswegen ziemlich beschissen. All diese verschwundenen Mädchen, die irgendwann als tote Prostituierte enden. Das ist krank! Und Abby Dekker, die schwer verletzt auf dem Gehweg liegt, nur ein paar Meter entfernt von der nächsten Toten. Fast wäre auch sie getötet worden. Und Pat aus Queens, an dessen Wagen Blut klebt. Es will mir einfach nicht in den Kopf gehen, dass ein Wurm wie er über einen so langen Zeitraum so viel Unheil verübt haben soll. Ich meine – wir haben es hier nicht nur mit Morden zu tun, sondern auch mit *Menschenhandel*. Und ist *P-p-pat* überhaupt zu so etwas fähig? Der Kerl hat Schiss vor seiner Frau. Vor sich selbst. Irgendetwas haut da nicht hin; ich weiß nur nicht, was. Aber ich habe nicht das Gefühl, dass er unser lang gesuchter Täter ist.»

«Dann konzentrieren wir uns auf die Fakten», schlug Mac vor.

Billy nickte. «Okay. Mit Bestimmtheit wissen wir Folgendes über Patrick John Ryan Scott: Man hat ihn vernommen und wird ihn wegen Unfall mit Fahrerflucht vor Gericht stellen. Da dieser Fall mit den Serienmorden in Zusammenhang steht, hat der Richter Fluchtgefahr gesehen und ihn nicht auf Kaution freigelassen. Sollte Abby sterben, wird das Strafmaß erhöht, und er geht auf jeden Fall für den Unfall mit Fahrerflucht ins Gefängnis.»

«Hat Pats Frau ihm einen Anwalt besorgt?», fragte Mac.

«Nee. Sieht aus, als wollte sie nichts mehr mit ihm zu tun haben, was meiner Meinung nach viel sagt.»

«Wie alt sind seine Kinder?», wollte ich wissen. Ich dachte an *all* meine Kinder – Ben, Cece und Madeleine, Elizabeth oder Catherine – und daran, was Eltern ihren Kindern aufbürdeten, wenn sie sich einen Fehltritt leisteten.

«Zwei im Teenageralter, und einer ist jünger, schätzungsweise acht», antwortete Billy. «Zwei Jungs und ein Mädel.»

Wir grübelten ein paar Augenblicke stumm vor uns hin. Zwei Jungs, die langsam erwachsen wurden und hoffentlich nicht nach dem Vater kamen. Wie groß war die Chance, dass sie sich trotz der Verhaftung ihres Vaters positiv entwickelten? Der Gedanke ließ mich schaudern. Auf der anderen Seite bestand die Möglichkeit, dass sie genau das Gegenteil von dem werden wollten, was ihr alter Herr war. Wer konnte das schon sagen?

«Zu gern wüsste ich, was Abby in jener Nacht zum Weglaufen veranlasst hat», sagte ich.

«Ich auch. Wir haben die E-Mails und Telefonverbindungsnachweise der Dekkers gesichtet, mit Nachbarn und Kollegen gesprochen und herauszufinden versucht, was sich in letzter Zeit bei ihnen abgespielt hat. Der letzte Anruf auf Reed Dekkers Handy stammte von …» Billy kramte sein iPhone heraus und fuhr ein paarmal mit den Fingern über das Display, ehe er fündig wurde. «Pater Ximens Dandolos.»

«Und ich dachte immer, Seamus wäre ein Zungenbrecher», scherzte Mac, der auf seinen zweiten Vornamen anspielte.

«Ich habe mich kundig gemacht. ‹Ximens› ist Spanisch und steht für ‹Simon›, was wiederum ‹Zuhörer› bedeutet. Die Dekkers waren in der Kirche von Pater X aktiv, der St. Paul's in der Court Street. Haben geholfen, Spenden zu sammeln für die Methadon-Klinik im Mary Immaculate, einer Anlaufstelle für Teenager beim hiesigen CVJM, und so weiter.»

«Wie viel Uhr war es, als sie am Sonntagabend telefonierten?», erkundigte sich Mac.

«Fünf nach halb neun. Da war noch alles in Ordnung.»

«Worüber haben sie gesprochen?», fragte ich.

«Die Dekkers brauchten jemanden, der ihnen einen Heizkörper streicht. Pater X versorgt die Kids aus dem Reha-Programm mit Nebenjobs, und die Dekkers nehmen diese Dienste öfter in Anspruch.»

Mac und ich tauschten Blicke aus und bekamen eine Gänsehaut. Billy schüttelte den Kopf. Da wir nur allzu gut wussten, wie häufig es vorkam, dass Kriminelle ihre Wohltäter ausraubten, wäre keiner von uns jemals auf die Idee gekommen, solche Burschen in unsere Wohnungen zu lassen.

«Wen hat er für diesen Auftrag vorgeschlagen?», wollte Mac wissen.

«Er hatte versprochen, sich am nächsten Morgen zu melden und einen Kandidaten zu nennen.»

«Und … wen hat er empfohlen?», fragte ich.

«Er hat ihnen am nächsten Tag viele Nachrichten hinterlassen», erklärte Billy, «aber keinen Handwerker vorgeschlagen. Er wollte mit ihnen über Abby reden. Er steht der ganzen Familie recht nah. Pater X hat auch viel Zeit an ihrem Krankenbett verbracht.»

«Unser Hauspfarrer hätte das auch getan. Er und meine Mutter waren so.» Mac kreuzte Zeige- und Mittelfinger. «Mein Vater hat immer gewitzelt, dass sie ihn für ‹Sohn, Vater und

Heiligen Geist, aber vor allem für den Vater› verlassen würde.» Die Erinnerung an die verstorbenen Eltern veranlasste Mac zu kichern.

«Ziemlich befremdlich», fand ich.

«Eigentlich nicht», entgegnete Mac ernst. «Das, was sich momentan in der Kirche abspielt, ist nur ein kleiner Teil von all dem Schlimmen, was dort passiert.»

«Nach dem, was man hört, läuft das schon lange so», fügte ich hinzu.

«Karin, die sozial eingestellte Christin.» Billy sah zu Mac hinüber, der ein Grinsen unterdrückte. «Mann, das trifft im Kern genau das, worüber wir eben gesprochen haben.»

«Das stimmt, Karin», meinte Mac. «Du darfst nicht über alle den Stab brechen, nur weil einige Dreck am Stecken haben.»

«Ist das jetzt ein Zitat von deinem Hauspfarrer?»

Er verzog die Miene, aber ich musste ihm beipflichten: Selbstgerechtigkeit war fehl am Platz.

«Na schön», sagte ich. «Zurück zu den Fakten und weg mit den bösen Gedanken. Wie geht es Abby?» In dem Moment musste ich zugleich an Dathi denken, und die Sorge um sie schlug mir auf den Magen. Zigfach hatte ich bereits auf mein BlackBerry geschaut in der vergeblichen Hoffnung, endlich eine Antwort von ihr erhalten zu haben. Zwei Tage waren seit meinem Telefonat mit Onkel Ishat vergangen. Je mehr Zeit verstrich, desto unruhiger wurde ich.

«Ich fahre nachher ins Krankenhaus und sehe nach ihr», antwortete Billy.

Mein Herz begann, schneller zu schlagen. Ich musterte ihn, woraufhin er einen Seufzer ausstieß.

«Ja, sicher, du kannst mitkommen», sagte er, bevor ich ihn überhaupt gefragt hatte.

Ich drehte mich zu Mac um. «Kannst du heute Nachmittag

auf Ben aufpassen? Er könnte auch zu Mom gehen, aber ich halte es nicht für klug, wenn du uns begleitest, wo du gestern noch im Bett gelegen hast.»

«Kein Problem», meinte Mac. «Geh nur. Du kannst mir hinterher berichten, ob sich etwas Neues ergeben hat.»

* * *

Bei unserem Eintreffen stand der Pfarrer vor Abbys Krankenzimmer. Schon von weitem merkte ich, dass ihn alle anlächelten, die an ihm vorbeigingen. Obwohl er jeden Gruß mit einem knappen Kopfnicken erwiderte, widmete er seine ganze Aufmerksamkeit einem Paar mittleren Alters, mit dem er sich gerade unterhielt. Der Mann hatte graublondes Haar und trug gebügelte Chinos und ein kariertes Flanellhemd. Die Frau, die ihren Partner leicht überragte, hatte Jeans und einen flauschigen weißen Pulli an. Ein blassblaues Stirnband sorgte dafür, dass ihr die schulterlangen, offensichtlich blondierten Haare nicht ins Gesicht fielen. Kurz bevor wir Abbys Tür erreichten, nahm der Pfarrer von Billy Notiz.

«Sie müssen Pater Dandolos sein», begrüßte Billy ihn lächelnd und streckte ihm die Hand entgegen. «Ich bin Detective Staples vom 84. Polizeirevier.»

«Ja, selbstverständlich. Freut mich, Sie persönlich kennenzulernen. Endlich gibt es ein Gesicht zu der Stimme am Telefon. Und nennen Sie mich bitte Pater X. So halten es alle anderen auch.» Anstatt Billys Rechte zu drücken, umschloss Pater X sie mit beiden Händen, die von Altersflecken gezeichnet waren. Er hatte einen üppigen weißen Haarschopf, ein beachtliches Doppelkinn und kleine Augen, die in dem schlaffen, teigigen Gesicht unterzugehen drohten. Wenn er lächelte, strafften sich seine Wangen und färbten sich rot.

«Das hier ist Karin Schaeffer», stellte Billy mich vor. «Sie ist Privatdetektivin und berät mich in diesem Fall.»

Pater X umschloss auch meine Hand. Seine Haut fühlte sich kalt und feucht an.

«Ich möchte Ihnen Steve und Linda Campbell vorstellen», sagte er. «Sie waren sehr eng mit Reed und Marta befreundet.»

Steve presste die Lippen zusammen, und tiefe Furchen tauchten neben dem ungewöhnlich breiten Mund auf. Ich kannte ihn von irgendwoher, konnte mich allerdings nicht erinnern, wo dies gewesen war. «Wir stehen immer noch unter Schock wegen dem, was passiert ist.»

«Über so etwas kommt man nicht weg. Schließlich waren sie unsere besten Freunde.» Linda rang sich ein trauriges Lächeln ab und nickte eine Weile. Aus der Nähe betrachtet, wirkte sie älter. Ich schätzte sie auf Ende fünfzig. Steve sah jünger aus, aber das Äußere konnte täuschen. «Sie haben so viel Gutes getan. Tja, es wird gewiss nicht leicht, in ihre Fußstapfen zu treten.»

«Kannten Sie einander von der Kirche?», fragte Billy.

«Fast all unsere Freunde sind in der Kirche.»

«Stimmt», pflichtete Steve seiner Frau bei.

«Wären Marta und Reed am Sonntagabend mit uns auf die Party gegangen, würden sie jetzt wahrscheinlich noch leben», mutmaßte Linda. «Marta fühlte sich nicht gut und sagte ab. Hätte jemand geahnt, dass so etwas geschieht, hätten wir darauf bestanden, dass sie uns begleiten.» Sie schüttelte den Kopf und brach in Tränen aus.

«Das lässt sich jetzt nicht mehr ändern.» Steve klopfte ihr zur Beruhigung auf die Schulter. Die Rückseite seiner Hand war von hellen Härchen bedeckt. Als ihre Tränen nicht versiegen wollten, nahm er sie in die Arme. «Heute war ein harter Tag. Morgens hat uns Reeds Anwalt das Testament vorgelesen. Sie haben verfügt, dass wir uns um Abby kümmern sollen.» In seiner

Miene spiegelten sich mehrere Empfindungen: Trauer, Freude, Leid, Dankbarkeit und Panik. Die beiden Campbells taten mir ungeheuer leid. Für mein Gefühl fehlte ihnen das Rüstzeug, mit dem gewaltsamen Tod der Freunde fertigzuwerden und deren Tochter großzuziehen.

Eine Krankenschwester kam mit einem Wagen den Flur hoch und steuerte auf Abbys Zimmer zu. Begleitet wurde sie von Sasha Mendelsohn, Abbys Betreuerin, die wir bei meinem ersten Besuch kennengelernt hatten.

«Abby wird jetzt gebadet», verkündete Sasha fröhlich. In Wahrheit war es natürlich alles andere als erfreulich, wenn eine Krankenschwester ein schwer geschundenes Mädchen im Koma mit einem Badeschwamm säuberte. «Freut mich, Sie wiederzusehen, Detective. Und Sie auch, ähm …»

«Karin.»

«Genau.»

«Ist eine Besserung in Sicht?», wollte Billy wissen.

«Wir warten immer noch darauf, dass die Schwellung des Gehirns weiter zurückgeht. Ich kann Ihnen nur sagen, dass ihr Zustand sich nicht verschlimmert hat, falls Ihnen das ein Trost ist.»

«Letztes Mal haben Sie die Möglichkeit angedeutet, sie kurzzeitig aus dem Koma zu holen, damit wir …»

«Ich weiß, wie gern Sie mit Abby über die Geschehnisse sprechen möchten. Glauben Sie mir, das Krankenhaus musste die ganze Woche einem großen Druck aus allen Richtungen standhalten. Kaum verlässt einer von uns das Krankenhaus, bombardieren die Journalisten uns mit Fragen. All das ändert nichts an unserem Entschluss: Wir werden sie erst aus dem Koma holen, wenn die Schwellung zurückgegangen ist. Bedauerlicherweise ist das bisher nicht geschehen. Es tut mir leid.»

Ihre Äußerung über Journalisten stimmte mit meinen Eindrücken überein. Weder konnte man eine Straße hinuntergehen noch den Fernseher einschalten, ohne über Abby Dekkers Zustand informiert zu werden. Die Einwohner New Yorks wollten erfahren, ob sie etwas über den Prostituiertenmörder wusste – und wenn ja, was. Jeder fürchtete, das nächste Opfer zu werden. Und alle wünschten sich, dass die Mordserie endlich aufhörte. Mag sein, dass das bevorstehende Christfest die Hoffnung auf ein Wunder nährte. In diesem speziellen Fall beteten alle darum, dass Abby aus dem Koma erwachte.

«Ich verstehe», erklärte Billy, doch in seiner Stimme schwang Ungeduld mit.

«Falls Sie die Kleine vor dem Baden sehen möchten, können Sie das jetzt tun», bot Sasha an.

«Es war ein langer Tag», meinte Steve. «Ich bin Lehrer und unterrichte die Mittelstufe. Da muss ich früh raus. Wir machen uns jetzt wohl besser auf den Weg.»

«Könnten Sie mir Ihre Telefonnummer geben?», fragte Billy. «Ich würde Sie morgen gern anrufen.»

Steve holte sein Portemonnaie aus der Tasche, fischte mit zitternden Fingern eine Visitenkarte heraus und gab sie Billy. «Sie können sich jederzeit bei uns melden.»

Pater X klopfte Linda, die immer noch schluchzte, wohlmeinend auf die Schulter, bevor Steve sie wegführte. «Es war wirklich ein langer Tag.»

«Sie waren heute Morgen auch schon sehr früh da», sagte Sasha zu Pater X, als wir gemeinsam in Abbys Krankenzimmer traten. An der Wand gegenüber von ihrem Bett hing jetzt eine große fröhliche Collage mit lustigen Klassenfotos und Namen in krakeliger Kinderschrift; und in einer Ecke schwebten ein paar Ballons unter der Decke. Die reglos auf dem Bett liegende Abby bekam von all dem nichts mit.

«Ja, ich bin schon vor neun gekommen und habe ihr laut vorgelesen», berichtete der Geistliche.

Sasha warf einen Blick auf das aufgeschlagene Buch, das auf einem Stuhl lag. «*Die Zeitfalte.* Das war eins meiner Lieblingsbücher in meiner Kindheit.»

«Ist heute noch so aktuell wie damals», meinte Pater X. «Es heißt ja, dass Menschen, die im Koma liegen, hören können. Und da dachte ich mir, das Vorlesen würde vielleicht etwas bewirken.»

Sasha lächelte. «Na, es kann jedenfalls nicht schaden.»

Billy und ich blieben ein, zwei Schritte vor dem Bett stehen und betrachteten die Kleine. Ihre Wunden verheilten langsam, und die anfangs blauen Flecken hatten sich gelbgrün verfärbt. Sie wirkte jetzt dünner und blasser. Ihre Hände lagen schlaff neben dem Körper, und der blaue Nagellack wirkte so frisch, als sei er eben erst aufgetragen worden. Wie würde sie es wohl aufnehmen, wenn sie erfuhr, dass sie fortan bei den Campbells lebte? Würde sie irgendwann darüber hinwegkommen, dass sie eine Waise war – und falls ja, wann?

Abby und Dathi – beide Mädchen waren innerhalb von vierundzwanzig Stunden zu Vollwaisen geworden. Obwohl ich beide eigentlich gar nicht kannte, hätte ich plötzlich viel darum gegeben, mit ihnen sprechen zu können. Als Mutter, die zwei Töchter verloren hatte, konnte ich ihren Verlust durchaus nachempfinden. Im Grunde genommen konnte die Leere in unserem Leben kein anderer füllen – sondern nur diejenigen, die von uns gegangen waren. Und die Sehnsucht, sie wiederzusehen, versiegte nie.

Während unsere Blicke auf Abby ruhten, die tief schlief und sich nicht rührte, wurde Billy von seinem eigenen Leid heimgesucht.

Kapitel 10

Am Dienstagmorgen stand Billy in aller Herrgottsfrühe im Flur, und trotz geschlossener Haustür konnte man deutlich sehen, dass kleine Atemwolken aus seinem Mund aufstiegen. Seit nunmehr zwei Jahren ging er zweimal wöchentlich mit Mac zum Basketball, und immer trug er das gleiche Outfit: eine graue Jogginghose und uralte Turnschuhe. Während er auf Mac wartete, der unten mit seiner neuen Assistentin Star redete, die sich verspätet hatte, lief Billy auf der Stelle, um sich aufzuwärmen.

«Hoffentlich dauert das nicht ewig. Sie hat erst gestern angefangen und weiß noch nicht genau, was zu tun ist.» Ich neigte mich zu ihm hinüber und fügte mit leiser Stimme hinzu: «Unter uns gesagt, wirkt sie ein bisschen unzuverlässig.»

«Hast nicht du das Einstellungsgespräch geführt?»

«Ups.» Ich zuckte mit den Achseln. «Lust auf einen Kaffee, bis Mac fertig ist?»

Er warf einen Blick auf seine Uhr. «Nein danke.»

«Lass uns wenigstens ins Wohnzimmer gehen und uns setzen.»

Er folgte mir in den angrenzenden Raum und blieb in der Zimmermitte stehen. Ich machte es mir auf dem Sofa bequem, wo mein Laptop lag. Bevor Billy aufgekreuzt war, hatte ich im Netz nach einem neuen Babysitter gesucht. Mir war immer noch schleierhaft, wie ich Ben die Neuigkeiten beibringen sollte, ohne ihm das Herz zu brechen. Bislang hatte ich ihn mit der Ausrede abgespeist, Chali könnte vorerst nicht mehr zu uns kommen, woraufhin er mich bat, sie sofort anzurufen. Mir fiel nichts anderes ein, als schnell das Thema zu wechseln. Da diese Strategie augenscheinlich nicht mehr lange funktionierte, mussten wir ihm bald, sehr bald erzählen, dass sie nie mehr kommen würde.

«Was Neues von Dathi gehört?», fragte Billy.

«Nichts», antwortete ich knapp, wohl wissend, dass auch er sich sehr um sie sorgte.

«Übrigens, es gibt eine neue Entwicklung in unserem Fall.»

Wie von der Tarantel gestochen richtete ich mich auf. «Wieso hast du mir das nicht gleich gesagt?»

«Entspann dich, ich bin ja gerade dabei, dich einzuweihen. Frauen!»

«Jetzt geht das wieder los.»

«War nur ein Scherz.» Er zuckte mit den Achseln und schenkte mir ein Lächeln.

Ich ließ mich nach hinten fallen und unterdrückte ein Grinsen. «Schieß los, Billy.»

«Gestern Abend ist ein neuer Typ auf dem Radar aufgetaucht: Antonio Neng. Upper East Side, Privatier. Ich muss mich korrigieren: *verärgerter* Privatier. Neng hat vier Banker, unter anderem Reed Dekker, belästigt. Bitterböse E-Mails geschrieben und Dekker als ‹Bonzenbanker› bezeichnet, der ‹sein Leben ruiniert hat›. Und so weiter und so fort. Und Neng hat sich Sonntagabend in Brooklyn rumgetrieben.»

«Zeugen?»

«Dreißig Leute haben ihn gesehen. Er hat sich den Hintern abgefroren bei einem Barge-Musikkonzert auf dem East River, unten bei der Brooklyn Park Bridge. Wir haben das überprüft: Er war allein. Alle, die ihn kennen, behaupten, er hätte nichts für klassische Musik übrig, sondern stünde auf Hip-Hop, Rap, Punk.»

«Du hast gesagt, er wäre Privatier …»

«Na ja, als das bezeichnet er sich auf seiner Facebook-Seite. Vor zwölf Jahren hat er seine Reinigung verkauft. Anschließend investierte er den Erlös und machte ein kleines Vermögen, das er 2008 größtenteils verloren hat. Nun arbeitet er wieder, nur dass ihm die Reinigung diesmal nicht gehört. Er steht also hinter der Theke und nimmt dreckige Klamotten in Empfang, was ihm anscheinend gar nicht gefällt.»

«Belästigt er die Leute nur, oder ist er ein richtiger Stalker?»

«Das müssen wir noch klären. Sein Brooklyn-Besuch deutet unserer Meinung nach auf Stalking hin, auch wenn er sich wohl erst in einem Anfangsstadium befindet. Bisher tischt er uns Ausreden auf, warum er die ausgetretenen Pfade verlassen hat. Wir werden sehen. Dash ist gerade an ihm dran, und nach dem Basketballspiel werde ich sie dabei unterstützen. Wo bleibt denn nur Mac?» Wieder warf er einen Blick auf seine Uhr.

Ich lief zur Treppe und brüllte: «Billy wartet!»

«Nur noch eine Minute!», rief Mac nach oben.

«Also … was denkst du?» Ich kehrte auf die Couch zurück. Billy, der das Spiel mit Mac nun offenbar in den Wind geschrieben hatte, setzte sich mir gegenüber auf einen Stuhl und zog den Reißverschluss seiner Jacke halb auf. «Fahndest du auch immer noch nach diesem Kerl von der Nevins Street, oder kümmerst du dich ausschließlich um den Dekker-Fall?»

«Dass da ein Zusammenhang besteht, scheint mir recht weit hergeholt. Dash, ich und alle anderen Mitglieder der SOKO – wir verlassen uns auf unser Bauchgefühl, und das sagt, dass die beiden Fälle nur insofern etwas miteinander zu tun haben, als dass Abby am falschen Ort angefahren wurde.»

Ich betrachtete ihn schweigend und versuchte, seine Ausführungen zu verarbeiten.

«Nicht dass es für so etwas den richtigen Ort gibt, aber du weißt, was ich meine.» Ein Sonnenstrahl fiel direkt auf Billy, der sein Auge zukniff. «Mann, hier ist es plötzlich so hell, dass ich dich auf der Couch kaum erkennen kann.»

«Ich bin noch da.»

«Karin, wenn es dich nicht gäbe, wüsste ich nicht, was ich mit mir anfangen sollte. Das ist mein voller Ernst.»

Ich schmunzelte. «Danke, aber ich weiß nicht so genau, wie du das meinst.»

«Ich habe mich gestern mit jemandem von POPPA getroffen. Er hat mir versprochen, mich erst mal in eine Tai-Chi-Gruppe zu stecken. Nach dem Spiel soll ich dorthin kommen.»

«Das wird dir guttun.»

«Kann sein. Nur bin ich eh schon rund um die Uhr beschäftigt, und die Tage sind einfach zu kurz.»

«Das empfinden alle so. Du musst dir einfach die Zeit geben, um zu –»

«Wie viele Leute kennst du, die neben allen anderen Aufgaben noch einen Serienmörder kriegen müssen?» Er stand unvermittelt auf und steckte die Hände in die Taschen. Durch den Stoff der Jogginghose konnte man sehen, wie er die Hände zu Fäusten ballte.

«Ich will ja nur sagen, dass Zeit relativ ist», versuchte ich ihn zu beschwichtigen. «Wenn du einen Flashback kriegst, einen Aussetzer hast und abtauchst … was passiert dann mit deiner Zeit?»

«Sie verpufft.»

«In Grunde genommen ist sie doch verloren, oder? Sieh es doch einfach so: Die Tai-Chi-Stunden ersetzen die außerplanmäßigen Halluzinationen.»

Auf seinem Gesicht machte sich ein Lächeln breit, und die Hände in seinen Taschen entspannten sich. «Er hat mich auch mit einem Psychiater zusammengebracht, der auf Fälle wie meinen spezialisiert ist.»

«Was hast du denn?»

«Als ob du das nicht wüsstest.»

«Ich habe es dich noch nicht laut sagen hören. Vielleicht wäre das eine gute Übung, damit du offen und ehrlich an die Therapie rangehst. Anderenfalls wird das nicht funktionieren.»

«Weißt du, was, Karin? Du solltest Therapeutin werden.»

«Das will ich aber nicht.» Ich legte mich auf dem Sofa nach hinten, starrte ihn an und wartete. «Los, sag es!»

«Posttraumatisches Belastungssyndrom. Zufrieden?» Er sprach jedes Wort so aus, als hätte er einen schweren Stein im Mund.

«Glaubst du allen Ernstes, ich wäre jemals zufrieden?»

Wir brachen in schallendes Gelächter aus, und just in dem Moment kam Mac in Basketballshorts, einem T-Shirt und offener Winterjacke ins Wohnzimmer. «Fertig?»

Billy erhob sich und verließ mit Mac das Zimmer.

Ich rannte den beiden hinterher. «Mac, willst du wirklich in Shorts rausgehen?»

«Keine Zeit, mich umzuziehen, Karin.»

«Du hast was an den Bronchien!»

«Schnee von gestern.» Er fischte die Schlüssel aus der Schale neben der Haustür.

Es ging ihm zugegebenermaßen besser, was mich jedoch nicht wirklich beruhigte. «Man braucht nur einen Funken gesunden Menschenverstand, um zu wissen, dass man es nicht übertreiben darf und sich warmhalten soll.»

Billy lachte. Mac küsste mich auf die Wange. Und dann waren sie weg.

Gegen die gleißend helle Sonne zog ich die Jalousien halb herunter, setzte mich mit dem Laptop aufs Sofa und rief die zahlreichen Bewerbungen von Babysittern ab, die mein Postfach verstopften. Die Auswahl wäre mir leichter gefallen, hätte ich nur ein paar Antworten erhalten. Die Fülle der Mails überforderte mich. Du hast einen Fehler gemacht, schalt ich mich stumm, Chali kann durch niemanden ersetzt werden.

Unten gab es einen dumpfen Knall, und dann hörte ich, wie Glas zersprang.

«Ach, Mist», stöhnte Star.

Ich stand auf und sah nach ihr. Sie stand im unteren Flur und lehnte an Bens Bildern. An der gegenüberliegenden Wand, wo wir Familienfotos aufgehängt hatten, fehlten zwei Bilderrahmen. Das zersprungene Glas auf einem Schnappschuss von Mac und mir – wir waren damals gerade auf Hochzeitsreise in Griechenland gewesen – erinnerte an ein Spinnennetz. Auf dem Foto trug Mac wie üblich ein T-Shirt, das die vielen Narben verdeckte, die er einem ganz üblen Schurken zu verdanken hatte, und ich war sichtlich hochschwanger. Bei der anderen Aufnahme war das Glas noch intakt, aber eine Ecke vom Rahmen war gebrochen.

«Sind Sie in Ordnung?», fragte ich Star.

«Ich habe eine Pirouette gedreht und das Gleichgewicht verloren.» Ihr kurzes blondes Haar war verstrubbelt, der Lippenstift verschmiert.

«Eine Pirouette?»

«Ich bin Tänzerin ... Ich möchte Tänzerin werden, wollte ich sagen.»

«Ich dachte, Sie hätten in einer Investmentbank gearbeitet.» Und zwar drei Jahre, falls ich mich richtig an ihren Lebenslauf erinnerte.

«Irgendwie muss man ja sein Geld verdienen.» Sie grinste verlegen. Das blonde Haar schmiegte sich an ihr schmales Gesicht. «Außerdem bin ich zwanghaft ehrlich, damit Sie's gleich wissen.»

«Sehr schön.» Ich rang mir ein Lächeln ab. «Sollen wir hier jetzt Ordnung schaffen?»

«Darum kümmere ich mich. Sagen Sie mir nur, wo ich den Besen finde.»

Gerade in dem Moment, als ich sie in die Küche führte und ihr die Abstellkammer zeigte, klingelte das Telefon.

«Ich gehe ran!»

«Nein, nicht nötig. Hier.»

Mit Besen und Kehrschaufel bewaffnet, stürmte sie nach unten.

Ich holte einmal tief Luft und nahm nach dem vierten Läuten ab.

«Mrs. Schaeffer?»

«Am Apparat.»

«Ich rufe wegen Ihrer Referenz an», sagte ein Mann.

«Falls es um den Job geht – der ist schon vergeben.» Inzwischen hatte ich meine Zweifel, ob diese Bemerkung in naher Zukunft auch noch zutraf.

«Job?»

«Rufen Sie nicht wegen einem unserer Inserate an?»

«Chali Das, meine Mieterin, hat Sie bei der Anmietung der Wohnung als Referenz angegeben.»

Augenblicklich musste ich an die schrecklichen Ereignisse der vergangenen Woche denken, und es fröstelte mich auf einmal. Vor meinem geistigen Auge sah ich sie mit dieser grauenvollen Stichwunde auf der Bahre liegen.

«Ja, Chali.» Mehr wusste ich nicht zu sagen.

«Jemand muss vorbeikommen und das Apartment ausräumen. Die Polizei ist hier laut eigener Aussage fertig. Ich muss die Wohnung wieder vermieten, sonst kann ich die Hypothek nicht bedienen.»

Die Vorstellung, ihre Sachen durchzugehen, befremdete mich. Ich nahm kurz den Hörer vom Ohr und versuchte, mich zu sammeln. «Was halten Sie davon, wenn ich morgen Vormittag komme?», schlug ich schließlich vor.

«Morgen passt mir gut. Spätestens Freitag. Am Wochenende möchte ich die Wohnung neuen Interessenten zeigen.»

Ich legte auf und rührte mich nicht von der Stelle. Nach ein paar tiefen Atemzügen holte ich meine Handtasche hervor, kramte Detective Vargas' Visitenkarte heraus und rief ihn an, um mir von ihm bestätigen zu lassen, dass er und seine Kollegen den Tatort tatsächlich freigegeben hatten.

«Ja», erklärte Vargas. «Wir sind dort durch.»

«Wie läuft die Ermittlung?»

«Halten Ihre Kollegen vom 84. Sie nicht auf dem Laufenden?»

«Ich bin nicht mehr bei der Polizei.»

«Was Sie nicht sagen.»

«Und?»

«Was auch immer Billy und Lalala Ihnen zugeflüstert haben, entspricht den Tatsachen. Wir unterstützen uns gegenseitig, und sie wissen alles, was ich weiß.»

«Danke.» In Wahrheit war ich ihm natürlich nicht dankbar. Ich hielt ihn für überheblich und unhöflich, außerdem gab er mir das Gefühl, überflüssig zu sein.

«Gern geschehen.» Er meinte das auch nicht ernst.

Wir legten gleichzeitig auf.

* * *

Ein zahnloser Bettler mit Nikolausmütze baute sich in der U-Bahn vor mir auf und hielt mir seine Hand hin: eine schrundige Kartographie seiner Fehlschläge, vergilbt von seiner Sucht, trocken und spröde, mit durchscheinenden braunen Hautschuppen auf aufgedunsenem pinkfarbenem Fleisch.

«Für die Kinder», murmelte er und suchte meinen Blick, während ich mich beharrlich weigerte, ihm ins Gesicht zu sehen. Hoffentlich log der Mann und hatte keine Kinder. Ich griff in meine Tasche, fand eine Dollarnote und gab sie ihm, nur damit er weiterging. Er zwängte sich durch den Waggon zu den nächsten Fahrgästen, bis nur noch ein übler Geruch an ihn erinnerte.

Ein Stück weiter stand eine junge Frau mit roter Jacke, roter Mütze und rotem Schal, die mich anlächelte. Ich lächelte zurück. Neben ihren Füßen entdeckte ich vier überquellende Einkaufstüten. Aus einer ragten zwei Rollen buntes Geschenkpapier, die mich den Mann, den Geruch und diese traurige Begegnung vergessen ließen.

Chalis Haltestelle war die nächste. Ich stieg aus.

Heute war es sonniger und wärmer als an den vergangenen Tagen. Auf der 4th Avenue schmolzen die Schneeberge, die uns der Sturm vom Sonntag beschert hatte. Durch das ständig von den Vordächern und Baugerüsten tropfende Wasser hatte ich das Gefühl, es würde regnen, obgleich der Himmel vollkommen klar war. Die Sonne blendete mich, als ich in Chalis Straße bog. Ich hob die Hand, um meine Augen abzuschirmen, und wäre beinahe mit zwei Jungen zusammengestoßen, die laut miteinander redeten und sich gegenseitig Karten zeigten. Dennoch waren sie geistesgegenwärtig genug, um mir in allerletzter Sekunde auszuweichen.

Einen Moment lang blieb ich in dem Schatten stehen, den Chalis Haus warf, und genoss die Ruhe. Aus dem Gebäude nebenan kam eine Frau in einem Mantel, unter dem ein Satinsaum hervorschaute. Sie trug rote Lederstöckelschuhe, und als sie an mir vorbeiging, sah ich, dass ihr Lippenstift und Nagellack farblich auf die Schuhe abgestimmt waren.

Man hätte fast meinen können, alles wäre beim Alten.

Als wäre hier vor einer Woche kein Mord geschehen.

Als hätte Chali niemals existiert.

Und die traurige Wahrheit war: Sie existierte jetzt tatsächlich nicht mehr.

Ich holte ihre Schlüssel aus meiner Tasche, betrat den nach Ammoniak riechenden Flur und ging nach oben. Tag für Tag war Chali diese Stufen hochgestiegen. Schade, dass Dathi nun nicht mehr mit eigenen Augen sehen konnte, wie ihre Mutter gewohnt hatte. Ich nahm mir vor, ihr das Apartment in allen Einzelheiten zu beschreiben: die Einrichtung, den Geruch, die Geräusche im Treppenhaus und in der Wohnung, die Anzahl der Zimmer, die Farbe der Wände. Ich kämpfte gegen die aufkeimende Verzweiflung an: Ich musste unbedingt mit Dathi sprechen. Und auch wenn ich es gar nicht erwarten konnte, Antwort von ihr zu erhalten, so schwand doch langsam meine Hoffnung, von ihr zu hören.

Ironischerweise war die Tür diesmal richtig zugesperrt. Wie unsinnig war das denn, dachte ich, drehte den Schlüssel und trat ein.

Das Erste, was mir auffiel, war der metallische Geruch von getrocknetem Blut, der in der Luft hing. Ein Blick ins Wohnzimmer und durch die einen Spaltbreit offenstehende Badezimmertür bestätigte meine Vermutung, dass hier niemand sauber gemacht hatte.

Staubkörnchen, die ich beim Betreten des verlassenen Apartments aufwirbelte, tanzten in den durch die Wohnzimmerfenster einfallenden Lichtstrahlen. Daran, dass die Polizisten hier das reinste Chaos hinterlassen hatten, nahm ich keinen Anstoß. Ich war ja nicht gekommen, um aufzuräumen. Ich sollte Klarschiff machen. Ich legte meinen Mantel ab, besorgte Mülltüten und machte mich daran, die Dinge auszusortieren, die ich mitnehmen wollte. In einer kleinen Schale auf dem Fensterbrett stand ein halb heruntergebrannter Räucherkegel, den ich anzündete. Danach schaltete ich die Stereoanlage an und ließ die CD laufen, die schon im Player lag. Dass sie *Abbey Road* von den Beatles gemocht hatte, überraschte mich zugegebenermaßen. Doch je länger ich ihre Habseligkeiten durchsah und je mehr ich so über Chalis Leben und Vorlieben erfuhr, desto bewusster wurde mir, dass ich sie eigentlich kaum gekannt hatte.

Nach dem Manuskript zu urteilen, das mir bei meinem letzten Besuch aufgefallen war, hatte sie sich als Dichterin versucht. Ich überflog ein paar Verse und erfuhr, dass die fest im christlichen Glauben verhaftete Chali eine ketzerische Ader besessen hatte. Ihre Einwände gegen die traditionelle Lehre waren praktischer, nicht theoretischer Natur, und ihre auf Englisch verfassten Gedichte legten den Schluss nahe, dass sich ihre Einstellung gegenüber der Gesellschaft seit ihrer Ankunft in Amerika verändert hatte. Die Ballade *Arundathi*, benannt nach ihrer Tochter, erregte meine Neugier.

Ihretwegen sage ich:
Bitte sie nicht, die Augen zu öffnen,
ehe sie
dazu bereit ist.

Ihretwegen sage ich:
Versuch nicht, sie zu erreichen,
ehe sie
zu dir kommt.

Ihretwegen sage ich:
Beachte sie bitte nicht
Und lass uns beide
wiederauferstehen.

Da ich weder Lyrikerin war noch Gedichte las, stand mir kein Urteil zu. Sie bediente sich einer knappen, einfachen Sprache. Ob dieses Werk gut war, lag nicht in meinem Ermessen, aber irgendetwas daran rührte mich. Das Gedicht handelte von Chalis Leben in Indien, das sie hinter sich gelassen hatte, und verlieh ihrer Hoffnung Ausdruck, Dathis Kindheit möge nicht so unvermittelt und grausam enden wie ihre eigene. Mütter wünschen sich nun mal für ihre Kinder nur das Beste, und Chali bildete da keine Ausnahme.

Ihre ordentlich niedergeschriebenen Werke steckte ich in einen großen Briefumschlag, den ich in der Schreibtischschublade fand. Dathi, die ebenfalls Gedichte schrieb, würde die Arbeiten der Mutter sicherlich gern lesen.

Begleitet von *Something (in the way you move)* und *Maxwell's Silver Hammer,* machte ich mich an die Arbeit.

Zuerst packte ich alles ein, was mir wichtig erschien: den Umschlag mit den Gedichten, drei aufwendig gearbeitete Seidensaris in Smaragdgrün, Rubinrot und Gold, eine wunderhübsche, türkis und orange emaillierte Haarspange, ein paar Zierkissen, die auf dem Bett lagen, ein paar traditionelle Ledersandalen, vermutlich noch aus Indien, sowie eine kleine, abgegriffene Bibel, in die sie ihren Namen geschrieben hatte. Und dann verstaute ich noch zwei in buntes Papier gewickelte Weihnachtsgeschenke, auf denen Dathis Name stand, in der Tüte.

Anschließend legte ich *Benny Goodman's Greatest Hits* auf und nahm mir das zusammengewürfelte Geschirr in Chalis kleiner Küche vor. Inspiriert von Goodmans Klarinette, schweifte ich in Gedanken ab und gab mir schließlich einen Ruck. Ich musste mich auf das Hier und Jetzt konzentrieren und durfte nicht zulassen, dass die vielen schrecklichen Geschehnisse der jüngsten Vergangenheit mich von meinen Pflichten ablenkten.

Erneut hielt ich mir die schlimmen Vorfälle vor Augen:

Die immer noch nicht identifizierte Tote auf der Nevins Street.

Abby Dekker, die im Krankenhaus um ihr Leben kämpfte und an deren Bett der Pfarrer ihrer Eltern Wache hielt.

Chali, die in ihrem eigenen Blut badete.

Dathi im fernen Indien, urplötzlich verwaist.

Antonio Neng, der Stalker, der Banker hasste.

P-patrick S-scott. *Vor allem Patrick Scott.* Wann immer ich an diesen Mann und seine abwegigen Gelüste dachte, seine Suche nach *etwas anderem*, schlug mein Herz schneller.

Plötzlich fiel es mir wie Schuppen von den Augen: Chalis Erfahrungen als Kinderbraut – ein Schicksal, das Dathi möglicherweise drohte, wenn sie zu lange in Indien blieb –, Patrick Scotts Lust auf etwas anderes gerade in dem Moment, als er die elfjährige Abby allein auf der Nevins Street erblickte, verschwundene Mädchen, ein Serienmörder, der Prostituierte tötete – alles nur Teile eines einzigen Puzzles.

Daran, dass *er* schuldig war, hatte ich keinerlei Zweifel: sein Doppelleben, seine Gewissensbisse, seine Wut, der Umstand, dass er wie alle Freier seine gewalttätige Natur an Frauen (und Mädchen) auslebte, die er gleichzeitig begehrte und hasste. Sollte es sich dabei nicht um expliziten Selbsthass handeln – was war es dann?

Keine Frage, *er* war der Prostituiertenmörder.

Falls mein Instinkt mich nicht trog und er der Killer war, arbeitete er allein. Damit war das größere Problem noch nicht gelöst. Wie und wo wurden die verschwundenen Mädchen verhökert? Warum kamen sie später auf so brutale Weise zu Tode? Wer hatte die Dekkers auf dem Gewissen? Und Chali brachte es auch nicht zurück.

Doch selbst wenn Antonio Neng die Dekkers umgebracht hatte und Patrick Scott die Prostituierten – wer war dann für Chalis Tod verantwortlich? Schließlich hatte sie ihren Körper nicht verkauft; und dennoch war sie wie all die anderen gestorben. Wie passte sie in dieses Puzzle? Ihr Tod ergab keinen Sinn.

Ratlos, aufgewühlt und untröstlich rutschte ich an der Küchenwand zu Boden, bettete den Kopf auf die Knie, schlang die Arme um die Beine und weinte.

Nach einer ganzen Weile gelang es mir, mich trotz meiner Erschöpfung zu erheben. Auf den Holzdielen in einer Ecke funkelte der Ring, der Detective Vargas gehörte. Ich hob ihn auf und steckte ihn in meine Hosentasche.

Nachdem ich andere Musik aufgelegt hatte, stürzte ich mich wieder auf die Arbeit. Die Zeit verging wie im Flug. Mac hatte Star gebeten, Ben aus dem Kindergarten abzuholen, was mich leicht beunruhigte. Tapfer unterdrückte ich meine Bedenken. Begleitet von Vivaldis *Vier Jahreszeiten,* sortierte ich aus, packte Chalis Sachen in Tüten, die für den Müll oder für einen Secondhandladen bestimmt waren. Am Ende blieb von ihr noch der Duft von Sandelholz, der den metallischen Blutgeruch verdeckte.

In allerletzter Minute warf ich noch die *Abbey Road*-CD und das halb volle Schächtelchen mit den Räucherkegeln in eine Tüte, verließ das Apartment und schloss die Haustür zu. Von nun an existierte ihr Heim nur noch in der Erinnerung von den Menschen, die sie gekannt hatten.

* * *

Das 72. Polizeirevier war nur ein paar Blocks entfernt, und so beschloss ich, Detective Vargas einen Besuch abzustatten und ihm den Ring zu bringen. Dies machte weitaus weniger Umstände, als ihn in einen Briefumschlag zu stecken und mit der Post zu versenden oder mit Vargas telefonisch einen Abholtermin zu vereinbaren. Für den Fall, dass er nicht da war, konnte ich das Schmuckstück einem seiner Kollegen aushändigen.

Vor dem Revier, das sich in einem gedrungenen zweistöckigen Gebäude an der Kreuzung 4th Avenue und 29th Street befand, parkten mehrere blau-weiße Streifenwagen schräg zur Bordsteinkante, was das Wegfahren erleichterte. Drinnen herrschte die gleiche Atmosphäre wie auf vielen Dienststellen: Die Luft roch abgestanden, jeder Gegenstand war von einer dünnen Staubschicht überzogen, und überall schwirrten Polizisten herum. Und dann war da noch dieses unerträgliche Wechselspiel zwischen lähmender Langeweile und hektischer Aktivität. Bei meinem Eintreffen führten zwei uniformierte Beamte gerade einen blutjungen Latino mit zartem Bartflaum auf der Oberlippe in Handschellen in eine nahegelegene Arrestzelle. Ich ging zum Empfang und wartete, bis jemand von mir Notiz nahm.

Der Junge warf mir einen Blick zu. «Sind Sie Anwältin?», fragte er, als handle es sich um zwei Worte.

«Nein.»

«Bulle?», knurrte er.

«Gast.»

Endlich bemerkte mich der diensthabende Polizist. «Kann ich Ihnen helfen?»

Nachdem ich mein Anliegen vorgetragen hatte, telefonierte er kurz und stellte mir dann noch ein paar Fragen. Dann schickte er mich die Treppe neben dem Foyer hoch und trug mir auf, in der zweiten Etage den linken Flur hinunterzugehen.

Ich landete in einer Art Besprechungsraum mit niedriger Decke und einem Tisch in der Mitte, der Bilder von übernächtigten Polizisten heraufbeschwor, die an unlösbaren Fällen saßen. Auf den an den Wänden aufgehängten Fotos waren Chalis Wohnung und ihr aufgedunsener, aufgeschlitzter Körper abgelichtet. Entsetzt wandte ich mich ab. So wollte ich sie auf keinen Fall in Erinnerung behalten. Auch ohne diese Gedächtnisstütze hatte ich große Mühe, diese Bilder zu vergessen. Ich blickte in eine Ecke, wo eine Staffelei mit einer abwischbaren Tafel stand, auf der jemand alle zum Fall gehörigen Details notiert hatte.

Erst danach bemerkte ich George Vargas am anderen Ende des Tisches, der von meinem Erscheinen sichtlich überrascht war und nun aufstand. Neben ihm saß eine Frau, bei der es sich, wie ich erst bei genauerem Hinsehen erkannte, um La-a handelte.

«Was treibst du denn hier?», fragte ich sie verblüfft.

«Das fragst du mich?» Sie erhob sich ebenfalls und schlug nun einen freundlicheren Ton an: «Ich wusste nicht, dass du kommst.»

George kam um den Tisch herum und lächelte verkrampft. «Karin …»

«Schaeffer», erinnerte ich ihn.

«Was führt Sie her?»

Ich zog den Ring aus der Hosentasche. «Den habe ich in Chalis Wohnung gefunden. Wie ich Ihnen bereits erzählte, hat mich ihr Vermieter angerufen und mich gebeten, ihr Apartment leer zu räumen. Er sucht schon einen neuen Mieter für die Wohnung.»

«Super.» Er nahm den Ring und steckte ihn an den kleinen Finger. «Als meine Freundin hörte, dass ich ihn verloren habe, war sie gar nicht erfreut. Danke.»

«Keine Ursache.»

La-a gesellte sich zu uns. Aus ihrem derangierten Äußeren schloss ich, dass sie wahrscheinlich schon eine ganze Weile auf dem Revier war und ohne Pause durchgearbeitet hatte. Im hinteren Teil des Raumes beugten sich drei Personen, von denen eine sich Notizen machte, neugierig über einen Computermonitor.

«Dann ist es jetzt also offiziell – die Fälle hängen zusammen», schlussfolgerte ich. «Seit wann kooperieren eure Teams?»

«In manchen Punkten arbeiten wir zusammen, in anderen nicht.» La-a nahm mich am Ellbogen und wollte mich zur Tür dirigieren, wogegen ich mich sträubte.

«Heißt dies, dass Chalis Messer mit den anderen identisch ist?» Ich hasste mich dafür, dass ich es so formulierte: als hätte diese Waffe, mit der sie getötet worden war, ihr gehört.

«Danke für deinen Besuch, Karin.»

«Wo steckt Billy?»

Ich drehte mich um und schaute mich unnötigerweise um. Wäre er da gewesen, hätte ich ihn mit Sicherheit sofort bemerkt; jemanden wie ihn übersah man nicht. Nun fiel mir etwas auf, das mir vorhin entgangen war: Auf der Tafel waren unter der Überschrift *VERDÄCHTIGE* Patrick Scott und Antonio Neng aufgelistet. Und auch Billys Name.

Verdächtige?

«He!», entfuhr es mir ungewöhnlich schrill. «Was läuft hier?»

«Nichts, Karin.» La-a verstärkte ihren Griff um meinen Ellbogen.

Ich riss mich los. «Wieso steht da Billys Name?»

Wir drehten uns einander zu, starrten uns wütend an. Ihre großen dunklen Augen, deren Weiß von winzigen roten Äderchen durchzogen war, fixierten mich.

George trat zu uns heran. «Dieser Fall ist ziemlich tückisch. Mehr habe ich dazu nicht zu sagen.»

«Glaubt ihr allen Ernstes, Billy hätte damit etwas zu tun? Dash, er leidet unter PTBS. Das weißt du doch, oder?»

George warf La-a einen fragenden Blick zu. «Stimmt das?»

«Könnte durchaus was dran sein», murmelte sie. «Jedes Mal, wenn etwas passiert, verhält er sich eigenartig und …» Sie brach ab, denn George wandte sich abrupt ab, ging zur Tafel und wischte mit einer Fingerspitze Billys Namen weg.

«PTBS, Mann. Das ist hart. Letztes Jahr hat sich einer von uns deshalb das Leben genommen.» George schüttelte den Kopf, als wäre er zutiefst enttäuscht, und wandte sich an La-a. «Ich sagte ja bereits, für wie abwegig ich deine Theorie halte. Falls noch ein Kollege Suizid begeht, will ich nicht dafür verantwortlich sein.»

«Tut mir leid, ich dachte nur …» Dass sie auch diesen Satz

nicht beendete, war eher untypisch für sie. «Na schön, dann ermitteln wir in diese Richtung eben nicht weiter.»

«Richtig, denn ich habe keinen Bock, noch mehr von meiner kostbaren Zeit zu verschwenden.» George wischte den tintenschwarzen Finger an seiner Hose ab.

Ich konnte mich nicht des Eindrucks erwehren, einer Aufführung beizuwohnen, wo die Schauspieler so lange improvisierten, bis das Ende meinen Wünschen entsprach. Gleichzeitig hoffte ich inständig, dass sie tatsächlich meinen Freund nicht länger verdächtigten. Billy, den ich seit Ewigkeiten in- und auswendig kannte, war kein Mörder. Dessen war ich mir absolut sicher.

«Du und Billy, ihr seid Partner», erinnerte ich La-a. «Ihm einen Mord zu unterstellen ist vollkommen irre.»

«Ach ja? Und wieso hat er dann nicht mit mir über das PTBS gesprochen? Jedes Mal wenn wir an einem Tatort sind, flippt dieser Typ aus. Was soll der Scheiß? Warum legt er denn seine Karten nicht offen auf den Tisch, hm?»

«Er hat Angst vor der Stigmatisierung. Und aus gutem Grund. Dir brauche ich das eigentlich nicht zu erklären.»

«Klasse. Und deshalb behält er es für sich und dreht jedes Mal durch, wenn er eine Leiche sieht? Ohne mich einzuweihen?»

«Mir hat er auch keinen reinen Wein eingeschenkt. Dafür hat er mit Mac darüber gesprochen. Ich bin selbst dahintergekommen. Du hättest das doch schnallen müssen. Ehrlich gesagt, ich dachte, du wüsstest Bescheid.»

«Hm.» Sie schüttelte den Kopf, verdrehte die Augen.

«Er kriegt jetzt Hilfe, Dash. Ich habe dafür gesorgt, dass er sich an jemanden wendet. Ist nur eine Frage der Zeit, bis es ihm wieder bessergeht.»

«Na, jedenfalls würde ich dir raten, über das hier Stillschweigen zu bewahren. Ihn einzuweihen wäre keine gute Idee. Immerhin müssen wir ja auch in Zukunft miteinander arbeiten.»

Obwohl ihr Vorschlag etwas Unlauteres hatte, musste ich ihr beipflichten: Wie sollte Billy den Verrat seiner Partnerin verkraften, wo er sich nicht mal selbst über den Weg traute? Irgendwann musste er davon erfahren, doch das hatte noch Zeit.

Ich verließ das Revier und marschierte in der Eiseskälte schnellen Schrittes die 4th Avenue hoch Richtung U-Bahn. Auf dem Weg dorthin überschlugen sich meine Gedanken.

Billy, ein Verdächtiger?

Sie mochten seinen Namen weggewischt haben, aber ihr Misstrauen würde ich ihnen niemals verzeihen. Was, wenn sie seinen Namen wieder auf die Liste der Verdächtigen gesetzt hatten, kaum dass ich gegangen war? Billys Befürchtungen hatten sich also bewahrheitet: Kaum zeigte man Schwäche, kaum zeigte der eigene Panzer kleine Risse, kamen die Aasgeier angeflogen.

Kapitel 11

Ich kleidete Ben für den Kindergarten an, während Mac am Herd Haferflocken in die Milch rührte. Nichts an diesem Morgen war ungewöhnlich, und normalerweise hätte ich mich darüber gefreut, aber leider hatte ich in der vergangenen Nacht kein Auge zugetan. Die Tatsache, dass die *andere* SOKO, diese *inoffizielle Phantomeinheit* – diesen Ausdruck hatte ich mir ausgedacht – auf dem 72. Revier Billy unter die Lupe nahm, setzte mir ganz schön zu. Wohl wissend, dass die Nachricht Mac noch stärker unter die Haut gehen würde als mir, hatte ich ihn bisher nicht eingeweiht. Es galt, ein Déjà-vu zu vermeiden: Vor achtzehn Monaten hatten wir erfahren müssen, dass ich mich in meiner guten Freundin Jasmine gewaltig getäuscht hatte. Der Gedanke, dass Billy meinen Mann hinters Licht führte, war vollkommen abwegig, denn Billy war nicht nur Macs bester Kumpel, sondern ein herzensguter Mensch, und niemand würde mich vom Gegenteil überzeugen können.

Wir frühstückten, ehe ich zusammen mit Ben das Haus verließ und wir uns auf den Weg zum Kindergarten machten.

Die Diskrepanz zwischen der vorweihnachtlich geschmückten Straße und Abby Dekkers Foto, das an jedem Zeitungskiosk auf der Smith Street aushing, erfüllte mich mit Entsetzen. WIRD DER ENGEL WEIHNACHTEN AUS DEM KOMA ERWACHEN?, lautete eine Schlagzeile über einem Schnappschuss, auf dem Abby in einem Elfenkostüm einen Zauberstab schwenkte. Wo hatten sie nur dieses Foto aufgetrieben? Wie gebannt blieb ich davor stehen: dass die Presse eine ältere Aufnahme veröffentlichte, auf der Abby höchstens sechs oder sieben Jahre alt war, um auf diese Weise die Leser zu Tränen zu rühren, empörte mich.

Als ich merkte, dass Ben bereits an der nächsten Kreuzung auf mich wartete, setzte ich mich sofort in Bewegung und eilte zu ihm.

Wir begegneten einer Nachbarin, die uns ein Lächeln schenkte.

Die drei Musketiere kamen um die Ecke und schlenderten die Smith Street hinunter.

Kaum zu fassen, aber das Leben ging irgendwie weiter.

Ich legte die Hand auf Bens Schulter, damit er nicht die Straße überquerte und ich den drei Obdachlosen hinterherschauen konnte, die ihrer Wege gingen. Warum ich sie für obdachlos hielt, obwohl sie immer saubere und neu aussehende Klamotten trugen, war mir selbst ein Rätsel. Ich fragte mich auch, wieso ich an ihnen Anstoß nahm. Konnte man überhaupt jemanden so sehen, wie er in Wahrheit war? Oder ließen wir uns alle von Trugbildern und Vorurteilen leiten? Erneut musste ich an George, La-a und Billy denken, doch ich bemühte mich sogleich, den unerquicklichen Vorfall schnell wieder zu vergessen.

Nachdem ich Ben im Kindergarten abgeliefert hatte, beschloss ich, zum Yogaunterricht im CVJM zu gehen, anstatt – wie geplant – die Koffer für unseren Trip nach Kalifornien zu packen. Ich musste irgendwie versuchen, auf andere Gedanken zu kommen.

Im hintersten Winkel des Raumes rollte ich meine Matte aus, legte die zusammengefaltete Decke, den Schaumstoffwürfel sowie den Gurt darauf und wartete auf die Lehrerin. Gerade als ich mich setzen wollte, warf ich einen Blick durch die Jalousie vor der Glaswand, die das Yogastudio von dem riesigen Basketballfeld einen Stock tiefer trennte, und meinte, Billy zu erkennen. Ich hob eine Lamelle und vergewisserte mich, dass ich mich nicht getäuscht hatte. Im selben Outfit wie gestern stand Billy vor einer jungen Frau mit langen rostbraunen Haaren, die sie zu einem Pferdeschwanz zusammengebunden hatte. Ihre ganze Erscheinung – schwarze Leggings, weites Baumwollhemd, kein Make-up und kein Schmuck – verliehen ihr genau jene Art von Einfachheit, die Billy momentan gut gebrauchen konnte. Die beiden standen einander barfuß gegenüber und schauten sich in die Augen, während er jede ihrer Bewegungen nachahmte. Allem Anschein nach versuchte er wirklich, sein PTBS in den Griff zu kriegen. Ich hatte also mit meinen Worten, die ich La-a und George am vergangenen Tag an den Kopf geworfen hatte, recht behalten: Billy stellte sich seinen Problemen – und damit war das Thema erledigt.

Ich setzte mich auf die Decke, schloss die Augen und spürte ganz deutlich, wie sich Erleichterung in mir breitmachte.

Eine gute Stunde später schlenderte ich locker und entspannt durch die sonnendurchflutete Lobby und lobte mich im Nachhinein für meine Entscheidung, zum Unterricht zu gehen.

«Karin!»

Ich drehte mich um und erblickte Billy und die Frau, die ihn unterrichtet hatte; beide trugen nun Mantel und Mütze. «Ich war im Yogastudio und habe euch gesehen.»

«Das hier ist Mary Salter, meine Tai-Chi-Lehrerin.»

«Ich bin Karin.» Ich reichte ihr die Hand. Ihre war weich und trocken; ich mochte die Frau sofort. Jetzt, wo wir uns direkt gegenüberstanden, wirkte sie größer als aus der Ferne, obwohl man sie nicht als Riesin bezeichnen konnte. Sie hatte ein angenehmes Lächeln, wirkte selbstsicher und geerdet. Dunkle Schatten rahmten ihre warmen braunen Augen ein und ließen sie älter erscheinen, als sie wahrscheinlich war. Ungeachtet dessen, dass sie weder jung noch besonders schön war, konnte man sie durchaus als attraktiv bezeichnen.

«Erste Stunde?», fragte ich.

«Ja.»

«Wie ist es gelaufen?»

«Er hat sich gut gemacht», antwortete Mary und lächelte Billy an.

«Frisch gewagt ist halb gewonnen», meinte ich.

Billy verdrehte die Augen. «Stickst du das auf ein Kissen, oder soll ich das selbst tun?»

«Das übernehme ich!» Mary lachte und zog sich ihren grünen Strickschal bis ans Kinn, als wir hintereinander durch die Drehtür nach draußen in die Kälte traten. «War nett, Sie kennenzulernen. Ich muss jetzt weiter … Ich habe drei Jobs und bin immer in Eile.» Sie winkte zum Abschied und bog in die Court Street ein. Billy und ich gingen in die entgegengesetzte Richtung zur Kreuzung Atlantic Avenue und Boerum Place, wo sich der Verkehr vor der Brooklyn Bridge staute.

«Ihr beide passt gut zusammen.» Insgeheim war ich der festen Überzeugung, Billy täte sich mit einer neuen Lebensgefährtin leichter. Beziehungsscheue Menschen erregten häufig Argwohn. Mary war großartig. Besser hätte Billy es gar nicht treffen können.

«Karin!», empörte sich Billy kopfschüttelnd, aber er grinste auch.

«Sie ist toll. Bist du blind?»

«Um ehrlich zu sein – ja.»

«So habe ich es nicht gemeint, und außerdem kannst du mit einem Auge sehen.»

«Karin, sie ist alleinerziehend und …»

«Und?»

«Lesbisch.»

«Woher willst du das wissen. Du kennst sie erst seit kurzem.»

«Sie hat es mir gesagt.»

«Oh.»

«Oh», äffte er mich nach und kicherte. «Wir sehen uns, wenn ihr aus Kalifornien zurück seid.»

An der Ecke gab er mir einen Kuss auf die Wange und lief weiter, während ich wartete, bis die Ampel auf Grün schaltete. Ich drehte mich absichtlich nicht um, denn ich kam mir wie ein Idiot vor und musste mir zudem eingestehen, wie dumm es war, die beiden verkuppeln zu wollen. In Wahrheit ging es mir nur um mein persönliches Wohlbefinden: Ich wünschte mir einen normalen, glücklichen und unbeschwerten Billy. Und ich drehte mich auch nicht um, weil es mir unmöglich war, etwas anderes in ihm zu sehen als den guten, alten Billy.

* * *

Am ersten Weihnachtsfeiertag war das Wetter in Venice Beach wunderbar warm. Von Jons und Andreas Haus in der Appleby Street konnte man den Strand, wo unsere Kinder auf dem Spielplatz tollten oder sich im Wasser vergnügten, gut zu Fuß erreichen. Die achtjährige Susanna, der fünfjährige David und Ben, der bald vier wurde, schafften es nicht, auch nur eine Minute ruhig zu sitzen. Ich lag auf einem verwaschenen, gestreiften Handtuch neben meiner Mutter im Sand, die kerzengerade auf einem Stuhl saß und einen großen Strohhut trug. Der lange Flug hatte ihrem Rücken stark zugesetzt. Andrea lümmelte sich auf einem Liegestuhl und achtete darauf, dass sich ihr Oberkörper unter dem Schirm und die gut gebräunten Waden in der Sonne befanden. Sie war gerade zum dritten Mal schwanger und hatte ihren runden, zwischen dem Bikinioberteil und -unterteil herausragenden Bauch mit einem Sonnenöl mit hohem Lichtschutzfaktor eingerieben. So gelassen wie an diesem Tag erlebte man sie selten. Der Strand war gut besucht. Ich richtete mich auf und sah, wie Mac und Jon am Wasser entlangspazierten und immer kleiner wurden. In der flirrenden Hitze schien alles zu verschwimmen: der Ozean, der Sand, die

Sonnenbadenden, die Promenade, die Palmen und die Häuschen an der Küste.

Susanna leitete die Jungs an, wie man aus nassem Sand Türme für die Burg baute. Neuerdings trug sie eine Brille, deren Gläser in der Hitze beschlugen, und der Wind zerzauste ihr blondes Haar. Doch sie ließ sich von all dem nicht davon abhalten, ihre kleine Mannschaft zu beaufsichtigen. Meine Nichte hatte sich in eines von diesen klugen, gebieterischen Mädchen verwandelt, die der ganze Stolz ihrer Mütter sind. Während Mom und Andrea sich darüber den Kopf zerbrachen, wie eine fünfköpfige Familie in einem Haus mit drei Schlafzimmern – eines davon war ein begehbarer Kleiderschrank, in dem David sich eingenistet hatte – zurechtkommen sollte, musste ich an Cece denken, die jetzt neun Jahre alt gewesen wäre.

Ich suchte den Strand nach einem Mädchen ab, das so aussah, wie ich mir meine Tochter in diesem Alter vorstellte. Im flachen Wasser entdeckte ich ein großgewachsenes braunhaariges Mädel, das hysterisch lachte und ihren jüngeren Bruder gnadenlos mit Wasser bespritzte. Für einen Sekundenbruchteil genoss ich ihren Anblick; dann verschwamm ihr Bild, und ich machte mir bewusst, dass ich eine Fremde anstarrte. Als mein Blick kurz über Andreas geschwollenen Bauch huschte, kostete es mich einige Überwindung, nicht an meine *andere* Tochter zu denken.

Schatten, überall Schatten – trotz des gleißenden Sonnenlichts.

«Zuerst stecke ich Susie und Davie in den größeren Raum», erklärte Andrea, «und stelle die Wiege in das kleine Kabuff. Je nachdem ob es ein Junge oder ein Mädel ist, können wir später immer noch entscheiden, wer sich mit wem das Zimmer teilt.»

Ihre Zuversicht, dass das Baby gesund und zum vorausberechneten Datum auf die Welt kommen würde, verstörte mich. Da ich mein Kind gegen Ende der Schwangerschaft verloren hatte, war ich bei diesem Thema längst nicht mehr so optimistisch wie meine Schwägerin.

Ich zwang mich, auch diesen Gedankengang nicht weiterzuverfolgen.

Dazu war dieser Tag einfach viel zu schön.

Ben kam angerannt und sprang auf meinen Schoß. «Wir sind hungrig!» Sand, Salzwasser und Sonnenmilch bildeten auf seiner Haut einen glitschigen Film, der mich allerdings nicht davon abhielt, ihn fest in die Arme zu schließen.

«Ist schon Mittag?», fragte Mom.

Andrea drehte das Handgelenk und sah auf ihre Uhr. «Es ist nach eins.»

«Höchste Zeit, nach Hause zu gehen», meinte Mom.

«Nein!» Susanna hatte sich mit in die Seiten gestemmten Fäusten vor uns aufgebaut. «Die Sandburg ist noch nicht fertig. Wir haben noch viel zu tun.»

Dass sie das königliche *Wir* verwendete, amüsierte mich, zumal sie die anderen die meiste Zeit nur beaufsichtigte. Offenbar war sie eine knallharte Chefin ohne einen Funken Mitleid für ihre Untergebenen.

«Ich habe auch Hunger», verkündete der neben ihr stehende David.

«Was haltet ihr davon?» Ich stand auf und bürstete den Sand von meinen Beinen. «Ich gehe nach Hause und mache ein paar Sandwiches. Lust auf ein Picknick?»

Die Kleinen jubelten zustimmend und flitzten zu ihrer Sandburg zurück.

Dort, wo der Strand an die Promenade grenzte, zog ich meine Flipflops an und marschierte die Rose Avenue hinunter. Ein dünner Mann in Nikolausmütze, Shorts und T-Shirt stand auf dem Bürgersteig, läutete eine Glocke und hielt jedem Passanten eine Sammelbüchse mit einem Heilsarmee-Aufkleber unter die Nase. Ich spendete einen Dollar und lief weiter.

Ein Stück weiter scharte sich eine Menschenmenge um eine Gruppe Trommler. Ich blieb stehen. Fünf Jungs im Teenageralter produzierten einen nervösen, vielschichtigen Rhythmus, der so ansteckend wirkte, dass man Lust bekam zu tanzen. Ehe ich mich's versah, bewegte ich mich mit den anderen, schwenkte die Hüften nach links und rechts, bewegte den Kopf auf und ab. Und dann bemerkte ich ein kleines Mädchen, das ihre Mutter an der Hand hielt und ebenfalls zur Musik tanzte. Ich konnte den Blick nicht von ihr abwenden, ohne gleich sagen zu können, weshalb sie mich dermaßen faszinierte.

Meiner Schätzung nach war sie sechs oder sieben Jahre alt und hatte blondierte Haare, was mich als Erstes irritierte. Warum jemand einem Kind die Haare färbte, war mir schleierhaft. Sie trug weiße, sehr kurze Shorts, ein eng anliegendes pinkfarbenes Top ohne Träger und pinkfarbene Badelatschen mit Absätzen, die sie größer machten. Ihre Zehennägel waren grellrot lackiert, und die langen Haare sahen aus, als wären sie über eine große Bürste geföhnt worden. Große Kreolen schmückten ihre Ohren. Als mir auffiel, dass sie die Wimpern getuscht und einen Hauch pinkfarbenen Lippenstift aufgelegt hatte, wurde mir ganz flau im Magen: Unwillkürlich musste ich an Jonbenet Ramsey denken, die kleine Schönheitskönigin, die man 1996 im Keller ihres Elternhauses gefunden hatte: Die Sechsjährige war brutal vergewaltigt und ermordet worden. Der Täter war bis heute auf freiem Fuß.

Mit einem Mal hörte ich auf zu tanzen und lauschte auch nicht mehr der Musik, sondern ging weiter die Rose Avenue entlang. Auf der kurzen Strecke begegnete ich noch drei Mädchen, die ebenfalls wie erwachsene Frauen herausgeputzt waren – kindliche Vamps in Begleitung ihrer Mütter.

Was war der Grund für diese Aufmachung? Lag es an Los Angeles? An diesem Ort, wo Menschen entdeckt und zu Stars gemacht wurden? Oder stachen all diese frühreifen Mädchen nur ins Auge, weil es hier so viele Menschen gab? War das – statistisch gesehen – gar kein Einzelfall? Und falls ja, warum war mir dann dieses Phänomen nicht in New York aufgefallen? *Krieg dich wieder ein, Hollywood zieht ehrgeizige Mütter an wie Motten das Licht,* fuhr es mir durch den Sinn.

Ich öffnete die Haustür meines Bruders und trat in den kühlen Korridor. Aus der Sonne zu fliehen tat gut. Wann immer ich nach Kalifornien reiste, genoss ich die erste Woche sehr, aber dann sehnte ich mich nach der Ostküste, dem unbeständigen Wetter und einer Fröhlichkeit, die eher eine Ausnahmeerscheinung und nicht die Regel war. Diesmal packte mich das Heimweh allerdings schon nach zwei Tagen. Wenn es schon etwas später gewesen wäre, hätte ich mir einen Drink genehmigt, und kurz überlegte ich wirklich, ob ich nicht doch diesem Verlangen nachgeben sollte; aber es war wirklich zu früh dafür. Setzte mir jeder unschöne Gedanke derart zu, war es wahrscheinlich höchste Zeit, darüber mit meiner Therapeutin Joyce zu sprechen. Nach der Fehlgeburt hatte ich mich einmal an sie gewandt und am Ende der Sitzung versprochen, sie im Notfall anzurufen. Während der letzten Wochen war so vieles passiert, das ich noch nicht verarbeitet hatte, und manchmal fürchtete ich, wieder den Boden unter den Füßen zu verlieren, im Treibsand zu versinken. Wenn jetzt nicht der richtige Zeitpunkt war, mich bei Joyce zu melden, wann dann?

Ich griff in meine Hosentasche, zog das BlackBerry heraus und wollte gerade Joyce' Nummer im Adressbuch suchen, als auf meinem Mobiltelefon eine Mail einging.

Sie stammte von Dathi und ließ mich auf der Stelle alles andere vergessen.

Kapitel 12

Dathis Mail war bei weitem nicht so höflich und entgegenkommend formuliert wie die, die sie mir zuletzt geschickt hatte. Vermutlich hatte sie momentan für solche Feinheiten keine Zeit.

> Onkel hat mich für 10 000 Rupien an einen Agenten verkauft, der mich als Zimmermädchen nach Bombay vermitteln will. Nur hat Oma mich vor solchen Agenten gewarnt, und so bin ich weggelaufen.

In der Hoffnung, dass sie noch am Computer saß, antwortete ich ihr umgehend:

> Dathi, was soll das heißen? Bist du in Sicherheit?

Wie gebannt starrte ich auf das Display und wartete. Vergeblich.

Wieder und wieder überflog ich ihre Mail und versuchte, mehr aus dem Text herauszulesen, als darin stand. Da ich bereits mit dem eiskalten Onkel Ishat gesprochen hatte, wunderte es mich nicht, dass er seine Nichte loswerden wollte. Aber die Kleine *verkaufen*? Für zehntausend Rupien – wie viel Geld war das überhaupt?

Ich ging in das Wohnzimmer, wo Mac und ich auf dem Schlafsofa übernachteten – Ben hatte es sich hocherfreut im Schlafsack neben Davids Bett gemütlich gemacht. Aus meinem Rucksack zog ich mein Notebook hervor, setzte mich damit im Schneidersitz auf den Boden, fuhr den Rechner hoch und begann zu googeln.

Zuerst ging ich bei meiner Recherche ganz banal vor und

tippte *Mädchen an indischen Agenten verkauft* ein. Der erste Eintrag lieferte einen Link zur *Times of India: Junge Mädchen für Rs. 2 Lakh verschachert.* Allein die Vorstellung, dass kleine Mädchen tatsächlich verkauft wurden, schnürte mir die Kehle zu. Was «Rs. 2 Lakh» bedeutete, war mir allerdings ein Rätsel.

Ich klickte den Artikel an, in dem über den Heiratsmarkt für junge Mädchen und Frauen berichtet wurde. Der Preis war abhängig vom Alter, von der Jungfräulichkeit und von früheren Eheschließungen. Eine kurze Recherche ergab, dass «Rs. 2 Lakh» ungefähr fünftausend Dollar entsprach.

Mir wurde schlecht, und plötzlich hatte ich das Gefühl, unter Seekrankheit zu leiden und das Gleichgewicht zu verlieren. Mir war schwindelig, und ich sah doppelt. Ich schloss die Augen, atmete tief durch und recherchierte weiter.

Ein Lakh entsprach hunderttausend Rupien. Onkel Ishat hatte Dathi für zehntausend Rupien verkauft. Somit waren zehntausend Rupien zweihundert Dollar. War dies in Indien momentan der gängige Marktpreis für ein Mädchen? Für diese Summe bekam man in den Staaten nicht mal einen Fernseher.

Mit klopfendem Herzen googelte ich weiter. Ich musste mehr erfahren – mich davon überzeugen, dass ich nicht phantasierte, dass ich mich von dem, was im Internet als Wahrheit verkauft wurde, nicht aufs Glatteis führen ließ. Innerhalb kürzester Zeit fand ich heraus, dass es im Netz zig Blogs, Chats und Berichte über Menschenhandel gab, und beim Lesen kam es mir vor, als befände ich mich in einem langen dunklen Tunnel ohne Licht am Horizont. Irgendwann verlegte ich mich auf eine andere Vorgehensweise. Es machte mehr Sinn, wenn ich mich auf die gut recherchierten Artikel konzentrierte, die von namhaften Journalisten geschrieben waren, die in renommierten Zeitungen publizierten. Nur so würde es mir gelingen, zwischen Wahrheit und Paranoia zu unterscheiden.

Je zuverlässiger die Quellen, desto mehr Glauben schenkte ich ihnen, desto beklemmender lasen sich die zweifelsohne wahren Berichte, die ich fand.

Dass junge Mädchen in Indien und Afrika häufig – wie Chali – von älteren Männern gekauft und dann geehelicht wurden, war mir nicht neu: aber dass sie auch als «Dienstmagd» oder «Zimmermädchen» verhökert und in Wahrheit zur Prostitution gezwungen wurden, erfuhr ich erst jetzt. Selbstverständlich hatte ich von Menschenhandel gehört, doch welches Ausmaß er angenommen hatte, wie viele Jungs und – vor allem – Mädchen von ihren Familienangehörigen als Sexsklaven feilgeboten wurden, erstaunte mich.

Die Zahl, die kursierte, war schockierend: 1,3 Millionen. So viele Kinder wurden allein in Indien zur Prostitution gezwungen, wobei fünfzig Prozent von ihnen einheimisch waren und die übrigen aus anderen Ländern stammten.

Teilweise waren die Opfer so jung wie mein Ben, zahlreiche Mädchen gerade einmal in Susannas Alter. Mädchen in der Pubertät – wie die zwölfjährige Dathi – erzielten den höchsten Preis, und wenn sie versuchten zu fliehen, wurden sie geschlagen und so lange unter Drogen gesetzt, bis sie süchtig waren und gar nicht mehr auf die Idee kamen, sich aus dem Staub zu machen.

Das «Recht der ersten Nacht», bei dem ein Kind entjungfert wurde, brachte fünfundzwanzigtausend Rupien oder gut fünfhundert Dollar ein.

Danach wurden sie gequält, in Käfigen gehalten, vergewaltigt.

In Indien «bediente» die typische Kinderprostituierte zehn «Kunden» pro Tag, und das sieben Tage die Woche. Dass siebzig Männer Sex mit einem Kind hatten und dafür kaum mehr bezahlten als für eine Tasse Kaffee, erschien mir unvorstellbar. Zudem war es gängige Praxis, dass nur das Bordell das Geld erhielt, während die leidtragenden Kinder leer ausgingen.

Ich legte den Laptop weg. Meine Gedanken überschlugen sich, und ich zitterte wie Espenlaub.

Was kaufte Onkel Ishat sich von den zweihundert Dollar, die er für Dathi erhielt?

Mir wurde ganz schwindelig. Wieder schloss ich die Augen, lehnte mich an das Schlafsofa und wartete, bis sich mein Zustand besserte.

Obwohl ich Dathi noch nicht persönlich begegnet war, wusste ich inzwischen einiges über sie. Da sie nur zu gut wusste, welches Schicksal ihr drohte, war sie von ihm weggelaufen. Im Unterschied zu vielen anderen Kindern in ihrer Lage war sie gebildet und vor diesem schlimmen Schicksal gewarnt worden. Ihre Mutter und Großmutter, die alles darangesetzt hatten, sie vor diesem Los zu bewahren, konnten Dathi nun nicht mehr beistehen. Ich malte mir aus, wie dieses mutige Mädchen ihrer Situation gnadenlos ausgeliefert war, wie sie sich vorkam, als wäre sie in einen bösen Traum geraten, wie sie einen Ausweg suchte und nicht von der Stelle kam. Und dann schweiften meine Gedanken ab – zu den anderen Mädchen, den Vermissten, den toten Prostituierten. Ich dachte an Abby, an die zahllosen Teenager, deren Dasein von der Habgier Dritter, von Gewalt oder beidem geprägt war. Und alle versuchten vergeblich, ihrem Schicksal zu entrinnen, nur um am Ende für immer von der Bildfläche zu verschwinden und in Vergessenheit zu geraten, als wäre ihre Existenz gänzlich unbedeutend.

Chali hatte Dathis Abreise gründlich vorbereitet: Sie hatte ein Visum und ein One-Way-Flugticket für Neujahr besorgt sowie die Fluggesellschaft davon in Kenntnis gesetzt, dass ein Kind allein von Nagpur nach New York fliegen würde, wo ein Erwachsener es abholte. Ich hatte mitbekommen, wie Chali all dies in die Wege leitete. Wer hätte damals ahnen können, wie wichtig es sein würde, dass ich Bescheid wusste.

Nun war es meine Aufgabe, dafür zu sorgen, dass Dathi das Flugzeug bestieg und ich rechtzeitig am Flughafen auftauchte, um sie in Empfang zu nehmen. Über alles andere konnte ich mir später noch den Kopf zerbrechen.

War es irrsinnig, dass ich die Verantwortung für Chalis Tochter übernahm? Oder nicht? Indiskutabel. Verrückt.

Oder – in einem anderen Licht betrachtet – nur eine kleine Geste des Beistands?

Ich erhob mich und ging in die Küche, um ein Glas Wasser zu trinken. Nach ein paar Schluck und tiefen Atemzügen hatte ich mich so weit beruhigt, dass ich Onkel Ishats Nummer wählen konnte. An die Spüle gelehnt, lauschte ich, wie es viele tausend Meilen weit weg am anderen Ende läutete.

Nach einer gefühlten Ewigkeit meldete er sich.

«Sie schon wieder.»

«Bitte, legen Sie nicht auf.» Ich zwang mich zur Besonnenheit, auch wenn ich ihn am liebsten angeschrien hätte.

Er schwieg und wartete. Ich wusste nicht so richtig, wie ich anfangen sollte, spürte jedoch ganz deutlich, dass er auflegte, falls ich mich nicht sputete.

«Geben Sie mir Dathi.»

Er lachte schallend. «Auf Wiederhören.»

«Warten Sie! Ich zahle Ihnen zwanzigtausend Rupien für sie. Setzen Sie sie einfach in den Flieger nach New York. Mehr brauchen Sie nicht zu tun.»

«*Zwanzig*tausend, sagen Sie?»

Ich hatte nicht lange überlegt und die Summe, die er für sie verlangte, einfach verdoppelt. Erst jetzt dämmerte mir, dass vierhundert Dollar wahrscheinlich nicht ausreichten, Onkel Ishat dazu zu bewegen, sie zu suchen und zurückzukaufen.

«Dreißig», sagte ich und trieb in meiner Hektik den Preis selbst in die Höhe. «Vierzig ... Fünfzig.»

«In Ordnung.»

Und damit hatte ich ein Kind gekauft. So einfach lief das.

«Sagen Sie mir, wohin ich das Geld überweisen soll, und ich schicke es Ihnen sofort.»

Er gab mir alle notwendigen Informationen, die ich auf einem Einkaufszettel notierte, der mit einem Magnet an der Kühlschranktür befestigt war. Selbstverständlich musste ich ihm die Summe umgehend überweisen. Des Weiteren musste ich mit der Möglichkeit rechnen, dass er sich nicht an unsere Vereinbarung hielt und keinerlei Anstalten machte, Dathi zu finden.

«Das Flugzeug geht am Samstag», erinnerte ich ihn. «In sechs Tagen also. Wissen Sie, wo ihr Visum und Ticket sind? Haben Sie eine Ahnung, wo sie steckt? Werden Sie sie finden können?»

Er schwieg kurz. «Welche Frage soll ich zuerst beantworten?», erwiderte er schließlich.

«Das Ticket, wissen Sie, wo ...»

«Ja, ja, ich weiß, was zu tun ist. Ich warte, bis Ihr Geld eintrifft.» Dann hängte er auf.

Eine kleine Weile lauschte ich dem Knistern in der Leitung, ehe ich ebenfalls auflegte.

Zehn Minuten später hatte ich online mit Western Union die fünfzigtausend Rupien von meiner Kreditkarte auf Onkel Ishats Konto transferiert. Die Summe belief sich – inklusive der Überweisungsgebühr von zwanzig Dollar – auf 1140,31 Dollar, was ungefähr einem Drittel unserer monatlichen Hypothekenzahlung entsprach. Unsere vier Flugtickets nach Kalifornien hatten deutlich mehr gekostet. Für durchschnittliche Mittelschicht-Amerikaner wie uns war das eine relativ unbedeutende Summe. Im Grunde genommen war das so, als ließen wir das Wasser laufen, während wir telefonierten, ohne uns dabei bewusst zu sein, dass diese Unaufmerksamkeit in weiten Teilen der Welt als pure Geldverschwendung empfunden wurde. Dann wurde mir bewusst, dass meine Vergleiche vollkommen absurd waren. Als ich die Website schloss, bemerkte ich plötzlich, dass jemand im Zimmer aufgetaucht war.

Überrascht drehte ich mich um.

«Was treibst du?»

Ein verschwitzter Mac stand hinter mir und musterte mich und den Laptop. Da er freien Blick auf den Bildschirm hatte, war ihm bestimmt auch das Western-Union-Logo aufgefallen. Ich hörte, wie oben jemand den Wasserhahn aufdrehte, und schloss daraus, dass Jon duschen gegangen war.

«Wie lange stehst du da schon?»

«Hast du gerade tausend Dollar überwiesen?»

«Ja.»

«Wofür?»

Es laut auszusprechen, fiel mir zwar nicht leicht, aber ich war nicht in der Verfassung, ihm eine Lüge aufzutischen.

«Ich habe gerade ein Kind gekauft.»

«Was willst du damit sagen?»

«Chalis Tochter Dathi.» Notgedrungen begann ich ganz von vorn, schilderte ihm haargenau mein Gespräch mit Onkel Ishat, erzählte ihm von den Berichten über die sexuelle Ausbeutung indischer Kinder und malte Dathis Schicksal aus, falls wir die Gelegenheit nicht nutzten, die Chali für ihre geliebte Tochter von langer Hand vorbereitet hatte.

«Uns bleibt keine andere Wahl», erklärte ich zu guter Letzt.

«Uns?» Er reckte das Kinn, was mir gar nicht gefiel. Er war sauer, fühlte sich in die Ecke gedrängt und würde mir mein Verhalten noch eine ganze Weile lang unter die Nase reiben. «Ich habe damit nichts zu tun.»

«Mac …»

«Das ist Kidnapping.»

«Du siehst das falsch. Chali hat alles in die Wege geleitet. Es ist legal.»

«Bis Dathi in New York aus dem Flieger steigt. Weiß sie überhaupt, dass ihre Mutter tot ist? Wurde sie informiert?»

Ich schwieg.

«Was passiert, nachdem sie gelandet ist? Nehmen wir sie mit nach Hause und halten sie wie … ein Haustier?»

Auch auf diese Fragen fiel mir keine Antwort ein.

«Du wirst unten am Strand erwartet. Alle haben Hunger und dachten, du wärst nach Hause gegangen, um einen Picknickkorb zu richten.»

«Das habe ich auch.»

Er starrte mich einen Moment lang an. «Sie gehört nicht zu uns, Karin. Sie gehört nicht zu dir. Du kannst Cece nicht …» Er brach ab, bevor er «ersetzen» sagte.

Ich stand auf und wollte ihn in die Arme nehmen, doch er drehte sich abrupt um und verließ das Zimmer. Kurz darauf hörte ich wieder, wie ein Wasserhahn aufgedreht wurde, diesmal im Badezimmer am Ende des Flurs.

«Scheiß drauf», sagte ich laut. Mit einem Mal hatte ich eine Mission. Jemand musste diese Aufgabe übernehmen, und wenn nicht ich, wer dann? Hätte ich über die entsprechenden Mittel verfügt, hätte ich alle Kinder der Welt gerettet.

Da mir das Geld für den großen Wurf fehlte, tat ich das, was in meiner Macht stand, und rettete wenigstens Arundathi Das.

Chalis einzige Tochter: ihre Hoffnung auf eine bessere Zukunft.

In diesem Augenblick erschien mir alles ganz einfach.

Nie und nimmer würde ich mich vor dem, was zu tun war, drücken.

Ich schrieb Dathi eine weitere Mail:

Dathi, ich habe eben mit deinem Onkel gesprochen. Alles ist in die Wege geleitet. Er wird dich suchen und wie geplant in den Flieger nach New York setzen. Versteck dich nicht länger. Geh zu ihm zurück. Vertrau uns, bitte. Vertrau *mir*.

Entsprach das, was ich schrieb, der Wahrheit? Würde Onkel Ishat seinen Teil der Vereinbarung einhalten? Oder das Geld nehmen und sie dennoch an einen Agenten verkaufen? Seinen Profit erhöhen? Nie wieder den Hörer abnehmen, wenn ich anrief? Seine Nichte als verzogene Göre abschreiben und keinen weiteren Gedanken an ihr Schicksal verschwenden?

Mich fröstelte.

Ich klickte auf *Senden*.

Während der nächsten vier Tage, bis zu unserem Rückflug am Donnerstag, lief ich jedes Mal hektisch zu meinem Handy, wenn der Klingelton verkündete, dass eine Mail eingegangen war. Bedauerlicherweise stammte keine der Nachrichten von ihr. Daher wusste ich nicht, ob sie meine letzte Mail gelesen hatte. Das Einzige, was ich aufgrund einer Bestätigung von Western Union mit Sicherheit wusste, war, dass Onkel Ishat sein Geld erhalten hatte.

* * *

Am späten Sonntagnachmittag kehrten wir nach Brooklyn zurück, in ein von Schatten und Zwielicht dominiertes Häusermeer, das sich von der sonnigen Küste, die wir hinter uns gelassen hatten, wohltuend unterschied. Ich brachte meine Mutter in ihr Apartment, stieg in das wartende Taxi und fuhr nach Hause. Auf den Dächern der Sandsteinhäuser lag frischer Schnee, und unser Block erinnerte an Lebkuchenhäuschen, die mit bunten Lichterketten geschmückt waren. Es herrschte eine unglaubliche Ruhe, die über diese eigenartige und traurige Zeit zwischen Weihnachten und Neujahr hinwegtäuschte, wo man sich, erschöpft von den anstrengenden Vorbereitungen für die Feiertage, ausruhte und sich schon mal auf den Silvestertrubel einstellte.

Ben sprang aus dem Taxi, erstürmte den nächstbesten Schneeberg und rutschte auf den Gehweg hinunter, der von einer dünnen Schicht Neuschnee überzogen war. Als er Anstalten machte, die vereisten Stufen hochzusteigen, ließ Mac seinen Koffer fallen, packte Bens Kapuze und dirigierte ihn zum unteren Eingang. Ich folgte mit meinem Rucksack und dem anderen Koffer. Innerhalb der letzten Tage hatte das Zerwürfnis wegen Dathi bei uns ein unerträglich höfliches Schweigen hervorgerufen. Er nahm seinen Koffer auf, stellte ihn in den Flur, schnappte die Schaufel und begann, den Bürgersteig freizuschippen. Ich lehnte die Tür an und folgte Ben ins Haus.

Kaum hatte er sich von seinen matschigen Schuhen und der Jacke befreit, flitzte er in sein Zimmer und begann zu spielen. Ich ging nach oben, um die Post durchzusehen, die sich während unserer Abwesenheit angesammelt hatte. Draußen hörte man, wie Mac in gleichmäßigem Rhythmus den Gehweg vom Schnee befreite. Wie konnte ich ihn nur davon überzeugen, dass Dathis Rettung keine seltsame Laune, sondern eine Notwendigkeit war? Ich brauchte ihn auf meiner Seite. Auch wenn die Chance, dass sie an Neujahr in New York landete, meines Erachtens eher gering war, lag mir viel daran, dass sie, falls sie kam, von der ganzen Familie und nicht nur von Ben und mir willkommen geheißen wurde. Wegen der juristischen Probleme – ihre Mutter war tot, und sie kam unter Vorspiegelung falscher Tatsachen ins Land – machte ich mir vorerst keine Sorgen. In erster Linie ging es mir darum, sie in die Vereinigten Staaten zu holen. Hoffentlich begriff Mac bald, wie unerlässlich und uneigennützig meine Mission war.

Bei einem orientalischen Restaurant in der Smith Street bestellte ich etwas zu essen, und während wir darauf warteten, rief ich Billy an. Falls La-a und George ihn immer noch verdächtigten, roch Billy inzwischen sicherlich den Braten.

«Bist du wieder daheim?» Er klang müde. Oder er hatte einen leichten Schwips.

«Wo bist du?»

«Sitze an der Bar im Brooklyn Inn.»

«Wie war dein Weihnachtsfest?»

«Den ersten Weihnachtsfeiertag habe ich bei meiner Schwester gefeiert. War ganz nett. Und bei dir?»

«Sehr schön. Ich bin gern mit meiner Familie zusammen. Wir haben viel Zeit am Strand verbracht.»

«Du hast mir doch eine Kiste Sonnenschein mitgebracht, oder?»

Ich hörte, wie Eiswürfel aneinanderstießen und er schluckte.

«Na, habt ihr den Killer endlich erwischt?», fragte ich scherzhaft. Wäre der Mörder dingfest gemacht worden, hätten wir das auch in L. A. mitgekriegt.

«Könnte durchaus sein.»

Mir verschlug es fast die Sprache. «Wie bitte?»

«Wir nehmen Pat Scott ganz genau unter die Lupe.»

«Hat das Labor etwas gefunden, das ihn mit Chali in Verbindung bringt?»

«Das Ergebnis steht noch aus.»

«Inzwischen sind fast drei Wochen vergangen!»

«Tja, Weihnachten wird halt nur auf Sparflamme gearbeitet …»

Er hatte recht: Um diese Jahreszeit dauerte alles doppelt so lange wie sonst.

«Jetzt kommt etwas, das dich freuen wird: Gestern konnten wir Antonio Neng, den Stalker, einbuchten. Wir haben einen

Richter aufgetrieben, dessen Begeisterung für Weihnachten sich in Grenzen hält und der uns prompt einen Durchsuchungsbeschluss ausgestellt hat. In seiner Wohnung haben wir Waffen und ein Tagebuch gefunden, das sich wie eine Todesliste liest.»

«Banker?»

«Durch die Bank.» Er kicherte.

«Kann die Spurensicherung ihm nachweisen, dass er im Haus der Dekkers war?»

«Wie schon gesagt, wir müssen uns da noch etwas gedulden. Die Labortypen erholen sich gerade von Weihnachten und sind vermutlich schon eifrig dabei, ihre Silvesterpartys zu planen.»

«Wie geht es Abby Dekker?»

«Immer noch im Koma.»

«Tut mir leid.»

«Ja, mir auch.»

«Schaut dieser Pfaffe immer noch bei ihr vorbei und liest ihr vor?»

«Tag für Tag.»

«Bestimmt kommt sie bald wieder zu Bewusstsein.» Ich hielt kurz inne. «Nun, ich habe auch Neuigkeiten», sagte ich und erzählte ihm von Dathi.

«Wow, Karin. Mann … echt klasse.» Wieder klickende Eiswürfel und Schluckgeräusche.

«Danke. Um ehrlich zu sein, kann ich etwas Unterstützung gut gebrauchen.»

«Dann ist Mac also nicht mit an Bord, hm?»

«Er redet von Kidnapping.»

Billys schallendes Gelächter wirkte ansteckend.

«Hm, du musst tun, was du tun musst, Karin. Und es sähe dir gar nicht ähnlich, wenn du dich einfach zurücklehnst und abwartest.»

Auch wenn aus ihm unter Umständen der Schnaps sprach, tat mir seine Aufmunterung in der Seele gut.

«Schau doch morgen mal bei uns vorbei», bat ich ihn.

«Bin den ganzen Tag beschäftigt.»

«Dann halt nach der Arbeit … zum Abendessen.»

«Geht nicht. Ich habe um acht Uhr einen Termin beim Psychiater.» Er sprach das Wort so aus, als käme ihm die Galle hoch, was meiner Freude jedoch keinen Abbruch tat.

«Na, wie wär's dann mit Samstag? Da sind wir noch frei.»

«Ich melde mich.»

Ich legte auf und trat ans Fenster. Mac, der den Gehweg und die Fläche vor der Eingangstür im Erdgeschoss freigelegt hatte, schaufelte nun Schnee von der Vordertreppe. Ohne groß zu überlegen, öffnete ich die Haustür und verkündete: «Ich habe eben mit Billy gesprochen. Er ist auf einen Drink im Brooklyn Inn und hat gefragt, ob du eventuell Lust hast, zu ihm zu stoßen.» Das war faustdick gelogen, aber wen kümmerte das? Es würde den beiden Männern guttun, sich zu treffen, und außerdem konnte Billy bei der Gelegenheit ein gutes Wort für mich einlegen.

Mac lehnte die Schaufel ans Geländer und klatschte in die Hände, damit sich der Schnee von den Handschuhen löste. «Danke. Ich mache mich auf den Weg, sobald ich hier fertig bin.»

Kurze Zeit später machte Mac sich auf den Weg zum Brooklyn Inn, während Ben und ich uns an den Küchentisch setzten und zu essen begannen. Anschließend badete ich Ben, las ihm vor und brachte ihn ins Bett. Ich schmökerte im Schlafzimmer in einem Buch, als ich endlich hörte, wie unten die Tür aufging.

«Karin!» Mac, der wesentlich fröhlicher klang als vor ein paar Stunden, stapfte ein paarmal energisch auf der Vordertreppe auf und eilte den Flur hinunter. Besorgt setzte ich mich auf und drehte den Kopf erwartungsvoll Richtung Tür.

«Was ist denn?»

Von der Kälte war sein Gesicht gerötet, und seine Augen funkelten. Obwohl er zwar ein paar Drinks intus hatte, war er nicht betrunken.

«Morgen holen sie sie aus dem künstlichen Koma. Billy hat eben den Anruf erhalten.»

«Wen?», entfuhr es mir. Doch natürlich wusste ich, von wem er sprach. Es gab nur eine Person, deren Aufwachen solch eine Begeisterung rechtfertigte: Abby Dekker.

Kapitel 13

Kurz nachdem Abby die Augen aufgeschlagen hatte, trafen wir ein. Ihrem leeren Blick und ihrer ausdruckslosen Miene, mit der sie sich in ihrem Zimmer umschaute, entnahm ich, dass sie keine Ahnung hatte, wo sie sich befand oder was geschehen war. Den Kopfverband hatte man ihr abgenommen. Seit der Rasur war auf ihrem Kopf blonder Flaum nachgewachsen.

Sasha Mendelsohn, die sich um Abbys Wohlergehen kümmerte, stand an der Wand, hielt ein Klemmbrett an ihre Brust gedrückt und lächelte unsicher, während sich ein Arzt über Abbys Bett beugte. Der auf Neurologie spezialisierte Kinderarzt war groß, hatte einen grauen Haarkranz und hieß – sein Name war auf den weißen Kittel gestickt – Daniel Alter-Jones. Neben Sasha Mendelsohn warteten zwei Assistenzärzte mit Namensschildern am Revers. Ihnen gegenüber, auf der anderen Seite des Bettes, stand ein weiterer Kinderarzt. Er war klein, korpulent und rothaarig und hieß Mark J. Miller.

Billy betrat den Raum und nickte den Anwesenden auf eine Art zu, die erkennen ließ, dass sie sich heute nicht zum ersten Mal begegneten. Mac und ich blieben hingegen im Eingang stehen; offiziell hatten wir hier nichts zu suchen. Glücklicherweise signalisierte mir Sasha Mendelsohns Blick, dass sie mich hier duldete. Doch sie musterte Mac, der ihr fremd war, skeptisch und trat zu uns.

«Wer sind Sie?», fragte sie ihn.

Wir gingen in den Flur, wo wir uns leise unterhielten.

«Das ist mein Mann, Mac MacLeary», sagte ich. Ihr Blick, der von meinem Gesicht zu seinem wanderte, wurde weicher. «Mac ist Privatdetektiv. Wir arbeiten zusammen. Und wie es der Zufall will, kannte Mac Abbys Vater, Reed Dekker.»

Nun blickte Sasha ihn neugierig an. «Kennt Abby Sie?»

«Nein», entgegnete Mac. «Ihr Vater und ich gingen in dasselbe Fitnessstudio. Er war ein guter Kerl.»

«Die Kleine kennt keinen der Anwesenden.» Sasha zögerte und sah unsicher zur Tür hinüber. «Wir hoffen, dass die Campbells bald eintreffen. Wir müssen unbedingt in Erfahrung bringen, inwieweit Abbys Gehirn wieder arbeitet, was sich aufgrund ihrer inneren Anspannung äußerst schwierig gestaltet.»

«Wo steckt Pater X?» Sein wenig einprägsamer, mutmaßlich griechischer Nachname war mir entfallen, doch an «X» konnte ich mich erinnern.

«Er liegt auf der Kardiologie. Er hat gestern Abend erfahren, dass wir Abby heute Morgen aus dem künstlichen Koma holen, und kriegte plötzlich Schmerzen im Brustraum. Das alles setzt ihm ganz schön zu, und er ist auch nicht mehr der Jüngste.»

«Herzinfarkt?»

Sie schüttelte den Kopf. «Schmerzen in der Brust, Schwindel, hoher Blutdruck. Da müssen wir ihn beobachten. Reine Vorsichtsmaßnahme.»

«Tja», meinte Mac, «es heißt ja, Stress wäre ansteckend.»

Sasha zog die Augenbrauen hoch. «Willkommen in meiner Welt.»

«Hat sie schon etwas gesagt?», wollte ich wissen.

«Nein. Sie ist verwirrt, was durchaus normal ist. Wir müssen uns noch gedulden.»

Ein Pfleger tauchte auf, der einen Wagen mit Frühstückstabletts vor sich herschob. «Wie ich hörte, ist sie wach. Kann sie schon feste Nahrung zu sich nehmen?»

«Wahrscheinlich nicht. Ob sie schlucken kann, lässt sich noch nicht abschätzen. Warten Sie kurz, ich muss etwas überprüfen.» Sasha verschwand in Abbys Zimmer.

Mac und ich folgten ihr.

Sasha unterhielt sich mit Alter-Jones und Miller, der zu Abby hinübersah, grinste und sie dann direkt ansprach. «Hungrig?»

Falls Abby tatsächlich unter Schluckstörungen litt, machte die Frage keinen Sinn; doch vielleicht versuchte der Arzt, auf diese Weise überhaupt eine Reaktion von ihr zu bekommen. Bislang hatte sie beharrlich geschwiegen und – soweit ich es wusste – auch mit niemandem Blickkontakt aufgenommen.

Abbys Blick war umwölkt. Es ließ sich nur schwer beurteilen, ob sie die Frage verstanden hatte. Da man sie während der letzten Wochen mit Hilfe von Infusionen parenteral ernährt hatte, schien es mir unvorstellbar, dass es die Kleine nicht nach fester Nahrung verlangte; nur deutete nichts in ihrem Verhalten darauf hin, dass sie Hunger hatte. Auf mich machte sie einen äußerst verwirrten und verlorenen Eindruck. Irgendetwas an ihrer Apathie ließ mich … Ich konnte nicht genau sagen, was ich empfand. Doch je stärker mein Verlangen war, das Zimmer zu durchqueren und sie in die Arme zu schließen, desto weiter wich ich zurück in der Hoffnung, mich unsichtbar zu machen. Das Letzte, was die Kleine in diesem Moment gebrauchen konnte, waren Fremde, die ihr auf den Leib rückten.

«Frühstück ist keine schlechte Idee», sagte Dr. Alter-Jones zu Sasha und wandte sich dann lächelnd an Abby. «Falls du Hunger kriegst, brauchst du nur zugreifen.»

Sasha verließ den Raum, kam mit einem Tablett zurück und stellte es auf einen kleinen Tisch in der Zimmerecke, wo auch ein Besucherstuhl stand.

Abbys Blick folgte dem Tablett, ehe er wieder zu Dr. Alter-Jones zurückkehrte.

«Wenn du möchtest, darfst du etwas essen», meinte er wohlwollend.

Wieder keine Reaktion.

«Schon gut.» Dr. Alter-Jones berührte Abbys Stirn vorsichtig mit den Spitzen seiner Finger. In der anderen Hand hielt er eine Stiftleuchte, mit der er vermutlich ihre Pupillen kontrollierte, um zu prüfen, ob eine Gehirnschädigung vorlag. Er hatte gerade in einem optimistischen Tonfall gesprochen, was den Schluss zuließ, dass er glaubte, zu ihr durchdringen zu können.

«Ich würde auch den Mund halten», sagte Dr. Miller und kicherte, «wenn ich in einem Krankenhaus aufwachen und eine Horde Fremder sehen würde.»

Sein Kommentar brachte uns zum Lachen, doch die Heiterkeit wirkte gekünstelt, und Kinder hatten für derlei Dinge einen siebten Sinn. Ich studierte Abbys Gesichtsausdruck, während all die Fremden, die sich um sie geschart hatten, krampfhaft versuchten, sie zum Sprechen zu bringen. Konnte sie überhaupt noch sprechen? Ihre Hilflosigkeit und Apathie waren besorgniserregend. Alle Anwesenden fürchteten, dass ihr Hirn Schaden genommen hatte, und auf einmal war diese Angst in dem Krankenzimmer fast greifbar.

Ich erinnerte mich daran, wie ich sie zum ersten Mal gesehen hatte. Damals hatte sie im Dunkeln mit einer Art Heiligenschein aus blonden Haaren auf einer Bahre gelegen und war von Sanitätern versorgt worden. Inzwischen waren die Schwellungen, die ihr Gesicht und ihren zierlichen Körper verunstaltet hatten, zurückgegangen. Die Kleine war augenscheinlich noch nicht in der Pubertät und für meinen Geschmack viel zu blass.

«Kannst du mir sagen, wie viele Finger du siehst?» Dr. Alter-Jones hielt Abby zwei Finger vor die Augen.

Sie riskierte einen kurzen Blick und schaute dann in eine andere Richtung.

«Und nun?» Diesmal streckte er einen Finger.

Sie runzelte die Stirn und schien zu schrumpfen, als wollte sie sich unsichtbar machen. Mac nahm meine Hand und drückte sie. Als ich zu ihm blickte, wirkte er sehr mitgenommen.

Ging ihm das Gleiche durch den Kopf wie mir? Diese schwer verwundete Waise inmitten von Fremden stimmte mich unfassbar traurig. Dachte er jetzt auch an Dathi, deren Mutter einem Gewaltakt zum Opfer gefallen war und die von nun an ohne elterliche Fürsorge auskommen musste? Begriff er nun, dass man sich nicht abwenden durfte, wenn man helfen konnte? Ich drückte seine Hand und ließ sie nicht mehr los. In Wahrheit hatte ich nicht den leisesten Schimmer, was ihn gerade beschäftigte, und ich bezweifelte, dass er meine mütterliche Ader teilte. Mac ließ sich von nichts und niemandem unterkriegen und verlor nie die Beherrschung. Ich war aus anderem Holz geschnitzt: Man sagte mir nach, unbesonnen zu handeln, manchmal sogar rücksichtslos, und ich war berüchtigt für meinen Starrsinn. Ich verließ mich stärker auf mein Bauchgefühl als andere, wofür Mac mich gleichzeitig bewunderte und kritisierte. Keine Ahnung, was er dachte, aber ich spürte, wie sich in diesem Moment etwas veränderte, und ich hoffte, dass er das Schicksal verwaister und misshandelter Mädchen nun mit anderen Augen sah.

Billy stand in der gegenüberliegenden Zimmerecke und starrte Abby mit seinem gesunden Auge an. Seine Pupille war auf die Größe eines Stecknadelkopfes geschrumpft, was nicht an den Lichtverhältnissen im Raum liegen konnte. Auf seinem Gesicht lag ein dünner Schweißfilm, zudem hatte es wieder diesen maskenhaften Ausdruck. Mit einer kleinen Kopfbewegung lenkte ich Macs Aufmerksamkeit auf Billy. Mein Mann reagierte alarmiert; er ließ meine Hand los und ging zu seinem Freund.

«Kann ich dich kurz sprechen?», flüsterte er Billy ins Ohr, der sogleich aus seiner Starre erwachte und ihn verdutzt anstarrte. War er nur tief in Gedanken versunken gewesen, oder hatte er wieder einen Flashback gehabt?

Widerstrebend ließ Billy sich von Mac aus Abbys Zimmer führen. Gerade als ich ihnen hinterhereilen wollte, tauchten die

Campbells auf, und ich entschied mich zu bleiben. Immerhin war es möglich, dass Abby gleich zu sprechen begann, und diesen Augenblick wollte ich um keinen Preis verpassen.

Die Campbells, die sich nun um zwei Kranke kümmern mussten, wirkten sehr mitgenommen. Hatten sie vergangene Nacht überhaupt ein Auge zugetan? Lindas ansonsten modisch frisierte Haare hingen in Strähnen herab, und Steves blassgelbes Hemd war stark verknittert. Auf der Brusttasche, in der eine Schachtel Zigaretten steckte, prangte ein brauner Fleck.

«Schätzchen!» Linda beugte sich zögernd über Abbys Bett, als getraue sie sich nicht, dem zerbrechlich wirkenden Mädchen nahezukommen. Abby würdigte die Frau, die von nun an ihr gesetzlicher Vormund, ihre Stiefmutter war, kaum eines Blickes.

Wollte Abby nicht erfahren, warum ihre Eltern nicht gekommen waren?

Rechnete sie damit, dass sie jeden Moment in ihrem Zimmer erschienen? Wartete sie auf ihren Besuch?

Oder wusste sie, dass ihre Eltern tot waren?

Erinnerte sie sich an das, was in jener Nacht passiert war?

Mit den Händen in den Hosentaschen stand Steve etwas abseits und beobachtete, wie seine Frau versuchte, mit Abby Kontakt aufzunehmen. Schließlich streckte Linda die Hände aus und legte sie auf Abbys Wangen.

«Wir freuen uns sehr, dich zu sehen», sagte Linda. «Hab keine Angst. Hat man dir gesagt, dass du im Krankenhaus liegst und es dir gutgeht?»

Alle Ärzte nickten. «Ja, sie weiß Bescheid», erwiderte Dr. Miller. «Wenn man aus dem Koma geholt wird, wirkt zuerst alles ziemlich verstörend. Es könnte eine Weile dauern, bis Abby sich wieder zurechtfindet.»

«So ist es», pflichtete Dr. Alter-Jones ihm bei. «Abby, möchtest du ein paar Minuten mit Linda und Steve allein sein?»

Weder antwortete Abby, noch würdigte sie den Arzt, der mit ihr sprach, eines Blickes.

«Gut», meinte Dr. Alter-Jones. «Wir kommen gleich wieder.»

Ich verließ mit den Ärzten das Zimmer. Kaum hatten sie das Krankenzimmer verlassen, begannen sie bereits zu fachsimpeln.

«Schwer abzuschätzen, ob hier eine neurologische Schädigung vorliegt», gestand Dr. Alter-Jones. «Alle lebenswichtigen Organe funktionieren. Im Prinzip sind die grundlegenden kognitiven Funktionen da, was mich einigermaßen optimistisch stimmt.»

«Warten wir's ab», warnte Dr. Miller. «Piepen Sie mich an, falls ...»

Und dann waren sie außer Hörweite.

Ich gesellte mich zu Mac und Billy, die gegenüber vom Schwesternzimmer neben einem Münzautomat standen. Billy, der wieder besser aussah, schraubte gerade den Deckel einer Wasserflasche ab. Ich wollte ihn schon fragen, was sich da vorhin abgespielt hatte, aber das konnte ich mir schenken. Ich wusste es eh schon: Er war auf die Nevins Street zurückgekehrt, wo er Abby zum ersten Mal gesehen hatte, und von dort aus weiter in die Vergangenheit gereist bis zu jenem Tag, an dem sich sein Leben von Grund auf geändert hatte. Wieso aber ausgerechnet der heutige Krankenbesuch einen Flashback auslöste, verwunderte mich. Doch bevor ich ihn darauf ansprechen konnte, wurde ich abgelenkt. In Abbys Zimmer schluchzte Linda laut auf, und man konnte hören, wie Steve sich alle Mühe gab, seine Frau zu beruhigen.

Auf der Wanduhr war es halb elf. Ich kam ins Grübeln. War es klug gewesen, die bisweilen tollpatschige und unpünktliche Star zu bitten, Ben vom Kindergarten abzuholen und zu meiner Mutter zu bringen? Ihr unser Kind anzuvertrauen? Meine Zweifel erinnerten mich daran, dass ich so schnell wie möglich einen neuen Babysitter für unser Kind suchen sollte. Doch da gab es ein Problem: Ich war nicht gewillt, eine Fremde einzustellen, sondern wollte Chali zurückhaben.

«Lass uns gehen», sagte ich zu Mac. «Wir haben hier nichts verloren.»

«Stimmt», pflichtete Mac mir bei und wandte sich an Billy. «Kommst du mit uns?»

«Ich denke, ich bleibe noch eine Weile.»

Ich starrte ihn an. Ihn hier allein zurückzulassen war genauso unverzeihlich, wie sich auf Star zu verlassen.

«Mac, ich könnte Billy doch Gesellschaft leisten. Dann kannst du nach Hause gehen und arbeiten.»

«Bist du sicher? Ich kann auch bleiben», schlug er vor, doch mir konnte er nichts vormachen: Er fühlte sich unter Druck, weil er wegen der Grippe seinen Job vernachlässigt hatte.

«Klar. Doch würdest du bitte nach Mutter sehen, bevor Ben bei ihr eintrifft? Sie hatte gestern Abend wieder schlimme Rückenschmerzen.»

«Wird gemacht.» Mac gab mir einen Kuss auf die Wange und wandte sich dann seinem Freund zu. «Wir reden später, Billy.» Dann ging er fort.

«Karin, ein Kindermädchen brauche ich nicht.» Billy schraubte den Deckel so fest auf die Wasserflasche, dass man glauben konnte, das Plastik würde zerspringen.

«Ach ja? Weil du dich vorhin beinah wieder aus der Realität verabschiedet hast.»

Er öffnete erneut die Flasche, trank einen Schluck Wasser und schraubte diesmal den Deckel nicht ganz so fest zu. «Mach, was du willst. Das ist ein freies Land.»

Kurz darauf kamen Steve und Linda Campbell aus dem Zimmer. Er hatte den Arm um ihre Schulter gelegt und führte sie den Korridor hinunter – wie beim letzten Mal. Sehr merkwürdig. Wieso hatten Reed und Marta Dekker eine Frau, die sich nicht im Griff hatte, zum Vormund ihrer Tochter auserkoren?

«Was hat sie denn?», fragte ich Billy.

«Keine Ahnung.» Obgleich seine Stimme fast wieder normal klang, schwang da ein Echo der Taubheit mit, die ihn vorhin übermannt hatte.

In dem Moment fiel es mir wie Schuppen von den Augen: Abby verhielt sich ganz ähnlich wie Billy, wenn er einen PTBS-Anfall bekam. In dem Zustand war er nicht anwesend, sondern befand sich irgendwo anders. Eine unsichtbare Macht ergriff so sehr Besitz von ihm, dass er unerreichbar war.

Wir gingen wieder zum Eingang von Abbys Zimmer. Sasha war dort, und ihr besorgter Blick ruhte auf dem Mädchen. Abby guckte aus dem Fenster, vor dem eine von Raureif überzogene Stadtlandschaft aufragte; aber wer konnte schon sagen, was sie tatsächlich sah.

Nach den Erlebnissen in jener grauenvollen Nacht verwunderte es kaum, dass sie schwer traumatisiert war. Immerhin war sie auf einer heruntergekommenen Straße von einem Auto angefahren worden und hatte aller Wahrscheinlichkeit nach miterlebt, wie ihre Eltern getötet wurden. Vielleicht wollte sie nur schlafen. Oder nicht wahrhaben, dass sie Mutter und Vater verloren hatte. Erklärungen für ihr Verhalten gab es viele. Wenn sie nur den Mund aufmachen und uns alles erzählen würde.

«Tut mir leid, dass ich Sie umsonst hierhergerufen habe.» Sasha konsultierte ihr Klemmbrett. «Wir melden uns, sobald eine Veränderung eintritt.»

«Kann ich noch ein bisschen bleiben?», fragte Billy. «Ihr etwas vorlesen? Da Vater X …»

Sasha hob den Finger, legte ihn auf die Lippen und schüttelte den Kopf.

Auch wenn Abby beharrlich schwieg, bedeutete dies nicht,

dass sie nichts hörte. Es war durchaus möglich, dass die Nachricht von der Erkrankung des Paters sie noch mehr verstörte.

«Ich soll mein gesundes Auge trainieren», sagte Billy.

Daraufhin drehte Abby den Kopf, blickte ihn flüchtig an und legte die Stirn in Falten. Die Gegenwart eines großen Schwarzen mit Augenklappe schien sie nicht zu erfreuen. Danach schaute sie mich an, und ich hätte schwören können, dass ein leises Lächeln ihre Lippen umspielte, ehe sie den Blick abwandte.

«Oder ich könnte ihr vorlesen», bot ich spontan an. «Ich lese meinem Sohn häufig vor. Ist *Die Zeitfalte* noch aktuell?»

Sasha nahm das Buch auf, das neben dem Frühstückstablett auf dem Tisch lag.

Abby sah mich erneut an, und diesmal verharrte ihr Blick. War das als Zustimmung gemeint?

«Was halten Sie davon, wenn ich ihr ein bisschen vorlese, bis der ehrenamtliche Mitarbeiter auftaucht?»

Sasha seufzte. Gewiss war sie es nicht gewöhnt, dass Besucher so fordernd auftraten. Oder mein Verhalten war ihr unangenehm, aber sie hatte nicht die Energie, mich zurückzuweisen.

«Ich bin noch etwa eine Stunde auf dieser Etage», antwortete sie. «Und da Sie zu ihm gehören, wird das wohl in Ordnung gehen.» Mit «ihm» war Billy gemeint, der in seiner Funktion als Polizist trotz Abbys augenscheinlichem Unbehagen sie offiziell bewachen durfte. Bei dieser Gelegenheit konnte er Abby noch ein wenig länger beobachten, denn immerhin bestand die Möglichkeit, dass sie – ob es dem Krankenhaus nun behagte oder nicht – Kronzeugin in einer laufenden Ermittlung war.

Auf dem Weg nach draußen drückte Sasha mir das Buch in die Hand. Ich rückte den Besucherstuhl an Abbys Bett, während Billy sich so hinstellte, dass sie ihn nicht sah und er sie dennoch beobachten konnte. Ich schlug das Buch dort auf, wo Pater X das Lesezeichen eingefügt hatte: Kapitel sieben – *Der Mann mit den roten Augen*.

Abby richtete ihre Augen auf die grauen Deckenquadrate, während ich ihr vorlas. Ich hatte vollkommen vergessen, wie sehr ich diese Geschichte über Meg mochte, die auf der Suche nach ihrem verschwundenen Vater in die fünfte Dimension reiste. Ich hatte diesen Roman in der Schule gelesen und war davon so fasziniert gewesen, dass ich mir für ein, zwei Tage einbildete, Meg zu sein. Ihre Intelligenz und ihr Mut inspirierten mich: Dieses sture, kluge und mutige Mädchen, das unter der Frauenfeindlichkeit der fünfziger Jahre litt, ließ sich weder von vermeintlichen Tatsachen beeindrucken, wenn sie der Überzeugung war, es besser zu wissen, noch akzeptierte sie ein Nein als Antwort. Zu meiner Zeit – in den achtziger Jahren – konnte ich nicht nachvollziehen, welchen Aufruhr der Roman bei seinem Erscheinen ausgelöst hatte, bis meine Mutter mir erklärte, dass Mädchen in den Fünfzigern eigentlich überhaupt nicht ernst genommen wurden. Jetzt, wo ich wieder in Megs Welt eintauchte, spürte ich beim Lesen die Aufregung von damals und erinnerte mich, dass ich seinerzeit beschlossen hatte, meine Tochter Margaret oder Meg zu nennen, sollte ich jemals Mutter werden. Warum war mir das entfallen? Wieso hatte ich meine Tochter Cece genannt – nach der verstorbenen Mutter meines ersten Mannes? Wie es aussah, hatten uns nach dem Tod seiner Mutter, die wir sehr vermissten, andere Dinge umgetrieben.

Morgen würde Neujahr sein: der vorhergesagte Geburtstermin des Kindes, das ich tot geboren hatte. Hätte ich daran gedacht, meine kleine Tochter Meg zu nennen?

Ich las eine gute halbe Stunde, ehe Abby einschlief. Billy stand reglos und mit vor der Brust verschränkten Armen in der Ecke. Er hatte sich wieder beruhigt und machte einen nachdenklichen Eindruck. Da auf einmal das Lesezeichen unauffindbar war, knickte ich die obere Ecke der Seite um und legte das Buch auf den Stuhl, den ich am Bett stehen ließ, um keinen Lärm zu machen. Zusammen mit Billy verließ ich das Krankenzimmer.

«Heute ist Silvester», sagte ich auf dem Weg zum Lift. «Hast du Pläne?»

«Ich schmeiße eine Riesenparty. Zu dumm, dass du leider nicht kommen darfst.»

In all den Jahren, die wir befreundet waren, hatte er noch keine einzige Party veranstaltet.

«Auf gar keinen Fall verbringst du den heutigen Abend im Brooklyn Inn. Du kommst zu uns, und wir trinken ein Glas Champagner. Und nach Mitternacht gestatten wir dir gnädig, nach Hause zu gehen.»

«Willst du mich in Geiselhaft nehmen?»

«Wenn es sein muss.»

Wir erreichten den Fahrstuhl.

«Landet morgen nicht Chalis Kind?», fragte er mich mit neugieriger Miene.

«So ist es.»

«Ziehst du die Sache durch?»

«Klar.»

«Und du glaubst allen Ernstes, dass der Onkel sie ins Flugzeug setzt?»

Die Fahrstuhltüren glitten auf. Billy trat vor mir in die Kabine.

«Wir werden sehen.» Ich stellte mich zu ihm und drückte auf den Knopf.

In der weitläufigen Lobby im Erdgeschoss herrschte hektisches Treiben, und auf dem Weg zum Ausgang mussten wir uns durch Menschenmassen kämpfen. Durch die großen Glasfenster sahen wir einen geräumten Weg, der sich durch matschige graue Schneehaufen schlängelte.

«Karin, du machst dir doch hoffentlich nichts vor, oder? Sie kann dir deine Tochter nie und nimmer ersetzen.»

Meiner Meinung nach bestand keine Notwendigkeit, ihm auf diese Frage zu antworten. «Ich sagte bereits, dass ich der Dinge harre, die da kommen.»

Hinter der Drehtür empfing uns ein Schwall eisiger Luft. Anstatt den Reißverschluss hochzuziehen, gab ich mir einen Ruck und ging einfach in die Kälte hinein.

KAPITEL 14

Da es den Besuchern nicht erlaubt war, hinter die Absperrung zu treten, lief ich vor dem Gepäckband nervös auf und ab. Mein Schädel brummte ordentlich, was dem übermäßigen Champagnerkonsum am vergangenen Abend geschuldet war. Zusammen mit Billy und meiner Mutter hatten wir bis ein Uhr Karten gespielt. Dann war Billy zu Fuß nach Hause gegangen, und meine Mutter hatte es sich auf dem Schlafsofa im Wohnzimmer bequem gemacht. Keiner machte Anstalten, mich von meinem Vorhaben abzubringen. Meine Pappenheimer kannten mich und gingen zu Recht davon aus, dass ich trotz aller durchaus berechtigten Einwände an meinem Entschluss festhalten würde. Nichtsdestotrotz war mir klar, was sie dachten. Macs Kommentar, bevor ich das Haus verließ, wollte mir nicht aus dem Kopf gehen.

«Fahr nach dem Flughafen in die Waschstraße. Das Auto ist ganz schön dreckig.»

Er nahm an, dass Dathi nicht auftauchte und ich dafür Zeit hatte.

Ihr AirIndia-Flug sollte nachmittags um Viertel vor drei eintreffen. Da sie noch durch den Zoll gehen und ihr Gepäck holen musste, kam sie sicher nicht vor halb vier heraus. Ich würde mindestens bis sechs Uhr ausharren, denn es bestand die Möglichkeit, dass sie aus irgendeinem Grund aufgehalten wurde. Mit ihren zwölf Jahren war sie bestimmt noch nie so weit gereist – und dann auch noch allein. Erwartete sie, dass Chali sie am Flughafen in Empfang nahm? Wie würde sie reagieren, wenn sie ihre Mutter nicht sah? Würde ich sie besser kennen, hätte ich auch besser einschätzen können, was mir bevorstand. Hatte man das arme Mädchen über den Tod ihrer Mutter in

Kenntnis gesetzt? Meiner Einschätzung nach hatte Onkel Ishat das Geld eingesteckt und überließ es mir, die schlechte Nachricht zu überbringen.

Genug der Zweifel, ermahnte ich mich selbst. Dathi saß in dem Flugzeug, das in diesem Augenblick New York anflog, folgte den Anweisungen der Bordcrew und legte den Sicherheitsgurt an. Dann wartete sie zusammen mit den anderen Passagieren im Gang darauf, den Flieger zu verlassen, marschierte tapfer durch einen langen Flughafenflur, fand den entsprechenden Schalter, zeigte die erforderlichen Unterlagen, erhielt die Einreiseerlaubnis, wartete am richtigen Band auf ihr Gepäck und hob allein den schweren Koffer herunter oder bat jemanden, ihr dabei zur Hand zu gehen.

Vom vielen Auf- und Abgehen war mir inzwischen so heiß geworden, dass ich den Mantel ausziehen musste. Als ich ihn fallen ließ und ein Mann versehentlich darauf trat, riss ich sofort ungehalten an dem Stoff. Meine übertriebene Reaktion ärgerte ihn, und der Blick, mit dem er mich bedachte, war überaus frostig. Vor lauter Nervosität stiegen mir Tränen in die Augen. Dass ich auf ein Mädchen wartete, das ich nicht kannte und das vielleicht überhaupt nicht auftauchen würde, kam mir mit einem Mal albern vor. Der Mann wollte noch etwas sagen, verkniff sich aber seinen Kommentar und ging weiter. Garantiert hielt er mich für übergeschnappt.

Hatte er den Nagel auf den Kopf getroffen?

Zu guter Letzt setzte ich mich auf einen freien Platz und schloss die Augen. Immer wieder ging ich im Geist die Dokumente durch, die Chali für Dathis Reise besorgt hatte: Pass, Visum, Flugticket, ein Dokument, das es ihr erlaubte, allein zu reisen, und von einem Mitarbeiter des indischen Konsulats abgestempelt worden war. Oma Edha hatte sogar einen Arzt aus ihrem Dorf dazu gebracht, Dathi ein Gesundheitszeugnis auszustellen. War es möglich, dass ein Dokument fehlte und man ihr die Einreise verwehrte?

Schwer zu sagen, wie lange ich derlei Gedanken nachging.

Plötzlich hörte ich meinen Namen rufen, öffnete die Augen und reckte den Kopf. Ein paar Reihen weiter vorn stand ein Mädchen, das meinen Namen rief.

«Ich bin Karin Schaeffer», sagte ich, stand auf und ging auf sie zu.

Mit einem zaghaften Lächeln drehte sie sich um, griff nach der am Koffer befestigten Leine und schleifte das kleine Gepäckstück ohne Rollen hinter sich her, während sie auf mich zuschritt.

«Dathi?», fragte ich, als ich vor dem Mädchen mit dem runden Gesicht, den schiefen Zähnen und leuchtenden schwarzen Augen stand.

«Hast du noch jemand anderen erwartet?» Dathi grinste bis über beide Ohren. Ihr Teint war einen Ton heller als Chalis. Wie ihre Mutter hatte sie das dichte schwarze Haar zu einem Pferdeschwanz zusammengebunden. Sie trug einen gelben Rock, eine dünne schwarze Bluse, auf die mit weißem Garn eine abstrakte Blume gestickt war, silberne Ohrringe mit weißen Perlen und nagelneue schwarze Turnschuhe. Obwohl man sie nicht als klassische Schönheit bezeichnen konnte, schien sie von innen heraus zu strahlen und war äußerst apart.

«Du kannst dir gar nicht vorstellen, wie sehr ich mich freue, dich zu sehen!» Da konnte ich nicht mehr an mich halten und schloss sie in die Arme. Als sie auch die Hände um mich schlang, fiel mir ein Stein vom Herzen, zumal ich mir schon ausgemalt hatte, dass sie aus Enttäuschung darüber, nicht von ihrer Mutter abgeholt zu werden, nichts mit mir zu tun haben wollte. Ihr Haar fühlte sich samtweich an, und wie ihre Mutter roch sie nach Sandelholz.

«O doch, ich kann mir das schon vorstellen», meinte sie und drückte mich. «Ich freue mich auch, *dich* zu sehen.»

Bei diesen Worten wurde mir klar, dass sie bereits Bescheid wusste. Allerdings musste ich absolute Gewissheit haben, und so begann ich zu fragen: «Dein Onkel – hat er dir erklärt …»

«Nein, aber nach Omas Tod bin ich ins Netz gegangen und habe Artikel über den Tod meiner Mutter gefunden. Denn meine Oma wollte mir noch etwas Wichtiges sagen, aber dann starb sie. Wenn du mich fragst, hat die Vorstellung, mir so etwas Schreckliches erzählen zu müssen, ihr buchstäblich das Herz gebrochen. Ich habe ein paar sehr schlimme Wochen hinter mir, aber jetzt bin ich hier. Meine Mutter hat dir vertraut, und deshalb vertraue ich dir auch.»

Wie hatte Oma Edha von Chalis Tod erfahren? Dathis gefasste Miene und ihr hoffnungsvoller Blick hielten mich davon ab, weiter in sie zu dringen. Sie hatte es nach New York geschafft, und ich wollte mir lieber nicht ausmalen, was sie während der vergangenen Wochen durchgemacht hatte. Die Kleine hatte die Großmutter verloren, war bei ihrem hartherzigen Onkel gelandet, hatte von der Ermordung ihrer geliebten Mutter erfahren, war an einen Menschenhändler verschachert worden, weggelaufen … und all das in einem Land, wo einem Mädchen wie ihr kein Mitgefühl entgegengebracht wurde. Irgendwann würden wir über all diese Dinge sprechen; aber das konnte warten.

Sie packte den Koffergurt und zog ihr Gepäck über den gebohnerten Boden. Ich wollte ihr den Koffer abnehmen, doch sie sträubte sich dagegen.

«Nein, ich schaffe das. Wirklich.»

Ich respektierte ihren Wunsch, obgleich es mir Unbehagen bereitete, dass dieses schmale Mädchen einen schweren Koffer zog, während ich beide Hände frei hatte. Kaum hatten wir den Flughafen verlassen, wurde mir bewusst, dass sie gar keinen

Mantel besaß. Als ich ihr meinen anbot, lehnte sie dankend ab.

Sie blieb automatisch vor der nächstgelegenen Bushaltestelle stehen und warf mir einen fragenden Blick zu.

«Ich habe ein Auto. Es steht dort drüben.» Ich zeigte auf einen kostenpflichtigen Parkplatz ganz in der Nähe.

«Was für ein Luxus!» Sie setzte sich wieder mit ihrem Koffer in Bewegung. «Daheim bin ich immer zu Fuß gegangen. Ich hatte gehofft, ein Fahrrad zu kriegen, doch Omi meinte, wir sollten unser Geld nicht dafür ausgeben. Sie meinte, sobald ich bei meiner Mutter in Amerika lebe, würde alles anders sein. In Amerika hat jeder ein Fahrrad. Überhaupt kein Problem. In Indien haben es die meisten Leute sehr schwer. Aber heute ist mein Glückstag! Ich fahre mit dir in deinem Wagen nach Hause, und Onkel Ishat hat mich in seinem neuen roten Nano zum Flughafen gebracht. Du hättest ihn sehen sollen: In dem kleinen Auto kam er sich wie ein König vor.» Heiterkeit und Abneigung schwangen in ihrem Lachen mit. Nun brauchte ich mir nicht weiter darüber den Kopf zu zerbrechen, was er mit meinem Geld angefangen hatte.

Sie half mir, den Koffer auf der Rückbank unseres Mini Coopers zu verstauen, ging auf die Fahrerseite und wartete, dass ich die Tür aufschloss. Zuerst fand ich das befremdlich, aber dann fiel der Groschen.

«Dathi, der Fahrer sitzt links, und wir fahren auf der rechten Straßenseite.»

Sie grinste und verdrehte die Augen. «Klar doch. Wie dumm von mir! Omi hatte *Brennpunkt Brooklyn* auf Video, und ich habe mir zig Mal vorgestellt, wie ich mit Popeye Doyle in seinem alten Wagen sitze.»

Dass sie den Film so gut kannte, verwunderte mich. «Sprichst du von dieser Verfolgungsjagd unter der Autobahnbrücke?»

«Ja! In Brooklyn. Dass ich nach Brooklyn komme, finde ich ganz großartig.» Sie strahlte mich an, während ich die Beifahrertür aufschloss. Dann setzten wir uns und schnallten uns an.

«Weißt du», erläuterte ich, während ich gemächlich vom Parkplatz rollte, «Popeyes Wagen war zu jener Zeit, als der Film gedreht wurde, gar nicht alt. Seit damals hat sich viel verändert.»

«Selbstverständlich.» Sie schaute aus dem Fenster und saugte alles, was sie wahrnahm, begierig in sich auf: die vielen Fahrzeuge, die von Menschen unterschiedlicher Nationalität gesteuert wurden, die breiten Straßen, die zu dem riesigen Flughafen führten, den konstanten Flugzeuglärm. «Vierzig Jahre sind seit Doyles Abenteuer in diesem eigenartigen, rostfarbenen Wagen vergangen.»

«Rostfarben?», fragte ich. «Ich dachte immer, er wäre rot.»

«Dann einigen wir uns auf rostrot, ja?»

Wir brachen in schallendes Gelächter aus. In dem Moment merkte ich, dass etwas Wundervolles passierte, gerade so, als wären wir Hand in Hand wie Alice im Wunderland durch einen Spiegel gesprungen.

«Einverstanden», sagte ich.

«Ich habe das Video in meinen Koffer gepackt», verkündete sie. «Wir können uns den Film ansehen und rausfinden, wer das bessere Gedächtnis hat. Nur weiß ich jetzt schon, dass ich recht habe.» Sie zwinkerte mir so kurz zu, dass ich mir nicht sicher war, ob ich es mir nur eingebildet hatte.

«Wir haben keinen Videorecorder mehr, sondern einen DVD-Spieler. Wir können uns den Film bei Netflix ausleihen. Was hältst du davon?»

«Netflix?»

Ich erklärte ihr, was es damit auf sich hatte. Für Dathi war dies der erste Schritt eines langen Lernprozesses.

«Du stehst also auf Polizeifilme?», erkundigte ich mich, als ich auf den Van Wyck Expressway einbog.

«Nur auf die *guten*», antwortete sie mit einer Ernsthaftigkeit, die bei einem Mädchen ihres Alters ganz reizend war. «Ich interessiere mich vor allem für den Film noir jener Zeit. *Klute* und *Chinatown* finde ich richtig super, aber ich kenne noch nicht alle Streifen.»

«Die kennt keiner», meinte ich, «oder fast keiner. Doch wir können daran arbeiten.»

«Werde ich denn bei dir wohnen?»

Ich sah eine ganze Weile lang zu ihr hinüber, ehe ich mich wieder auf den Verkehr konzentrierte.

«Ja.» Meine Zusage löste bei mir jene Art von Schwindel aus, der einen bei einem Sprung von einer hohen Klippe überkommt. Weder kannte ich die gesetzlichen Bestimmungen, die die Adoption eines ausländischen Kindes regelten, noch war geklärt, ob Mac sich auf dieses Unterfangen einließ. Was, wenn es sich hierbei tatsächlich um Kidnapping handelte? Dies war ein erster Schritt auf einem langen Weg, der uns überall hinführen konnte. Morgen würde ich mich ans Telefon hängen, mich schlaumachen und, falls nötig, einen Anwalt engagieren.

«Wo ist meine neue Schule? Kann ich da zu Fuß hingehen? Oder muss ich den Bus nehmen? Oder vielleicht sogar mit dem Rad fahren?»

Spielte meine Phantasie mir einen Streich, oder leuchteten ihre Augen wirklich auf, als sie «Rad» sagte? Sie stellte mir Fragen über Fragen in einem Tempo, das mich überforderte. Eines war mir inzwischen klar: Ich hatte es hier mit einem ganz außergewöhnlichen Kind zu tun. Der Gedanke, dass Dathi auf den Strich ging, erschien nun noch absurder und abwegiger. Im Geiste überlegte ich schon, welchen Beruf sie einmal ergreifen würde: Forscherin, Diplomatin, Vorstandsvorsitzende. Ich ermahnte mich, nicht zu weit in die Zukunft zu denken. Alles zu seiner Zeit. Jetzt brauchte sie erst mal einen Wintermantel.

* * *

Kaum betraten Dathi und ich den Flur, rief Mac von oben: «Hast du daran gedacht, den Wagen waschen zu lassen?»

«Müssen wir noch mal los?», fragte mich Dathi.

«Das ist nur mein Mann», verriet ich ihr kopfschüttelnd.

Oben ertönten Schritte. Mac und Ben stellten sich auf den Treppenabsatz und spähten nach unten.

«Mac, Ben?» Ich schob Dathi ein Stück vor und stellte ihr meine beiden Männer vor. «Das hier ist Arundathi Das. Dathi, das sind Mac MacLeary, mein Mann, und unser Sohn Ben.»

Mit strahlender Miene sah sie zu einem sprachlosen Mac hoch, an dessen Beine Ben sich klammerte. Was löste Dathis Anblick, die große Ähnlichkeit mit ihrer Mutter besaß, wohl bei meinem Sohn aus?

«Ist Ben die Kurzform für Benjamin?», erkundigte sich Dathi mit einem Anflug von Ironie in der Stimme. «Oder ist der Name so kurz, weil du so klein bist?»

Zuerst kicherte Ben noch verhalten, dann brach er in schallendes Gelächter aus.

«In meinem Dorf gibt es einen Jungen. Er ist etwa so groß wie du, also ein Zwerg. Und dabei ist er schon vierzehn!»

Sie folgte mir nach oben, wobei sie einen höflichen Abstand hielt, und fuhr Ben durch die Haare, was meinen Sohn sichtlich freute. Daraufhin schob sie blitzschnell die Hand unter seinen Arm und kitzelte ihn. Mit dieser kleinen Geste hatte sie ihn endgültig für sich gewonnen.

Mutter saß auf einem Stuhl am Fenster in der Spätnachmittagssonne, die Tageszeitung auf dem Schoß ausgebreitet. Sie spähte über den Rand ihrer Lesebrille und öffnete bei unserem Anblick verblüfft den Mund. Glücklicherweise fing sie sich schnell wieder und erhob sich, um unseren Gast zu begrüßen.

«Chalis Tochter.» Tränen traten in Moms Augen, als sie Dathis schmale Hand nahm und drückte. «Willkommen.»

Dathi verbeugte sich leicht. «Mrs. … Ich weiß Ihren Namen nicht.»

«Ich bin Pam», stellte meine Mutter sich vor. «Eigentlich Mrs. Castle, aber du kannst mich Pam nennen, meine Liebe.»

Dathi nickte. «Pam.»

«Früher hieß ich Karin Castle», erklärte ich. «Und seit meiner ersten Ehe Karin Schaeffer. Mein zweiter Mann heißt Mac MacLeary, seinen Nachnamen habe ich nicht angenommen. Ben heißt wie sein Vater. Alles ziemlich verwirrend, was?»

Dathi lächelte und zuckte nur mit den Achseln. Sie hatte begriffen, wie das hier lief, und machte kein Aufheben darum. «Meine Mutter hat gesagt, dass hier vieles anders ist und es mir gefallen würde, wenn ich mich daran gewöhnt habe.»

«Kluges Mädchen», befand meine Mutter und signalisierte mir mit einem kurzen Blick, wie abwegig sie die Vorstellung fand, dass Dathi sich ihren Lebensunterhalt als Prostituierte verdiente. Sie nahm Dathis Hand und führte sie zur Couch. «Du musst erschöpft sein. Wie lange warst du in der Luft?»

«Gut vierzehn Stunden. Ich habe im Flieger ein wenig geschlafen.»

Ben kletterte neben Dathi auf das Sofa. Mac, der nicht so leicht zu gewinnen war, signalisierte mir, dass er mit mir unter vier Augen reden wollte. Er ging in die Küche, und ich folgte ihm.

«Ich muss zugeben, dass sie sehr nett ist», begann er. «Aber sie ist ein menschliches Wesen, und du kannst sie nicht einfach so aufnehmen wie einen streunenden Hund. Unter Umständen hat es auch sein Gutes, dass du sie hierhergebracht hast, wo sie sicher ist. Doch rede ihr bitte nicht ein, sie wäre von nun an Teil dieser Familie.»

«Und zu welcher Familie soll sie deiner Meinung nach in Zukunft gehören?»

«Keine Ahnung. Montag rufen wir das indische Konsulat an und finden heraus, was zu tun ist.»

«Nein, das tun wir auf gar keinen Fall. Die schicken sie zurück, ohne mit der Wimper zu zucken, und ich brauche dir nicht zu sagen, was dann passiert. Ich besorge mir einen Anwalt und werde alles in meiner Macht Stehende tun, damit sie bleiben kann.»

«Karin, ehrlich, das ist total verrückt.»

«Nein, alles andere wäre total verrückt. Für sie zu kämpfen, das ist richtig. Chali hat Jahre gebraucht, um ihre Tochter ins Land zu holen.»

«Nur dass Chali tot ist.»

«Genau. Und wir nicht. So ist es nun mal. Das Leben ist knallhart. Hast du noch weitere Einwände?»

«Willst du etwa, dass sie das gleiche Schicksal erleidet wie alle anderen illegalen Einwanderer, die heimlich in New York leben? Vergiss nicht, Kinder ohne Papiere sind wie paralysiert und leben in ständiger Angst; und manche werden sogar deportiert.»

«Wir finden schon eine Lösung. Und bis dahin ist es unsere Pflicht, sie zu beschützen.»

«Ich weiß um deinen Kummer, Karin. Und mir ist klar, welcher Tag heute ist. Dennoch ist es purer Zufall, dass sie ausgerechnet heute gelandet ist.»

«Heute hätte unser Kind auf die Welt kommen sollen. Meg war auch dein Baby.»

«Meg?»

Mir stockte das Herz. Mac sah mich fragend an. Es kam nicht oft vor, dass mir die Worte fehlten. Urplötzlich brach ich in

Tränen aus. Mac schloss mich in die Arme und drückte mich so lange, bis die Tür einen Spaltbreit geöffnet wurde und zwei Gesichter auftauchten: unten Bens, darüber Dathis.

«Können wir helfen?», fragte sie. Doch als sie merkte, dass sie und Ben störten, packte sie ihn und verschwand.

«Siehst du?», sagte ich. «Sie ist etwas ganz Besonderes. Sie wird eine große Bereicherung für diese Familie sein. Und sie kann Ben helfen, nicht so selbstfixiert zu werden wie unsere Nichten und Neffen.»

«Schon möglich.»

«Mit Sicherheit. Gib zu, dass ich recht habe.»

«Aber nur so lange, bis sie ihre eigene kulturelle Herkunft vergisst und genauso narzisstisch wird wie alle anderen amerikanischen Kinder in unserem Umfeld.»

«Was nicht passieren wird.»

«O doch. Darauf kannst du Gift nehmen.»

«Tja.» Ich hob den Blick und berührte seine Wange. «Einen Versuch ist es doch wert, oder?»

Er überlegte kurz und fragte dann: «Wo soll sie schlafen?»

Nun wusste ich, dass ich ihn auf meine Seite gezogen hatte.

«Ich dachte mir, jetzt, wo du eine Assistentin hast und deine Firma brummt, hättest du vielleicht gern ein richtiges Büro?»

Er lachte kurz auf. «Ach, jetzt kapier ich's. Ich weiß ganz genau, worauf du hinauswillst.»

«Na, es braucht keinen Detektiv ...» *Um das Offensichtliche zu erkennen,* fügten wir beide in Gedanken hinzu. Dieser Satz war unser privates geflügeltes Wort.

«Vorerst kann sie bei Ben schlafen», schlug ich vor. «Und sobald wir für dich ein Büro gefunden haben, zieht sie in dein Arbeitszimmer.»

* * *

An diesem Abend saß ich mit einer übermüdeten Dathi, die von der langen Reise und dem Jetlag gerädert war, im Wohnzimmer, während Mac Ben ins Bett brachte. Doch ihre Übermüdung war nicht bloß eine Folge des langen Flugs. Nein, ihr Leben hatte sich schlagartig und grundlegend geändert, was zweifelsohne viel Kraft kostete. Wann war der richtige Zeitpunkt, ihr Chalis Weihnachtsgeschenke zu geben? Doch wenn ich damit noch wartete, würde sie sich dann nicht später darüber wundern?

«Bin gleich wieder da», sagte ich und tauchte kurz darauf mit zwei Päckchen in hübschem Geschenkpapier auf. Was sich darin verbarg, wusste auch ich nicht.

«Oh!» Dathi sprang auf, als ich die Geschenke neben ihr auf die Couch legte.

«Die sind für dich – von deiner Mutter.»

Sie starrte die Geschenke an. Ich rechnete mit irgendeiner besonderen Reaktion, mit Begeisterung oder Tränen. Falsch gedacht: Sie zeigte keinerlei Regung. In dem Moment hätte ich sie am liebsten in die Arme geschlossen, konnte mich jedoch gerade noch beherrschen.

«Mach sie auf», drängte ich sie.

Behutsam entfernte sie zuerst das Geschenkband des kleineren Pakets und dann das silbern und grün gemusterte Papier, unter dem eine schwere Metallkette in einer dicken, durchsichtigen Plastikhülle zum Vorschein kam. Das Geschenk zauberte ein Lächeln auf ihre Lippen.

«Ein Fahrradschloss!», rief sie mit funkelnden Augen und packte das nächste Päckchen aus. «Und ein Helm!» Mit zitternden Fingern befreite sie den orange-blau gestreiften Helm von seiner Verpackung, öffnete die Schnalle und setzte ihn auf. «Jetzt kann es losgehen.»

«Dathi … kommst du damit zurecht, dass du jetzt hier bist? Sicherlich hast du etwas anderes erwartet.»

«Ich werde dir nicht zur Last fallen», entgegnete sie leise. «Das verspreche ich.»

«Du bist keine Last für uns. Deine Mutter hat mir viel bedeutet. Und du bist mir wichtig.»

«Ich werde arbeiten und dir helfen, so viel ich nur kann.»

«Das brauchst du nicht, ehrlich. Sei einfach du selbst.»

Sie legte die Hände auf die Augen. «Es tut mir leid.»

«Was denn?»

«Vielleicht liegt es am Jetlag.»

«Klar. Du bist auch nur ein Mensch.»

Sie beherrschte sich und wirkte auf einmal, trotz des Fahrradhelms, ganz erwachsen.

«Oma ist tot. Mami ist tot. Mein Onkel konnte mich noch nie leiden. Von dem Augenblick an, wo ich mitgekriegt habe, wie dieser Mann aus Mumbai Geldscheine neben Onkel Ishats Teetasse legte, ahnte ich, dass ich auf mich allein gestellt war. Ich wusste, was das bedeutete. Omi hatte mich gewarnt. An dem Tag hat sich mein Karma verändert. So wollte es die Vorsehung.»

War es tatsächlich möglich, dass sie diese krasse Veränderung einfach so akzeptierte? Vielleicht kam Dathi wirklich damit zurecht. Um dies zu beurteilen, kannte ich sie nicht gut genug. Aufgrund ihres Verhaltens, ihrer Gefasstheit, konnte man glauben, es mit einer zukünftigen Weltpolitikerin zu tun zu haben. Jedes Mal wenn ich daran dachte, welches Schicksal sie auf der anderen Seite der Welt erwartet hatte, fröstelte es mich. Und auf einmal begriff ich, was Chali unter Karma verstanden hatte: eine Macht, die wie ein Hurrikan über einen hereinbrach und der man sich beugen musste, weil Widerstand zwecklos war. Nur derjenige überlebte, der sich fügte und anpasste.

* * *

Am Montagmorgen fanden wir in unserer Straße einen Raum in einem Apartment, den Mac sofort anmieten und innerhalb eines Monats kündigen konnte. Nun waren wir imstande, sein Arbeitszimmer Dathi zu überlassen. Billy kam vorbei und half Mac beim Umzug, während Dathi und ich ihr neues Zimmer herrichteten.

An diesem Morgen hatte ich beim indischen Konsulat eine Nachricht hinterlassen; dennoch zuckte ich zusammen, als das Telefon läutete. Ich stürmte nach oben und überließ es Dathi, ihre Kleider in der Kommode zu verstauen, die wir aus dem Keller geholt hatten.

Ich erklärte dem Konsulatsmitarbeiter, der mich zurückgerufen hatte, so bedächtig wie möglich die Situation. Er stellte mich zu jemand anderem durch, der mich ebenfalls weiterverband, bis mir schließlich eine freundliche Frau sagte, die Aussichten für eine Adoption stünden unter der Voraussetzung, dass wir alle erforderlichen Formulare wahrheitsgetreu ausfüllten, gar nicht so schlecht. Der Vorgang war jedoch ziemlich kompliziert: Wir brauchten einen auf Immigration spezialisierten Anwalt, einen indischen Anwalt, der sich mit dem dortigen Sorgerecht auskannte, Chalis Sterbeurkunde und einen notariell beglaubigten Brief von Onkel Ishat. Außerdem mussten wir eine sechsmonatige Wartefrist einhalten, damit andere «interessierte Parteien» – entfernte Verwandte – Zeit hatten, ebenfalls Ansprüche anzumelden. Am Ende würde ein Richter über Dathis Einwanderung entscheiden. Alles in allem stand uns ein langwieriger, teurer und komplizierter Prozess bevor.

«Sind Sie sicher, dass Sie das durchstehen?», fragte die Frau mich.

«Ja», antwortete ich wie aus der Pistole geschossen.

Später erstattete ich Billy und Mac am Küchentisch Bericht.

«Mann, Karin», meinte Billy kichernd. «Du willst das wirklich durchziehen. Ich muss zugeben, ich bewundere deinen Mumm.»

Mac warf ihm einen Blick von der Seite zu, erhob jedoch keine Einwände – ein sicheres Anzeichen dafür, dass sich seine Haltung gegenüber Dathi langsam änderte. Ich fühlte mich wie ein Marathonläufer, der glaubte, die Hälfte der Strecke hinter sich gebracht zu haben, während er sich in Wahrheit erst warm gelaufen hatte.

Beim Essen erzählte Dathi uns von ihrer besten Schulfreundin Oja, die sie in der Heimat zurückgelassen hatte. Oja stammte ebenfalls aus einer armen Familie, aber da ihr Vater noch am Leben war, wohnte die Familie unter einem Dach und schaffte es, das Schulgeld aufzubringen. Während Dathi uns all das schilderte, verharrte ihr Blick auf ihren gefalteten Händen. «Oja wird mich vermissen», flüsterte sie. «Ich konnte mich nicht von ihr verabschieden … Doch sie wird das verstehen.»

«Sicher», pflichtete ich ihr bei.

Sie lächelte und versuchte, ihre Zweifel zu vergessen.

Nach einer Weile entführte Ben Dathi ins Wohnzimmer, wo die beiden miteinander spielten.

Mit einem Blick Richtung Tür vergewisserte Billy sich, dass die Kinder uns nicht belauschten, und sagte: «Wie es aussieht, wusste Abby nicht, dass ihre Eltern ermordet wurden. Jemand im Krankenhaus hat sie informiert. Als sie davon erfuhr, hat sie geweint.»

«Wann ist das passiert?», wollte ich wissen.

«Heute Morgen, bevor ich dorthin gegangen bin.»

«Warum hast du das denn nicht gleich gesagt?»

«Sollte ich etwa vor den Kindern so etwas erzählen?»

Ich spähte durch die Tür. Dathi saß auf dem Sofa, hatte Ben auf dem Schoß und las ihm aus einem Buch vor. «Abby hat also keine Ahnung, was sich in jener Nacht abgespielt hat?»

«Wer weiß? Keine Ahnung, wie viel sie mitgekriegt hat. Sie ist ziemlich niedergeschlagen.»

«Kann ich mir vorstellen.»

«Wir mussten übrigens Antonio Neng gehen lassen», verkündete Billy freudlos. «Hatten nicht genug gegen ihn in der Hand. Er hat sich einen sündhaft teuren Anwalt besorgt. Es wurde ein Gerichtstermin anberaumt, ungeachtet dessen, dass die Ermittlungen noch nicht abgeschlossen sind. Mann, dieser Fall ist wie Blei. Wir treten in beiden Fällen auf der Stelle. Patrick Scott schwört steif und fest, nur zufällig am Tatort auf der Nevins vorbeigekommen zu sein. Ach, und wo wir gerade schon davon sprechen … Uns ist es immer noch nicht gelungen, die letzte ermordete Prostituierte zu identifizieren.» Mit einem Blick auf seine Uhr stand er auf und stellte seinen Teller in die Spüle. «Hab gar nicht bemerkt, dass es schon so spät ist. Ich habe La-a versprochen, dass ich gegen zwei wieder zurück bin.»

«Zufällig am Tatort. Dass ich nicht lache.» Mac schob seinen Stuhl nach hinten und brachte Billy zur Tür. «Kann ich mich irgendwie nützlich machen?»

«Übernimm bitte den Fall.»

«Würde ich gern», sagte Mac und lachte sarkastisch. «Immer noch besser als der Mist, den ich ausgraben muss, damit sich irgendwelche Paare scheiden lassen können.»

«Ich würde sofort mit dir tauschen.»

Zu dritt standen wir in der Tür. «Ich meine es ernst», betonte Mac. «Falls ich dich irgendwie unterstützen kann, brauchst du's nur zu sagen.» Damit spielte er natürlich auch auf Billys PTBS an.

Nachdem Billy sich verabschiedet und Mac sich mit Star an die Arbeit gemacht hatte, ging ich in die Küche, um dort Ordnung zu schaffen.

«Karin?»

Ich schrak zusammen. Dathi hatte sich ganz leise an mich herangeschlichen. Ich stellte das Wasser ab und drehte mich zu ihr um.

«Ja?»

«Wer ist Abby?»

Mein Herz klopfte mir bis zum Hals. Offenbar hatte sie uns doch belauscht.

«Ein Mädchen aus dem Viertel.»

«Und ihre Eltern wurden auch umgebracht? Dieser Mann, Mr. …»

«Billy?»

«Ja, Billy. Ich habe gehört, wie er sagte, Abby hätte nicht gewusst, dass ihre Eltern tot sind. Kommen hier in Amerika viele Eltern gewaltsam ums Leben? Mir hat auch keiner vom Tod meiner Mutter erzählt. Ich musste es allein rausfinden.»

Ich trocknete meine Hände am Spültuch ab und strich ihr eine Haarsträhne nach hinten, die ihr über das Auge gefallen war. «Nein, das ist ganz und gar nicht normal, sondern sehr ungewöhnlich. Eigentlich ist es hier in unserem Land ziemlich sicher.»

«Wieso wurden sie getötet?»

«Abbys Eltern, meinst du?»

«Ja. Und Mami. Wie kann das sein?»

«Genau das will Billy ja herauskriegen.»

«Sind die drei zusammen umgekommen?»

«Nein. Anderer Tag, anderer Ort, andere Art und Weise.»

Dathi nickte versonnen und überlegte. «Ich finde das trotzdem ziemlich merkwürdig.»

«Ganz deiner Meinung.»

«Wie alt ist Abby?»

«Elf.»

«Ich muss sie unbedingt kennenlernen.»

Ich zögerte, ehe ich antwortete. «Gut, aber sie liegt momentan noch im Krankenhaus.»

«Wurde sie verletzt, als man ihre Eltern umgebracht hat?»

«So kann man das nicht sagen», antwortete ich ausweichend.

Zum Glück fragte Dathi nicht weiter nach, sondern setzte sich an den Küchentisch und schien nachzudenken. Ich widmete mich wieder dem Geschirr.

Viel später – als ich dachte, sie schliefe längst – drang leises Schluchzen aus ihrem Zimmer. Ihr Kummer stimmte mich nachdenklich. Im Grunde genommen konnte ich gar nicht abschätzen, was ich uns beiden aufgebürdet hatte. Hatte ich die richtige Entscheidung getroffen? Oder einen schweren Fehler begangen? Bei all meinen Überlegungen durfte ich eines nicht außer Acht lassen: Ich hatte Dathi vor einem Menschenhändler bewahrt, der sie auf den Kinderstrich schicken wollte. Und wer dort landete, war für immer verloren. Von daher musste ich einfach darauf vertrauen, dass ich das Richtige getan hatte.

* * *

Wir hatten richtig Glück, denn Dathi bekam einen Platz in der sechsten Klasse einer öffentlichen Schule in Park Slope. Diese Einrichtung hatte einen erstklassigen Ruf und war mit dem Bus gut zu erreichen. An ihrem ersten Schultag brachte ich sie ins Büro des Direktors, der versprach, ihr nach dem Unterricht eine Liste mit den Dingen auszuhändigen, die sie brauchte. Gutgelaunt verließ ich das Gebäude, doch als ich die anderen Schüler durch den Haupteingang strömen sah – sie trugen Röhrenjeans, modische Jacken und Turnschuhe in Neonfarben, schminkten sich mit Eyeliner und hatten grün gefärbte Haare oder gepiercte Nasenflügel –, schwand mein Optimismus. In so einem hippen Umfeld würde Dathi einen schweren Stand haben.

Um drei Uhr wartete ich vor dem Schulgebäude, um sie abzuholen. In Begleitung einer Horde Sechstklässler kam sie durch den Seitenausgang, drückte Macs alten Rucksack an die Brust und hatte trotz der Kälte den Reißverschluss ihrer Jacke nicht geschlossen. Für mein Dafürhalten wirkte sie ziemlich mitgenommen. Als ich Anstalten machte, sie zu umarmen, schaute sie mich kurz finster an und wandte dann den Blick ab. Hinter ihr tauchte ein Mädchen auf und zog an ihrem Zopf.

«Tschüs, Dathi. Bis morgen. Und *denk dran.*»

«Woran sollst du denken?», fragte ich kurz darauf, als wir auf die Kreuzung zumarschierten, wo unser Bus hielt.

«Schhh.» Sie schaute konsequent in die andere Richtung.

Ihr Verhalten irritierte mich, bis ich bemerkte, dass ein Großteil der anderen Kinder nicht von einem Erwachsenen abgeholt wurde und sie sich offenkundig schämte. So hielt ich den Mund, um sie nicht noch mehr zu blamieren, und sprach sie erst wieder an der Bushaltestelle an, wo weit und breit keine Kinder zu sehen waren. «Alles in Ordnung?», flüsterte ich.

Sie nickte und flüsterte zurück: «Könnten wir bitte ein paar neue Klamotten für mich kaufen?»

«Hat dieses Mädchen dir das geraten?»

«Nein. Ich habe ihr versprochen, später mit ihr auf Facebook Kontakt aufzunehmen.»

«Ach, das ist vielleicht keine schlechte Idee. Wir könnten erst shoppen gehen und dich dann dort anmelden.» In Wahrheit behagte mir die Vorstellung nicht so richtig. Zwölfjährige auf Facebook? War das normal?

«Karin», wisperte sie. «Ich bin schon auf Facebook. Wie alle anderen auch.»

Ich wusste nicht, was ich davon halten sollte. Also schwieg ich.

An der Atlantic Avenue stiegen wir aus und erstanden bei Old

Navy und Target ein paar neue Kleidungsstücke, in denen sie nicht mehr so auffiel. Und wir kauften auch gleich noch ein paar Schulmaterialien. Daheim packte sie alles, was sie für den Unterricht brauchte, in ihren neuen rot gebatikten Rucksack, loggte sich ganz selbstverständlich in ihren Facebook-Account ein und änderte die Länderoption. Nach dem Abendessen erlaubte ich ihr, noch einmal meinen Laptop zu benutzen, und ermahnte sie zwei Stunden später, ins Bett zu gehen.

Um halb zehn ging ich in ihr Schlafzimmer, um ihr eine gute Nacht zu wünschen. Dathi lag bereits im Bett und gähnte.

«Darf ich zu dir kommen?», fragte ich sie.

Sie nickte.

Ich kniete mich neben ihr auf den Boden und streichelte sie in einem Anflug von Mütterlichkeit.

«Ich habe ihr eine Freundschaftsanfrage gestellt, und sie hat sie akzeptiert», sagte sie nach einer Weile.

«Das Mädchen aus der Schule?»

«Ja, die auch. Aber ich meinte Abby.»

Ich fiel aus allen Wolken, denn ich konnte mich nicht entsinnen, Dathi gegenüber erwähnt zu haben, wie Abby mit Nachnamen hieß. Und wie hatte sie es bewerkstelligt, Dathi zu antworten, wo sie doch im Krankenhaus lag? Deshalb erwiderte ich: «Das könnte auch eine andere Abby sein. Der Name ist nicht ungewöhnlich.»

«Abby Dekker. Ich habe im Netz gelesen, was ihrer Familie zugestoßen ist, und sie auf Facebook gefunden.»

Klar, dachte ich, wenn dort jeder in dem Alter Mitglied ist, warum dann nicht auch Abby? Aber wie war sie im Krankenhaus an einen Computer gekommen? Die Frage musste ich klären.

«Na, im Netz ist anscheinend nichts unmöglich. Was hat Abby dir geschrieben?»

«Nichts. Wir haben uns keine Nachrichten geschickt und auch

nicht gechattet. Sie hat nur meine Anfrage akzeptiert. Abby hat fünfhundertsiebzehn Freunde. Wie es aussieht, hat sie ihren Status seit einiger Zeit nicht mehr upgedatet. Wann ist der Unfall passiert?»

«Vor mehr als drei Wochen.»

«Hm, das passt. Ich habe nur sechsundzwanzig Freunde, alles Mädchen aus meinem Heimatdorf, aber das wird sich bald ändern. Heute Abend war meine ganze Klasse auf Facebook. Und Oja auch. Ich habe ihr von meinen neuen Schulkameraden erzählt.»

«Ist Abby mit Jungs und Mädchen befreundet?»

«Mädchen, Jungs, Frauen, Männer. Alle mögen Abby. Ich auch.»

Nachdem ich ihr eine gute Nacht gewünscht und ihr Zimmer verlassen hatte, merkte ich, wie aufgewühlt ich war. Für meinen Geschmack ging das alles viel zu schnell. Vor dem Schlafengehen ging ich ins Netz und meldete mich bei Facebook an. Bislang hatte ich es nicht für nötig gehalten, dort einen Account anzulegen. Ich suchte nach Abby, schickte ihr eine Freundschaftsanfrage und reagierte enttäuscht, weil ich im Gegensatz zu Dathi nicht sofort akzeptiert wurde.

Am nächsten Morgen trug Dathi Röhrenjeans, ein T-Shirt mit dem Aufdruck des legendären *Cool Rider*, limonengrüne Federohrringe und eine Kette mit einem Anhänger in Form eines Törtchens. In ihrem neuen Outfit hob sie sich optisch nicht mehr allzu sehr von ihren Mitschülern ab, doch im Gegensatz zu ihren überheblichen Klassenkameraden war sie immer noch dieses wissbegierige, freundliche Mädchen, das ich vom Flughafen abgeholt hatte. Schwer abzuschätzen, wann sich das änderte und sie sich anpasste. Als ich mit ihr in den Bus steigen wollte, hob sie abwehrend die Hand.

«Karin, bitte. Ich schaffe das allein.»

Kleinlaut ließ ich sie ziehen und schaute dem wegfahrenden Bus hinterher. Für dieses Mädchen zu sorgen stellte mich vor ganz neue Herausforderungen. Ihre Unabhängigkeit irritierte mich, auch wenn wir uns in diesem Punkt ziemlich ähnlich waren. Einerseits war sie noch ein ziemlich junges Mädchen, auf der anderen Seite würde es nicht mehr lange dauern, bis sie sich endgültig von ihrer Kindheit verabschiedete. Da ich sie ins Land gebracht hatte, war ich auch für ihre Sicherheit verantwortlich. Nun musste ich für mich nur noch klären, wie ich das bewerkstelligen sollte.

Nach meiner Rückkehr loggte ich mich in meinen Facebook-Account ein: keine Nachricht von Abby. Danach rief ich Billy an und berichtete, was ich in Erfahrung gebracht hatte.

«Abby starrt immer noch an die Decke», versicherte er mir. «Und schweigt beharrlich.»

«Kann sie oder will sie nicht sprechen?»

«Woher soll ich das wissen?»

«Frag mal bei Sasha Mendelsohn nach, ob sie es für möglich hält, dass Abby im Netz war. Was, wenn Dathi diese Geschichte erfunden hat?»

«Die Kleine macht doch einen netten Eindruck. Schwer vorstellbar, dass sie dich angeschwindelt hat.»

«Sehe ich ganz ähnlich, aber ich kann auch nicht behaupten, sie nach der kurzen Zeit schon zu kennen.» Dass sich bei mir leise Zweifel einschlichen, obwohl ich ihr sehr zugetan war, brachte mich völlig aus dem Konzept. Ich brauchte Gewissheit. «Erkundige dich bitte und gib mir Bescheid. Ich muss das unbedingt wissen.»

Zwanzig Minuten später – ich stieg gerade aus der Dusche – meldete Billy sich schon zurück.

«Laut Mendelsohn ist es vollkommen unmöglich, dass Abby im Netz war. Ohne Hilfe kann sie gar nicht aufstehen, und dann geht sie nur kurz ins Badezimmer oder hoppelt auf Krücken durch den Flur. Zudem sind alle Computer im Krankenhaus passwortgeschützt.»

«Dann hat Dathi mir etwas vorgeflunkert, oder ein Fremder benutzt Abbys Facebook-Account.»

«Frag sie einfach, wenn sie von der Schule nach Hause kommt.»

«Wird gemacht.»

«Karin, sollte jemand anderer auf Abbys Facebook-Seite zugreifen, informierst du mich. Es kann schon mal vorkommen, dass die CCU etwas übersieht.»

Heutzutage konnte ein Detective ohne die Unterstützung der *Computer Crimes Unit*, die Abteilung zur Bekämpfung von Computerkriminalität, eigentlich gar keinen Fall mehr lösen. Obwohl die CCU unter aller Garantie das Online-Profil der Dekker-Familie überwachte, war Billys Einwand durchaus berechtigt: Jeder machte mal einen Fehler.

«Ich melde mich auf jeden Fall bei dir.»

Kapitel 15

Wir achteten nicht auf die rote Ampel und überquerten die Bergen Street. Ben, der als Erster die Kreuzung erreichte, wäre fast mit den drei Musketieren zusammengestoßen.

«Wow!» Der Bursche mit den spitz zulaufenden Koteletten und den gelb-roten Turnschuhen hob die Hände, reckte das Kinn und lächelte verkniffen. «Du bist aber schnell!»

Anschließend liefen er und seine kichernden Freunde die Bergen Street Richtung Court Street hoch. Ich blieb stehen und schaute ihnen hinterher. Wohin gingen sie eigentlich Tag für Tag? Ständig legten sie zur selben Uhrzeit die gleiche Strecke zurück, sodass man die Uhr nach ihnen stellen konnte.

Von weitem erblickte ich an der Kreuzung Bergen und Court Street die große römisch-katholische Kirche St. Paul's, an der ich schon zig Mal vorbeigelaufen war. Die Kirche von Pater X. Die Kirche, der die Dekkers angehört hatten. Ich sah, dass Ben schon an der nächsten Ecke wartete, und musste mich sputen.

Während ich ihm nachjagte, überlegte ich, ob die drei Musketiere, diese Vagabunden in den adretten Teenagerklamotten, womöglich die Männer waren, die Pater X mit Gelegenheitsjobs versorgte. Bei seinem letzten Anruf hatte Reed Dekker den Pater um eine Empfehlung gebeten. Die Vorstellung, dass einer dieser Männer im Haus der Dekkers gewesen war und die Heizkörper repariert hatte, jagte mir einen Schauer über den Rücken. Hatte dieser Mann dort Abby angetroffen? Und was dann? Unwillkürlich musste ich an den Fall Elizabeth Smart denken: Ihr Kidnapper – ein Obdachloser und Bibel schwenkender Pädophile – hatte sie entdeckt, als er das Dach ihres Elternhauses reparierte. Eine ganz Weile lang hatte er sie beobachtet, bevor er sie mitnahm und neun Monate lang als «Zweitfrau» gefangen hielt.

Gut möglich, dass ich während des Polizeidiensts zu viele richtig miese Typen kennengelernt hatte, aber die Resozialisierung kaputter Seelen war meines Erachtens ein sinnloses Unterfangen. Meine Devise lautete: Schütze deine Familie, und halte Fremde auf Distanz. Schließlich hatte ich auf die harte Tour lernen müssen, wie trügerisch der erste Eindruck oftmals war. Nicht jeder verdiente Nachsicht und Güte.

«Ben, komm her!», rief ich. Er hatte schon die übernächste Kreuzung erreicht. Nun wandte er sich um, sah, wie ich ihn heranwinkte, und kam sogleich angerannt.

An der Ampel überquerten wir die Court Street. Ich erhaschte einen Blick auf den letzten der Musketiere, der gerade durch ein Tor auf der Congress Street ging und damit aus meinem Blickfeld verschwand. Ben und ich folgten ihm. Wir blieben vor dem schmiedeeisernen Tor stehen, hinter dem sich ein kleiner Hof mit einer Statue von einem betenden Mädchen und der Kircheneingang befanden. Auf einem Schild am Tor stand: *Grabstätte von Cornelius Heeney, Gründer der Brooklyn Benevolent Society und Gönner der Pfarrgemeinde von St. Paul's, 1836.* Wir schlenderten zum Haupteingang auf der Court Street, wo ein weiteres Schild angebracht war: *Römisch-katholische Kirche St. Paul's und St. Agnes.*

Die drei Musketiere gehörten also in der Tat zu den Schäfchen, um die Pater X sich kümmerte. Hatten sie womöglich die Dekkers gekannt?

«Lass uns nach Hause gehen, Ben.» Ich setzte mich in Bewegung und holte mein Handy heraus.

«Können wir Eiscreme besorgen?» Er reckte den Kopf und zeigte auf das Blue Marble.

«Später. Zuerst essen wir zu Mittag.»

Mürrisch eilte er davon. Während ich versuchte, mit meinem überaus flinken Sohn Schritt zu halten, rief ich Billy an.

«Genau das mag ich», scherzte er. «Da ruft mich jemand an und keucht nur in den Hörer.»

«Hör mal, Billy, es gibt da drei unheimliche Typen, denen ich immer wieder begegne, und die sind gerade eben in die Kirche von Pater X gegangen.»

«Ja, und?»

«Hast du mir nicht gesagt, die Dekkers hätten im Rahmen der Kirche notleidende Menschen unterstützt?»

«Worauf willst du hinaus?»

«Von dir weiß ich, dass Reed Dekkers letzter Anruf Pater X galt. Brauchte er nicht jemanden, der seinen Heizkörper reparierte?»

«Das Ding sollte gestrichen werden.»

«Wie auch immer.»

«Für Polizisten macht das einen Unterschied, Karin.»

«Würde einer von diesen Typen einen Fuß in mein Haus setzen, wäre ich zutiefst beunruhigt. Kannst du da nicht mal nachhaken?»

Er schwieg. Seufzte. «Sicher. Warum nicht? Den Punkt setze ich sofort auf meine Liste, gleich unter Abbys vermeintliche Facebook-Aktivitäten.»

Sein Kommentar brachte mich auf den Boden der Tatsachen zurück. «Vermeintlich?»

«Der Zeitpunkt ist gerade ungünstig. Ich habe viel zu tun. Wir reden später.»

Dass er mich mit einer solchen faulen Ausrede abspeiste, wurmte mich.

Kurz vor dem Ziel verlangsamte ich das Tempo, während Ben auf unser Haus zupreschte. Ungeachtet der Tatsache, dass Billys herablassende Art mich ärgerte, konnte ich ihn auch verstehen: Hatte man es mit einem scheinbar unlösbaren Fall zu tun – oder wie in seinem Fall gleich mit dreien, zwischen denen womöglich eine Verbindung existierte –, gaben alle anderen ihren Senf dazu und erteilten gute Ratschläge, wie man den Täter fassen würde. Ich konnte durchaus nachvollziehen, wie sehr es seine Geduld strapazierte, jedem ein Ohr zu leihen und kostbare Zeit zu verlieren, die man weitaus sinnvoller nutzen konnte. Nur hatte gerade ich ihn angerufen und nicht irgendein Wichtigtuer. Dass ich den Polizeidienst quittiert hatte, änderte doch nichts an meinen Fähigkeiten. Warum hatte Billy mich einfach so abgespeist? Verhinderte das PTBS oder die Furcht, von seinen Kollegen entlarvt zu werden, dass er sich voll und ganz auf seine Arbeit konzentrierte? Vielleicht, dachte ich, während ich für Ben die Haustür aufschloss, sollte ich mich das nächste Mal mit einem begründeten Verdacht lieber an La-a wenden. Damit würde ich zwar ihr Misstrauen ihm gegenüber weiter schüren, was ihr bestimmt zupasskäme, und Billy in den Rücken fallen. Andererseits war ich längst über den Punkt hinaus, falsche Rücksichten zu nehmen.

Mehr und mehr gelangte ich zu der Überzeugung, dass ein Zusammenhang zwischen Chalis Mord und den Ereignissen auf der Nevins Street existierte. Da gab es Überschneidungen, Gemeinsamkeiten: tote Prostituierte, die im Kindesalter von der Bildfläche verschwanden, die erst elfjährige Abby, die unweit eines Tatortes halbtot aufgefunden wurde, die ermordete Chali, die Kinderbraut aus einem Land, in dem Menschenhandel an der Tagesordnung war, und jetzt Dathi, die nun unter meiner Obhut stand. All diese Puzzleteilchen ergaben zusammengesetzt ein neues und erschreckendes Bild. Mädchen verschwanden und tauchten Jahre später wieder auf, wobei das, was ihnen widerfahren war, sie grundlegend verändert hatte. Mit so etwas rechnete man in der Dritten Welt. Aber hier? An der kultivierten Ostküste Nordamerikas? In einem der wohlhabendsten Viertel New Yorks? Der Gedanke verwirrte mich.

Und dennoch … Nachbarn, Freunde, Priester, Perverse – all die Menschen, die mit dem Tod in Berührung kamen – wandelten am Rand der Finsternis. Meine Aufgabe war es, Licht ins Dunkel zu bringen, ihnen ihre Geheimnisse zu entlocken, denn irgendwann würde Dathi bohrende Fragen stellen, und ich musste ihr dann Rede und Antwort stehen. Nun, da sie Teil meiner Familie – meines Lebens – war, hatte ich die Pflicht, den Mörder ihrer Mutter aufzuspüren. Dabei ging es nicht nur um Dathis Seelenheil. Nein, ich musste auch dem Ungeheuer Einhalt gebieten, das diese unschuldigen Mädchen auf dem Gewissen hatte.

* * *

Kaum hatte Dathi im Flur ihre Jacke aufgehängt und die Turnschuhe ausgezogen, bat ich sie, sich in ihren Facebook-Account einzuloggen.

«Ja, super!», erwiderte sie – ein wenig zu unbefangen für meinen Geschmack. Irgendwie konnte ich mich nicht des Eindrucks erwehren, dass sie erschöpfter war, als sie zugab. Hatte sie einen harten Schultag hinter sich? Es betrübte mich, dass ich ihr das Leben nicht leichter machen konnte.

Sie setzte sich mit meinem Notebook an den Küchentisch und rief mich kurz darauf zu sich.

Auf dem Bildschirm war eine Nahaufnahme von Abby zu sehen, die mit den Fingern an ihren Wangen zog. Auf dem Bild wirkte ihr Haar noch heller als in der Realität.

«Witziges Foto», meinte ich.

«Sie hat es wahrscheinlich selbst gemacht, mit ihrer Webcam.»

Ich schaute mir die winzigen Fotos ihrer unzähligen Freunde an, die gerade online waren. Die meisten Schnappschüsse waren so albern wie die von Abby; die Mienen der Erwachsenen, die sich locker gaben, wirkten allerdings einstudiert.

«Du liebe Zeit, sie kennt wirklich sehr viele unterschiedliche Leute.» Dass eine so große Zahl von ihren Freunden erwachsen war, befremdete mich. War das normal für ein Kind, das im Netz Kontakte pflegte? Mein Bauch verneinte diese Frage. Dass einige ihrer Freunde Lehrer oder Freunde ihrer Eltern waren, verwunderte kaum – doch welche Erklärung gab es für die vielen erwachsenen Männer?

«Siehst du, die letzte Statusmeldung stammt von dem Tag, an dem sich der Unfall ereignete.» Dathi tippte mit dem Finger auf den Bildschirm. Auf dem Fingernagel leuchtete ein purpurner Nagellackklecks, der heute Morgen noch nicht da gewesen war. Als sie mitbekam, dass ich davon Notiz genommen hatte, hob sie demonstrativ beide Hände: zehn Nägel, zehn rote Tupfer. Sie lächelte verschmitzt. «Die hat Tiffany in der Mittagspause gemacht.»

«Sieht gut aus», log ich. Diese Tupfer waren weder schön noch unschön, sondern einfach nur albern. Unter was für einem Druck stand Dathi, und wie sehr machte ihr das zu schaffen?

Sie klickte ihr Profil an, wo sie ein Foto von sich und ihrer Mutter eingestellt hatte, das in Indien aufgenommen worden war. Wie Dathi, die auf dem Bild noch klein war, trug auch Chali einen orangefarbenen Sari und lachte vergnügt. Die Aufnahme stimmte mich traurig. Dann klickte Dathi das kleine Erde-Symbol in der Toolbar an, woraufhin eine Liste mit Nachrichten angezeigt wurde.

«Siehst du das? Gestern Abend hat sie meine Freundschaftsanfrage akzeptiert.»

Ich nickte. «Gut», log ich. Meines Erachtens war es vollkommen unmöglich, dass Abby geantwortet hatte, es sei denn, sie versteckte irgendwo in ihrem Krankenhauszimmer einen Laptop, oder einer ihrer Besucher hatte ihr sein Notebook oder ein Smartphone geliehen. Doch all das ergab keinen Sinn, denn im

Moment erlaubte Abbys Zustand derlei Aktivitäten überhaupt nicht.

«Ich würde sie sehr gern kennenlernen», verkündete Dathi.

Ein Blick auf sie verriet, wie einsam sie sich fühlte. Zweifellos sehnte sie sich nach einer Freundin, einer echten Freundin. Aber warum fiel ihre Wahl ausgerechnet auf Abby? Und wie sollte das funktionieren?

«Wir werden sehen. Hast du Hausaufgaben gekriegt?»

Sie zog einen dicken Stapel Bücher aus ihrem Rucksack und machte sich an die Arbeit.

Ich ging nach unten, sah nach Ben, schlich ins Schlafzimmer und wählte Billys Nummer.

«Die Facebook-Seite existiert», berichtete ich. «Ich habe das überprüft. Jemand hat Dathis Anfrage gestern Abend tatsächlich beantwortet.»

«Karin, wegen vorhin ... Sorry, ich war einfach ... Du weißt schon ...»

«Ist okay.» Was ich in Wahrheit dachte, behielt ich für mich. «Hör mal, hältst du's für möglich, dass derjenige, der in der Mordnacht bei den Dekkers eingebrochen ist, irgendwie an Abbys Passwort gekommen ist?»

«Ich setze die CCU da ran. Die sollen sich mal ihren Account vornehmen. Scheiße ... wieso sind sie nicht von allein darauf gekommen?»

«Sie haben nicht daran gedacht.»

«Ich mach denen jetzt Beine.»

«He, Billy, bevor du auflegst ... Ich wollte noch sagen, mir tut es auch leid.»

«Was denn?»

«Dass ich dich so unter Druck setze.»

«Ich weiß nicht, worauf du anspielst.»

Natürlich wusste er ganz genau, was ich meinte: Ich wollte,

dass es ihm besserging, dass er sich Mühe gab, dass er sich seinen Dämonen stellte und – damit nicht genug – einen Serienmörder schnappte.

«Stürz dich wieder in die Arbeit, Billy.»

«Hör endlich auf, mir zu sagen, was ich tun soll.»

Wir lachten und legten auf.

* * *

Tags darauf ging Dathi allein zur Schule. Überhaupt verlief der Morgen gerade so, als wäre es nie anders gewesen: Wir frühstückten gemeinsam, um zehn nach acht machte Dathi sich auf den Weg zur Bushaltestelle, um zehn vor neun verließ ich mit Ben das Haus, und Mac ging kurz nach mir in sein neues Büro, sodass ich bei meiner Rückkehr um Viertel nach neun das Haus für mich allein haben würde.

Nur dass ich heute nicht nach Hause ging. Auf dem Rückweg keimte mein Interesse abermals auf – oder meine Obsession oder Paranoia –, als ich sah, wie die drei Musketiere die Smith Street hinunterschlenderten. Aus irgendeinem unerfindlichen Grund nahm ich an diesem Morgen Anstoß an ihrer morgendlichen Routine. Wieso hatte ihr Alltag etwas von einem Schweizer Uhrwerk, wo man sie beim besten Willen nicht als ganz normale Durchschnittsbürger bezeichnen konnte? Darüber hinaus strahlten sie eine Selbstzufriedenheit aus, die sie, wie ich spürte, nicht verdienten.

Morgen für Morgen marschierten sie um neun Uhr die Smith Street hoch. Punkt zwölf Uhr mittags gingen sie die Smith Street hinunter in Richtung St. Paul's.

Was machten sie in der Zwischenzeit?

Und was hatten sie eigentlich mit Pater X, seiner Kirche und den Dekkers zu schaffen?

So blieb ich kurz stehen, schaute den nach Nikotin riechenden Burschen hinterher und folgte ihnen.

Irgendetwas an ihnen störte mich gewaltig und brachte mich dazu, auch dem kleinsten Verdacht nachzugehen. Mir ging es nicht nur darum, die Mordfälle zu lösen, sondern auch um Billys Wohlergehen. Es reichte nicht, dass George und La-a seinen Namen auf mein Drängen hin von der Liste der Verdächtigen gestrichen hatten. Es würde erst Ruhe geben, wenn er über jeden Zweifel erhaben war.

Sie überquerten die Pacific Street, marschierten an einer Schülerlotsin in orangefarbener Weste vorbei und nickten ihr im Vorbeigehen zu.

«Hi, Jungs», hörte ich sie sagen.

An der Atlantic Avenue bogen sie nach Osten ab. In diskretem Abstand folgte ich ihnen und erreichte ebenfalls die Atlantic. Genau diese Strecke fuhr Dathis Bus ab, der B63. Die Musketiere blieben vor der Haltestelle stehen und warteten. Nahmen sie morgens auch immer den B63? Was, wenn Dathi sich irgendwann mal verspätete und in denselben Bus wie sie stieg? Der Gedanke ließ mich schaudern. Ich musste erfahren, was sie taten.

Ganz beiläufig blieb ich ein paar Meter vor der Haltestelle stehen und tat so, als wäre dies das Normalste der Welt. Die drei jungen Männer redeten in einem fort. Es gelang mir, Bruchstücke ihrer bemerkenswert geistlosen Unterhaltung aufzuschnappen: Mit Hingabe diskutierten sie über Schnürsenkel und Doppelknoten, anschließend über Ketchup und darüber, wie oft man die Flasche schütteln musste, bis etwas herauskam. Gerade als ich anfing, sie gar nicht mehr so grässlich zu finden, entfernte sich der Größte von seinen Kameraden und stellte sich in den überdachten Eingang eines Copy-Shops, der noch nicht geöffnet hatte. Er trug gebügelte Jeans, schneeweiße Turnschuhe, eine schwarze Jacke und ein weißes Sweatshirt mit Kapuze, die er jedoch nicht über den Kopf gezogen hatte. Mit dem Rücken zum Verkehr öffnete er seinen Hosenstall, woraufhin ich mich schnell abwandte. Als er wieder bei seinen Freunden stand, warf ich einen Blick nach hinten und sah eine Urinlache auf dem schneebedeckten Bürgersteig. Das bisschen Sympathie, das ich ihnen eben noch entgegengebracht hatte, verflüchtigte sich schlagartig.

Der B63 kam und fuhr wieder weg, ohne dass die Musketiere einstiegen. An dieser Haltestelle hielt auch der B65. Da ich noch nie mit ihm gefahren war, kannte ich seine Strecke nicht, doch als er ein paar Minuten später auftauchte, traten die jungen Männer an die Bordsteinkante. Ich stellte mich hinter sie, zückte meine Monatskarte und wählte einen Platz, von dem aus ich sie belauschen konnte. Dabei achtete ich darauf, ihnen nicht zu nahe zu kommen, denn ich wollte vermeiden, dass sie mich bemerkten.

Sie ließen sich ganz hinten nieder und quatschten unablässig. Nicht zum ersten Mal fand ich, dass sie sich wie Schulmädchen aufführten, nur dass ich dies heute anders interpretierte. Seit meiner eigenen Teenagerzeit, die zugegebenermaßen schon eine Weile zurücklag, hatte ich keinen Kontakt zu Jugendlichen gepflegt. Aber seit Dathi in unser Leben getreten war, fand ich mich plötzlich in dieser Welt wieder und erinnerte mich an die einst auch für mich geltende Norm: Man musste sich total cool geben und durfte niemals Schwäche zeigen, sonst war man erledigt. Grausamkeit bestimmte das Miteinander; der soziale Druck war immens. Um zu überleben, musste man sich bis zum letzten Schultag den Regeln beugen, und dann war man frei – bis zur High School. Mehr denn je erinnerten die drei Musketiere mich an eine Teenagerclique. Doch was verband diese drei jungen Männer miteinander?

An der 3rd Avenue bog der Bus ab und fuhr die Dean Street

hoch. Kurz vor der Haltestelle auf der Classon Avenue sprangen die Musketiere auf und stellten sich vor den Ausstieg. Erst in allerletzter Sekunde sprang ich aus dem Bus auf die heruntergekommene Straße, wo mein Blick auf verlassen wirkende Lagerhäuser, eine geschlossene Autowerkstatt und ein paar niedrige Backsteingebäude fiel. Hier wohnte man nur, wenn man keine Alternative hatte. Auf der anderen Straßenseite wartete eine große Schar Männer und Frauen, deren Verhalten dem der drei Musketiere ähnelte, vor der Tür eines Backsteingebäudes. Ich konnte nicht abschätzen, ob die Menschenmenge, die sich hier eingefunden hatte, für mich von Vorteil oder von Nachteil war. Mit stur nach vorn gerichtetem Blick ging ich im Schneckentempo entlang meiner Straßenseite, während die Tür des Backsteingebäudes geöffnet wurde und die Leute davor sich brav hintereinander anstellten.

Ich wartete, bis alle Einlass gefunden hatten. Dann überquerte ich die Straße und las, was auf dem kleinen Türschild stand: *Behandlungszentrum St. Vincent de Paul, Mary Immaculate Hospital, Öffnungszeiten Mo–Fr. 9:30–16:00.*

Das hier war also die Methadon-Klinik, welche die Dekkers finanziell unterstützt hatten. Anscheinend war niemand auf die Idee gekommen, mit einem größeren Schild Werbung für sie zu machen. Doch wenn man es recht überlegte, war dies sowieso egal, denn die Menschen fanden auch so hierher. Vermutlich blieb den meisten Besuchern gar keine andere Wahl; es war davon auszugehen, dass einige von ihnen von einem Richter zu dieser Ersatztherapie verdonnert worden waren.

Ich gab mir einen Ruck, öffnete die Tür und trat in einen niedrigen, aber riesigen Raum mit beigefarbenen Wänden, von denen die Farbe bröckelte. Ein Teil der Wartenden hatte auf den am Boden festgeschraubten Plastikstühlen Platz gefunden. Die anderen harrten vor einer kleinen Durchreiche aus, die zu einem Büro gehörte. Um nicht aufzufallen, stellte ich mich ebenfalls an. In der Durchreiche lag ein Klemmbrett mit einer Liste, wo die Leute sich eintrugen, ehe sie Platz nahmen. Während ich wartete, entwarf ich einen Schlachtplan. Wo ich schon mal hier war, konnte ich die Gelegenheit nutzen und rausfinden, wer die drei Musketiere waren.

Zwischen mir und dem letzten Musketier warteten fünf Leute. Glücklicherweise standen die drei jungen Männer gemeinsam an. Als ich an der Reihe war, musterte mich ein Mann in einem grünen Krankenhauskittel mit dunklen Augenringen. Ich verkniff mir ein Lächeln und senkte den Blick in der Hoffnung, dass er mir keine Fragen stellte. Vermutlich forderte man mich irgendwann auf, meinen Ausweis vorzuzeigen. Ohne gültige Papiere erhielt man kein Methadon. Da die Süchtigen sich hier nur anstellten und eintrugen, lag der Verdacht nahe, dass sie sich bei der Ausgabe der Tagesdosis ausweisen mussten. So weit würde ich das Spiel allerdings nicht treiben.

Ich nahm den Stift und trug mich ein. Nicht mit meinem echten Namen, sondern als Janice Doen. Ich schrieb in Zeitlupentempo, um mir die Namen der drei Musketiere einzuprägen.

Marty Brilliant.

Iggy Black.

Jose R. Seraglio.

Auf dem Weg nach draußen wiederholte ich stumm ihre Namen. Auf dem Bürgersteig nahm ich mein Smartphone zur Hand und schickte eine Mail mit den drei Namen an mich. Anschließend verstaute ich das Handy in meiner Tasche und marschierte die Classon Avenue hinunter bis zur überdachten Bushaltestelle, wo ich mich unterstellte. Dass weit und breit kein Mensch zu sehen war, behagte mir gar nicht. In dem Moment rief jemand meinen Namen.

«Karin! Was haben Sie denn hier zu suchen?»

Ich hob den Blick und brauchte einen Moment, bis ich die Frau wiedererkannte.

«Mary. Tai-Chi. Richtig?»

«Na, *den* Job habe ich wenigstens noch.»

Wir lächelten verlegen. Begleitet wurde Mary von einem großen dunkelhäutigen Teenager mit einem Anflug von Oberlippenbart und einer schräg sitzenden Wollmütze. Ein Schwall eisiger Luft veranlasste sie, sich ebenfalls unterzustellen. Obwohl wir uns kaum kannten, ließ uns die Kälte zusammenrücken.

«Sie haben Ihre anderen Jobs verloren?» Ich entsann mich, dass sie bei unserer ersten Begegnung von drei Stellen gesprochen hatte.

«Ja, zwei innerhalb von einer Woche. Und Fremont hier sucht eine Teilzeitstelle, aber für Teenager gibt's nicht viel.» Während mein Blick von ihr zu ihm wanderte, packte sie die Gelegenheit beim Schopf und stellte ihn mir vor. «Mein Sohn, Fremont. Das ist ...»

«Karin.»

Wir nickten einander zu.

«Fremont hat heute schulfrei», erklärte Mary. «Lehrersitzung oder so etwas ...»

Der Bus kam, und wir stiegen ein.

Auf der Fahrt zu meiner Haltestelle, die sich direkt vor dem CVJM befand, erfuhr ich, dass Mary alleinerziehende Mutter und Fremont ihr einziges Kind war. Ich war mir zwar nicht ganz sicher, aber ich hatte den Eindruck, dass sie nie verheiratet gewesen war, zumal Billy mir von ihrer sexuellen Neigung erzählt hatte. Aber auch wenn sie lesbisch war, hieß das noch lange nicht, dass es in ihrem Leben nie einen Mann gegeben hatte. Laut Mary hatten sie und Fremont schon vor der Sanierung in Prospect Heights gewohnt. Damals musste es in diesem Viertel wirklich schlimm gewesen sein, denn während meiner Stippvisite dort war mir nicht aufgefallen, dass man irgendein Gebäude verschönert hatte.

«Und … was hat Sie zu uns rausgeführt?», wollte Mary erfahren, nachdem wir ausgestiegen waren. Wir blieben auf dem Gehweg stehen, während der Bus sich wieder in den Verkehr einfädelte.

«So eine Art von informeller Ermittlung», antwortete ich.

Meine kurze Erwiderung reichte, um Marys Interesse zu wecken. «Ich habe all diese Berichte in den Nachrichten verfolgt, weil ich ein echtes Faible für wahre Verbrechen habe. Ich verschlinge alle Artikel, die mir in die Hände kommen, und manchmal lese ich sogar Bücher zu diesem Thema.»

«Die sie versteckt, sobald wir Besuch kriegen», fügte Fremont hinzu.

«Viele Leute finden es merkwürdig, wenn man sich für so etwas interessiert», erklärte Mary. «Keine Ahnung, warum ich darauf stehe, aber ich kann es nicht ändern.»

«In dem Fall kennen Sie vielleicht auch meine Geschichte.» Ehe ich mich's versah, erzählte ich ihr von meiner ersten Familie und was ihr zugestoßen war, obwohl ich darüber normalerweise nicht mehr sprach. Mary hakte sich bei Fremont unter, lauschte andächtig und zog ihn an sich heran, als ich endete. Tränen verschleierten ihren Blick, und sie schlang den anderen Arm um mich, als wären wir alte Freundinnen.

«Hören Sie», sagte ich und rückte von ihr ab. «Es mag verrückt klingen, aber falls Sie gleich wieder loslegen möchten und es nicht unter Ihrer Würde ist, hätte ich vielleicht einen Job für Sie. Eigentlich handelt es sich um zwei Jobs: Jemand muss nachmittags auf meinen Sohn aufpassen, er ist fast vier, und Mac, mein Mann, braucht morgens jemanden fürs Büro. Er ist Privatdetektiv.»

Mary strahlte bis über beide Ohren. «Zwick mich mal!», bat sie Fremont.

Er brach in schallendes Gelächter aus.

«Super, Karin!», rief Mary aus. «Eben habe ich noch zu Fremont gesagt, wie gern ich früher mit ihm gespielt und herumgetollt habe. Und ich würde *alles* dafür tun, um für einen Privatdetektiv zu arbeiten. *Wirklich* alles.»

«Dann nehmen Sie mein Angebot an?»

«Ich habe schon überlegt, woher ich das Geld für die nächste Miete kriegen soll.»

Fremont warf ihr einen besorgten Blick zu. «Das wusste ich nicht, Mom.»

«Schon gut. Ich habe gerade zwei neue Stellen an Land gezogen! Was habe ich dir gesagt? Wenn sich eine Tür schließt, öffnet sich irgendwo eine andere.»

«Könnten Sie morgen Nachmittag vorbeikommen? Dann können Sie Mac kennenlernen, und wir sprechen die Details durch.»

«Perfekt.»

Wir gingen in verschiedene Richtungen, drehten noch mal die Köpfe und winkten uns zu. Einer wildfremden Frau so ein Angebot zu machen barg ein gewisses Risiko, doch ich hielt es für eine ausgezeichnete Idee, zumal ich Mary für kompetenter als Star hielt. Und auch wenn es unter Umständen auf lange Sicht nicht funktionierte, war es kein Fehler, es mit ihr zu probieren. Möglicherweise war das der «wahre» Grund, weshalb ich die drei Musketiere heute Morgen bis zur Classon Avenue verfolgt hatte! Oder vielleicht war es Karma, dass Mary mir genau in dem Moment über den Weg lief, wo wir einander brauchten? Oder traf am Ende gar beides zu: Mein Wissensdurst hatte mich veranlasst, den Musketieren nachzugehen, und mein Karma hatte mich Mary treffen lassen?

Während ich die Atlantic Avenue überquerte und auf den Boerum Place zusteuerte, rief ich Mac an und erzählte ihm die Neuigkeiten. Er reagierte prompt und heftig.

«Du hast was gemacht?»

Ich begann noch mal von vorn mit meiner Schilderung der Ereignisse.

«Wir reden später», sagte er und hängte auf, als im Hintergrund etwas scheppernd zu Boden fiel. Dem entnahm ich, dass Star zur Arbeit erschienen war. Mac würde mir schon noch dankbar sein für meine heutige Entscheidung, redete ich mir ein.

Als Nächstes rief ich Billy an und erzählte ihm von meinem zufälligen Zusammentreffen mit Mary. Dass ich den drei Musketieren zur Methadon-Klinik gefolgt war, behielt ich für mich. Aller Wahrscheinlichkeit nach hieß er es nicht gut, dass ich im Dekker-Fall auf eigene Faust ermittelte, und da ich nur mit seiner Hilfe herausfinden konnte, wer sie waren, musste ich den richtigen Zeitpunkt abpassen.

«Was bringt dich denn auf die Idee, eine Tai-Chi-Lehrerin anzuheuern?»

«Sie sucht Arbeit, und ich finde sie großartig.»

«Gut.» Bei ihm läutete ein Telefon, und jemand rief lautstark nach einem Kollegen. Dass er auf dem Revier war, beruhigte mich irgendwie.

«Wusstest du, dass ihr Sohn schwarz ist?», fragte ich Billy.

«Halb schwarz. Sie hat mir die Geschichte erzählt. Damals lebte sie mit ihrer Freundin zusammen und hat sich künstlich befruchten lassen. Sie dachte, das wäre eine längerfristige Geschichte. Zu dumm, dass die Beziehung die Elternschaft nicht überlebt hat.»

«Nun, der Junge macht einen netten Eindruck. Mutter und Sohn stehen sich offenkundig sehr nahe.»

«Sie ist ganz verrückt nach ihm, so viel ist sicher.»

«Billy, kannst du mir einen Gefallen tun? Könnte ich kurz bei dir auf dem Revier vorbeischauen?»

«Wann?»

«Jetzt gleich?»

«Was, wenn ich dir sagen würde, dass ich gar nicht auf dem Revier bin.»

«Dann würde ich dir sagen, was für ein schlechter Lügner du bist.»

Nach dem Telefonat schickte ich Mac eine SMS, schrieb, dass ich noch etwas zu erledigen hatte, und fragte ihn, ob er Ben abholen könnte. Er antwortete sofort und sagte zu, für mich einzuspringen. Erleichtert steckte ich das Handy in meine Handtasche und machte mich auf den Weg zum 84. Polizeirevier.

Kapitel 16

Zum ersten Mal betrat ich das Besprechungszimmer, das dem Team für die Suche nach dem Prostituiertenmörder zur Verfügung gestellt worden war. Die ein Dutzend SOKO-Mitglieder, die seit zwei Jahren zusammenarbeiteten – zuerst in Manhattan und nun in Brooklyn –, pflegten nach all der Zeit einen kameradschaftlichen Umgang. Sie hatten sich an dem langen, den Raum dominierenden Tisch und an den beiden Arbeitsplatten an der Wand ausgebreitet. Überall standen Laptops, Drucker, Kaffeebecher und sogar ein paar Fotos von lächelnden Familienangehörigen. Angesichts der zahllosen bestürzenden Tatortfotos an der Wand und der Tatsache, dass diese Ermittlung kein Ende zu nehmen schien, wirkte die Atmosphäre auf mich fast ein bisschen zu normal. Der Gedanke, wie viele Polizisten auf die Gewalt reagierten, mit der sie Tag für Tag konfrontiert waren, behagte mir gar nicht. Auf der anderen Seite wusste ich aus eigener Erfahrung, dass man ein dickes Fell brauchte, um in diesem Job zu überleben. Man musste sich einreden, dass die Brutalität an einem abperlte, dass die eigene Familie einem Rückhalt bot. Ein Blick auf die Fotos mit den lächelnden Gesichtern genügte, um für einen Moment aus der grausamen Realität zu flüchten, mit der man im Job permanent konfrontiert war. Obwohl ich ihnen am liebsten klargemacht hätte, dass sie sich etwas vormachten, dass sich – wie ich am eigenen Leib erfahren hatte – niemand in Sicherheit wähnen konnte, sah ich davon ab, ihnen ihre Illusionen zu nehmen. Billy hingegen war längst über diesen Punkt hinaus. Sein Glaube an die eigene Unbezwingbarkeit hatte sich in dem Moment als Trugschluss erwiesen, als die Frau, die er liebte, versucht hatte, ihn zu töten.

La-a saß am hinteren Tischende vor einem Schreibtischcomputer. Mit diesem vermeintlich «sicheren» Rechner wurde hauptsächlich in passwortgeschützten Datenbanken recherchiert. Allem Anschein nach war La-a beim Friseur gewesen, und plötzlich fiel mir ein, dass heute Freitag war und sie seit Jahr und Tag an diesem Wochentag abends mit Freunden oder ihrer Familie ins Restaurant oder Kino ging.

Sie schaute vom Bildschirm auf und sah, dass ich hinter Billy, der mich in der Lobby abgeholt hatte, durch das Besprechungszimmer ging.

«Hallo, Karin!» Zur Abwechslung schwang in ihrer Begrüßung kein sarkastischer Unterton mit. Entweder fühlte sie sich schuldig, weil sie sich im 72. Revier mit George gegen Billy verschworen hatte, oder sie hatte ausnahmsweise mal keine Lust, mir auf die Nerven zu gehen.

Billy und ich gingen zu ihr hinüber. Wie sich herausstellte, durchsuchte sie gerade das VICAP, das *Violent Criminal Apprehension Program*. In dieser Datenbank speicherte das FBI alle Informationen über Gewaltverbrechen, damit Ermittler im ganzen Land schnell darauf zugreifen konnten. Ich selbst hatte das VICAP stundenlang nach dem Domino-Killer durchforstet, ohne zu ahnen, dass er in meinem Heim sein Unwesen trieb. Als könnte sie meine Gedanken lesen, klickte La-a schnell eine andere Registerkarte an und öffnete die Website von *Zappos*, einem Online-Modeshop.

«Falls ihr jetzt Mittagspause macht, würde ich mich euch anschließen», sagte sie.

«Dauert noch einen Moment.» Billy schnappte sich einen Stuhl und setzte sich neben sie. «Darf ich mal ran?»

«Nur zu.» La-a gähnte und riss dabei den Mund so weit auf, dass man eine Goldkrone sehen konnte. «Ich komme eh nicht weiter.»

Ich stellte mich so hin, dass ich den Monitor besser sehen konnte, ließ mich jedoch von ein paar Fotos ablenken, auf denen Fußabdrücke auf Kies, Schnee, harter Erde und im Morast abgelichtet waren.

Billy, dem mein neugieriger Blick nicht entging, sagte: «Pats Abdrücke … an fast allen Tatorten.»

«Konntet ihr ihm eine Verbindung nachweisen?»

«Ich hätte den Mund halten sollen.» Während wir sprachen, loggte Billy sich in die *Criminal Records Section*-Datenbank ein – kurz CRS genannt –, wo jeder polizeiliche Vorgang, egal ob Leibesvisitation, Verhaftung oder die Punkte im zentralen Verkehrsregister, dokumentiert wurde. Man musste nur einen Namen eingeben und dann warten, was das System ausspuckte. «Wie unser Täter hat er Schuhgröße 10. Mehr wissen wir nicht.»

«MR 1123.» La-a verdrehte die Augen. Ein paar der anderen Ermittler begannen zu kichern.

«Zu dumm, dass Pat auf ein topaktuelles Modell von einem angesagten Turnschuhhersteller steht», erklärte Billy. «New Balance MR 1123. Die hat unser Täter an fünf von elf Tatorten ebenfalls getragen … und manchmal Stiefel von Clarke's.»

«Die Patty Scott nicht besitzt», merkte La-a leicht frustriert an. Würde sie jetzt Billys Schuhe in Augenschein nehmen? Wie es aussah, ließ sie sich in meiner Gegenwart nicht dazu hinreißen. Da sie seit Ewigkeiten mit Billy zusammenarbeitete, hätte sie eigentlich wissen müssen, dass jemand von seiner Statur größere Füße als Patty Scott hatte.

«Das muss noch gar nichts heißen», fand ich. «Was, wenn er sie in einem Schließfach am Busbahnhof deponiert hat? Oder –»

«Immer mit der Ruhe.» Billy warf mir einen erbosten Blick zu.

«Tut mir leid.»

«Keine Entschuldigungen», mahnte La-a und rang sich ein Lächeln ab, «und keine Erklärungen. Von wem stammt der Spruch noch gleich?»

«Vom Duke.» Wir alle richteten den Blick auf einen Typen mit halber Glatze, die er mit schwarzen, quer über den Schädel gekämmten Haarsträhnen zu vertuschen suchte. Er saß auf der anderen Seite und nahm einen Schluck aus einem Styroporbecher.

«Von wem?», fragte La-a nach.

«John Wayne», antwortete eine junge Frau, die einen geblümten Doc-Martens-Stiefel auf die Tischkante stellte und neu schnürte.

«He, Leute», meckerte La-a, «ihr hört jetzt auf, euch im Netz Filme anzusehen, und macht euch wieder an die Arbeit.»

«Aber sicher, Dash», erwiderte die junge Frau gutgelaunt. «Als würden wir je etwas anderes machen.»

Ich setzte mich neben Billy und widerstand dem Impuls, mir die Maus zu schnappen. Immerhin tat er mir einen Gefallen, und ich wollte ihn nicht verprellen, indem ich den Bogen überspannte.

«Jetzt spuck sie schon aus.» Billys Hände schwebten über der Tastatur.

«Marty Brilliant, Iggy Black, Jose R. Seraglio.»

«Wer soll das denn sein?» La-a rückte näher und spähte über Billys Schulter.

«Das sind Drogensüchtige aus meiner Nachbarschaft», antwortete ich. «Und Freunde von Pater X.»

«Wieso interessierst du dich für sie?», hakte sie nach.

«Hast du dich schon mal gefragt, ob du dich vielleicht auf die falschen Leute konzentrierst, Dash?»

Sie starrte mich irritiert an.

«Ich rede von Patrick Scott und diesem anderen Typen.»

«Antonio Neng», sagte sie. «Ob es dir nun passt oder nicht:

Bislang haben wir keine anderen Kandidaten.» Sie war eine begabte Schauspielerin, die in Gegenwart von Billy ihren Verdacht gegen ihn perfekt verbarg.

«Beide waren in der Nähe oder direkt am Tatort», gab Billy zu bedenken. «Warum sollten wir sie nicht durchleuchten?»

«Ist schon klar», meinte ich. «Ich verstehe das ja, aber ich dachte ...»

«Hört, hört!»

«Billy, begreifst du's denn nicht? Derjenige, der sich Zugang zu Abbys Facebook-Account verschafft hat, weiß etwas. Er lehnt sich in aller Seelenruhe zurück und wartet einfach ab. Wenn ihr mich fragt, gibt es da eine Verbindung zu den Dekkers.»

«Scheiß-CCU, die haben sich immer noch nicht gemeldet.» Billy begann, mit den Zähnen zu mahlen.

Ich legte meine Hand auf seine. «Meiner Meinung nach hat das etwas mit ihrer Kirche zu tun, mit ihrer Verbindung zu Pater X. Und vielleicht mit einem von seinen ... ähm ... sozialen Projekten.»

«Oje.» La-a schüttelte den Kopf. «Jetzt sind Priester nicht mehr nur Kinderschänder, sondern auch Mörder. Puh! Du schaust zu oft Nachrichten.»

«Ich habe doch nicht behauptet, der Priester hätte jemanden getötet, oder?»

«Nein, aber –»

«Ich möchte diese drei Burschen nur überprüfen, um zu erfahren, was sie für Pater X machen und ob sie mal für die Dekkers gearbeitet haben.» Ich rückte näher an Billy heran. «Vergiss nicht: *Menschenhandel in Brooklyn.*»

«Billy!», rief La-a mit ernster Miene. «Ich dachte, wir hätten uns darauf geeinigt, nicht aus dem Nähkästchen zu plaudern.»

«Hab ich auch nicht.»

«Und wieso –»

«Dann meinst du also auch, dass da was dran sein könnte.» Mein Herz machte einen Satz: Ich war ihnen auf die Schliche gekommen.

«Was wir meinen, geht dich nichts an, Karin», wies La-a mich zurecht. «Du bist nicht in diese Ermittlung einbezogen, auch wenn du dir das einbildest.»

«Doch», entgegnete ich. «Wegen Chali. Sie hat Reed Dekker erkannt, weißt du noch? An dem Abend, als der Prostituiertenmörder sie getötet hat, wollte sie mir etwas erzählen.»

«Wir wissen nicht, wer Chali ermordet hat», stellte Billy klar.

«So ist es», bekräftigte La-a. «Und noch mal, Karin: Du bist hier nur eine unbeteiligte Zuschauerin. Genau genommen bist du keine Angehörige des Opfers, und du bist schon gar nicht Mitglied dieses Teams.»

«Chalis Tochter lebt jetzt bei mir. Ich muss ihr irgendwann sagen, warum ihre Mutter gestorben ist.»

Billy und La-a tauschten Blicke aus. Kurz darauf nickte sie, auch wenn es ihr schwerfiel.

«Na schön.» Billy begann zu tippen. «Kannst du die Namen noch mal wiederholen?»

«Marty Brilliant, Iggy Black, Jose R. Seraglio. Die drei Musketiere – so habe ich sie bis heute genannt. Sie besuchen die Methadon-Klinik in der Mary Immaculate; das ist eines der von den Dekkers unterstützten Projekten. Geleitet wird es von Pater X. Tag für Tag, Woche um Woche, gehen diese Typen von St. Paul's zur Mary Immaculate in Prospect Heights und wieder zurück. Man kann die Uhr nach ihnen stellen. Worum ging es bei dem letzten Telefonat zwischen Reed und Pater X?»

«Er brauchte einen Gelegenheitsarbeiter.»

«Genau. Und wem gibt Pater X diese Jobs wohl?»

Billy schaute zu La-a hinüber. «Hast du die Liste?»

Sie durchsuchte einen Stapel Unterlagen, zog ein Blatt Papier heraus und überflog es. «Ja, sie sind alle drei drauf. Und noch viele andere.»

«Gut, Billy», sagte ich. «Los, schau nach.»

Die drei Männer waren gleich wegen mehrerer Vergehen im CRS aufgeführt.

Martin Brilliant stammte aus Mill Basin, Brooklyn. Laut seiner Akte war er vierzehnmal festgenommen worden, unter anderem wegen Taschendiebstahl, Schwarzfahren und Besitz illegaler Substanzen. Für die Drogen hatte er ein Jahr Gefängnis bekommen, die anderen Anklagen hatte man fallengelassen. Als er später wegen ordnungswidrigem Verhalten angeklagt wurde, verfügte der zuständige Richter eine Entziehungskur. Vor einem Jahr hatte Brilliant das Übergangswohnheim in Brownsville, Brooklyn, verlassen und war bei den Sons of St. Paul's in Red Hook untergekommen, die ehemaligen Drogensüchtigen, die den Herrn gefunden hatten, Obdach gewährten.

Ignatius Black jr. wuchs in der Amsterdam-Siedlung auf, einem Wohnprojekt für Familien mit niedrigem Einkommen in Manhattans Upper West Side. Seine Eltern, ein Taxifahrer und eine Näherin, hatten sich scheiden lassen, als der Sohn zwei war. Er brach die High School ab, dealte mit Heroin und saß sechs Jahre im Gefängnis, wo er zum Glauben fand. Doch nach seiner Entlassung begann er, wieder Drogen zu nehmen, und lebte inzwischen seit achtzehn Monaten bei den Sons of St. Paul's.

Jose R. Seraglio aus Boerum Hill gehörte einer großen Arbeiterfamilie mit Wurzeln in der Dominikanischen Republik an, die so lange in dem Viertel ausharrte, bis die einsetzende Sanierung die alteingesessenen Ladenpächter vertrieb und die unbarmherzigen Hauseigentümer, die nur nach dem Geld schielten, reich machte. Im Gegensatz zu seiner Familie, die nach New Jersey zog, blieb Jose im Viertel und wanderte wegen kleinerer Delikte mehrmals hinter Gitter. Wie seine beiden Freunde nahm er Drogen und landete irgendwann bei Pater X und seinen Schäfchen. Mit Marty und Iggy wohnte er nunmehr seit knapp einem Jahr zusammen.

«So sieht's aus.» Billy lehnte sich nach hinten. «Jetzt wissen wir Bescheid. Nicht dass es uns groß weiterhilft.»

«Was ist mit diesem Typen?» Ich tippte auf einen anderen Namen auf der Liste der Bewohner von Sons of St. Paul's, der mehrmals mit Jose verhaftet worden und vor ein paar Monaten ausgezogen war. «Edward Walczak ... Er und die drei Musketiere waren gemeinsam auf Entzug. Wieso hat er sich vom Acker gemacht?»

«Vielleicht wurde er *entlassen*.» La-a verfiel wieder in ihren Sarkasmus.

Billy überprüfte die letzten Verhaftungen und jüngsten Anklageerhebungen. «Seit seinem Abgang ist nichts mehr über ihn im System zu finden. Doch darüber würde ich mir keine Gedanken machen. Vielleicht hat er sich inzwischen im Griff. So was soll vorkommen.»

«Schau dir das an.» Ich nahm die Maus und klickte auf die Rubrik *Zeugen*. «Wie immer, wenn es um Jugendliche geht, steht die Akte unter Verschluss.»

Auf mein Drängen hin öffnete Billy sie. La-a und ich neigten uns vor und lasen die spärlichen Informationen: Vor fünf Jahren hatte Edward Walczak ein kurzes Intermezzo als Zeuge in einem Sexualdelikt gehabt, bei dem der Beschuldigte – man höre und staune – kein anderer als unser Ximens Dandalos gewesen war. Walczak war vorgeladen, dann aber aufgrund seiner Drogen- und Kleinganovenkarriere als unzuverlässig eingestuft worden.

«Sieh mal einer an», meinte ich. «Hier steht es schwarz auf weiß.»

La-a verschränkte die Arme vor der Brust und presste die Lippen fest aufeinander, während Billy mit strengem Blick auf den Bildschirm starrte. War diese Information neu für die beiden, oder störte es sie, dass ich etwas herausgefunden hatte, das sie geheim halten wollten?

«Wo wohnt dieser Bursche?», fragte ich und begann den Cursor zu bewegen.

Billy streckte die Hand aus und nahm mir die Maus weg. «Karin, hör mal, du gehst jetzt besser.»

«Da steht, Walczak ist im Viertel aufgewachsen. Wohnt er dort immer noch?»

«He!», rief Billy und stand auf. «Das könnte ziemlich übel werden.»

«Ich weiß, wie man ermittelt», beschwichtigte ich ihn. «Und ich achte schon darauf, dass die Beweise zu gebrauchen sind.»

«Was für Beweise?», höhnte La-a. «Ist wirklich phänomenal, wie schnell du dir eine Meinung bildest.»

«Warum kriegt Pater X ausgerechnet dann, wenn Abby aufwacht, Herzprobleme?» Mein Blick huschte von Billys Gesicht zu La-as. Keiner der beiden zuckte mit der Wimper. «Fürchtete er, dass sie Bescheid weiß? Wovor hat sie Angst? Was verschweigt sie uns?»

Die beiden starrten einander wortlos an, ohne auf meine Worte einzugehen. Konnten sie meine Fragen nicht beantworten? Mussten oder wollten sie etwas vor mir verheimlichen? Mir war klar, dass ich sie durch meinen spontanen Besuch bei der Arbeit störte. Daher war La-a zu Recht sauer auf mich. Außerdem hatte Billy schon genug Stress, da musste ich ihm nicht auch die Hölle heißmachen. Ohne konkrete Anhaltspunkte hatte ich hier nichts zu suchen, keine Frage. Gleichwohl war da etwas, das alle anderen übersahen. Nur – falls ich richtiglag, wen kümmerte es dann, wer es zuerst bemerkt hatte?

Ich stand auf und betrachtete die schreckliche Fotomontage,

die Variationen ein und desselben Verbrechens veranschaulichte: Mit Ausnahme von Chali waren es durch die Bank junge Prostituierte, erdrosselt und erstochen mit Jagdmessern, die im Jahr 1963 von einer Firma namens Stark hergestellt worden waren, die längst nicht mehr existierte. Jemand hatte Fotos von den Messern nebeneinander aufgehängt, sodass die feinen Unterschiede zwischen ihnen ins Auge sprangen: In Chalis Brust hatte eine neuere, an der Spitze leicht gebogene Klinge mit einem glänzenden Holzgriff gesteckt. Bei dem Anblick brach mir kalter Schweiß aus. Die Stark-Messer wichen nur minimal davon ab: Ihre Klingen wirkten nicht so glatt und glänzten nicht so stark. Da sie weder besondere Eigenschaften besessen hatten noch sonderlich beliebt gewesen waren, hatte man die Produktion eingestellt. Heutzutage erhielt man so ein Exemplar nicht einmal mehr auf eBay. Deshalb musste man davon ausgehen, dass der Mörder sich einen Vorrat angelegt hatte. Waren ihm die Stark-Messer ausgegangen, als er Chali tötete? Hatte er sich deshalb ein Messer besorgt, das so ähnlich aussah? Oder hatten wir es mit zwei unterschiedlichen Tätern zu tun?

Rechts von den beiden Messerfotos hingen Aufnahmen von Reed und Marta Dekker, die die Spurensicherung in ihrem Haus gemacht hatte. Das warf die nächste Frage auf: Hatten wir es mit einem, zwei oder – wenn man die vor langer Zeit verschwundenen Mädchen mit einbezog – gar mit drei Verbrechern zu tun?

«Ich muss mal für kleine Mädchen», verkündete La-a. Zu meiner Verwunderung packte sie mich am Arm und führte mich in den Flur bis zum nächsten Ausgang. Dort beugte sie sich vor und flüsterte mir ins Ohr: «Nimm dich in Acht.» Und dann stand sie einfach nur da und wartete, bis ich das Gebäude verließ.

* * *

Mac und Ben beendeten gerade ihr Mittagessen, als ich heimkam. Ich setzte mich zu ihnen, und nachdem Ben aufgestanden war, brachte ich Mac auf den neuesten Stand. Mit einem leisen Lächeln hörte er mir zu. Gelegentlich schüttelte er den Kopf, verzichtete jedoch darauf, mich für mein spontanes Verhalten zu rügen.

«Meiner Meinung nach kannst du die Ermittlung jetzt Billy und La-a überlassen», sagte er. «Immerhin ist das ihr Job, und du hast andere Dinge zu tun.»

«Kann sein, dass du recht hast.»

«Karin, du hast viel erreicht. Jetzt kannst du dich anderen Aufgaben widmen.»

Ich nickte zögernd.

«Mir ist es ernst, Karin. Keine Frage, Chali hat dir viel bedeutet. Mir auch. Nichtsdestotrotz müssen wir diesen Fall den Polizisten überlassen.»

Obwohl er recht sachlich sprach, schwang eine leichte Gereiztheit in seiner Stimme mit. Plötzlich fiel mir ein möglicher Grund dafür ein. «Bist du sauer, weil ich Mary angeheuert habe, ohne dich vorher zu fragen?»

«Machst du Witze? Ich habe Star bereits gefeuert.»

«Das ging aber schnell.»

«Ich konnte ihre Inkompetenz einfach nicht mehr ertragen. Hoffentlich hat diese Mary mehr drauf.»

«Na, schlimmer kann's kaum werden.»

Dabei beließen wir es. Mac willigte ein, Mary unter der Voraussetzung, dass sie bei dem morgigen Treffen einen guten Eindruck machte, eine Chance als Assistentin und Babysitterin zu geben.

Kurz dachte ich über meine heutige Ermittlungsarbeit nach. Ich hatte alles in meiner Macht Stehende getan – die drei Musketiere identifiziert, die SOKO gebeten, den Fall aus einer anderen

Perspektive zu betrachten, und dafür gesorgt, dass Billy nicht länger im Schussfeld stand. Von nun an würde ich mich raushalten – oder es zumindest versuchen.

Es sei denn … Ich schaffte es einfach nicht, mir den vierten Musketier aus dem Kopf zu schlagen. Im Geiste malte ich mir aus, was für ein Typ er war, wie er mit seinen Kumpanen abhing, wie sie zu viert die Smith Street hinuntergingen, in die Atlantic Avenue bogen und an der Bushaltestelle warteten.

Und ich musste auch ständig daran denken, welchen Eindruck Abby bei unserem letzten Zusammentreffen gemacht hatte, wie sehr ihr Zustand mich an Billys PTBS-Schübe erinnerte. Die Übereinstimmungen waren nicht von der Hand zu weisen: das Schweigen, dieser verschleierte, nach innen gerichtete Blick, die offenkundigen Reisen in die Vergangenheit, an einen furchtbaren Ort, den man besser vergaß, der Argwohn, der sie verstummen ließ. In Wahrheit war ihr Schweigen nur Ausdruck einer Leere, weil sie gar nicht mehr anwesend, sondern längst abgetaucht war.

Mac ging arbeiten, und ich beschäftigte mich mit Ben. Irgendwann jedoch konnte ich mich nicht mehr beherrschen, schnappte den Laptop und googelte nach Edward Walczak.

Im Online-Telefonbuch fand ich nur einen Eintrag unter diesem Namen. Sofern die Information noch aktuell war, wohnte er bis zum heutigen Tag in Boerum Hills. Ich speicherte seine Adresse in meinem BlackBerry – nur für den Fall.

Gegen halb vier hörte ich, wie jemand die Haustür öffnete. Ben und ich stürmten in den Flur, um Dathi zu begrüßen, die gerade ihre Schuhe auszog und ihren Rucksack abnahm.

«Wie war dein Schultag?», fragte ich.

«Gut.»

Da sie einen ziemlich erschöpften Eindruck machte, kaufte ich ihr das nicht ab. Dieses Feuer, das sie aus der alten Heimat mitgebracht hatte, versiegte allmählich. Ich konnte nicht länger die Augen davor verschließen, wie anstrengend die kleinen und großen Veränderungen für sie sein mussten: die Heimkehr in ein neues Haus, die ungewohnten Kleider, das fremde Essen, die vermeintliche Coolness ihrer neuen Klassenkameraden. Nach außen hin gab sie sich tapfer, doch ich konnte sehen, wie schwer ihr die Umstellung fiel. Jedes Mal wenn ich daran zweifelte, ob ihre Übersiedlung in die Vereinigten Staaten richtig gewesen war, zwang ich mich, daran zu denken, dass ich sie vor einem furchtbaren Schicksal bewahrt hatte.

Sie ging mit uns in die Küche, wo wir uns an den Tisch setzten und die Kinder etwas aßen. Anschließend spülte Dathi ihr Geschirr, und Ben folgte ihrem Beispiel. Er stellte sich dabei auf einen Stuhl und beobachtete ganz genau, wie sie jeden Gegenstand sorgfältig abwusch und auf das Abtropfregal stellte.

«Lass uns Maretti spielen», schlug er vor, als sie fertig war.

Ihr sehnsüchtiger Blick Richtung Laptop, der aufgeklappt auf dem Tisch stand, verriet mir, dass sie lieber ins Netz gehen wollte. Langsam gelang es mir, in ihr zu lesen wie in einem offenen Buch, und in dem Moment begriff ich, wie wichtig es war, auf ihre Bedürfnisse einzugehen, um ihr Vertrauen zu erringen.

«Möchtest du vor den Hausaufgaben noch sehen, was es Neues auf Facebook gibt?»

Sie lächelte, und plötzlich war da wieder dieses Feuer, das mir gleich bei ihrer Ankunft aufgefallen war.

«Ich will aber Maretti spielen!», beharrte Ben.

«Ich spiele mit dir.» Ich stand auf und schob den Laptop zu Dathis Platz.

Noch ehe sie sich gesetzt hatte, flogen ihre Finger über die Tastatur. Während Ben und ich kleine Spielzeugautos quer durchs Wohnzimmer schossen, saß sie in der Küche und tippte wie von Sinnen. Nach einer Weile tauchte sie im Türrahmen auf.

«Jetzt habe ich dreiundachtzig Freunde.»

Ich hob den Blick. «Meinst du Facebook-Freunde?» Die Vorstellung, dass das echte Freunde waren, erschien mir immer noch abwegig.

Sie nickte.

«Super.»

«Einmal abgesehen von den Freunden daheim kenne ich nur sieben von meinen neuen Freunden persönlich. Die anderen sind Freunde von Freunden. Ziemlich aufregend, wie schnell das hier geht. Hier sind viel mehr Leute online als zu Hause. Die Sache ist nur …»

«Was denn?» Ich lehnte mich auf dem Wohnzimmerboden nach hinten.

«Die eine Person, von der ich gern hören würde, meldet sich überhaupt nicht.»

Zuerst dachte ich, sie spräche von Chali. Meinte sie allen Ernstes, ausgerechnet über Facebook Kontakt mit ihrer Mutter aufnehmen zu können? Die Abwegigkeit dieses Gedankengangs ließ mich erkennen, dass ich vollkommen falschlag. Und so fragte ich: «Abby?»

«Ja, sie ist hier meine beste Freundin. Bitte erzähl Oja nicht, dass ich das gesagt habe.»

Ich verkniff mir ein Lächeln. «Du kannst dich auf mich verlassen.»

Dathi ging in den Flur und holte ihren Rucksack. Auf dem Weg in die Küche, wo sie nachmittags immer ihre Hausaufgaben machte, hielt sie inne, kramte in ihrem Tornister herum und zog ein Blatt Papier hervor, auf das sie etwas gemalt hatte. Sie reichte mir den Bogen und wartete gespannt, während ich die Skizze betrachtete.

Auf dem schweren weißen Papier hatte sie mit Kohle schwungvoll zwei Frauen festgehalten … oder – bei genauer Betrachtung – eine Frau und ein Mädchen, die einander umarmten. Mutter und Tochter. Mir stiegen Tränen in die Augen. Dathi vermisste Chali mehr, als ich mir vorstellen konnte. Ich kannte die Verzweiflung einer Mutter, die sich nach ihrem toten Kind sehnte, aber was wusste ich über die unvollständig entwickelte Trauer eines Kindes, das seine Mutter verloren hatte? Ihr Leid war meinem ähnlich und trotzdem ganz anders.

Ben, der merkte, dass etwas nicht stimmte, stellte sich hinter mich und spähte über meine Schulter auf die Zeichnung. Die Nähe, die ich spürte, als er sich an meinen Rücken schmiegte, und sein warmer Atem, der meinen Nacken streifte, erfüllten mich mit einer Liebe, die beinah schmerzte.

«Sehr schön», wisperte ich.

«Das ist für sie.»

Für Chali, dachte ich und wurde erneut umgehend eines Besseren belehrt.

«Für Abby.» Dathi nahm die Zeichnung zurück. «Vor ein paar Minuten habe ich ihr eine Nachricht geschickt. Meinst du, die Zeichnung wird ihr gefallen? Soll ich sie ihr mailen?»

«Ich hätte da eine bessere Idee.» Ich stand auf und setzte Ben schwungvoll auf meine Hüfte. «Los, zieht eure Schuhe und Jacken an.»

«Ich muss Hausaufgaben machen!» Aber der beschwingte Tonfall, mit dem sie das sagte, zeigte an, dass ihr Einwand nicht ernst gemeint war. Sie ahnte, was ich vorhatte, und wusste genauso gut wie ich, dass ihre Hausaufgaben warten konnten.

Wir brachten Ben zu Mac, wo er im neuen Büro seines Vaters Chaos stiften konnte, kehrten in der einsetzenden Abenddämmerung um und marschierten durch die Kälte zur U-Bahn. Falls alles gutging und es keine Verzögerungen gab, würden wir eine halbe Stunde, bevor die Besuchszeit endete, im Krankenhaus eintreffen.

Kapitel 17

Bei unserem Eintreffen im Krankenhaus war Abby allein. Bis zu diesem Tag hatte ich sie nur in Gegenwart von anderen Besuchern oder Sasha Mendelsohn angetroffen. Die Krankenschwester am Empfang erkannte mich und winkte mich durch, während sie den Hörer ihres klingelnden Telefons abnahm.

Die Zimmertür stand offen. An mehrere Kissen gelehnt, las Abby *Hüter der Erinnerung*. Dass sie selbst las und das Buch auch halten konnte, war höchst erfreulich. Demnach musste ihr Schlüsselbeinbruch fast ausgeheilt sein. Da ihr Krankenhaushemd oben geöffnet war, konnte man erkennen, dass die vielen blauen Flecken auf ihrer Brust jedoch noch nicht ganz verschwunden waren. Ihren Gips, mit dem ihr Bein ruhig gestellt wurde, zierten ein paar Namen und Kritzeleien.

Sie nahm Notiz von uns, als wir eintraten, und spähte über den Buchrand.

«Hallo, Abby. Ich bin Karin. Erinnerst du dich? Ich war ein paarmal hier und wohne in der gleichen Straße wie du. Das hier ist Dathi. Sie ist zwölf und möchte dich unbedingt kennenlernen.»

Ihr Blick huschte von mir zu Dathi, die grinste.

«Ich habe es mitgebracht.» Sie hielt die Zeichnung hoch. «Hast du meine Nachricht auf Facebook gelesen? Ich wollte mit dir chatten, aber du bist nie online. Hier.»

Abby ließ das Buch fallen. Dathi eilte zu ihr und versuchte, es aufzufangen; die zusammengerollte Skizze warf sie auf das Bett. Ihr unbeschwertes Lachen führte dazu, dass sich Abbys Miene ein wenig aufhellte.

«Wo ist dein Lesezeichen?» Dathi suchte es; sie blätterte das Buch durch, schaute unter das Bett und unter Abbys Laken. Zu guter Letzt fand sie es auf dem Boden. «Hier! Aber wie finden wir die richtige Seite?»

Abby streckte die Hand nach dem Buch aus, das Dathi ihr reichte, blätterte vor, bis sie die Stelle fand. Sie überließ es Dathi, das Lesezeichen hineinzulegen. Zaghaft lehnte Abby sich wieder an die Kissen und versuchte, sich mehr aufzurichten.

«Warte.» Dathi eilte ihr zu Hilfe und schüttelte die Kissen auf. «Besser so?»

Obwohl Abby beweglicher war als in den vergangenen Wochen und auch ohne Hilfe sitzen konnte, kam ihr immer noch kein Wort über die Lippen. Ich hatte Dathi davor gewarnt und war ziemlich beeindruckt, wie abgeklärt sie auf das Schweigen ihrer Freundin reagierte.

Der Besucherstuhl stand in der Zimmerecke, und als ich ihn ans Bett schob, trat Dathi zurück, damit ich mich setzen konnte.

«Der ist für dich», sagte ich.

«Nein, ich stehe.»

«Nimm ihn. Ich möchte gar nicht sitzen.»

Dathi gab nach und schob den Stuhl noch näher ans Bett. Schon vor ihrem Besuch hatte sie beschlossen, dass Abby und sie Freundinnen sein würden, und so war es dann auch. Wundersamerweise sah Abby, die auch ein Stück näher rückte, das genauso.

«Karin hat mir von dir erzählt», begann Dathi. «Ich habe dich auf Facebook gefunden, und jetzt sind wir Freundinnen. Nach dem Unterricht habe ich dir das alles geschrieben. Ich bin auf der Middle School 51. Zu welcher Schule gehst du?» Sie rollte die Zeichnung auf und zeigte sie Abby, die jedes Detail in sich aufsog.

«Kannst du sagen, was das ist?» Dathi beobachtete Abbys Miene. «Siehst du es? Das ist ein Mädchen mit ihrer Mutter. Das ist das Schöne an Müttern: Kuschelt man sich an sie, sind sie weicher als alles andere. Meine hat nach Nelken gerochen. Eine Klassenkameradin hat mir erzählt, ihre Mutter rieche nach Keksen. Kekse esse ich sehr gern. Daheim, in meinem Dorf in Indien, waren Kekse etwas ganz Besonderes.»

Abby lenkte den Blick von der Zeichnung auf Dathi, die ihre Federohrringe und ein Stirnband trug, das ihr rundes, ernstes Gesicht betonte. In ihrer neuen amerikanischen Kleidung wirkte sie ein wenig merkwürdig: Ihr fehlte noch die Lässigkeit für so ein Teenager-Outfit, und sie war einfach zu intelligent für den SMS-Slang ihrer Altersgenossen. Auf Dathis Schule hatte ich ein Mädchen sagen gehört: «NB, sie war meine BFFI, aber sie ist so chaotisch, dass ich ihr LL nicht mehr ausstehen kann.» Es dauerte eine ganze Weile, bis ich den Satz entschlüsselt hatte. In der einen Woche seit Dathis Ankunft hatte ich viel gelernt – und das, obwohl sie in ihrer Welt noch ein Außenseiter war. Doch im Vergleich zu ihr lebte ich auf einem anderen Planeten, was mir das Kichern der beiden Mädchen wieder deutlich vor Augen führte.

Ich wartete neben der Tür und bemühte mich, ihre Zweisamkeit nicht zu stören und mich von dieser für Mädchen so typischen und geheimnisvollen Welt fernzuhalten.

«Soll ich die Zeichnung hier aufhängen, damit du sie sehen kannst?» Dathi zeigte auf eine Stelle gegenüber von Abbys Bett, gleich unter dem an der Wand befestigten Fernseher.

Abby nickte nach kurzem Zögern.

«Ich brauche Klebeband.» Dathi blickte sich suchend im Krankenzimmer um.

«Ich kann mal beim Empfang nachfragen, ob sie dort welches haben», bot ich an.

Auf dem Weg dorthin lief ich den Campbells über den Weg. Linda wirkte bei weitem nicht mehr so gestresst wie bei unserer letzten Begegnung, wo sie die Fassung verloren hatte und in

Tränen ausgebrochen war. Pater X, der wesentlich blasser und dünner als vor seiner Einlieferung war, begleitete das Paar.

Wir begrüßten uns mit Handschlag, und ich erkundigte mich nach seiner Gesundheit. Er berichtete, dass er nur zwei Nächte im Krankenhaus gewesen sei und man ihn unter der Auflage, kürzerzutreten, entlassen habe. Der wohlmeinende Rat der Ärzte ließ uns schmunzeln.

«Wie soll das gehen?», sinnierte Linda. «Meinen die Ärzte, man könnte einfach seine Koffer packen und auf eine einsame Insel ziehen?»

«Das soll den Blutdruck beträchtlich senken.» Pater X lachte, bis sich seine Wangen rot färbten.

Ich hasste ihn.

Ich kannte ihn nicht, und vielleicht vergifteten die vielen Berichte über pädophile Priester meine Gedanken. Vielleicht durfte ich diesen Mann Gottes nicht für die Verbrechen anderer verantwortlich machen, aber ich konnte einfach nichts gegen dieses Gefühl machen. Was hatte er eigentlich andauernd am Krankenbett von diesem Waisenkind zu suchen? Musste er sich nicht auch um seine anderen Schäfchen kümmern?

«Ich hörte, Detective Staples möchte noch mal versuchen, mit Abby zu reden», wandte sich Pater X in einem leicht weinerlichen Ton an mich. Um wen trauerte er: um Reed, Marta, Abby oder sich selbst?

«Ich bin mit meiner Tochter gekommen, die gerade bei Abby ist.» Dass ich Dathi als meine Tochter ausgab, nahm in diesem Moment selbst mich wunder.

«Ich wusste gar nicht, dass Sie eine Tochter haben», sagte Pater X.

«Doch. Sie ist ungefähr in Abbys Alter. Und ich habe auch noch einen Sohn, der drei, nein, fast vier ist.»

«Kennen sich Ihre Tochter und Abby von der Schule?», fragte

Linda. «Ich muss so viel wie möglich über ihr Leben in Erfahrung bringen, falls ich nun ihre Mutter sein soll. Nicht *falls*. Ich meinte, *weil*.» Linda stieg die Röte ins Gesicht.

«Das schaffst du schon mit der Zeit», versicherte Steve ihr. Da er offensichtlich ein hingebungsvoller Ehemann war, ging ich davon aus, dass er sich auch als Vater so verhalten würde. Jedenfalls hatten die Dekkers anscheinend große Stücke auf ihn gesetzt. Dass sie auch Linda ihr Vertrauen geschenkt hatten, nahm mich allerdings wunder.

«Marta und ich waren eng befreundet, aber erst jetzt begreife ich, wie wenig ich von ihrem Alltag mitgekriegt habe.»

«Wir alle wandeln im Schatten», merkte Pater X in einem Ton an, der beruhigen sollte, doch das zog nicht bei mir.

Alles, was er sagte oder tat, hinterfragte ich oder lehnte es gar rundweg ab. Plötzlich fiel mir eine Textstelle aus der Sonntagsschule ein, die immer mit bedrohlichem Unterton zitiert wurde: *Wer unter dem Schirm des Höchsten sitzt, bleibt unter dem Schatten des Allmächtigen*.

Kaum kam mir das in den Sinn, ärgerte ich mich schon über meine Arroganz. Womöglich hatte La-a recht, und ich urteilte, ehe es Beweise gab. Möglicherweise waren meine Vermutungen zu unseren Fällen nicht das Ergebnis eines speziellen Instinkts, sondern nur Vorurteile, wodurch ich die ganze Ermittlung gefährdete. Vielleicht war es ja doch besser, wenn ich ihren und Billys Rat beherzigte und mich nicht in ihre Arbeit einmischte.

«So ist es.» Steve klopfte Pater X auf den Rücken. «Wir versuchen, so viel wie möglich über Abbys Leben zu erfahren, und bei allem anderen können wir improvisieren, oder? Du wirst ihr eine gute Mutter sein, Linda.»

«Das erfordert eine gehörige Umstellung, aber ich freue mich auch darauf», betonte Linda. «Ich möchte nicht, dass jemand etwas anderes denkt. Darling, da fällt mir gerade etwas ein … Was ist mit Brasilien?»

«Die Reise wurde schon vor einem Jahr gebucht.»

«Na, dann bleibe ich eben daheim, und du fährst.» Sie wandte sich zu mir um und sagte mit einem Grinsen: «Seit Jahren fahren die Jungs im Frühling zum Fischen nach Brasilien, und wir Mädels reisen für eine Woche nach Paris.»

«In Brasilien kann man prima fischen.» Der Gedanke zauberte ein Lächeln auf Steves Lippen. Als Lehrer hatte er sich diese Reisen, für ihn vermutlich der Höhepunkt des Jahres, zugegebenermaßen schwer verdient.

«Natürlich», fuhr Linda fort, «wird es ohne Marta nicht mehr das Gleiche sein. Daher macht es mir nichts aus, daheimzubleiben. Um ehrlich zu sein, ist es mir sogar lieber.»

«Nächstes Jahr stimmen wir uns ab», überlegte Steve laut, «oder einer fährt das eine Jahr und der andere im nächsten. Wir finden da bestimmt eine Lösung.»

Jetzt fiel mir wieder ein, wieso mir Steve bei unserer ersten Begegnung bekannt vorgekommen war: Auf dem Foto im Wohnzimmer der Dekkers war er der Mann neben Reed. Die Aufnahme, auf der die beiden Männer ziemlich entspannt und sonnengebräunt aussahen, war auf einem Boot gemacht worden.

«Wie steht es mit Ihnen, Pater?», fragte ich. «Brauchen Sie nicht auch eine Auszeit?»

«Ich nehme selten frei – und wenn, dann besuche ich Orte, die ich mit dem Auto erreichen kann.» Er rang sich ein Lächeln ab und wandte sich an die Campbells. «Sollen wir?»

Ich folgte ihnen in Abbys Zimmer.

Dathi saß auf der Bettkante und trug Abby wie eine geübte Erzählerin in dramatischem Flüsterton eine Geschichte vor. Allem Anschein nach kam sie gerade zum Höhepunkt, denn Abby neigte sich zu Dathi vor und lauschte ganz gespannt. In dem Augenblick, wo sie uns kommen hörten, gingen sie auf Distanz.

«Ach, Schätzchen, du siehst ja viel besser aus!» Linda eilte an Abbys Bett und beugte sich über sie.

Abby zeigte keinerlei Regung, ihre Miene war ausdruckslos. Die Begeisterung, die sie eben noch an den Tag gelegt hatte, war schlagartig fort.

«Wie geht es dir? Kannst du bald nach Hause kommen?» Wie bei ihrem letzten Besuch zögerte Linda kurz, bevor sie Abbys Stirn vorsichtig berührte; diesmal brach sie gottlob nicht in Tränen aus. Dann wich sie zurück und lächelte wohlwollend Abby zu, während Dathi sich nicht rührte.

Bei Dathis Anblick, die mir überhaupt nicht ähnlich sah, spiegelte sich Verwunderung in den Mienen von Pater X und den Campbells.

Obschon es sie im Grunde genommen gar nichts anging, weshalb ich sie als meine Tochter ausgegeben hatte, trat ich vor und erklärte: «Dathi lebt jetzt bei mir. Ihre Mutter hat für uns gearbeitet, ehe …»

Pater X versuchte seine Überraschung hinter einem gekünstelten Lächeln zu verbergen. «Ja, sicher. Dann wollen wir dich mal willkommen heißen.» Er streckte die Hand aus, die sie nur ganz kurz schüttelte.

«Ich bezeichne sie als Tochter», fuhr ich fort, «denn ich hoffe, dass sie bei uns heimisch wird.»

Von Gefühlen überwältigt, schaute Dathi weg. Anschließend sah sie zu Abby, deren Blick sich verdüsterte.

«Na», meinte Linda mit gedämpfter Stimme zu mir, «in dem Fall haben wir etwas gemein, nicht wahr?»

«Sieht ganz so aus.»

Plötzlich redeten wir, wenn auch nur indirekt, in Anwesenheit der beiden Mädchen über ihre ermordeten Mütter. Eine spürbare Kälte breitete sich in dem Raum aus, als hätte jemand das Fenster geöffnet. Mir fiel auf, wie seltsam es hier roch. Wie in den meisten klimatisierten Gebäuden wurde die Luft nur ausgetauscht und verließ nie das Haus. Auch hier herrschte dieser abgestandene, leicht säuerliche Geruch, der mich davon abhielt, in großen Hotels abzusteigen: Binnen kürzester Zeit wurde ich kurzatmig und meinte zu ersticken.

Während ich darauf wartete, dass dieser unangenehme Moment vorüberging, musste ich daran denken, dass ich nach all den Jahren in der Armee und bei der Polizei einen regelrechten Widerwillen gegen Institutionen entwickelt hatte. Erst nachdem ich den Job hingeschmissen und alle Zwänge abstreift hatte, spürte ich wirklich, wie stark mich von anderen gesetzte Grenzen einschränkten. Vielleicht war dies ja auch der Grund, weshalb es mir so schwerfiel, mein Studium abzuschließen, wieso ich mich neuerdings am liebsten ausschließlich um meine Familie kümmern wollte – und warum ich Pater X, Autoritätsfigur und fest verwurzelt in einer der mächtigsten Institutionen, so unheimlich fand.

«Dathi, ich denke, wir sollten uns jetzt auf den Heimweg machen.»

Sie erhob sich, flüsterte Abby etwas ins Ohr und nahm meine Hand.

Kurze Zeit später standen wir in der überfüllten U-Bahn ganz dicht beieinander und hielten uns an derselben Stange fest.

«Heute war *Brennpunkt Brooklyn* in der Post», teilte ich ihr mit.

«Ach ja?»

«Wenn du deine Hausaufgaben gemacht hast und Ben im Bett ist, könnten wir uns den Film ansehen.»

«Ich werde mich beeilen.»

Danach schwiegen wir. Sie schien in Gedanken versunken zu sein, und ich war es auch. Mein Wunsch, mit Edward Walczak zu sprechen und in Erfahrung zu bringen, was er über Pater X wusste, wurde von Minute zu Minute drängender – fast wie eine Obsession. Und so ein Gespräch konnte doch nicht schaden, oder? Vielleicht hatte er ja wichtige Informationen, die Billy und La-a bei ihrer Ermittlung weiterhalfen. Nach dem Treffen konnte ich ja den Rat der anderen beherzigen, mich um meinen eigenen Kram kümmern und die Suche nach den Tätern den Profis überlassen.

An diesem Abend kuschelte ich mit Dathi unter einer Decke im dunklen Wohnzimmer, knabberte Popcorn und versuchte nachzuvollziehen, wieso *Brennpunkt Brooklyn* eine so große Faszination auf sie ausübte. Warum begeisterte sie sich für einen Polizisten, der in den Siebzigern einen internationalen Drogenring auffliegen ließ? All das hatte überhaupt nichts mit ihrem Leben zu tun. Am Ende fiel bei mir der Groschen: Sie bewunderte Popeye Doyle für seine Beharrlichkeit, seine Respektlosigkeit und seine alles andere als mustergültige Unbeugsamkeit. Er hätte seine Nase nicht so tief in die Unterwelt stecken dürfen; dennoch tat er es und erreichte am Ende das Unmögliche. Aus dem gleichen Grund faszinierte mich Meg aus *Die Zeitfalte*: Angetrieben von ihrer Wut und ihrer Sturheit, dringt sie zum Kern, zur Wahrheit vor.

* * *

Am Samstagnachmittag um vier Uhr standen Mary und Fremont Salter vor unserer Tür. Fremont hatte eine Gitarre auf dem Rücken und trug einen schweren Verstärker. Seine Band gab später ein Konzert, zu dem Mary ihn mitsamt seiner Ausrüstung fuhr, die er offenbar nicht unbeaufsichtigt im Auto lassen wollte.

Die Kinder bestaunten die Gitarre, während wir Erwachsene uns leise in der Küche unterhielten. Das Vorstellungsgespräch, falls man es überhaupt so nennen konnte, dauerte nicht lange. Es war nicht von der Hand zu weisen, dass Mac von Mary genauso angetan war wie ich. Er stellte ihr nur wenige Fragen über ihre früheren Tätigkeiten. Da sie vor der Geburt ihres Sohnes viele unterschiedliche Jobs ausgeübt und sich nie auf ein Berufsfeld festgelegt hatte, war sie ein Tausendsassa mit zahllosen Fähigkeiten. Zudem beherrschte sie Tai-Chi, Karate und Aikido so gut, dass sie Anfänger darin unterrichten konnte, hatte in verschiedenen Büros und ein halbes Jahr lang sogar beim FBI in Manhattan gearbeitet.

«Dann haben Sie also die Sicherheitsüberprüfung bei denen bestanden?», hakte Mac nach.

«O ja, den ganzen Zirkus. Eigentlich war das ein Heidenspaß … Bis dahin hatte noch niemand meine Fingerabdrücke genommen. Keine Ahnung, ob Karin es erwähnt hat, aber ich stehe auf all den Kram.»

«Gibt es jemanden beim FBI, mit dem ich sprechen könnte?»

«Sicher.» Sie zog ein altes iPhone hervor, schickte dem Betreffenden die Kontaktdaten von Mac und schrieb eine SMS mit der Bitte um eine Empfehlung. Nur eine halbe Minute später meldete ein Signalton, dass eine Antwort eingegangen war.

«Gary sagt, Sie können ihn jederzeit anrufen», meinte Mary. «Auch jetzt gleich, wenn Sie möchten.»

Mac zog die Augenbrauen hoch. Stars Ineffizienz war eines der Dinge gewesen, die ihn an ihr gestört hatten. «Warum nicht?»

Während er telefonierte, gesellte Mary sich zu den Kindern im Wohnzimmer. Ich schloss die Tür, damit Mac ungestört sprechen konnte, blieb in der Küche und hörte seinen Teil der Unterhaltung mit. Er stellte die üblichen Fragen und nickte, wenn Gary antwortete. Noch ehe er sich für die Auskunft bedankte und Mary lobte, hatte mir sein wohlmeinender Ton verraten, wie positiv das Gespräch verlaufen war. Nach dem Gespräch sagte er: «Er wollte sie einstellen, aber weil ihr Sohn noch zu klein war, hat sie sich gegen eine Vollzeitstelle entschieden.»

Ich musste schmunzeln. «Dann wagen wir es?»

«Ja.»

Wir gingen ins Wohnzimmer. Mac hob seinen Daumen, um Mary zu signalisieren, dass er nur Positives über sie erfahren hatte. «Laut Gary sind Sie diejenige, die entkommen ist.»

«Oje», meinte sie verschämt, was wir ihr nicht abkauften, denn in Wahrheit wusste Mary ganz genau, wie kompetent sie war. «Möchten Sie noch mit jemand anderem sprechen?»

«Nicht nötig», wehrte Mac ab. «Also, wollen Sie für uns arbeiten?»

Mary strahlte uns an. «Das war wohl Schicksal. Ich freue mich wirklich sehr. Wann soll ich anfangen?»

«Jetzt?», platzte es aus mir heraus, als ich sah, wie wohl sich die Kinder mit ihr und Fremont fühlten.

«Okay. Fres Gig fängt erst in ein paar Stunden an. Sie beide können ausgehen, und ich und die Kinder machen einen Probelauf, bevor Sie mir endgültig zusagen.»

In Windeseile zogen wir Schuhe und Jacken an und stürmten in der Abenddämmerung aus dem Haus.

«Zum Abendessen ist es noch zu früh.» Mac zog die Haustür hinter sich zu, streifte sich die Lederhandschuhe über und lief die Stufen hinunter.

«Bist du hungrig?»

«Eigentlich nicht. Du?»

«Gar nicht.»

«Reicht die Zeit fürs Kino?», fragte er auf dem Weg zur Smith Street.

«Hm. Was hältst du davon, wenn wir bei Edward Walczak vorbeischauen? Mit etwas Glück kommt er raus und spielt mit uns.»

Mac lachte so herzhaft, dass kleine Atemwölkchen in der kalten Luft aufstiegen. «Du kannst einfach nicht loslassen, oder?»

«Warum sollte ich?», entgegnete ich unwirsch, was ihn offensichtlich auf die Palme brachte.

«Karin, wenn du um jeden Preis wieder Polizistin sein möchtest, bitte schön. Und wenn nicht, lass die Finger davon. Ich meine es ernst.»

Ich blieb stehen und wartete, bis er sich umdrehte und mich ansah. Sein Kommentar ärgerte mich nicht, sondern bestärkte mich nur in meinem Entschluss. Ich hatte mich lange genug zurückgehalten, und sein Blick sprach Bände: Ihm war klar, dass er mich nicht von meinem Vorhaben abbringen konnte.

«Du findest, ich übertreibe. Klar. Nur gibt es einen triftigen Grund, weshalb ich immer weiterbohre.» Ich erzählte ihm alles: von Vargas' Ring, meinem Besuch auf dem 72. Polizeirevier, meiner Begegnung mit La-a, von der Liste der Verdächtigen, auf der auch Billys Name gestanden hatte, wie ich die beiden zusammengestaucht hatte, von meinen Bedenken, sie nicht überzeugt zu haben, und von meinem Bestreben, Billy zu schützen.

«*Scheiße.* Ich kann's nicht fassen.»

«Verstehst du mich jetzt?»

Wir setzten uns wieder in Bewegung und legten ein flottes Tempo vor.

«Ja, sicher. Wo wohnt dieser Walczak?»

Kapitel 18

Eddie Walczak jr. hatte seinen Namen von Hand auf ein Schild neben der Klingel geschrieben. Im Erdgeschoss des Hauses gab es eine Eisenwarenhandlung. Die Tür daneben führte zu den darüberliegenden Apartments. Ich klingelte, wartete und klingelte abermals.

«Er ist nicht da.» Ein junger Mann mit kurzen, struppigen Haaren, der vor dem Laden neben den Schneeschaufeln und Streusalzsäcken stand, beäugte uns kritisch. Irritierenderweise wirkte seine Augenpartie deutlich älter als das übrige Gesicht.

«Wissen Sie, wann er heimkommt?», fragte Mac ihn.

«Vermutlich nach der Arbeit.» Er zupfte etwas von seiner Zunge und schnippte es weg.

«Und wann taucht er gewöhnlich auf?», wollte ich erfahren.

«Um sieben.»

«Kann man die Uhr nach ihm stellen?» Mac grinste.

«Er arbeitet in der Nähe.»

«Wo denn?»

«In einer Eisenwarenhandlung.» Jetzt grinste er.

«Sie sind Eddie?», fragte ich.

Er nickte und grinste immer noch. «Wer will das wissen?»

«Mac MacLeary, und das hier ist meine Frau, Karin Schaeffer.» Mac gab ihm die Hand zum Gruß. «Wir sind Privatdetektive und ermitteln in einem Fall.» Dass Mac ihn anschwindelte, verdeutlichte, wie aufgebracht er war. Wie ich glaubte er felsenfest an Billy und war nicht gewillt, sich zurückzulehnen, während sein Freund wegen seiner Krankheit verteufelt wurde. Die Tatsache, dass wir offiziell gar nicht mit dem Fall betraut waren, war auf einmal völlig nebensächlich.

«Ich weiß von nichts.»

Mac rückte ihm etwas auf den Pelz. «Hören Sie, es geht um Pater X. Und um die Sache vor fünf Jahren.»

«Ja?» Er klang abwehrend, machte sich jedoch nicht aus dem Staub.

«Können wir uns irgendwo in Ruhe unterhalten?», bat Mac.

Eddie warf einen Blick nach hinten in den Laden und rief: «He, Tony, bin gleich wieder zurück! Ich mach kurz Pause.»

Er führte uns über die Straße und ging mit uns ein paar Blocks weiter zu einem Dunkin' Donuts an der Kreuzung Smith und Bergen Street. Wir traten aus der grauen Kälte in den warmen, orange- und pinkfarbenen Verkaufsraum und nahmen an einem Vierertisch Platz.

«Kaffee?» Mac zog wie ich seine Jacke aus und warf sie zu meiner auf den freien Stuhl.

«Milch, kein Zucker.»

Ich setzte mich neben ihn.

«Wie lange sind Sie schon Polizisten?»

«Wir sind keine Polizisten», antwortete ich. «Das waren wir früher mal, aber das ist schon eine ganze Weile her. Jetzt arbeiten wir auf eigene Kappe.»

«Wer ist Ihr Auftraggeber?»

«Wir unterstützen die Polizei in einem Mordfall», erklärte ich und wartete gespannt auf seine Reaktion. Sein Pokergesicht gab jedoch nichts preis.

Mac brachte ein Tablett an den Tisch und verteilte Kaffee und Schmalzkringel. Eddie griff nach seinem Becher und gab Milch hinein.

«Von welchem reden wir?»

«Eigentlich von zweien. Es geht um das Ehepaar und die Tote auf der Nevins.»

Eddie nahm sich einen Kringel und biss herzhaft hinein. «Ja, ich habe darüber in der Zeitung gelesen. In meiner Kindheit war diese Gegend hier nicht sicher. Später hat sich das geändert. Und jetzt … keine Ahnung.»

«Ist Ihnen an den Dekkers, dem Ehepaar aus der Bergen Street, irgendetwas komisch vorgekommen?»

Eddie zögerte und zuckte dann mit den Achseln. «Was denn?»

«Nun, sie waren engagierte Mitglieder der Gemeinde von St. Paul's. Pater Dandolos war ihr Pastor.»

Eddie grinste hämisch und tunkte den Rest seines Kringels tief in den Kaffee. Seine Finger, deren Nägel er stark angekaut hatte, waren tropfnass.

«Sie kennen ihn», sagte ich.

«Pater X, meinen Sie?»

«Genau der.»

«Ja, und?» Seine Schnoddrigkeit wirkte nicht mehr ganz so überzeugend wie vorhin. Er war ein kluger Bursche und konnte sich ausrechnen, warum wir ausgerechnet ihn aufgesucht hatten. Nach einer kurzen Pause fragte er uns: «Hat der Pater was damit zu tun?»

«Keine Ahnung», antwortete ich.

«Sie waren Zeuge in einem Fall, dessen Akten unter Verschluss stehen», bemerkte Mac.

Eddies Miene fror ein, und das letzte Quäntchen Kaltschnäuzigkeit fiel von ihm ab. «Es ging um ein Kind. Deshalb ist die Sache unter Verschluss. Jammerschade, dass keiner auf mich gehört hat. Deshalb ist er auch immer noch auf freiem Fuß und kann tun und lassen, was er will.»

«Was ist damals passiert?», hakte ich nach.

«Ich bin jetzt ein Jahr clean. Hat 'ne Weile gedauert, aber ich hab's geschafft.»

Ich nickte. Mac, der in seinen Schmalzkringel biss, studierte Eddie erwartungsvoll.

«Ich war sechs Jahre lang Ministrant, angefangen hab ich mit zehn. Meine Mutter wollte das unbedingt, und mir … ähm … hat es am Anfang auch Spaß gemacht. Ich war stolz, wissen Sie? Nach einer Weile, ich weiß auch nicht, warum, wurde es langweilig, doch ich konnte wegen meiner Mom den Bettel nicht hinschmeißen. Ein paar von den Jungs in der Kirche haben Mist gebaut … Drogen genommen und so. Und Überfälle gemacht: keine großen Dinger und nur im Viertel. Verletzt wurde niemand. Das war ja auch nicht Sinn und Zweck des Ganzen.»

«Worum ging es denn dann?», fragte Mac, in dessen Blick für einen kurzen Moment so etwas wie Bedauern lag.

Eddies Miene erstarrte. «Um gar nichts. Kapiert?»

«Sie waren damals ja noch ein Kind.» Mac ruderte zurück. «Inzwischen sind Sie erwachsen. Arbeiten. Sind ein rechtschaffener Bürger.»

«In jeder Hinsicht», betonte Eddie.

«Das, was den Dekkers zugestoßen ist, muss Sie ziemlich traurig gemacht haben», sagte ich. «Dass das ausgerechnet in Ihrem Viertel und dann auch noch Mitgliedern von Pater X' Kirche passiert ist, hat bestimmt schlimme Erinnerungen wachgerufen.»

Eddie nickte. «Wäre das von damals heute passiert, würde man vielleicht auf mich hören.»

«Kann gut sein», pflichtete ich ihm bei.

Mac neigte sich vor. «Wenn *was* passiert wäre, Eddie?»

«Möglicherweise hatten sie ja recht», begann er. «Ich war nur ein Junkie, der Leute bestahl, und sein Gesicht habe ich ja auch nicht gesehen. Daher war ich ein fragwürdiger Zeuge, obwohl sie das so nicht gesagt haben.»

«Nicht glaubwürdig», meinte Mac. «Aber jetzt stehen die Dinge anders. Nun sind Sie glaubwürdig. Was haben Sie gesehen?»

«Hm …» Er griff nach einem weißen Zuckertütchen und faltete es mehrmals. «Also gut. Folgendes spielte sich damals ab: Ich war auf der High School und ging jeden zweiten Nachmittag zum Footballtraining. Als ich an jenem Tag aus der U-Bahn kam, war es bereits dunkel, und mir fiel ein, dass ich nach der Schule ein paar Flugblätter, die meine Mutter gemacht hatte, zum Kopieren in die Kirche bringen sollte. Ich laufe also schnurstracks zur Kirche mit den Flugblättern und lege sie in diese Ablage auf dem Schreibtisch. Dann höre ich Geräusche; sie kommen aus der Abstellkammer, was ich eigenartig finde. Dort wird nur irgendwelcher Kram aufbewahrt, und manchmal gucke ich rein, ob da was ist, das ich mitgehen lassen kann … Wie auch immer, ich öffne die Tür. Drinnen ist es dunkel. Ohne Licht zu machen, trete ich ein. Durchs Fenster fällt Mondlicht, und ich erkenne zwei Gestalten. Einen Mann und Joanne: einen Jungen, der wie ein Mädchen aussieht. In Wahrheit heißt er Joey, aber weil er aussieht, wie er aussieht, rufen wir ihn Joanne. Dünn ist er. Hat hellblaue Augen, schönes blondes Haar. Er sah echt wie ein Mädchen aus.»

«Wer war bei ihm?», fragte ich, damit er endlich zum Kern der Geschichte kam.

Er starrte uns an. «Der Pater.»

«Was genau ist in der Abstellkammer passiert?», fragte Mac.

«Was soll denn die Frage? Was passiert Ihrer Meinung nach, wenn ein Priester mit einem halbnackten, mädchenhaften Jungen in eine Abstellkammer geht?»

«Wie haben Sie reagiert?», wollte ich wissen.

«Ich hab die Tür geschlossen und bin nach Hause gegangen. Meiner Mutter hab ich gesagt, ich hätte die Flugblätter abgeliefert, und hab zu Abend gegessen.»

Die Luft in dem Donutladen wurde stickig. Eddie drehte das Zuckertütchen um und faltete das untere Ende andersherum.

«Und was ist mit Joey passiert?», erkundigte ich mich leise.

Eddie zuckte mit den Achseln, den Blick stur auf seine flinken Finger gerichtet. Aus dem zigmal gefalteten Tütchen rieselte

Zucker auf die orangefarbene Tischplatte. «Nichts. Hab ihn am nächsten Tag Hand in Hand mit seiner Mutter auf der Court Street gesehen. Der Typ war ein totaler Schlappschwanz.»

«Wissen Sie noch, wie alt er damals war?», fragte ich ihn.

«Keine Ahnung. Zehn, vielleicht elf. So in etwa.»

«Ist Ihnen das Gleiche wie Joey widerfahren?», wollte Mac wissen.

Eddie hob abrupt den Blick. Seine Augen funkelten wütend. «Nein. Das hätte ich nie und nimmer zugelassen.»

«Hat der Pater das noch mal mit Joey oder einem anderen Jungen gemacht?»

«Ich weiß nur, was ich damals gesehen habe.»

«Und Sie sind sich sicher, dass der Mann Pater X war?» Mac trank einen Schluck Kaffee und fixierte Eddie über den Becherrand.

«Wer hätte es sonst sein sollen? Er war der einzige Priester in dieser Kirche, und der Scheißkerl hatte seine Robe an.»

«Aber sein Gesicht haben Sie nicht gesehen?»

«Nein.» Eddies Augen wurden feucht. Ich dachte, er würde gleich in Tränen ausbrechen, doch er musste nur niesen. «Ist hier irgendwo ein Köter?» Er drehte den Kopf und schaute sich in dem Laden um: keine Spur von einem Hund. «Haben Sie einen Hund? Ich reagiere ziemlich allergisch auf Hundehaare.»

«Wir haben keine Haustiere», versicherte ich ihm.

«Dann muss es wer anders sein. Wie auch immer … Ich weiß, was ich gesehen habe. Er war es.»

«Hören Sie, Eddie, kann ich Sie etwas fragen?», bat Mac.

«Was denn?»

«Waren Sie an jenem Nachmittag high?»

«Wie ich schon sagte, ich kam vom Footballtraining. Wenn man da auftauchte und *stoned* war, flog man aus dem Team. Ohne Pardon. Glauben Sie mir, so wie meine Mutter auf die

Kirche abfährt, genauso steht mein alter Herr auf Football. Das Risiko, eine Tracht Prügel zu kassieren, war mir viel zu hoch.»

«Und obwohl Sie an diesem Tag keine Drogen genommen hatten, glaubte Ihnen niemand.»

«Manche haben mir geglaubt, andere nicht.»

«Wann haben Sie über das gesprochen, was Sie gesehen haben?»

«Am nächsten Abend. Die Sache hat an mir genagt, verstehen Sie? Ich hab es meiner Mutter erzählt. Die brüllte mich nur an und meinte, ich solle den Mund halten, weil Pater X so was nicht tun würde. Aber als mein Vater Wind davon kriegte, hörte er mir zu und rief dann bei den Bullen an. Der Rest ist Geschichte.»

«Und was ist mit Joey passiert?»

«Keine Ahnung. Ich bin nicht mehr in die Kirche gegangen. Inzwischen war ich sechzehn, und da konnte meine Mutter mich nicht mehr dazu zwingen. Und meinem Vater war es eh schnuppe. Joey und ich verkehrten nicht in denselben Kreisen. Hin und wieder bin ich ihm über den Weg gelaufen, aber mehr auch nicht.»

«Hat er jemals mit Ihnen über den Vorfall gesprochen?», fragte ich ihn.

«Ein einziges Mal. Er kam mit ein paar Freunden in den Park ... Er hing immer mit Mädchen ab, mit denen er Seilspringen und so einen Scheiß machte. Er sah mich, kam rübergerannt und flüsterte: ‹Vielen Dank, Eddie.›»

«Das war alles?»

Eddie nickte.

«Und was haben Sie dann gesagt?»

«Was hätte ich denn sagen sollen? Aber es war nett, dass er sich bei mir bedankt hat, wissen Sie? Ich meine, wie er da so meinen Namen sagte, das war nett und klang, als ob er es ernst meinte. Wahrscheinlich war ich der Einzige, der Bescheid wusste.»

«Und später wohnten Sie bei den Sons of St. Paul's?» Ich gab mich verblüfft, damit er auch den Rest seiner Geschichte erzählte. «Das muss doch komisch gewesen sein.»

«Scheiße. Komisch ist gar kein Ausdruck. Nach dem Knast – ich hatte zehn Monate für leichten Diebstahl abgesessen – blieb mir keine andere Wahl. Ein ganzes Jahr musste ich dort wohnen, verdammt noch mal, bevor ich wieder in ‹die Gesellschaft eingegliedert› werden konnte. Was für ein Schwachsinn! Doch so lief es eben.»

«Soweit wir wissen, haben Sie sich dort ein paar Freunde zugelegt», sagte ich.

«Mist, Sie haben richtig tief gegraben, was?» Auf einmal schien er sich wichtig vorzukommen, und wir ließen ihn in dem Glauben. «Falls Sie Jose, Marty und Iggy meinen – die habe ich nicht bei den Sons kennengelernt. Wir sind schon befreundet gewesen, als wir noch ganz klein waren. Eigentlich waren das Freunde von meinem älteren Bruder, und irgendwann hingen wir miteinander rum. Das sind keine üblen Burschen; aber wir gehen jetzt getrennte Wege.»

Der Grund, dass die früheren Freunde nichts mehr miteinander zu tun hatten, lag auf der Hand. Sie nahmen immer noch Drogen. Dass es sich dabei um Methadon aus der Klinik handelte, spielte keine Rolle. Da Eddie nichts mehr mit ihnen zu tun und die alten Zeiten endgültig hinter sich gelassen hatte, bestand keine Veranlassung, näher auf seine Verbindung zu diesen Verlierern einzugehen. Eddie hatte nun eine Wohnung und einen Job. Und auch wenn er wahrscheinlich nur den Mindestlohn erhielt und das Apartment ein Loch war, konnte er sich glücklich schätzen.

«Wenn ich mich recht entsinne, waren die Jungs auch mit einem von Joeys älteren Brüdern befreundet», fügte er hinzu. «Joey hatte vier ältere Brüder. Keine Schwestern.»

«Können Sie uns vielleicht sagen, wo er heute wohnt?», fragte ich.

«Die Espositos? Drüben in der President Street, zwischen der Hoyt und Bond, gleich gegenüber von der Schule. Ihr Haus funkelt wie ein Weihnachtsbaum. Sie fangen gleich nach dem Erntedankfest damit an und nehmen die Lichterketten erst zu Ostern wieder ab. Das können Sie gar nicht übersehen.» Eddie drehte die Hand und warf einen Blick auf seine Armbanduhr. «Ich muss los.»

Wir standen auf und schüttelten Eddie die Hand. Mac nahm eine Visitenkarte aus seiner Brieftasche und gab sie ihm. «Rufen Sie mich an, falls Ihnen noch etwas einfällt. Und könnten Sie mir eventuell auch Ihre Nummer geben?»

Eddie diktierte Mac seine Handynummer, die er gleich in seinem BlackBerry speicherte. «Falls er es war, falls er das getan hat, sage ich gegen ihn aus. Egal, was am Ende dabei rauskommt.»

Mac blieb stehen, während ich mich wieder setzte. Wir schauten Eddie Walczak hinterher, der mit hochgezogenen Schultern in die Kälte trat, die Straße überquerte und aus unserem Blickfeld verschwand.

* * *

In der Abenddämmerung schlenderten wir zum Haus der Espositos in der President Street. Eddie hatte beileibe nicht übertrieben: Man konnte das kleine Backsteinhaus mit den bunt blinkenden Lichterketten in dem ruhigen Straßenblock tatsächlich nicht übersehen.

«Man kann es auch übertreiben.» Mit Mac im Schlepptau stieg ich die Vordertreppe hoch.

Auf mein Läuten hin ertönte ein mehrstimmiger Chor, der in einer Endlosschleife *We wish you a Merry Christmas* schmetterte.

«Du liebe Zeit, es ist nach Neujahr», murmelte ich.

«Anscheinend möchten die Espositos nicht, dass die Weihnachtsfeiertage enden.» Mac bedachte mich mit einem schiefen Lächeln, als ein stämmiger Mann mit schütterem grauem Haar die Tür öffnete.

«Sind Sie Mr. Esposito?» Ich zog einen Handschuh aus und reichte ihm die Hand zum Gruß.

«Ja.» Er steckte beide Hände in die Hosentaschen. «Wie kann ich Ihnen helfen?»

Wir stellten uns zuerst als Nachbarn und dann als private Ermittler vor, woraufhin sich seine gerade noch freundliche Miene prompt verdüsterte.

«Was wollen Sie von mir?»

«Wir würden gern mit Joey, Ihrem Sohn, sprechen.» Ich lächelte freundlich. «Ist er daheim?»

«Joey hat sich nichts zuschulden kommen lassen.»

Wir erläuterten, dass wir uns für den fünf Jahre zurückliegenden Vorfall interessierten, der ad acta gelegt worden war, und erfahren wollten, was es damit auf sich hatte.

«Diese Büchse der Pandora machen wir ganz bestimmt nicht noch mal auf.» Er war schon im Begriff, die Tür zu schließen, als hinter ihm jemand auf der Treppe auftauchte.

«Papa?»

«Geh nach oben, Joey.»

Durch den schmalen Türspalt erhaschte ich einen Blick auf Joey Esposito. Eddies Beschreibung erwies sich als zutreffend: Mit den schulterlangen blonden Haaren sah er aus wie ein sehr hübsches Mädchen. Es war schwer vorstellbar, dass er und sein Vater verwandt waren. Joey war beträchtlich größer und schlanker als sein alter Herr.

«Diese Bullen wollen über … du weißt schon, was … reden», knurrte Mr. Esposito und zog die Tür noch einmal auf. «Über diesen ganzen Mist. Hören Sie: Da ist nichts passiert. Diese Walczak-Burschen waren richtige Unruhestifter. Wollen Sie erfahren, was tatsächlich geschehen ist? Willy Walczaks Freundin Kim hat mit meinem Sohn Johnny rumgemacht, und da haben die Walczaks sich eine Geschichte einfallen lassen, um uns fertigzumachen.» Er schlug einmal mit der Faust auf seine Brust. «Hat Joey es nicht schon schwer genug, weil er ein bisschen anders ist? Mussten die uns auch noch in den Dreck ziehen?»

Ich versuchte, mit Joey Blickkontakt aufzunehmen, doch er wandte sich ab. Einen Augenblick später schloss sein Vater die Tür.

«Diese ganze Pater-X-Geschichte …» Mit frustrierter Miene drehte Mac den bunt blinkenden Lichterketten den Rücken zu. «Sie führt nirgendwohin, Karin. Diese Fehde zwischen den Walczaks und Espositos ist persönlich und bringt uns keinen Schritt weiter.»

«Kann schon sein, aber –»

«In keinem der beiden Fälle geht es um Pädophilie. Was immer sich damals abgespielt haben mag, ob Eddie gelogen hat oder nicht – all das spielt keine Rolle.»

«Und was ist mit all diesen vermissten Mädchen, die anschaffen gehen und umgebracht werden? Die Art und Weise, wie die Dekkers umgekommen sind, deutet darauf hin, dass sie etwas wussten. Davon bin ich überzeugt. Kurz darauf wird Abby ganz in der Nähe auf der Nevins angefahren, und unser Pater X weicht ihr nicht von der Seite. Und warum redet sie nicht?»

«Weil sie dazu nicht in der Lage ist.»

«Laut ärztlichem Befund sind ihre Stimmbänder intakt, und neurologisch fehlt ihr auch nichts.»

«Nur dass sie nicht sprechen kann.»

«Ach, komm schon. Du weißt, dass mehr dahintersteckt. Sie hat etwas gesehen und fürchtet sich.»

«Natürlich hat sie etwas gesehen. Vielleicht musste sie zusehen, wie ihre Eltern ermordet wurden. Vielleicht hat sie mitgekriegt, wie Billy ausgerastet ist. In dieser Nacht ist viel passiert, was einem kleinen Mädchen Angst machen kann.»

«Wie hätte sie denn das mit Billy mitbekommen sollen? Er ist erst am Tatort eingetroffen, nachdem sie angefahren wurde.» Ich sah Mac an. Auf seinem Gesicht spiegelte sich der rote Schimmer der blinkenden Lichterketten.

«Ich wollte nur meine Meinung äußern.»

Wir standen auf dem Gehweg – hinter uns lag der Times Square, vor uns das nächtliche Brooklyn. Wir setzten uns in Bewegung und gelangten nach kurzem Fußmarsch zur Smith Street mit ihren Cafés und Restaurants, wo gerade die ersten Gäste eintrudelten.

* * *

Bei unserer Rückkehr wurden wir von schallendem Gelächter empfangen. Dathi und Fremont saßen am Küchentisch vor dem Laptop und knabberten Tortilla-Chips, Mary und Ben lagen im Wohnzimmer bäuchlings auf dem Boden und schmückten ein Puppenhaus mit Steinen, die wir vergangenen Sommer am Strand gesammelt hatten. Mary musste es unten entdeckt und hochgeholt haben.

«Ich hoffe, Sie haben keine Einwände.» Mary ergriff eine Handvoll Steine, auf die sie mit Filzstiften Gesichter gemalt hatten.

«Überhaupt nicht.» Ich gab Ben einen Kuss auf den Kopf, doch er reagierte nicht darauf. Da er glücklich zu sein schien, war ich auch glücklich.

«Ich gebe eine Party», sagte er einen Augenblick später, ohne mich anzusehen, «und alle hier sind eingeladen.»

«Eine Steinparty. Super Idee.»

«Ich denke, er meint seine Geburtstagsparty», erklärte Mary. «Er hat uns verraten, dass er bald Geburtstag hat.»

«Stimmt. In ein paar Wochen ist es so weit. Schön, dann feiern wir eine Party.» Das meinte ich ernst, denn ich fühlte mich schlecht, weil ich deswegen noch nichts unternommen hatte. «Klar doch, Ben, an deinem Geburtstag schmeißen wir eine Party.»

Kurz darauf standen wir alle im Flur und sagten uns gegenseitig gute Nacht. Wir wünschten Fremont für seinen Auftritt alles Gute und besprachen mit Mary, wann sie am Montag kommen sollte.

Gerade als die zwei gehen wollten, fragte Dathi mich mit leuchtenden Augen: «Vielleicht könnten wir ja zu Fremonts Konzert gehen?»

«Heute Abend?»

«Warum nicht?»

Hätte sie nicht so freundlich gefragt, hätte ich aller Wahrscheinlichkeit nach abgelehnt, aber mit ihrer diplomatischen Art gelang es ihr, mich für sich einzunehmen. «Na, wenn wir uns mit dem Abendessen beeilen, könnten wir's schaffen.»

«Das Konzert beginnt um acht Uhr», sagte Mary.

«Geht nur», rief Mac, der bereits ins Wohnzimmer zurückgekehrt war. «Ich kann Ben ins Bett bringen.»

«Dann sehen wir uns nachher», versprach ich Mary und Fremont, während sie den Verstärker und die Gitarre die Treppe hinuntertrugen.

Punkt halb acht stiegen Dathi und ich in den Wagen und fuhren nach Park Slope.

* * *

Das Perch Café auf der 7th Avenue platzte vor lauter Teenagern fast aus den Nähten. In dem langen, schmalen Raum mit dem großen Schaufenster nahmen die Mitglieder der ersten Band gerade ihre Instrumente in die Hand. In dem Gewimmel konnte ich Fremont nirgendwo ausmachen, und ehe ich mich's versah, tauchte Dathi auf der Suche nach einem guten Platz in der Menge unter. Trotz ihrer guten Umgangsformen war sie alles andere als schüchtern.

Mary saß an der Bar und vertrieb sich die Wartezeit mit einem Joghurt-Smoothie. Die wenigen Eltern, die gekommen waren, standen vor der Bühne, und an einem halben Dutzend Tische saßen Gäste, die zu Abend aßen. Ein paar Kellnerinnen servierten Essen und Getränke und räumten die Tische ab. Ich bestellte eine Tasse Kaffee, arbeitete mich zu Mary vor und zog einen Stuhl heran.

Genau in dem Moment begann ein junger Mann am elektrischen Piano die ersten Noten zu spielen.

Ich lehnte mich zurück und versuchte vergeblich, über die Menschenmenge, die sich zur Musik bewegte, einen Blick auf die Band oder Dathi zu erhaschen.

Mary las meine Gedanken. «Machen Sie sich keinen Kopf.»

«Ich mache mir ihretwegen eigentlich keine Sorgen. Dathi verfügt über gesunden Menschenverstand und lässt sich nicht so leicht den Schneid abkaufen.»

«Das ist mir auch aufgefallen. Ziemlich ungewöhnlich bei einem Mädchen ihres Alters.»

«Nachts weint sie manchmal, doch tagsüber reißt sie sich zusammen. Natürlich kennen wir uns noch nicht lange, aber trotzdem. Irgendjemandem muss sie sich doch anvertrauen.»

Mary nahm einen großen Schluck von ihrem Smoothie und stellte das Glas auf den Tisch zurück. «Die Menschen in dem Teil der Welt denken in vollkommen anderen Bahnen. Ich war in Indien. Vor Fremonts Geburt bin ich viel herumgekommen. In Asien ist der Tod Teil des Lebens.»

«Das ist mir auch schon zu Ohren gekommen.»

«Das ist schwer zu begreifen, bis man es mit eigenen Augen miterlebt. Ihr Glaubenssystem unterscheidet sich ziemlich von unserem.»

«Dathis Mutter, Chali, hat häufig über Karma gesprochen. Sie war praktizierende Katholikin und glaubte trotzdem an Karma … Das habe ich nie kapiert.»

«Ja, uns befremdet so eine Einstellung. Dennoch sind diese Dinge vereinbar, so wie Leben und Tod nebeneinander existieren. Uns erscheint dieses Denken ziemlich abwegig. Selbstverständlich trauern die Menschen in diesem Erdteil genauso wie wir, und doch ist es anders. Schwer zu erklären. Stirbt dort jemand, glauben sie nicht, diesen Menschen wirklich zu verlieren. Sie sind davon überzeugt, dass die Lebensenergie nicht stirbt, sondern in einen anderen Zustand übergeht.»

Ich dachte über ihre Worte nach und fand diese Idee höchst interessant. Der Tod eines geliebten Menschen hatte mich jedes Mal hart getroffen, und auch meine Fehlgeburt war ein fürchterlicher Schlag für mich gewesen. Dabei hatte ich gar nicht so sehr unter dem Verlust eines noch nicht fertigen Menschen gelitten. Ich kam einfach nicht damit zurecht, jemanden zu verlieren, den ich zweifelsohne vergöttert hätte. Jeden einzelnen Todesfall empfand ich als brutal und äußerst ungerecht. Wie hätte ich da auf die Idee kommen sollen, dazu eine andere Haltung zu entwickeln?

«Weiß Dathi, wie ihre Mutter ums Leben gekommen ist?», fragte Mary leise.

«Ja. Mary, Sie liegen mit Ihrer Einschätzung richtig. Dathi scheint ihren Tod irgendwie zu akzeptieren, auch wenn mir diese Einstellung sehr fremd ist.»

Mary lächelte versonnen. «Karma bedeutet, dass jede Handlung unweigerlich Konsequenzen nach sich zieht, egal ob gute oder schlechte. Entscheidend ist nur, dass sich alles aneinanderfügt. Wahrscheinlich glaubt Dathi, ihre Mutter in der einen oder anderen Form wiederzusehen. Oder vielleicht nicht wiederzusehen, aber zu erfahren. Und vermutlich rechnet sie felsenfest damit, dass derjenige, der ihre Mutter auf dem Gewissen hat, früher oder später für seine Tat bezahlen muss.»

«Karma.» Ich nickte. «Verstanden.»

Als die eine Band endete und die andere auf die Bühne kam, geriet die Zuschauermenge in Bewegung. Aufs Neue hielt ich nach Dathi Ausschau, und wieder konnte ich sie nirgendwo entdecken. Dafür stach mir ein anderer ins Auge: Joey Esposito. Sein blonder Haarschopf ragte aus der Schar heraus. Als er sich umdrehte, fiel sein Blick auf mich. Er wollte sich schon abwenden, doch mein freundliches Lächeln ließ ihn mitten in der Bewegung innehalten. Er winkte, zwängte sich durch die hüpfenden Leiber und kam auf mich zu.

«Das von vorhin tut mir leid. Mein Vater kann Polizisten nicht ausstehen.» Er verdrehte die Augen. Wie sich herausstellte, besaß er Humor und war ganz schön kokett, sobald die Anwesenheit seines Vaters ihn nicht unter Druck setzte. Zudem sah er wirklich atemberaubend aus. Falls ich mich nicht täuschte, hatte er seine Wimpern getuscht und grünen Lidschatten aufgetragen.

«Ich verstehe schon», meinte ich. «Nur sind wir keine Polizisten, sondern private Ermittler. Und wir sind nicht darauf erpicht, in dem alten Fall rumzustochern. Unser Interesse gilt den kürzlich verübten Morden.»

Mary neigte sich vor und spitzte die Ohren.

Joey rückte näher. Im Licht der Tresenlampen funkelten seine Augen wie Diamanten. «Ich habe keine Probleme, über das Thema zu quatschen. Mich hat keiner vergewaltigt, okay? Kann sein, dass ich damals ein bisschen zu dick aufgetragen habe, weil ich keinen Bock auf die Kirche hatte. Aber das mit dem Priester stimmt. Übrigens war Eddie nicht der Einzige, der sein Gesicht nicht sehen konnte. Ich auch nicht. Der Mann trug eine Maske, eine von diesen schlichten weißen Dingern, die man an Halloween anzieht. In diese Abstellkammer hat er mich nur einmal gekriegt. Und ich hatte Glück. Eddie öffnete die Tür, und dann konnte ich abhauen.» Er klang aufrichtig, bis er verschmitzt lächelnd nachschob: «Das ist meine Geschichte, und von der rücke ich nicht ab.»

Was sollte man von einem Typen wie ihm halten? Joey schien ein Schwindler zu sein. In Anbetracht seiner letzten Worte verwunderte es mich kaum, dass man seiner Version keinen Glauben schenkte. Nur hieß das noch lange nicht, dass nichts passiert war.

«Hast du irgendwelche Zweifel, dass der Mann nicht Pater X war?»

«Heute? Wer weiß? Damals war ich noch ein kleiner Junge. Der Priester war an jenem Nachmittag in der Kirche. Wer hätte es sonst sein sollen?»

«Haben andere Kinder auch mal was in der Art verlauten lassen?»

Als Joey mit einem Achselzucken antwortete, bemerkte ich eine dünne Silberkette an seinem Hals. Auf den ersten Blick hielt ich den Anhänger daran für ein Kreuz, der sich bei genauerem Hinsehen jedoch als kleiner silberner Penis entpuppte. Dass ich seinen Anhänger wie gebannt anstarrte, bereitete ihm große Freude.

«Was ist mit deinen Brüdern?», fragte ich.

«*Nada*. Behaupten sie wenigstens. Es hat nur mich erwischt. Und natürlich fanden einige, ich hätte es verdient.» Er klimperte mit den Wimpern.

Ich bemühte mich, nicht laut zu lachen. Falls er früher genauso sphinxhaft gewesen war wie heute, war es durchaus nachvollziehbar, dass man ihm nicht sofort glaubte.

«Danke für das Gespräch, Joey.»

«Geben Sie mir Ihre Telefonnummer?» Er zog sein Handy aus der Jeanstasche, speicherte die Nummer ab, die ich ihm nannte, und rief mich an. Ich ging ran und legte gleich wieder auf. Jetzt hatte jeder die Nummer des anderen. Glaubte er etwa, dass ich jedes seiner Worte für bare Münze nahm? Auf der anderen Seite durfte ich auch nicht ausschließen, dass er die Wahrheit sagte.

Er beugte sich vor, gab mir links und rechts ein gehauchtes Küsschen auf die Wange, als wären wir die allerbesten Freundinnen, und verabschiedete sich. Ich drehte mich zu Mary um, die schmunzelnd beobachtete, wie Joey zur Tür hinübertänzelte.

«Dieser Junge kann es gar nicht erwarten, erwachsen zu werden und sein eigenes Leben zu führen», meinte sie. «Und das ist auch gut so.»

Der nächste Song endete. Endlich erblickte ich Dathi. Sie kämpfte sich aus der dicht gedrängten Menschenmasse heraus, blieb am Rand stehen und schaute sich um. Als sie mich entdeckte, hellte sich ihre Miene auf. Ich winkte ihr zu, ehe sie wieder in der Menge verschwand.

In dieser Nacht lag ich lange Zeit wach im Bett und dachte über Joey Esposito nach. Konnte ich seine Worte für bare Münze nehmen? Hatte damals ein maskierter Priester versucht, ihn zu vergewaltigen? Oder führte er noch immer die Fehde zwischen den Walczaks und seiner Familie fort? Was die rechtliche Seite anbelangte, leuchtete mir ein, wieso man der Sache nicht nachgegangen war. Trotz der zahllosen Missbrauchsvorwürfe, die man auch schon vor fünf Jahren gegen die katholische Kirche erhoben hatte, waren in diesem speziellen Fall Zweifel durchaus angebracht. Die Anschuldigung hatte Eddie Walczaks Vater vorgebracht und nicht einer der Espositos. Und die Rivalität zwischen den Söhnen verkomplizierte die ganze Angelegenheit nur. Selbst Joey, der behauptete, man habe versucht, ihm etwas anzutun, konnte nicht sagen, wer sich damals hinter der Maske versteckt hatte.

* * *

In den darauffolgenden Tagen versuchten Mac und ich in Erfahrung zu bringen, wie die Beziehung der Dekkers zu ihrer Kirche im Detail gewesen war. Sosehr wir uns auch mühten, konnten wir doch nichts Ungewöhnliches entdecken. Auch Billy und La-a, die unermüdlich an den Fällen arbeiteten und mit George Vargas' Unterstützung weiterhin geheime Ermittlungen durchführten, erzielten keinerlei Fortschritte – oder wenn doch, weihten sie uns nicht darin ein.

Und dann, am Dienstag, gab es endlich ein positives Signal von Abby.

Kapitel 19

Sasha Mendelsohn rief mich an, um mir mitzuteilen, dass Abby ein Bild von sich und Dathi gemalt hatte.

«Das halte ich für ein gutes Zeichen», sagte Sasha. «Inzwischen geht es ihr beträchtlich besser – zumindest physisch. Heute wird ihr Gips abgenommen, und wir haben bereits darüber gesprochen, sie nächste Woche zu entlassen und in die Obhut der Campbells zu geben ... Doch wir haben immer noch Probleme mit der genauen Einschätzung ihrer neurologischen Funktionen. Des Weiteren ist problematisch, dass sie bislang weder mit den Erwachsenen, also den Schwestern und Ärzten, noch mit den Kindern auf der Station gesprochen hat. Vor diesem Hintergrund ist es höchst bemerkenswert, dass sie sich mit Ihrer Tochter austauscht.»

«Sollen Dathi und ich sie heute nach der Schule besuchen?»

«Gern, falls Ihnen das keine Umstände macht.»

«Ich werde Dathi fragen, was sie davon hält, aber ich kann Ihnen jetzt schon versichern, dass sie zustimmen wird.»

Und so kam es, dass wir am Nachmittag zusammen ins Krankenhaus fuhren. Kaum hatten wir ihr Zimmer betreten, richtete Abby sich in ihrem Bett auf. Dathi schnappte sich den Besucherstuhl, und ehe ich mich's versah, steckten die beiden Mädchen die Köpfe zusammen. Abby fiel es deutlich leichter, sich zu bewegen, und im Unterschied zu ihrer Seele erholte sich ihr Körper von den Verletzungen. Da der Gips bald abgenommen wurde, begannen die Mädchen, jeden freien Quadratzentimeter mit Stiften zu bemalen. Danach borgte Dathi sich mein Handy, machte Fotos und mailte sie an ihr eigenes Postfach. Innerhalb weniger Stunden würde man die Aufnahmen auf ihrer Facebook-Seite bestaunen können.

Nach dem Unterricht am Freitag und am Samstagnachmittag schauten wir wieder bei Abby vorbei, und jedes Mal verlief das Beisammensein gleich: Die Mädchen tauchten in ihre eigene Welt ab, malten und knüpften Freundschaftsbänder; und während Dathi vorlas oder redete, hörte Abby ihr aufmerksam zu. Ich schlenderte derweil durch die Flure, stattete der Cafeteria und dem Geschenkartikelladen Besuche ab und saß gelegentlich im Warteraum, damit die Mädchen unter sich sein konnten.

Nach einem für mein Empfinden sehr langen Besuch war Dathi gerade dabei, ihre Jacke zu schließen und sich abermals von *ihrer neuen besten Freundin, aber verrate das ja nicht Oja*, zu verabschieden, als Pater X und Steve Campbell auftauchten. Schlagartig veränderte sich die Atmosphäre im Zimmer. Man merkte, dass sich Abby augenblicklich unwohl fühlte; sie starrte an die Decke und rührte sich nicht mehr.

«Hallo!» Steve reichte mir die Hand zum Gruß. «Wie ich hörte, sind Sie in letzter Zeit häufiger da gewesen. Schade, dass wir uns immer verpasst haben.»

«Die Mädels verstehen sich prima», sagte ich. «Diese Woche haben wir Abby schon dreimal besucht. Doch wir bleiben hier nicht mehr lange.»

«Wäre schön, wenn die Mädchen sich auch in Zukunft träfen. Am Dienstag können wir Abby mit nach Hause nehmen», verkündete Steve. «Habe die gute Nachricht eben erfahren. Ist das nicht toll, Abby? Linda ist daheimgeblieben und richtet gerade dein neues Zimmer ein.»

Abby klammerte sich an ihr Schweigen wie an einen Rettungsring.

«Na, ich muss noch eine ganze Reihe Papiere unterschreiben. Bin gleich wieder da.» Steve bedachte mich mit einem Lächeln, bevor er hinausging. «Wir sehen uns hoffentlich bald wieder.»

Ich mochte Pater X nicht mit Abby allein lassen, doch ehe mir eine Ausrede einfiel, noch nicht aufzubrechen, kam Dathi mir zuvor und ließ sich wieder auf den Stuhl fallen.

«Wir wollten uns nicht sofort verabschieden», stellte sie klar und zog den Reißverschluss ihrer Jacke bis zum Kinn hoch. «Mir ist nur kalt.»

«Ich finde es hier ziemlich warm», entgegnete Pater X. «Aber du bist ja ein anderes Klima gewöhnt, nicht wahr?»

Dathi und Abby schwiegen beharrlich und würdigten ihn keines Blickes, während ich ihn keine Sekunde aus den Augen ließ. Ich konnte den Mann auf den Tod nicht ausstehen, hasste alles an ihm: die geröteten Wangen, aus denen langsam die Farbe wich, seine feuchten Augen, seine tiefgefurchte Stirn.

Ich lehnte mich an die Wand, verschränkte die Arme vor der Brust und versuchte, es mir dort bequem zu machen. Dathi, ansonsten die Höflichkeit in Person, bot Pater X nicht ihren Stuhl an, sondern schnappte sich das Buch und las laut aus *Hüter der Erinnerung* vor. Pater X gähnte in einem fort und rührte sich nicht von der Stelle. Kaum kehrte Steve mit einem großen Umschlag in der Hand zurück, streifte Pater X seinen Mantel über. Dass der Priester den Besuch beenden wollte, versetzte Steve in Erstaunen.

«Jetzt schon?», fragte er.

«Sie ist müde.» Pater X bedachte Abby mit einem dezenten Lächeln, das mir einen Schauer über den Rücken jagte. «Wir kommen morgen wieder, Schätzchen.»

«Dann wird Linda uns begleiten, okay?», versprach Steve. «Sie hat mich gebeten, dir von ihr einen Kuss zu geben.» Er wagte es jedoch nicht, die Bitte seiner Frau in die Tat umzusetzen.

Sobald die beiden Männer weg waren, zog Dathi ihre Jacke aus, in der sie so geschwitzt hatte, dass ihre Hemdbluse ganz feucht war.

«Abby, Liebling.» Ich machte ein paar Schritte und stellte mich vor ihr Bett. «Hast du Angst vor Pater X? Kannst du Steve und Linda nicht leiden?»

Sie schaute mich kurz an, und für einen Sekundenbruchteil glaubte ich, sie würde etwas sagen. Doch dann schaute sie in eine andere Richtung und fixierte die Wand gegenüber von ihrem Bett, wo inzwischen mehrere Zeichnungen hingen.

«Ist schon gut.» Gut war hier gar nichts, aber was konnte ich tun? «Komm», forderte ich Dathi auf. «Wir müssen jetzt wirklich gehen.»

Dathi flüsterte ihrer Freundin zum Abschied etwas ins Ohr, woraufhin Abby nur nickte.

Während wir im Lift nach unten fuhren, konnte Dathi sich nicht mehr beherrschen. «Abby hat keine Angst vor Pater X. Sie mag ihn sogar. Sie fürchtet sich vor dem anderen Priester.»

Ich schüttelte verständnislos den Kopf. «Welcher andere Priester?»

«Sie möchte nur, dass du Bescheid weißt.»

«Na schön. Und woher weißt du davon?»

«Sie hat es mir erzählt.» Dathi grinste vor lauter Stolz und Selbstzufriedenheit.

Mich fröstelte. «Sie hat es dir erzählt?»

«Ja, sicher. Immerhin ist sie meine beste Freundin.»

«Willst du behaupten, sie hat tatsächlich mit dir gesprochen? Nicht geschrieben oder ein Bild gemalt?»

«Ja.»

«Wann?»

«Jedes Mal, wenn ich sie besuche. Sie hat viel zu erzählen. Zum Beispiel, dass sie nicht bei diesen Leuten leben möchte.»

Sprach Dathi die Wahrheit? Das Mädchen besaß eine lebhafte Phantasie, aber hieß das gleich, dass meine Zweifel begründet waren? Ich gab mir innerlich einen Ruck und beschloss, mich ausnahmsweise mal in Geduld zu üben. Es war nur eine Frage der Zeit, bis Abby wieder sprechen würde. Dass sie sich vor etwas fürchtete und es nicht wagte, darüber zu reden, war nicht von der Hand zu weisen.

«Warum nicht?»

«Ihre Mutter kommt sie holen. Und wie soll sie ihre Tochter finden, wenn Abby umzieht?»

«Dathi, ihre Mutter kommt sie nicht holen.»

«O doch.»

«Und wie soll das gehen?»

Die Fahrstuhltür ging auf, und Menschen strömten in die Kabine. Als wir durch die Lobby gingen, sahen wir, dass draußen vor dem Haupteingang zahlreiche Menschen standen oder aufgeregt umherliefen.

«Dathi, wen meinte sie mit dem anderen Priester? Wer soll das denn sein?»

Wir gingen durch die Drehtür, kamen dann aber zunächst nicht mehr weiter. Nach vorn drängende Reporter und Schaulustige, die neugierig die Köpfe reckten, versperrten uns den Weg.

Uniformierte Polizisten hielten Pater X in Schach, der ihnen etwas sagen wollte, was sie augenscheinlich nicht interessierte. Einer der Polizisten drehte Pater X um und drängte ihn zu der offenstehenden Tür eines Streifenwagens. Man hatte Pater X Handschellen angelegt. Ich hielt Ausschau nach Steve Campbell, konnte ihn jedoch nirgendwo finden.

«Sie machen einen Fehler», flehte Pater X. «Bitte, hören Sie mich an!»

Der Polizist schob ihn ungerührt in den Wagen; dann schloss einer seiner Kollegen die Tür. Die Worte des Paters kümmerten sie nicht. Ihre Aufgabe war es, ihn zu verhaften und aufs Revier zu bringen.

Ich trat zu einem der Polizisten und fragte: «Was geht hier vor?»

Seine Miene fror ein – eine mir durchaus vertraute Reaktion: Er sah keine Veranlassung, die Fragen einer neugierigen Schaulustigen zu beantworten. Wortlos ließ er sich auf den Beifahrersitz fallen, und im nächsten Augenblick fuhr der Streifenwagen davon.

«Du Scheißkerl!», rief ich dem Polizisten hinterher und bereute mein Verhalten sofort. Verschämt sah ich zu Dathi, die bis über beide Ohren grinste.

«Langsam lerne ich dich besser kennen, Karin.» Dathi nahm meine Hand und drückte sie. «Und ich mag dich am liebsten, wenn du dich von deiner schlechtesten Seite zeigst. Verstehst du, was ich meine?»

«Willst du damit sagen, du hättest schon Bekanntschaft mit meiner schlechtesten Seite gemacht?»

«Kann sein, dass ich nicht den richtigen Begriff gewählt habe. Vielleicht meinte ich eher ‹unüberlegt›.»

Nun drückte ich ihre Hand. Auf dem Weg zur U-Bahn rief ich Mac an und berichtete, was sich zugetragen hatte.

«Ich weiß», meinte er. «Sie bringen es schon in den Nachrichten.»

«Was will die Polizei von Pater X?»

«Karin, du warst vor Ort. Weißt du denn nicht Bescheid?»

«Mir hat keiner was gesagt.»

«Offiziell heißt es, er soll in Verbindung mit den Prostituiertenmorden befragt werden.»

«Und deshalb führen sie ihn in Handschellen ab?» Ich erwartete keine Antwort auf meine Frage. Im Normalfall verhaftete die Polizei nur Personen, wenn sie den Betreffenden eine direkte Beteiligung nachweisen konnten. Die Polizeiaktion untermauerte meinen langgehegten Verdacht, dass Pater X Dreck am Stecken hatte. Nur wollte ich ganz genau wissen, was diesem scheinheiligen Typen vorgeworfen wurde.

Deshalb rief ich Billy auf dem Handy an und hinterließ ihm eine Nachricht: «Aus welchem Grund habt ihr Pater X verhaftet?»

Bedauerlicherweise meldete er sich nicht sofort zurück, und als wir uns kurz darauf in den unterirdischen U-Bahnhof begaben, hatte ich keinen Empfang mehr.

Kapitel 20

Als wir in der Bergen Street aus der U-Bahn F stiegen, war es Nacht geworden. Sehnsüchtig kontrollierte ich mein BlackBerry, aber zu meinem Bedauern war immer noch keine Nachricht von Billy eingegangen. Vor lauter Ungeduld versuchte ich, ihn im Revier zu erreichen, doch die Person, die sich dort meldete, behauptete, ihn den ganzen Tag über nicht gesehen zu haben.

Kaum traten wir in den Hausflur, hörten wir die ernste Stimme eines Nachrichtensprechers.

Ein erschöpft wirkender Mac tauchte im Türrahmen auf. «Dathi, du bist bestimmt hungrig. In der Küche steht etwas zu essen. Ben ist dort –»

«Du lässt ihn allein zu Abend essen?», fiel ich Mac ins Wort.

Dathi gesellte sich zu Ben, und Mac scheuchte mich stillschweigend ins Wohnzimmer, wo ich mich noch im Mantel auf die Couch fallen ließ.

Er setzte sich zu mir. «Pass auf. Sie senden die Nachricht in einer Endlosschleife, aber wenn wir Glück haben, erfahren wir etwas Neues.»

Ich konzentrierte mich auf den wie aus dem Ei gepellten Nachrichtensprecher auf dem Bildschirm.

«Wir warten immer noch darauf, dass der Polizeichef herauskommt und eine Erklärung abgibt», verkündete er. Sein weißer Haarschopf verschmolz mit den Schneeverwehungen, vor denen er sich aufgebaut hatte und die ihn ganz blass wirken ließen. Bei all dem Schnee in der Stadt konnte man nicht sagen, wo er sich befand.

«Es folgt eine kurze Zusammenfassung: Auf der Suche nach dem Prostituiertenmörder, der die Stadt seit zwei Jahren in Atem hält, hat die Polizei einen Durchbruch erzielt. Offenbar konnte man die Mordwaffe, mit der das letzte Opfer – ausnahmsweise keine Prostituierte, sondern ein Kindermädchen – getötet wurde, zu einer Eisenwarenhandlung in Brooklyn zurückverfolgen. Laut dem Büro des Bezirksstaatsanwaltes, der das Geschäft beobachten ließ, wurden dort seit längerem illegale Waffen unter dem Ladentisch verkauft. Wir warten noch auf weitere Informationen. Bislang gibt es auch noch keine Verlautbarung, ob dieses Messer identisch mit denen ist, die der Serienmörder benutzte. Bleiben Sie dran.»

Ich entledigte mich meines Mantels und warf ihn über die Lehne. «Puh.»

«Walczak.» Mac verzog angewidert das Gesicht. «Verkauft Messer unter dem Ladentisch. Und uns tischt dieser Typ einen Riesen –» Nach einem Blick in Richtung Küche, wo die Kinder aßen, brach er ab und verzichtete darauf, seiner Wut über Eddie Walczak Luft zu machen. In dem Augenblick tauchte wieder der Nachrichtensprecher auf dem Bildschirm auf. Seine neuen Meldungen ließen Macs Unmut verrauchen.

«Gerade haben wir erfahren, dass das Messer, mit dem der Prostituiertenmörder sein letztes Opfer getötet hat, vor drei Wochen in Lowe's Eisenwarenhandlung in der Hamilton Road in Brooklyn gekauft wurde. Ein Kreditkartenbeleg untermauert die Aussage eines Zeugen, dass Rustilav Chuikov, der Hausmeister der römisch-katholischen Kirche St. Paul's in Cobble Hill, das Messer erstanden hat. Der Hausmeister, der im Namen der Kirche häufig Einkäufe bei Lowe's tätigt, ist inzwischen zur Fahndung ausgeschrieben. Die Polizei betont allerdings, dass der Mann kein Verdächtiger ist, sondern nur befragt werden soll.»

«Wie kann er das rausposaunen, ohne die Miene zu verziehen?» Ich schüttelte den Kopf. «Chuikov soll nur befragt werden … Dass ich nicht lache.»

Danach folgte ein Bericht über ein in New York geltendes Gesetz, demzufolge das Tragen eines Messers, das *wie eine Waffe aussieht*, ohne Jagd- oder Anglerschein illegal und der Verkauf von Schnapp- und Fallmessern untersagt war. Jagdmesser fielen in diese Kategorie: Man durfte sie kaufen und nur mit entsprechender Erlaubnis bei sich führen. Da ein Angestellter von Lowe's solche Messer illegal verkaufte, hatte der Bezirksstaatsanwalt eine spezielle Untersuchung in die Wege geleitet, um herauszufinden, wo die widerrechtlich verkauften Messer landeten. Kurz darauf gab es weitere Informationen.

«Den Mann, den Sie hier sehen ...» Auf dem Bildschirm tauchte ein Mann mit kantigem Kinn und einem goldenen Schneidezahn auf, der jedes Mal funkelte, wenn er den Mund aufmachte. Die Nahaufnahme schmeichelte dem Mann überhaupt nicht. «Das ist Rustilav Chuikov, auch Rusty genannt. Er behauptet, nichts über Messerkäufe bei Lowe's oder sonst wo zu wissen. Hören Sie selbst.»

Rusty rückte so nah an das Mikrophon heran, dass es jedes Mal, wenn er Luft ausstieß, von einer kleinen Atemwolke umhüllt wurde. «Ich habe kein Messer gekauft ... Weder im Dezember noch heute oder an irgendeinem anderen Tag. Überhaupt ... was sollte ich mit so einem Messer anfangen? Dafür habe ich keine Verwendung. Und mehr habe ich dazu nicht zu sagen.»

Kaum hatte er zu sprechen aufgehört, meldete sich wieder der Nachrichtensprecher zu Wort mit Informationen über das Messer. Während er redete, wurde ein Foto von einer Kopie des Jagdmessers eingeblendet, das der inzwischen verhaftete Angestellte von Lowe's verkauft hatte. Das Messer mit der langen Klinge und der leicht gekrümmten Spitze sah genauso aus wie das, mit dem Chali erstochen worden war.

«Für weitergehende Informationen über Serienmörder hören wir jetzt den CNN-Kriminologen ...»

Die Kamera schwenkte von dem Messer zum Gesicht eines modisch gekleideten Mannes mit grau meliertem Haar, der im Studio an einem Schreibtisch saß und in die Kamera lächelte. Mac schaltete das Fernsehgerät stumm.

«Na, entweder ist die Presse noch nicht auf die Idee gekommen, dass es sich auch um einen Trittbrettfahrer handeln könnte, oder man hat sie gebeten, darüber Stillschweigen zu bewahren», spekulierte ich. «Jetzt werden sie gleich noch das Bild von einem Stark-Messer zeigen.»

«Sie haben auch nicht erwähnt, dass der Täter immer ein Andenken mitnimmt.» Die Information, dass jedem Opfer ein Kleidungsstück fehlte, war nur so lange etwas wert, wie keiner davon wusste. Dieser Trumpf half der Polizei, die Trittbrettfahrer und Nachahmungstäter vom echten Mörder zu unterscheiden.

«Billy meldet sich einfach nicht.» Ich warf einen Blick auf mein Handydisplay. «Hast du heute schon mit ihm gesprochen?»

«Nein, gestern.» Mac rief Billy mit seinem Handy an – vergeblich.

«Ob er immer noch sauer auf mich ist?», überlegte ich laut.

«Er steht unter Stress. Das wird schon wieder.»

Als Ben tief und fest schlief und Dathi ebenfalls zu Bett gegangen war, brachte das Fernsehen ein paar neue Details. Die Medienvertreter hatten sich inzwischen vor dem Kircheneingang in der Court Street eingefunden, nur ein paar Blocks von unserem Haus entfernt.

«Wieder gibt es eine überraschende Wendung in diesem mehr als skandalösen Fall», verkündete ein Reporter. «Der Priester dieser bekannten römisch-katholischen Kirche im noblen Cobble Hill ist verhaftet worden im Zusammenhang mit den Serienmorden – weithin als Prostituiertenmorde bekannt –, die New York City seit fast zwei Jahren in Angst und Schrecken versetzen. Pater Ximens Dandolos, seit fünfundzwanzig Jahren

Pastor von St. Paul's und St. Agnes, ist offenbar die Person, die den Kreditkartenbeleg für das Messer, mit dem diese Frau auf so brutale Weise ermordet wurde, in Lowe's Eisenwarenhandlung unterschrieben hat.»

Chalis fröhliches Gesicht erschien auf dem Bildschirm. Ihr Anblick stimmte mich traurig. Als Zeichen seiner Anteilnahme legte Mac seine Hand auf meinen Rücken.

In dem Moment hörten wir, wie Dathi die Treppe hochkam.

«Ausschalten!» Hektisch suchte ich nach der Fernbedienung, die zwischen die Sofakissen gerutscht war. Doch es war zu spät.

Dathi stand in ihrem neuen Flanellnachthemd auf dem Treppenabsatz und starrte das Gesicht ihrer Mutter an.

«Was sagen sie?», fragte sie mit verschlafener Stimme. «Haben sie den Mörder meiner Mutter erwischt?»

«Könnte sein», erwiderte ich. «Doch sie sind sich nicht sicher.»

Ich brachte sie nach unten, setzte mich im Dunkeln neben ihr Bett und hielt ihre Hand. In der angespannten Stille hatte ich das Gefühl, dass sie mir etwas sagen wollte, sich jedoch nicht getraute.

Nach einer kleinen Weile beugte ich mich vor und gab ihr einen Kuss auf die Stirn. «Gute Nacht, Liebling.»

«Sie kannte meine Mutter», flüsterte Dathi.

«Wer?»

«Abby. Sie kannte sie.»

Ich nahm an, dass Dathi sich das ausdachte – dass sie versuchte, ihr altes und neues Leben in Einklang zu bringen, und die Realität mit Erfundenem ausschmückte, um mit ihrer Situation besser zurechtzukommen. Ich wusste nur zu gut, wie schwer es einem fiel, das Leben in ein *Davor* und *Danach* einzuteilen, wie viel Überwindung es einen kostete, die Vergangenheit ruhen zu lassen.

Aus diesem Grund sah ich davon ab, mit ihr über ihre Behauptung zu diskutieren. Stattdessen gab ich ihr noch einen Kuss auf die Stirn, schloss die Tür und ging nach oben, wo der Nachrichtensprecher die neuesten Nachrichten verkündete.

«An diesem überaus dramatisch verlaufenden Abend überschlagen sich wahrlich die Ereignisse. Während die Polizei sich nach besten Kräften darum bemüht, den Serienmörder zu identifizieren, hat ein enger Freund des Priesters, der vor kurzem verhaftet wurde, dem Vernehmen nach Selbstmord verübt. Steve Campbell, Lehrer der Sekundarstufe an einer öffentlichen Schule, ist vor wenigen Stunden von seiner Frau tot aufgefunden worden. Er hat sich an einem Abflussrohr in seinem Wohnhaus in Carroll Gardens erhängt.»

Der Sender zeigte eine Nahaufnahme von Steve Campbell, auf der ihn der Schulfotograf vor einem blauen Hintergrund abgelichtet hatte. Vermutlich stammte das Foto, das einen mindestens zehn Jahre jüngeren Campbell zeigte, aus einem alten Schuljahrbuch. Und nun sollte er tot sein? Da ich ihn erst vor wenigen Stunden noch gesehen hatte, schien mir das unvorstellbar. Zudem hatte er sich bei unserem letzten Zusammentreffen so darüber gefreut, dass Abby bald entlassen und fortan bei ihm und Linda leben würde.

Der Nachrichtensprecher berichtete das wenige, das er über Steve Campbell in Erfahrung gebracht hatte. Danach erschien ein leeres Podium auf dem Bildschirm, und eine Stimme aus dem Off meldete, dass der Polizeichef jeden Moment eine Pressekonferenz abhalten würde. Benommen schaltete ich den Fernseher aus. Ob die Presse in Erfahrung gebracht hatte, dass die Campbells Abbys Pflegeeltern waren? Stellte sie einen Zusammenhang zwischen dem Tod der Dekkers und den Prostituiertenmorden her? Falls ja, bewahrte sie darüber Stillschweigen.

War vielleicht Steve Campbell ‹der andere Priester›? Bei der Verhaftung von Pater X war er nirgendwo zu sehen gewesen.

Hatte er sich beim ersten Anzeichen von Schwierigkeiten aus dem Staub gemacht? Durchaus vorstellbar.

Was spielte sich in dieser Kirche ab?

Mac und ich griffen gleichzeitig nach unseren Handys und wählten jede erdenkliche Nummer in der Hoffnung, Billy zu erreichen. Nach einer Weile war Mac dermaßen frustriert, immer wieder Billys Mailboxansage zu hören, dass er sein BlackBerry auf den Boden schleuderte. Ich hingegen umklammerte mein Telefon, als könnte ich es mit schierer Willenskraft dazu bewegen, mich endlich mit Billy zu verbinden.

Wir verfielen in Schweigen. Die Zeit schien stillzustehen. Irgendwann schaltete Mac den Fernseher wieder ein und sah sich noch einmal die Berichte an, die bereits gelaufen waren.

Ich beschloss, mit Dathi zu reden und sie zu fragen, was Abby ihr noch anvertraut hatte. Doch als ich ihre Tür öffnete, zeigte mir ihre gleichmäßige Atmung an, dass sie endlich eingeschlafen war. Sollte ich sie aufwecken? Lass die Kleine ruhen, sagte ich mir und machte auf dem Absatz kehrt.

Kapitel 21

Wie so oft verflog am frühen Morgen die Zeit wie im Nu. Und so fand ich keine Zeit, mit Dathi zu reden, die vollauf mit Anziehen und Frühstücken beschäftigt war und dann zur Tür hinausstürmte, um den Schulbus zu bekommen. Nun musste ich mich bis zu ihrer Rückkehr von der Schule gedulden. Ich war mir allerdings nicht sicher, was bei diesem Gespräch herauskommen sollte. Die Ermittlungsarbeit schien inzwischen recht erfolgversprechend zu sein, und die Polizei würde bestimmt alles herausfinden. Jedenfalls redete ich mir das ein und dachte: *Lass die Finger davon.*

Nachdem ich Ben im Kindergarten abgeliefert hatte, begegnete ich in der Smith Street den drei Musketieren, die auf dem Weg zu ihrer Bushaltestelle waren. Ich blieb kurz stehen und schaute ihnen hinterher, als sie in Richtung Atlantic Avenue verschwanden. Seit ich wusste, wer sie waren, ihre Namen, Geschichten und Probleme kannte, fand ich sie nicht mehr unsympathisch. Im Gegenteil, sie taten mir leid. Wie eine Mutter wünschte ich ihnen das Beste, während ich mit dem Schlimmsten rechnete.

Sirenengeheul riss mich aus meinen Gedanken. Ein Streifenwagen raste auf die Court Street und die Kirche St. Paul's zu. An der Kreuzung warf ich einen Blick in diese Richtung, um zu sehen, was dort passierte. Leider waren aus der Ferne nur geparkte Fahrzeuge mit eingeschaltetem Blaulicht zu erkennen. Dass die Ermittlung sich jetzt auf das Kirchengebäude konzentrierte, war nicht verwunderlich, denn die Polizei musste auch vor Ort nach Beweisen suchten. Ich wusste zwar, dass ich mich um meine eigenen Angelegenheiten kümmern sollte, dennoch ging ich die Court Street hoch und sah nach, was sich dort tat.

Sowohl der Haupteingang als auch das Pfarrhaus waren mit

gelbem Absperrband gesichert. Dahinter standen Streifenpolizisten.

«Was ist hier los?», fragte ich den nächstbesten Polizisten.

«Gehen Sie bitte weiter, Ma'am.»

Ich lief zu dem Nebeneingang in der Congress Street und wiederholte meine Frage.

«Gehen Sie weiter, Lady.»

Mein Blick fiel auf den verschneiten Innenhof und die Bleiglasfenster, hinter denen mehrere Personen ihrer Arbeit nachgingen und das Gebäude durchsuchten. Ich erkannte eine junge Frau mit geblümten Stiefeln wieder; ich hatte sie im Besprechungszimmer der SOKO gesehen. Bestimmt kämmte sie das Gebäude schon mehrere Stunden durch ... Was hätte ich darum gegeben, da drinnen Mäuschen zu spielen!

Ich beschloss, bei Billy vorbeizuschauen. Dass er immer noch nicht erreichbar war, bereitete mir Sorgen. Auf dem Weg schickte ich Mac eine SMS und teilte ihm mit, was ich vorhatte. Ich ging die Bergen Street hoch, überquerte die 3rd Avenue und kam an einer ganzen Reihe neuer luxuriöser Apartmenthäuser zwischen zwei sanierten Sandstein-Vierteln vorbei. Billy wohnte auf der anderen Seite, am Rand von Park Slope.

«Karin!»

Ich drehte den Kopf. Mac kam keuchend zu mir gelaufen.

«Ich dachte, du sitzt an deinem neuen Fall?» Dieser Auftrag unterschied sich keinen Deut von seinen früheren: ein untreuer Ehemann, eine aufgebrachte Ehefrau, eine drohende Scheidung, Verbitterung auf beiden Seiten.

«Vor lauter Sorge um Billy kann ich mich nicht konzentrieren. Und außerdem ... Mary ist im Büro. Die hat es echt drauf. Ich habe sie darauf angesetzt, ein paar Spuren nachzugehen. Die Frau ist ein wahres Naturtalent.»

Wir überquerten die 4th Avenue und gelangten zu Billys

Block. Er wohnte nur einen Katzensprung von der 5th Avenue entfernt, am St. Mark's Place in einem Erdgeschoss-Studio eines Sandsteinhauses. Das Gebäude hatte eine doppelflügelige blaue Eingangstür, die ins Foyer und zu den oberen Stockwerken führte. Doch Billys Wohnung hatte einen separaten Eingang. Wir öffneten das Tor zum Wohnkomplex und überquerten einen kleinen Vorhof, auf dem Mülltonnen standen. Dann stiegen wir ein paar Stufen hinunter und läuteten bei Billy. Keine Reaktion.

Ich spähte durch das vergitterte Fenster und klopfte an die Scheibe. «Billy? Bist du da? Billy?»

«Brennt da nicht Licht?», sagte Mac und guckte angestrengt durch die Scheibe. Ich hatte den Eindruck, dass im Wohnzimmer eine Lampe brannte, doch da sich die Sonne im Fenster spiegelte, war ich mir nicht ganz sicher. «Ich glaube, er ist da. Wir sollten unbedingt nachsehen, ob ihm etwas passiert ist.»

Seit Billys Einzug war das Schloss seines Türgitters defekt. Mac öffnete es und holte ein Handpickset heraus, das er immer bei sich trug, seit er sich selbständig gemacht hatte. Ich wartete, während er sich an dem Schließzylinder zu schaffen machte. Nach einigen Versuchen ging die Tür endlich auf. Mac betrat zuerst das Apartment. Ich folgte ihm und schloss die Tür.

Die Wohnung bestand aus einem großzügigen, offenen Raum: Der Wohnbereich ging zur Straße hinaus, der Schlafbereich zum Garten, dazwischen lag die Küche. Zwei halbhohe Wände trennten die Bereiche voneinander, ohne das Gefühl von Weitläufigkeit zu mindern.

Bangen Herzens schaute ich mich in der Wohnung um. Weder Mac noch ich hatte es laut ausgesprochen, aber wir waren nur aus einem einzigen Grund hier: weil wir fürchteten, dass Billy angesichts seiner Misere kapituliert und sich das Leben genommen hatte. Nach Steve Campbells Selbstmord schien auf einmal alles möglich. Dass Billy unter PTBS litt und George

Vargas und La-a ihn verdächtigten, machte ihm das Leben nicht leichter. Obwohl wir beide von seiner Unschuld überzeugt waren, nagte ein leiser Verdacht an uns, den es auszuräumen galt.

Wir öffneten Schränke, schauten hinter Vorhänge, knieten uns auf den Boden und spähten unter Billys Bett.

«Er ist nicht da», konstatierte Mac.

«Was ist das da?» In einer Ecke des Schlafbereichs lag eine große Einkaufstüte mit Kleidern. Ich zog das oberste Stück heraus: ein tief ausgeschnittenes rotes Oberteil, auf dessen Vorderseite ein Auge aus Glitzersteinen prangte. Das Material war billig, der Saum aufgerissen, der Ausschnitt mit Lippenstift verschmiert. «Woher hat er das Zeug?»

Ich beugte mich nach unten, um den Inhalt genauer zu inspizieren. In der Tüte befand sich nur Frauenkleidung: hautenge goldene Leggings, schwarze Netzstrumpfhosen, knappe, schulterfreie Oberteile, superkurze Miniröcke. Das aus der Tüte aufsteigende Parfüm löste bei mir Brechreiz aus.

«Was läuft da bei Billy?» Das purpurfarbene Oberteil stopfte ich in die Tüte zurück.

«Eigenartig», entgegnete Mac kurz angebunden und weigerte sich beharrlich, seine offensichtlichen Befürchtungen laut auszusprechen.

«Wir müssen mit La-a reden», meinte ich.

«Zuvor sollten wir sie anrufen.»

«Gar keine gute Idee. Sollten sie seine Bude auf den Kopf stellen, ist Billys Karriere futsch, auch wenn sie nichts finden.» Dann konnte er seinen Beruf an den Nagel hängen: arbeitslos wegen eines unbegründeten Verdachts. «Wir statten ihr einen Besuch ab und reden mit ihr von Angesicht zu Angesicht. Nur um sicherzugehen.» Am liebsten hätte ich die Tüte mit den Kleidungsstücken mitgenommen, doch mir war klar, dass ich alles so lassen musste, wie wir es vorgefunden hatten. In dem Moment zeigte sich, dass ich im Herzen zuerst Polizistin und dann Freundin war. Gehörten diese Kleidungsstücke den Opfern, konnte Billy nicht auf mich zählen.

* * *

Als wir auf dem 84. Revier in den SOKO-Besprechungsraum stürmten, blieb mir fast das Herz stehen. Billy saß auf einem Drehstuhl am anderen Ende des Tisches. Seine Füße, die in staubigen Cowboystiefeln steckten, lagen auf der Tischplatte. Neben ihm las George Vargas etwas auf einem Computermonitor. La-a stand vor der Wand, studierte neue Aufnahmen und unterhielt sich dabei mit einem Mann, der mitschrieb.

«Du lieber Himmel!», entfuhr es Mac bei Billys Anblick.

«He! *Compadres!*» Billy nahm die Füße herunter, beugte sich vor und grinste. «Was bringt euch denn hierher?»

«Wir versuchen schon eine ganze Weile, dich zu erreichen.» Ganz bewusst schlug ich einen ernsten, leicht vorwurfsvollen Ton an.

«Hm, sorry. Mein Akku war leer, und der Keller meiner Schwester steht unter Wasser. Rohrbruch im Badezimmer. Ich musste ihnen beim Ausräumen helfen. Das war vielleicht eine Schweinerei.» Seine Miene verdüsterte sich. «Was liegt an?»

Sollte ich jetzt erst recht wütend werden oder erleichtert sein? Was ich gerade empfand, tat im Grunde genommen nichts zur Sache. «Wieso bewahrst du in deinem Schlafzimmer eine Tüte mit billigen Frauenklamotten auf?»

«Wow!» Zorn blitzte in seinen Augen auf. «Ihr wart in meiner Wohnung?»

Mac baute sich zwischen Billy und mir auf. «Wir haben uns solche Sorgen um dich gemacht und sind deshalb in deine Wohnung gegangen.»

Kurz sah es so aus, als würde Billy sich an Mac vorbeizwängen. Stattdessen sagte er ernüchtert: «Diese Klamotten sind von meiner Nichte, und ich wollte sie Dathi geben … Ach, vergesst es.»

«Deine Schwester lässt ihre Tochter wie eine Nutte rumlaufen?»

Billy funkelte mich wütend an. Ein Kollege auf der anderen Seite des Raumes verkniff sich ein Lachen.

«Dachtest du allen Ernstes, Dathi würde solche Fummel tragen?»

«Ich habe mir die Sachen nicht angeschaut, Karin. Ich habe die Tüte geschnappt, sie daheim in eine Ecke geworfen und bin aufs Revier.»

La-a wandte sich zu ihm um. «He, Billy, wir haben zu tun.»

«Was soll das, Dash? Du hast gerade zwanzig Minuten mit einem von deinen Kindern telefoniert!»

«Du machst dich vom Acker, während wir uns abplagen, tauchst später wieder auf, tust ganz locker und bildest dir ein, der Rest von uns, der die ganze Nacht durchgeschuftet hat, darf nicht mit seinen Kindern reden?»

«Halt die Luft an … Ich hatte frei.»

«Na, heute aber nicht! Vielleicht solltest du deine Freunde bitten, dich irgendwann anders zu besuchen.»

George Vargas schaute vom Monitor auf. Die Auseinandersetzung der beiden schien ihn zu interessieren.

Billy starrte seine Kollegin an. «La-a, weißt du, was? Ich bin nicht dein Mann, falls du das vergessen hast.»

Ihre Augen wurden ganz schmal. «Dich würde ich nie und nimmer heiraten, selbst wenn du der letzte Mann auf Erden wärst.»

«Gut. Dann sind wir uns ja wenigstens in dem Punkt einig.»

«Lass uns verschwinden», wisperte Mac mir zu. «Wir haben ihn gefunden, und wie es aussieht, sind diese Klamotten –»

In dem Augenblick kam die junge Polizistin, die ich durch die Kirchenfenster gesehen hatte, mit einem Karton herein und sprach mich sofort an. «Hallo, Karin. Super, dass Sie da sind. Ich möchte Ihnen etwas zeigen.»

Ich konnte mich nicht erinnern, ihr vorgestellt worden zu sein. Aber Mac und ich waren hier seit der achtzehn Monate zurückliegenden Katastrophe mit Jasmine so etwas wie Legenden.

Die junge Polizistin stellte den Karton auf den Tisch. «Übrigens, ich bin Sam. Detective Sam Wright.»

«*Sie* sind Sam? Billy hat Sie mal erwähnt. Ich dachte ...»

Sie grinste. «Ist irgendwie cool, einen Jungennamen zu haben. Ähm, eigentlich heiße ich Samantha.»

«Und ich bin Mac», stellte er sich vor. «Karins Mann.»

«Nett, Sie kennenzulernen.» Sam schüttelte energisch seine Hand.

«Was hast du da?», fragte Vargas und linste in den Karton.

«Toller Fund», antwortete Sam.

Sie machte sich ans Auspacken: ein Laptop, drei CDs in weißen Papierhüllen, ein Gästebuch, ein Stapel Fotos, eine verschlossene Metallbox, eine Papiertüte mit einem Kamm mit grauen Haaren, eine weitere Tüte mit einer Zahnbürste und ein paar zerknüllte Papiertaschentücher.

«Den Laptop bringe ich sofort zur CCU», verkündete Vargas.

Billy sah zu Mac und mir auf. «Wisst ihr, was? Die CCU hat endlich Abbys Facebook-Account unter die Lupe genommen. Jemand hat sich da reingehackt. Der E-Mail-Verkehr läuft über einen Server in Übersee, die dazugehörige IP stammt irgendwo aus dem Mittleren Westen. Wir konnten die Daten noch nicht mit der Festplatte abgleichen, aber ...» Sein Blick wanderte zu dem abgegriffenen schwarzen Laptop, der in dem Karton gelegen hatte.

So eine Auswertung dauerte: Der Computer musste zuerst

umständlich als Beweisstück verbucht und hinterher in die CCU gebracht werden. Gut möglich, dass die anderen Gegenstände aus dem Karton schnellere Ergebnisse lieferten.

Mac öffnete mit seinem Werkzeug die Metallbox.

Als ich sah, was darin aufbewahrt wurde, glaubte ich, meinen Augen nicht trauen zu können. Doch Fotos lügen nicht.

Kapitel 22

Fotos, Unmengen von Fotos. Von Steve Campbell, Reed Dekker und anderen Männern auf einer Yacht, in kurzen Hosen und Hawaiihemden. Die Männer machten einen erschöpften, jedoch zufriedenen Eindruck. Angelruten, Bierflaschen, Longdrink-Gläser. Und viele Kinder: manche noch ganz jung, andere im Teenageralter. Sie trugen winzige Badehosen und Bikinis, wie man sie für gewöhnlich nicht mal im Schaufenster von Victoria's Secret sah, und hauchdünne Hemdchen, die ihren Körper nicht verhüllten. Ihr zahnloses Grinsen für den Fotografen wirkte aufgesetzt, zumal ihr stumpfer Blick andeutete, wie sehr diese surreale Situation ihnen zu schaffen machte. Kinder mit toten Augen. Kinder, die längst keine Kinder mehr waren. Breitbeinig saßen sie auf den Schößen der Männer, kicherten beschwipst. Schmale, verkrampfte Schultern unter verstört dreinblickenden Gesichtern. Kinder auf Betten. Nackt.

Bei dem Anblick wurde mir übel.

«O mein Gott», entfuhr es Sam.

La-a wandte sich ab, um ihr vor Zorn verzerrtes Gesicht zu verbergen, und murmelte: «Wieso läuft in dieser verrückten, beschissenen Welt alles aus dem Ruder?»

«Steve Campbell hat mal von jährlich stattfindenden Schifftörns vor der brasilianischen Küste erzählt», berichtete ich den anderen. «Seine Frau sprach von Angeltrips ... der ‹Jungs›.»

«Krass.» Sam verzog das Gesicht.

«Das darf doch wohl nicht wahr sein», stöhnte Vargas. «Kaum denkt man, alles gesehen zu haben, wird man eines Besseren belehrt.»

Selbst Mac, der einiges erlebt hatte, wirkte erschüttert. Vielleicht hatte er in den letzten Jahren, wo er beruflich hauptsächlich mit untreuen Ehemännern zu tun gehabt hatte, ganz vergessen, wie brutal die Realität sein konnte. Ich hatte es jedenfalls verdrängt, aber der Inhalt der Metallbox erinnerte mich daran, wie tief manche Menschen fielen – und wie das Böse zum Lebensstil werden konnte.

Billy war der Letzte, der kopfschüttelnd von der Box wegtrat. «Mann, das ist echt übel.» Dabei sprach er so leise, dass man ihn kaum verstand.

Mac stellte sich zu den anderen, die sich um den Tisch versammelt hatten. «Wo fanden diese Angeltrips gleich noch statt?»

«Ist Brasilien nicht eine Drehscheibe des kommerziellen Sexgewerbes?» Ein Schatten huschte über Vargas' Gesicht, als bei uns allen der Groschen fiel. Plötzlich erinnerte ich mich an meine Recherche, die ich durchgeführt hatte, um mir darüber klarzuwerden, was ich mit Dathi machen sollte – und an die abscheulichen Fakten, auf die ich dabei gestoßen war.

«Ja», antwortete ich. «Wie Indien, Afrika und Thailand. Dort sind die größten Märkte, und da werden Opfer aus allen Teilen der Welt durchgeschleust.»

«Während meiner Zeit bei der Abteilung für häusliche Gewalt», sagte Sam, «habe ich Prostituierte getroffen, die mir davon berichteten, dass einige ihrer Freundinnen verkauft wurden und auf Nimmerwiedersehen von der Bildfläche verschwanden. Einfach so. Wenn die Mädchen irgendwann wieder in New York landeten, haben wir sie verhaftet. Keiner interessierte sich für die Zuhälter oder Freier, weshalb alles beim Alten blieb.»

«Was für eine Scheiße», schimpfte La-a.

«Was ist mit der Nutte auf der Nevins?», wollte Mac wissen. «Stimmt ihre DNS mit einer der vermissten Mädchen überein?»

«Ich fände es besser, wenn ihr sie nicht mehr als ‹Nutten› bezeichnen würdet», platzte es aus mir heraus. Nutten. Huren. Fotzen. All diese Bezeichnungen waren durch und durch hässlich. Wie kam es nur, dass man diesen Frauen oder Mädchen so einen Stempel aufdrückte? Gab es eine gesellschaftliche Übereinkunft, eine geheime Absprache, die in der Sekundarstufe oder schon früher zum Tragen kam? Da fingen Mädchen an, sich aufzutakeln, um Anerkennung zu finden. Das war quasi der Startschuss. Nur dass sie nichts dafürkonnten.

La-a stärkte mir den Rücken. «Du hast recht. Das sind *Sexarbeiterinnen*.»

«Wenn man's genau nimmt», stellte ich klar, «sind sie Opfer des kommerziellen Sexgewerbes. Und nicht Arbeiterinnen, denn in meinen Augen ist das keine Arbeit.»

«Sie werden dafür bezahlt», gab Billy zu bedenken.

«Die Zuhälter werden bezahlt», korrigierte La-a ihn. «Und Menschen, die so etwas tun, sind keine Menschen. Das sind Schweine.»

Billy rieb sich das Auge. «Ich sage ja nur, dass es so gesehen wird, okay? Natürlich hast du recht, aber wir werden die Welt nicht ändern.»

«Und warum nicht?» Keiner ging auf meine Äußerung ein.

Schließlich beantwortete Billy Macs Frage. «Nein, das *Opfer des kommerziellen Sexgewerbes* auf der Nevins ist laut Datenbank keins von den vermissten Mädchen. Sie ist überhaupt nicht in unserem System zu finden.»

«Ein Kumpel von mir ist Polizist in Brasilien, in Rio», bemerkte Vargas. «Ich rufe ihn an und bitte ihn, sich dort nach ihr zu erkundigen. Und ich wende mich an INTERPOL.»

«Bitte ihn, auch die Namen der anderen Opfer zu überprüfen», sagte La-a.

Kopfschüttelnd klappte Vargas sein Handy auf. «All diese vermissten Kinder, die nach Hause kommen, nur um dort von einem dahergelaufenen Psychopathen mit einem Jagdmesser getötet zu werden.»

«Meinst du immer noch, das war irgendein x-beliebiger Psychopath, George?», fragte La-a frustriert. Endlich schloss sie sich meiner Vermutung an, die auch ihre Kollegen von der SOKO teilten: Sie machten nicht Jagd auf einen «gewöhnlichen» Serienmörder. Die Person, die diese Frauen und womöglich die Dekkers auf dem Gewissen hatte, war kein Typ wie Patrick Scott, der einen sexuellen Kick suchte, oder wie der Privatier Antonio Neng, der Rache nehmen wollte und deshalb zum Stalker wurde. Nein, unser Mann hatte ein Geheimnis, das er mit aller Macht zu verbergen versuchte. Also Typen wie Pater X, Reed Dekker oder Steve Campbell. Wer kam sonst noch in Frage?

Und wir waren diesem Geheimnis auf die Spur gekommen, als wir den Deckel der kleinen Metallbox gelüftet hatten.

Vargas erreichte seinen Freund und unterhielt sich mit ihm auf Portugiesisch. Auch ohne den Inhalt seiner Worte zu verstehen, konnte man nicht überhören, mit welcher Dringlichkeit er sein Anliegen vorbrachte.

«Eins begreife ich nicht», überlegte ich laut. «Was hatte Chali mit all dem zu schaffen? Meines Wissens nach wurde sie nicht verkauft … jedenfalls nicht so. Im Alter von dreizehn Jahren hat man sie zwangsverheiratet. Zu der Zeit, als ihr Mann starb, war sie bereits Mutter, und kurze Zeit danach kam sie hierher, um als Kinderfrau zu arbeiten. Wie passt das alles zusammen?»

Sam zog das Besucherbuch der Kirche aus dem Karton und schlug es auf. «Das hier habe ich schon mal durchgeblättert», meinte sie und kam auf mich zu. «Und da gibt es etwas, das ich Ihnen zeigen möchte.»

Sie tippte mit einem Finger auf einen Namen in dem Gästebuch: *Chali Das*. Diese Handschrift kannte ich nur zu gut. Das dazugehörige Datum stimmte mit dem Tag überein, an dem ich sie das letzte Mal gesehen hatte. Als Grund ihres Besuches hatte sie *Beichte* eingetragen.

«Ich hatte keine Ahnung, dass Chali jemals zu einer Kirche in unserem Viertel gegangen ist», erklärte ich. «Sie hat mal von einer in ihrer Nachbarschaft gesprochen. Da sie sehr gläubig war, hat sie mit mir häufig über Religion gesprochen. Wäre sie in die St. Paul's gegangen oder hätte sie Pater X gekannt, wüsste ich davon.»

Billy stellte sich hinter Sam, und gemeinsam sichteten sie die restlichen Einträge im Besucherbuch.

«Pustekuchen», rief er. «Wie es aussieht, war sie nur einmal dort, oder sie hat sich nur einmal ins Besucherbuch eingetragen.»

«Was Regeln anbetraf, war Chali extrem pedantisch», sagte ich. «Wäre sie öfter in dieser Kirche gewesen, hätte sie sich bei jedem Besuch eingeschrieben.»

Das Datum stimmte mit dem Tag überein, an dem Billy und ich die Dekkers tot in ihrem Heim vorgefunden hatten. Am gleichen Abend hatte Billy seine Auszeichnung erhalten. Tagsüber und abends hatte Chali sich um Ben gekümmert. War sie zusammen mit meinem Sohn in die Kirche gegangen? Der Gedanke ließ mich frösteln.

«Vielleicht hat sie gar nicht gebeichtet», mutmaßte Vargas. «Was, wenn sie nur mit Pater X sprechen wollte? Es ist anzunehmen, dass er im Beichtstuhl saß, oder?»

«So hat man es uns wenigstens drüben in St. Paul's erzählt.» Sam schlug das Buch zu.

«Mir wollte sie sich auch anvertrauen.» Ich ging um den Tisch herum, stellte mich vor die Stellwand mit den abscheulichen Fotos und hoffte auf eine Eingebung. Mein Blick fiel auf ein Foto von Chali, auf dem sie tot in ihrem Apartment lag. Ich erinnerte mich, dass erst am vergangenen Abend Dathi beteuert hatte, Abby wäre einmal Chali begegnet: *Sie kannte meine Mutter*.

Ich drehte mich zu Mac und Billy um. «Ich muss daheim

etwas überprüfen. Und später sollten wir uns mit Dathi unterhalten. Meiner Meinung nach hat Abby ihr etwas Wichtiges verraten, das wir unbedingt in Erfahrung bringen sollten.» Ich warf einen Blick auf meine Armbanduhr. Kurz vor zwölf. In ein paar Stunden würde Dathi von der Schule nach Hause kommen.

Als Mac und ich daheim eintrafen, waren alle ausgeflogen. Mary und Ben mussten bei uns zu Mittag gegessen haben, denn auf dem Abtropfregal stand eine Bratpfanne, die am frühen Morgen noch nicht dort gewesen war. Dass sie ihm etwas gekocht hatte, bevor sie ihn zum Musikunterricht brachte, beruhigte mich.

«Chali hat hier irgendwo einen Kalender aufbewahrt.» Ich öffnete eine Küchenschublade.

«Warum das?»

«Weil sie ihren des Öfteren daheim vergessen hat.» Ich holte den kleinen Taschenkalender heraus und blätterte die Seiten durch. «Hin und wieder hat sie in unserem Viertel auf Kinder von anderen Leuten aufgepasst oder deren Wohnung geputzt … Ich wüsste zu gern, ob … Hier.» Ich zeigte ihm den Eintrag vom 24. Juli. «‹Marta Dekker, 18 Uhr, 234 Bergen, Abby.› Dann kannte sie tatsächlich Chali!» Ich blätterte den ganzen Kalender durch, ohne einen weiteren Termin bei den Dekkers zu finden. «Wie es aussieht, war das eine einmalige Sache.»

«Worüber wollte Chali wohl mit Pater X reden?», fragte Mac.

«Dathi behauptet übrigens, Abby wäre davon überzeugt, dass ihre Mutter sie holen kommt. Ich hielt das natürlich für ein Hirngespinst von Dathi, weil Abby beharrlich schweigt. Aber was, wenn Abby tatsächlich mit Dathi gesprochen hat? Was, wenn das, was sie gesagt hat, wahr ist? Und was, wenn sie ihr alles über …»

Ich brachte es nicht über mich, das laut auszusprechen, was auf den Fotos aus der Metalldose zu sehen gewesen war. Es bestand die große Wahrscheinlichkeit, dass Abbys Vater alles andere als ein unschuldiges Opfer war. Daher musste man auch die Möglichkeit in Betracht ziehen, dass seiner Tochter sexuelle Gewalt angetan worden war; zumal manches an ihrem Verhalten darauf hindeutete: die Art und Weise, wie sie sich in Gesellschaft von Erwachsenen benahm, die unverkennbaren Anzeichen eines psychischen Traumas … Ihre Miene, ihr Schweigen sprachen Bände. Hatte Chali an jenem Abend beim Babysitten zufällig etwas mitbekommen, das sie erst nach dem Tod der Dekkers richtig einordnen konnte? Bei unserem letzten Zusammentreffen hatte sie ziemlich aufgewühlt gewirkt und mit mir über etwas sprechen wollen. Hatte sie sich stattdessen an Pater X gewandt? Einem Priester hätte sie sich vorbehaltlos anvertraut. Und hatte sie für ihre Arglosigkeit am Ende mit dem Leben bezahlt?

«Morgen hätte Abby eigentlich bei den Campbells einziehen sollen.» Mich schauderte. «Steve Campbell, Saubermann und Lehrer. Ich bin froh, dass er tot ist.»

Mac nahm ein Glas aus dem Schrank und hielt es unter den Wasserhahn. «Es ist mir einfach unbegreiflich … Ich kannte Reed Dekker. Jedenfalls oberflächlich. Nie und nimmer wäre ich auf die Idee gekommen, dass er abartig veranlagt ist. Er schien patent, aufrichtig. Weißt du noch, wie ich damals aus dem Fitnessstudio kam und vorschlug, die Dekkers mal zum Abendessen einzuladen?»

«Ja, ich entsinne mich. Was noch ist all den anderen, die die Dekkers kannten, unbemerkt geblieben?»

«Um wie viel Uhr kommt Dathi von der Schule nach Hause?», wollte Mac wissen.

«Halb vier, Viertel vor vier; je nachdem, welchen Bus sie kriegt. Vielleicht sollten wir sie lieber abholen.»

«Wozu das denn? Es geht doch nicht darum, ein Verbrechen zu verhindern. Wir wollen nur einen Mordfall lösen.»

«Bist du dir da wirklich so sicher?»

«Wir können jetzt nichts mehr tun, Karin. Und Dathi braucht nicht noch mehr Aufregung. Lass uns einfach warten, bis sie kommt.»

Widerstrebend machte ich mir seine Ansicht zu eigen.

Kurz nach halb drei tauchten Mary und Ben auf. Wir weihten sie ein und warteten dann gemeinsam. Und warteten.

Es wurde halb vier. Vier. Halb fünf. Kurz darauf hielt ich es nicht mehr aus und rief in der Schule an, wo man mir sagte, dass alle Kinder wie üblich gegen drei Uhr das Schulgebäude verlassen hatten.

Ich legte auf und drehte mich zu Mac und Mary um, die mich erwartungsvoll anschauten und von mir hören wollten, dass alles in Ordnung war.

«Irgendetwas stimmt nicht», erklärte ich. «Das spüre ich. Mac, wieso haben wir ihr nicht ein Handy besorgt?»

«Solche Fragen bringen uns jetzt nicht weiter.»

«Dann könnten wir sie jetzt wenigstens anrufen oder per Satellit orten …»

«Ich finde, wir sollten Abby einen Besuch abstatten», schlug Mary unvermittelt vor. «Keine Polizei. Nur Sie, Karin, und ich. Keine Männer.»

Mac zeigte mit einem Nicken, dass auch er Marys Idee für richtig hielt. Wann immer ein Mann in ihrem Krankenzimmer erschien, verfiel Abby in Apathie. Daher war es sinnvoll, dass nur wir Frauen ihr einen Besuch abstatteten. War ihre Furcht vor Steve Campbell oder Pater X der Grund für ihr Schweigen gewesen? Wusste sie überhaupt, dass die beiden Männer ihr nichts mehr antun konnten?

«Schreib Dathi eine Nachricht und leg sie auf den Tisch», wies ich Mac an. «Und dann schnappst du dir Ben samt Roller und gehst mit ihm die Strecke bis zur Bushaltestelle ab. Vielleicht wurde sie ja irgendwo aufgehalten. Oder der Bus ist stecken geblieben, und sie wollte nicht warten, ist ausgestiegen und zu Fuß gegangen. Vielleicht hat sie sich dabei verlaufen.»

Zehn Minuten später fuhren Mary und ich im Taxi den FDR Drive entlang. Dem Fahrer stellten wir ein Extra-Trinkgeld in Aussicht, damit er aufs Gas drückte.

Kapitel 23

Wir betraten das Krankenhaus durch die Drehtür, hetzten durch die Lobby und warteten eine gefühlte Ewigkeit auf den Fahrstuhl. Doch schließlich gelangten wir in Abbys Zimmer.

Bei meinem Anblick umspielte ein vages Lächeln ihre Lippen, das sofort verschwand, als sie Mary bemerkte, die ihr fremd war.

Dies blieb Mary nicht unverborgen. Anstatt sich neben mich ans Bett zu stellen, bewahrte sie Abstand zu Abby und ging in eine Ecke.

«Abby, Schätzchen», begann ich, «hat man dir erzählt, dass du nicht bei den Campbells wohnen wirst?»

Abby schüttelte den Kopf, und ich hätte schwören können, dass diese Neuigkeit sie ein wenig aufmunterte. Ihre Reaktion bestärkte mich fortzufahren.

«Steve ist tot.»

Meine Worte schienen sie nicht zu beunruhigen – ganz im Gegenteil.

«Und Pater X wurde verhaftet», fuhr ich fort.

Sie nickte knapp, atmete stockend aus.

«Allmählich gelingt es uns, die Puzzleteilchen zusammenzusetzen.»

Sie schloss die Augen.

«Kannst du reden, Schätzchen?»

Sie gab mir keine Antwort und zeigte auch keine Reaktion. Ich konnte nicht beurteilen, ob sie sich wieder in ihr Schneckenhaus zurückzog, ob sie wirklich nicht sprechen konnte oder ob sie nachdachte. Ich drehte den Kopf, warf Mary einen fragenden Blick zu und beschloss, eine andere Strategie anzuwenden.

«Abby», sagte ich leise. «Das hier ist meine Freundin Mary. Sie ist auch Mutter.»

Abby hob die Lider. Mary schenkte ihr ein warmherziges Lächeln und breitete als Zeichen der Freundschaft die Hände aus, ohne sich von der Stelle zu rühren. Erst da bemerkte ich die beiden kleinen Tätowierungen – rechts eine Blume, links ein Smiley – auf ihren Handinnenflächen. Die Tattoos zeigte sie Abby ganz bewusst, um die Aufmerksamkeit der Kleinen zu erregen.

Wie ein Metronom wanderte Abbys Blick zwischen den Tätowierungen hin und her.

«Das hier», verkündete Mary mit strahlender Miene, «ist eine Lotusblüte und steht für die Abkehr von der Realität. Und schön ist sie auch.» Abby lächelte über das ganze Gesicht; offenkundig fasste sie Zutrauen zu Mary, die nun näher herantrat und dem Mädchen die andere Hand hinhielt. «Der Smiley hingegen soll mich ermuntern, mir weniger Sorgen zu machen.»

Plötzlich brach Abby ganz spontan und völlig unbefangen in ein glockenklares Lachen aus. Einen Moment später legte sie verschämt die Hand auf den Mund.

Zum ersten Mal ihre wohlklingende Stimme zu hören tat uns in der Seele gut.

«Abby», sagte ich, «Dathi hat mir gestern berichtet, du hättest dich ihr anvertraut. Nun ist sie wie vom Erdboden verschwunden. Kannst du uns einen Tipp geben, wo wir nach ihr suchen sollen?»

Abbys Blick huschte über mein Gesicht.

«Bitte, sprich mit mir. Ich muss unbedingt erfahren, was du ihr gesagt hast. Wir brauchen deine Hilfe.»

Sie holte tief Luft und schaute mir unverwandt in die Augen. Um sie zu ermuntern, trat ich noch einen Schritt näher.

«Meine Mutter hat einen Nasenstecker.» Ihre Stimme klang

brüchig, zögernd. «Einen winzigen Diamanten oder so etwas in der Art.» Sie tippte auf ihren rechten Nasenflügel.

Ich hatte allerdings Fotos von Marta gesehen, auf denen kein Nasenstecker zu sehen gewesen war. Zudem glaubte ich nicht, dass die Frau eines Bankers diese Mode mitmachte.

«Meine Mutter kam in jener Nacht zu mir und wollte von mir wissen, wo Daddy seine Sachen aufbewahrt. Sie wollte das zurückhaben, was ihr gehört. Und sie wollte mich.»

«Du hast doch mit deiner Mutter unter einem Dach gelebt», erwiderte ich verwundert. «Ich kapiere nicht ganz, worauf du hinauswillst.»

Meine Worte führten Abby vor Augen, was wir alles nicht wussten – wie viel es zu erklären gab. «Marta war nicht meine richtige Mutter. Das haben sie zwar behauptet, aber das stimmte nicht.»

«Ich steige da nicht durch, Abby.»

«Marta war Daddys Frau.»

«Und wer ist deine Mutter?»

«Daddy hat viele Kinder, nur kannten wir uns früher nicht. Meine Mutter hat mich nie vergessen und ist dann gekommen, um mich und ihre Sachen zu holen. Ich wusste, wo das Versteck war, denn ich hatte die Sachen schon vor langer Zeit entdeckt. Verraten hab ich das keinem. Ich hatte Angst und behielt es für mich.»

Ich hatte den Eindruck, als würden wir uns im Kreis drehen. Doch ich war glücklich, dass Abby endlich ihr Schweigen brach. So blieb mir gar nichts anderes übrig, als mich in Geduld zu üben und zu warten, bis ihre Ausführungen einen Sinn ergaben.

«Wer ist deine Mutter?»

«Tina.» Sie sagte den Namen so, als bereitete es ihr große Freude, ihn laut auszusprechen. «Bis dahin hatte ich sie noch nie gesehen. Sie ist sehr hübsch.»

«Weißt du, wo sie sich jetzt aufhält?» Kaum waren mir die Worte über die Lippen gekommen, kannte ich die Antwort. Tina war die Tote von der Nevins Street. Ich erinnerte mich an ihren Nasenstecker, der in der Dunkelheit funkelte. An Abbys Stelle wäre ich auch mitten in der Winternacht und im Pyjama meiner wahren Mutter hinterhergelaufen, wenn sie urplötzlich gekommen wäre, um mich zu holen. Angenommen, ich hatte richtig kombiniert und bei der Toten von jener Nacht handelte es sich tatsächlich um Tina – wieso glaubte Abby dann an die Rückkehr ihrer Mutter? War Abby angefahren worden, bevor der Killer Tina tötete? In dem Fall hatte Abby keine Ahnung, dass ihre *beiden* Mütter tot waren.

«Was ist an dem Abend passiert, als Tina dich mitnehmen wollte?»

Abby begann zögernd, sprach jedoch zusehends mit festerer Stimme, als würden die schlimmen Erinnerungen, wenn sie sie laut aussprach, etwas von ihrer Macht einbüßen. «Sie haben sich gestritten. Tina hat behauptet, Daddy hätte sie hereingelegt. Sie warf ihm vor, er hätte mich ihr weggenommen, und verlangte, dass Mommy … Marta … erfährt, wo ich herkomme. Mommy wurde total sauer, als sie hörte, was Tina ihr erzählte.» Abby schloss die Augen, gab sich einen Ruck und fuhr fort: «Dann hat sie ihn übel beschimpft, und ich war so wütend auf ihn, dass ich ihn nicht in Schutz genommen habe.» Ihr Brustkorb hob und senkte sich immer schneller. Dann begann sie zu zittern und zu schluchzen. «Tina hat es mit der Angst bekommen und ist fortgerannt. Und da bin ich ihr hinterhergelaufen, um ihr zu verraten, wo er ihre Sachen versteckt hat. Ich wollte, dass sie sie wiederkriegt.»

Nach ein paar Minuten hatte Abby sich beruhigt und erzählte: «Ich habe Dathi gefragt, ob sie Tinas Sachen holen kann … aus dem Versteck unter der Treppe, damit ich sie Mami geben kann, wenn sie mich holen kommt. Dathi hat versprochen, mir zu helfen. Sie wollte während der Mittagspause zu mir nach Hause, schnell die Sachen zusammenpacken und hinterher wieder in die Schule gehen.»

«Schätzchen», begann ich, wohl wissend, dass sich manchmal die einfachsten Fragen am schwersten beantworten lassen. «Warum hast du nicht schon früher mit uns darüber gesprochen?»

«Ich hatte Angst», wisperte sie. «Ich wollte nicht eins von diesen Mädchen auf den Fotos werden, wenn Onkel Steve mich zu sich holt. Daddy hat mir nie weh getan, weil ich den Mund gehalten habe. Aber ob das wirklich der Grund war … Keine Ahnung.»

KAPITEL 24

Kaum saßen Mary und ich im Taxi nach Brooklyn, rief ich in Dathis Schule an und fragte, ob jemand sie nach der Mittagspause gesehen hatte. Die Schule handhabte das ziemlich locker und erlaubte den Kindern, während dieser Zeit das Gelände eine Stunde lang zu verlassen. Zweimal pro Tag – am Morgen und nach dem Mittagessen – wurde durchgezählt. Ich musste kurz warten, bis die Sekretärin meinen Verdacht bestätigte.

«Morgens war sie anwesend, aber am Nachmittag nicht.»

«Und wieso hat mich niemand angerufen und darüber informiert, dass sie nach der Mittagspause dem Unterricht ferngeblieben ist?»

Die Sekretärin hielt kurz inne und seufzte. «Es macht keinen Sinn, die Eltern jedes Mal zu verständigen. Aber wir halten solche Vorfälle schriftlich fest.»

Dass ihre Kollegin, mit der ich vorhin telefoniert hatte, das nicht überprüft hatte, ärgerte mich maßlos. Wieso machten sie sich eigentlich die Mühe, Fehlzeiten zu dokumentieren? Zum Zeitvertreib?

Ich überlegte, Billy anzurufen, hielt das dann aber für keine gute Idee. Stattdessen rief ich seine Schwester an. Die Sache mit der Einkaufstüte wollte mir nicht aus dem Kopf gehen, und ich brauchte in diesem Punkt einfach Gewissheit.

«Hi, Janine, ich bin's, Karin», stellte ich mich vor. «Eine Freundin von Billy.»

«Alles klar. Er spricht oft von Ihnen. Und hat offenbar einen Narren an Ihrem kleinen Sohn gefressen.»

«So ist es.»

«Jungs in dem Alter sind richtige Wonneproppen.»

«Janine, ich wollte mich bei Ihnen für die Sachen für Dathi

bedanken. Sie kann Kleidung gut gebrauchen. Wir sind Ihnen wirklich sehr verbunden.»

«Keine Ursache. Schade, dass es nur eine Handvoll Klamotten war. Sie hat doch nichts gegen diese supermodische katholische Schultracht, oder?» Sie lachte kurz auf.

Ich hatte nicht den leisesten Schimmer, wovon sie da redete.

«Dathi möchte unbedingt wie eine kleine Amerikanerin aussehen», erwiderte ich, «aber vielleicht nicht unbedingt *so* amerikanisch.»

«Wollen Sie damit andeuten, sie ist zu verklemmt für einen blauen Faltenrock samt passendem Pulli?»

«Ach, diese Sachen habe ich wohl übersehen.»

«Das Gute an Schuluniformen ist, dass sie den Geldbeutel schonen, weil die Kinder nur am Wochenende Freizeitkleidung tragen. Blöde ist allerdings, dass man die Sachen meistens nicht einfach weiterreichen kann. Schließlich gibt es nicht so viele Mädchen, die eine katholische Schule besuchen. Da sich Rock und Pulli meiner Meinung nach gut kombinieren lassen, kann Dathi vielleicht etwas damit anfangen.»

«Danke. Übrigens … haben Sie eine Ahnung, wo Billy steckt? Ich muss ihn unbedingt finden.»

«Billy? Nein, da kann ich Ihnen nicht weiterhelfen.»

«Er erwähnte, dass Sie einen Wasserrohrbruch hatten … was für ein Albtraum.»

Sie schwieg kurz und sagte dann: «Wir sind heute Morgen aus Jamaika zurückgekommen, und unsere Rohre sind in Ordnung.»

Ich versuchte, mich aus der misslichen Situation herauszureden, und beendete wenig später das Telefonat. Nun gab es nichts mehr zu deuteln: Billy hatte den gestrigen Tag und Abend nicht seiner Schwester geholfen. Auch die Erklärung, die Kleider hätten seiner Nichte gehört, und der Wasserrohrbruch waren erstunken und erlogen.

Ich rief auf dem 84. Revier an und fragte nach La-a.

«Puh, Karin. Was willst du jetzt schon wieder?»

«Dathi könnte in Schwierigkeiten stecken.»

«Meine Liebe, ich habe fünf Kinder, und ich kann dir sagen, bislang ist mir noch kein Teenager über den Weg gelaufen, der keine Schwierigkeiten hatte.»

«Sie ist erst zwölf.»

«Macht keinen Unterschied.»

«Hör mal zu, Dash. Dathi ist heute nach der Mittagspause nicht wieder in der Schule aufgetaucht. Gerade habe ich mich mit Abby unterhalten und –»

«Du hast mit Abby *gesprochen*?»

«Ja, das kann ich dir alles später erzählen. Jetzt müssen wir erst mal Dathi suchen.»

Und dann berichtete ich doch Punkt für Punkt, was Abby uns geschildert hatte. Was mich am meisten beunruhigte, war die Tatsache, dass neben Reed Dekker und Steve Campbell, die inzwischen tot waren und keinen Schaden mehr anrichten konnten, und Pater X, der hinter Gittern saß, augenscheinlich weitere Männer involviert waren. Wer waren diese Männer?

«Dash, vielleicht erzähle ich dir nichts Neues … Aber Billy würde ich vorerst nicht einweihen, ja?»

Sie seufzte oder stöhnte … oder vielleicht war es ja eine Kombination aus beidem. «Ja. Kapiert.»

«Kannst du gleich zum Haus der Dekkers fahren und dort nach dem Rechten sehen?»

«Wird gemacht.»

«Wir treffen uns dort. Ich mache mich auch sofort auf den Weg.»

Das Taxi hielt vor dem verlassen wirkenden Sandsteinhaus. Hinter den Fenstern brannte kein Licht. Da es kürzlich geschneit hatte, war das ganze Haus in Weiß getaucht. Der Schnee auf dem Bürgersteig vor dem Grundstück war nicht gefegt worden, aber dort, wo die Passanten sich einen Weg gebahnt hatten, war eine kleine Schneise entstanden. Seltsam, dass keiner der Nachbarn vor dem Haus der Dekkers Schnee gefegt hatte.

Mary und ich stiegen aus dem Taxi. Auf beiden Seiten der Straße flanierten ein paar Fußgänger, doch ansonsten war es ruhig und friedlich. Der Abend brach an, und die letzten Lichtstrahlen verschwanden rasch.

«Wo stecken sie nur?», empörte ich mich. La-a hatte versprochen herzukommen, aber so wie es aussah, kümmerte sich niemand um die Sache. Dass schon jemand von der Polizei da gewesen und wieder gegangen war, schien angesichts der unberührten Schneedecke auf den Stufen der Vordertreppe eher unwahrscheinlich.

«Schauen Sie mal.» Mary deutete auf den verschneiten Vorgarten, durch den man zu dem ebenerdigen Eingang gelangte. Dort waren im fahlen Licht kleine Fußabdrücke zu erkennen.

Wir öffneten das Tor und gingen in den Vorgarten, wo ein großer Blumenkübel fast vollständig von Schnee bedeckt war.

«Sieht aus, als hätte jemand etwas hinter dem Kübel gesucht», meinte Mary.

Wir näherten uns dem großen Blumentopf. An der Rückseite hatte jemand mit der Hand den Schnee entfernt und sich bis zum gefrorenen Erdreich vorgegraben. Neben dem Kübel lagen abgebrochene Zweige der abgestorbenen Topfpflanze.

«Der Pott ist umgekippt worden», schlussfolgerte ich. «Abby wird ihr verraten haben, wo ein zweiter Schlüssel liegt.»

Ich zog die nicht abgesperrte Gittertür auf; die Eingangstür ließ sich jedoch nicht öffnen. Die einfachen, uralten Schließzylinder der Sandsteinhäuser waren leicht zu knacken. Anstatt sie auszutauschen, verließen sich ihre Besitzer auf die abschreckende Wirkung der schmiedeeisernen Gittertüren. In dem

Moment wünschte ich, ich hätte mir Macs Dietrich-Set ausgeliehen.

Mit der Faust, die von einem Lederhandschuh geschützt wurde, schlug ich die Glasscheibe neben dem Türknauf ein. Scherben fielen zu Boden. Vorsichtig entfernte ich die im Rahmen steckenden Glassplitter. Danach griff ich durch die Öffnung und löste von innen die Verriegelung.

«Wann verabschieden die Leute sich endlich von diesen billigen Türknäufen?», fragte ich Mary.

«Hm, ich habe auch so einen.»

Im Haus herrschte Totenstille. Das Erdgeschoss mit der niedrigen Decke, dem Teppichboden im Flur und den drei Zimmern – Hobbyraum, Gästezimmer und Lagerraum – erweckte den Anschein, als hätten sich die Dekkers hier eher selten aufgehalten.

Dathis noch nasse, schwarze Turnschuhe standen ordentlich abgestellt an der Wand. Dass ich nichts hörte, bereitete mir Kopfzerbrechen. War jemand bei ihr? Und falls ja, hatte der Betreffende uns kommen gehört?

«Pst», flüsterte ich Mary zu. «Überprüfen Sie die Räume hier unten. Und vergessen Sie nicht: Abby meinte, die Sachen wären unter der Treppe. Ich schaue mich oben um.»

Ich stieg die Treppe hoch und betrat das Wohnzimmer. In dem Augenblick wanderte das Scheinwerferlicht eines vorbeifahrenden Wagens über die hohe, reich verzierte Stuckdecke. Auf dem runden Glastisch lag eine dicke Staubschicht, auf der Couch ein aufgeschlagenes Kochbuch samt einer Lesebrille. Davon hatte ich bei meinem letzten Besuch keine Notiz genommen. Was hatten die Dekkers wohl an jenem Sonntagabend gemacht, als Tina unerwartet vor ihrer Haustür stand und läutete? Dass ein einziges Klingeln die Macht hatte, ihre Welt vollkommen auf den Kopf zu stellen, musste Marta ziemlich verstört haben. War sie wirklich nur eine unbeteiligte Zuschauerin gewesen? Mir erschien es unbegreiflich, wie man mit so einem Mann zusammenleben konnte, ohne mitzukriegen, dass mit ihm irgendetwas nicht stimmte. Ich schüttelte verständnislos den Kopf. So ein Fall ließ nur zwei Schlussfolgerungen zu: Entweder hatte Marta sich gewaltig in die Tasche gelogen, oder sie war seine Komplizin gewesen.

Nichts deutete darauf hin, dass sich jemand im Haus befand. Meine Anspannung ließ etwas nach. Sofort ermahnte ich mich, Vorsicht walten zu lassen.

Unter der Treppe, hatte Abby behauptet.

Ich schaute mich um.

Wie in allen hiesigen Sandsteinhäusern verband eine Treppe – in diesem Gebäude besaß sie ein auf Hochglanz poliertes Holzgeländer – die einzelnen Stockwerke miteinander. Ich stellte mich neben sie und spähte nach oben. Verbarg sich unter einer der Stufen ein Hohlraum? Nein, so ein Versteck war zu klein für das, was diese Männer verbergen mussten. Während ich darauf achtete, mich von der orangeroten Vase fernzuhalten, schritt ich langsam die Wand neben der Treppe ab. Die altmodische Kassettenholzvertäfelung mit ihrem hübschen, aber das Auge verwirrenden Muster aus Quadraten und Kreisen war aufwendig restauriert worden. Wie hypnotisiert blieb ich davor stehen. Jeder Kreis wurde von zwei weiteren Kreisen eingerahmt und hatte in der Mitte eine Vertiefung.

Ich trat einen Schritt näher, fuhr mit der Fingerspitze über den nächsten Kreis und in die dazugehörige Mulde. Wie viele Menschen hatten in den vergangenen Jahrzehnten die Beschaffenheit dieses komplizierten Musters studiert? Je länger ich es betrachtete, desto mehr Details entdeckte ich: Ein Dutzend Kreise zierten jedes einzelne Paneel, das etwa halb so groß wie eine Tür war. Zwischen den Paneelen gab es winzige Fugen, die man mit bloßem Auge kaum erkennen konnte.

Früher als Kinder hatten Jon und ich stundenlang das große, alte viktorianische Haus meiner Großeltern in Montclair erkundet. Und nachdem wir dort eingezogen waren, entdeckten wir scheinbar willkürlich im Haus installierte Geheimfächer, deren Existenz meine Großeltern mit einem Augenzwinkern leugneten. Nach einer Weile kannten wir jedes Fach in- und auswendig, und die Faszination ließ nach. Manche hatten zierliche Griffe, die schon bei einer leichten Berührung aus dem Paneel sprangen, während andere mit einer Spannfeder versehen waren und sich nur auf Druck hin öffneten.

Nach und nach berührte ich jedes Element, bis mir das Glück hold war und sich eine Tafel öffnete.

Kapitel 25

Dahinter befand sich eine staubige Kammer, in der all das aufbewahrt wurde, was eine Familie im Lauf der Zeit so ansammelte: Fahrradhelme, Tennisschläger, ein Eimer, ein noch nicht ausgepackter Schlauch. Der modrige Geruch nahm mir den Atem und erinnerte mich an meine erste Wohnung in Brooklyn, wo Mäusekadaver in den Wänden verrotteten. Da es zu dunkel war, um in der Kammer alles erkennen zu können, verließ ich sie und suchte in der Küche nach einer Taschenlampe. Schließlich wurde ich in einer Schublade fündig.

Nun, da ich jeden letzten Winkel ausleuchten konnte, zeigte sich, dass die Dekkers hier eine Menge Schuhe aufbewahrten: weiße Turnschuhe unterschiedlicher Größe, hochhackige Lederstiefel, Crocs in verschiedenen Farben und Größen, rote Regenstiefel und große Desert Boots aus braunem Wildleder mit Schlammspritzern. Ich leuchtete in einen der Wildlederschuhe und wurde ganz aufgeregt: In die Innensohle war eine «10» gestanzt. Danach richtete ich die Taschenlampe auf die Turnschuhe und wurde fündig: ein neues New-Balance-Modell für Herren. Ich konnte mich nicht mehr genau daran erinnern, welches Modell der Mörder – entsprechend dem am Tatort gefundenen Abdruck – getragen hatte, aber eines war mir im Gedächtnis haften geblieben: La-a hatte von Schuhgröße 10 gesprochen.

Gerade als ich aus der Kammer kroch und La-a anrufen wollte, hatte ich den Eindruck, irgendwo in meiner Nähe ein Klopfen zu hören. Ich schwenkte die Taschenlampe hin und her, konnte jedoch nichts Verdächtiges finden. Vielleicht saß eine Maus hinter der Wand fest. Bei einem leer stehenden Haus wie diesem lag der Verdacht nahe, dass sich hier Nagetiere eingenistet hatten.

Nur dass das nächste Geräusch auf gar keinen Fall von einer Maus stammen konnte.

«Hallo? Ist jemand da?», fragte eine mir vertraute Stimme leise.

«Dathi?»

«Karin … hier drinnen.»

«Wo?»

«Drück gegen die Innenwand … gegen die mit dem Aufkleber.»

Links oben klebte ein Sticker von einer Bank, den ich übersehen hatte. Als ich die Hand darauflegte und fest dagegendrückte, spürte ich unter dem Aufkleber irgendetwas Metallisches.

Die Wand gab einen Spaltbreit nach. Nun konnte ich meine Finger in den Schlitz zwängen, die Öffnung vergrößern und den dahinterliegenden Raum mit der Taschenlampe ausleuchten. Dathi, deren Kopf die niedrige Decke berührte, saß im Schneidersitz auf dem Boden. Nach ihrem verquollenen Gesicht zu urteilen, hatte sie geweint.

«Ich habe die Tür hinter mir zugezogen, damit mich keiner sieht, und bekam sie später nicht mehr auf. Abby hätte mich davor warnen müssen.»

«Wer hätte dich denn hier drinnen sehen sollen?»

«Keine Ahnung. Sie hat mir eingebläut, vorsichtig zu sein. Sieh mal.»

Ich richtete das Licht auf den Bereich hinter ihr, der ein gutes Stück weiter spitz zusammenlief. Vor der Wand stapelten sich Schuhkartons und ein paar größere Kisten älteren Datums. Offenbar hatte Dathi während ihrer Suche ein paar Kartons geöffnet.

Mit zitternden Händen hielt sie eines von diesen dünnen Fotoalben hoch, die verschenkt wurden, wenn man im Drogeriemarkt Abzüge von seinen Fotos machen ließ. «Hier drinnen sind Babyfotos von Abby und ihrer Mutter – ihrer richtigen Mutter. Sie erinnern mich an meine Babyfotos. Unsere Mütter waren bei unserer Geburt beide noch Teenager.»

Dann hob Dathi eine verblichene Stoffpuppe auf, die neben ihr lag und deren aufgemaltes Gesicht nicht mehr zu erkennen war. «Ich glaube, das ist die Puppe, die Abby meinte. Sie sagte, die Puppe gehöre ihr und habe früher ihrer Mutter gehört. Zuerst habe ich aber andere Fotos gefunden, Karin ... in den Kartons.» Die Erinnerung an das, was darauf abgelichtet war, ließ ihre Miene erstarren.

Auf dem Boden hinter ihr waren überall Aufnahmen aus den durchsuchten Kartons verstreut: dem ersten Eindruck nach Variationen von den Abscheulichkeiten aus der Metallbox, die in der Kirche gebunkert gewesen waren. Auf zwei Fotos waren Männer in schwarzen Priesterroben, die jeweils eine weiße Halloweenmaske trugen – genau von der Art, die Joey Esposito erwähnt hatte.

«Danke, dass du mich gerettet und aus Indien hierhergeholt hast, damit ich nicht ... Ich mache mir große Sorgen um Oja.»

«Ojas Familie wird sie beschützen.»

«Wieso hat meine Familie mich nicht beschützt?»

«Darüber können wir uns später unterhalten.» Anstatt mich in einer Hasstirade über Onkel Ishat zu ergehen, streckte ich die Hände aus, um ihr aus dem Abstellraum zu helfen. Ihre Finger waren klebrig-feucht, als hätte sie etwas Schmuddeliges angefasst.

Kaum hatte sie sich ein paar Zentimeter bewegt, hörten wir Schritte.

«Das ist nur Mary», flüsterte ich, obwohl ich mir dessen ganz und gar nicht sicher war. Marys Stiefel hatten Kreppsohlen und hätten eigentlich nicht solche Geräusche machen dürfen.

«Karin?», rief Mary vom unteren Treppenabsatz im Erdgeschoss hoch. Anscheinend hatte sie die Schritte auch gehört.

Das Klacken verstummte.

«Ich habe Angst», sagte Dathi.

Ohne zu überlegen, legte ich ihr die Hand auf den Mund, schaltete die Taschenlampe aus und zog die Innentür fest zu. Damit saßen wir beide in der Falle. Wir hörten, wie jemand die Abstellkammer durchsuchte.

«Ach, Scheiße.»

Das war Billy.

Ich drückte meine Hand noch fester auf Dathis Mund.

«Scheibenkleister.» Er klang ziemlich erbost.

«Billy?», fragte Mary hinter der Wand.

Unter lautem Getöse stapfte Billy aus der Abstellkammer und richtete sich draußen, wie man hören konnte, ungelenk zu voller Größe auf.

«Mary? Was haben Sie hier zu suchen?»

«Ich bin mit …» Sie beendete den Satz nicht.

Und ich fürchtete, mein Herz würde zerspringen.

Billys polternde Schritte und etwas Schweres, das zu Boden fiel, ließen uns zusammenzucken.

Falls er Mary etwas angetan hatte … Falls er ihr tatsächlich etwas angetan hatte … Fuchsteufelswild sah ich zu Dathi hinüber und legte den Finger auf den Mund: *keinen Ton*. Dann griff ich nach der Taschenlampe, beugte mich so weit wie möglich nach hinten und trat die Tür auf. Das Holz splitterte. Ich musste noch zweimal zutreten, bis die Öffnung groß genug war, um durchzukriechen. Nach vorn gebeugt, stürmte ich nach draußen.

Billy und Mary fiel bei meinem Anblick die Kinnlade herunter. Auf dem Boden zwischen ihnen lagen orangerote Glasscherben, die Überreste einer Vase.

«Karin!», rief Billy. «Was soll das?»

«Das könnte ich dich auch fragen.»

«Ich bin gekommen, um nach Dathi und dir zu suchen.»

«Warum?»

«Weil ich mir *Sorgen* gemacht habe. Bildest du dir etwa ein, du hättest darauf das Monopol?»

«Woher wusstest du, dass du uns hier suchen musst?»

«Meinst du … Ach, diese dämliche Dash. Die ist echt 'ne Nummer. Was hat sie dir gesagt?»

«Woher wusstest du, dass du uns hier suchen musst?», fragte ich erneut.

«Sasha Mendelsohn hat mit Abby gesprochen und mich angerufen.»

«Billy!», schrie ich empört. «Ich habe mit deiner Schwester telefoniert und –»

«Ja, ich weiß.» Er stieß einen Seufzer aus. «Okay, ich habe dich angeschwindelt. Sie hatte keinen Rohrbruch. Ich musste über etwas nachdenken, mal ganz allein sein. Ich wollte mit niemandem darüber reden und bin nach Greenport in North Fork gefahren. Habe mich betrunken, lange Spaziergänge gemacht. Mir den Kopf durchpusten lassen.»

«Ist das so?»

«Warum zweifelst du daran?»

«Wegen dieser nuttigen Frauenklamotten in deinem Apartment.»

Fassungslosigkeit spiegelte sich in seiner Miene. «O *nein*. Das hast du allen Ernstes geglaubt? Karin, ehrlich, so etwas denkst du? Über *mich*?»

«Dash und George Vargas hatten dich im Visier. Weil du an Tatorten immer öfter Aussetzer hattest, dachten sie, dass das nicht nur PTBS ist.»

«Ja, ich weiß. Davon habe ich heute Morgen erfahren, nachdem du gegangen bist. Wir haben uns ausgesprochen. Dass sie mich im Verdacht hatten, war kompletter Unsinn. Ich könnte sie wegen Mobbing drankriegen, weißt du? Aber das mache ich nicht. Ich will nur raus.»

Falls er damit meinte, dass er vom Polizeidienst genug hatte, war das gut für ihn; doch jetzt war nicht der richtige Moment, über dieses Thema zu sprechen.

«Billy, was hat es mit den Klamotten auf sich?»

«Ich bin nicht der Prostituiertenmörder, Karin.»

Seine Miene nötigte mich beinahe, ihm Glauben zu schenken. Und dennoch … Falls er ein zu Täuschung und Manipulation fähiger Soziopath war, tat er nur das, was er immer tat – nämlich mich davon überzeugen, dass er ein guter Mensch und mein Freund war.

«Erklär mir das mit den Klamotten, Billy!»

«Ich habe es dir schon gesagt: Janine hat mir eine Tüte für Dathi mitgegeben, und zwar letzte Woche, bevor sie verreist sind. Die habe ich mit nach Hause genommen, irgendwo deponiert und bin dann zur Arbeit gegangen.» Er verdrehte die Augen, als falle ihm gerade etwas ein. Rasch zog er sein Handy aus der Jeanstasche und verwendete eine Kurzwahltaste. «Eartha? Hier ist Onkel Billy. Die Tüte mit den abgelegten Klamotten, die im Flur neben der Eingangstür stand, als ich das letzte Mal bei euch war … hast du da noch andere Sachen reingestopft, bevor ich gegangen bin?» Während er zuhörte, begann er zu schmunzeln. «Aha, danke, Schätzchen.»

Mary und ich tauschten Blicke aus: War das jetzt echt, oder versuchte er, uns etwas vorzuschwindeln? Konnten wir wirklich sicher sein, dass er mit seiner Nichte telefonierte? Im Notfall konnte ich das nachprüfen … und das wusste er. Also glaubte ich ihm. Billy war in letzter Zeit manchmal schwierig, aber dumm war er nicht.

«Die Sachen hat sie bei der Theateraufführung in der Schule

getragen. Sie dachte, die Tüte wäre für den Altkleidercontainer bestimmt. Woher hätte sie wissen sollen, dass ihre Mutter die Sachen jemandem schenkt?»

«Was für ein Stück haben sie aufgeführt?»

Er grinste bis über beide Ohren. «*Rent*. Zufrieden?»

«Ist dir wirklich nicht aufgefallen, was in der Tüte steckte, Billy?» Ich konnte mir das angesichts dieser Fummel einfach nicht vorstellen. «Normalerweise trägt Eartha solche Klamotten nicht, oder?»

Er zuckte mit den Achseln. «Ehrlich, Karin, ich habe nicht darauf geachtet. Ich habe einfach nur die Tüte geschnappt und bin gegangen. In letzter Zeit war ich nicht ganz bei mir und habe so einiges nicht mitgekriegt.»

Womit er recht hatte. Von einer Sekunde auf die andere verrauchten meine Zweifel.

«Es tut mir leid, Billy, ich …»

«Karin, vergiss es! Lass uns diese Sache bitte vergessen. Wir müssen Dathi finden.»

«Ich bin hier.» Anscheinend hatte sie in der Abstellkammer nur auf den richtigen Zeitpunkt gewartet und kam nun mit einem leisen Lächeln herausgekrochen. Dass sie auch in dieser Situation tapfer sein wollte, bereitete mir Kopfzerbrechen. Sie hatte gerade mehrere Stunden in einer muffigen Kammer mit kinderpornographischen Erzeugnissen zugebracht und somit allen Grund, sich zu beklagen – doch jemandem wie Dathi kam so etwas wohl nie in den Sinn.

Sie stellte sich neben mich. Ich legte ihr den Arm um die Schulter und gab ihr einen Kuss auf den Kopf.

«Wie habt ihr mich gefunden?», erkundigte sie sich.

«Abby hat uns eingeweiht.»

«Mich hat sie gebeten, das Geheimnis für mich zu behalten. Sie hatte große Angst vor diesem Campbell.»

«Der kann niemandem mehr etwas antun.» Mein Blick fiel auf Dathis klebrige Hände: einige Finger und ein Teil ihrer rechten Handfläche waren dunkelrot. «Dathi, blutest du?»

Sie schüttelte den Kopf. «In dem Kabuff gibt es einen Karton mit einer Plastiktüte voller Kleidungsstücke, die nicht richtig zu war. Ein paar davon sind feucht und riechen schimmelig.»

Einen Moment lang brachte ich kein Wort heraus. Was hatte sie da entdeckt? Unwillkürlich musste ich an die Fotos im Besprechungsraum der SOKO denken: all diese jungen, spärlich bekleideten Frauen, die brutal abgeschlachtet worden waren. Und der Mörder hatte von jedem Opfer ein Kleidungsstück mitgenommen – als Souvenir. Ich drückte Dathi an mich.

«Karin», sagte Billy. «Gib mir mal deine Taschenlampe.»

Mary blieb mit Dathi im Flur, während ich hinter ihm in den Abstellraum kroch. Mary begann, mit Dathi zu plaudern, um sie auf andere Gedanken zu bringen. Dathi würde die Wahrheit eh noch früh genug erfahren: dass nicht nur sie, sondern alle Mädchen auf der Welt in Gefahr waren. Sie und Abby hatten mehr gemein, als man auf den ersten Blick vermuten würde. Ich durfte nicht zulassen, dass Dathis Hoffnung, in Amerika ein neues Leben anfangen zu können, von diesen niederschmetternden Ereignissen getrübt wurde, zumal ich felsenfest davon überzeugt war, dass sich die Dinge trotz allem zum Positiven wenden würden. Mit der Zeit würde sie lernen, mit Schwierigkeiten umzugehen und diese zu meistern.

Der Platz in dem Abstellraum reichte kaum für Billy und mich. Er schaltete die Taschenlampe ein, hielt sie hoch und schwenkte sie langsam hin und her, um sich einen Überblick zu verschaffen.

Und dann fiel der Lichtstrahl auf einen Karton und verharrte dort. Auf dem verblassten, seitlich angebrachten Etikett stand: *Stark Jagdmesser #23 (MS-63).*

Billy war am Ziel seiner Ermittlungen angelangt.

Endlich hatte er seinen Mörder gefunden – einen Mann, der seit drei Wochen tot war.

Und das konnte nur bedeuten, dass ein Nachahmungstäter Chali auf dem Gewissen hatte. Hatte ihr Killer uns glauben machen wollen, dem Prostituiertenmörder wäre seine Lieblingswaffe ausgegangen, als er ein ähnliches Messer von einem anderen Hersteller benutzte? Oder war er wild entschlossen gewesen, in die Fußstapfen seines Vorbildes zu treten? Was hatte Chali an jenem Abend, als sie in diesem Haus auf Abby aufpasste, gesehen oder gehört? Und wieso hatte sie mit niemandem darüber gesprochen?

«Ob da wohl noch Messer drin sind?», überlegte ich laut.

Billy bewegte sich wegen der niedrigen Decke auf allen vieren und mit eingezogenem Kopf nach vorn. Mit zitternden Fingern öffnete er den Pappkarton.

«Billy, du hinterlässt überall deine Fingerabdrücke.»

«Scheiß drauf», zischte er. Da wurde mir klar, dass er sich innerlich bereits vom Polizeidienst verabschiedet hatte.

Während er die Taschenlampe so ausrichtete, dass er den Inhalt erkennen konnte, zwängte ich mich neben ihn.

In dem Karton lagen mindestens ein Dutzend schmaler, länglicher Schachteln mit dem Stark-Schriftzug in einer fetten Kursivschrift, die in den Sechzigern modern gewesen war und heute ziemlich retro wirkte. Billy steckte die Hand in den Pappkarton.

«Das solltest du besser lassen», warnte ich ihn. Wenn er alles anfasste und jetzt auch noch seine Fingerabdrücke auf einer der Messerverpackungen hinterließ, würden sie ihm die Hölle heißmachen.

Er zog die Hand zurück.

In dem Moment ging die Taschenlampe aus.

Auf allen vieren krabbelten wir zurück und legten in der

überfüllten Abstellkammer auf unseren Knien eine kurze Verschnaufpause ein. Als ich mich erheben wollte, ließ Billys Blick mich innehalten. Ich schaute ihm fragend in die Augen. Und dann überfiel uns jene apathische Ruhe, die von einem Besitz ergriff, wenn man nach einem langen Winter am Strand saß und versuchte, in dunstiger Ferne den Horizont zu erkennen.

Kapitel 26

Mac und ich fühlten uns über die Maßen geehrt, als wir am nächsten Morgen von der SOKO die Einladung erhielten, der Vernehmung von Pater Ximens Dandolos beizuwohnen. Zwei volle Tage hatte der Mann hartnäckig geschwiegen, nun aber war er bereit, eine Aussage zu machen. Unsere Anwesenheit hatte allerdings auch einen praktischen Grund: Mac und ich hatten inoffiziell mit Eddie Walzcak und Joey Esposito gesprochen und verfügten im Gegensatz zur SOKO über zusätzliche Informationen. Ein informelles Gespräch war häufig aufschlussreicher als Wissen aus zweiter Hand. Aus diesem Grund sollten wir genau zuhören und aufpassen, ob Pater X vielleicht etwas Wichtiges erwähnte, das den anderen Polizisten möglicherweise unbedeutend erschien. Nach der Vernehmung sollten wir uns, wie La-a es formuliert hatte, «von dieser Ermittlung fernhalten».

Sam, George, Mac und ich saßen in einem viel zu kleinen Raum hinter dem Einwegspiegel und verfolgten, wie Billy und La-a sich in dem schäbigen Verhörraum auf die Vernehmung einstellten.

In gewisser Weise liefen die Vorbereitungen genauso ab wie vor einer Show: Man verrückte seinen Stuhl und überprüfte den Videorecorder, man vergewisserte sich, dass der Büstenhalter nicht aus dem V-Ausschnitt hervorblitzte, und warf die Haare nach hinten (wenn man La-a war), man schnallte den Gürtel enger und trank einen Schluck Wasser (wenn man Billy war) – und tat so, als säße Pater X nicht an dem fleckigen, verkratzten Tisch. Man machte den Befragten nervös und setzte ihn psychologisch unter Druck, indem man ihn schmoren ließ. Auf diese Weise konnte man ihn peinigen, schikanieren und in die Schranken weisen. Im Grunde genommen lief es darauf hinaus, das Heft in die Hand zu nehmen, bevor der andere einem zuvorkam. Wie so oft heiligte auch hier der Zweck die Mittel: Die Polizei versuchte, dem Verdächtigen, der seinen Kopf aus der Schlinge ziehen wollte, die Wahrheit zu entlocken.

Pater X saß aufrecht auf seinem Stuhl – die Hände lagen zusammengefaltet auf dem Tisch – und blickte den beiden Polizisten direkt ins Gesicht. In dem orangefarbenen Overall und ohne den Priesterkragen wirkte er längst nicht so selbstsicher und vital wie bei früheren Begegnungen. Das schüttere Haar auf seinem von Leberflecken überzogenen Kopf war fettig, die Tränensäcke waren unübersehbar, seine brüchigen Fingernägel viel zu lang.

«Bist du so weit?», fragte Billy schließlich La-a.

«Ja.»

Er schaltete die Videokamera ein, und sie nannte Datum, Uhrzeit und die Namen der Anwesenden, ehe die Vernehmung begann.

«Gut», sagte La-a zu Pater X. «Legen Sie los.»

Er holte tief Luft und stieß einen lauten Seufzer aus. Dann schloss er die Augen, sammelte sich und hob wieder die Lider. «Wo soll ich anfangen?»

«Am besten ganz von vorn», entgegnete Billy gelassen. «Wir haben alle Zeit der Welt. Kein Grund zur Eile.»

Pater X räusperte sich. «Reed und Marta Dekker habe ich vor zehn Jahren kennengelernt, als sie sich unserer Gemeinde anschlossen. Zu jener Zeit hatten sie gerade ein Haus in der Gegend gekauft und gewöhnten sich langsam im Viertel ein. Reed, der sehr gescheit wirkte, verdiente seinen Lebensunterhalt als Banker.»

La-a verdrehte die Augen und tippte zweimal mit ihrem Stift auf die Tischplatte. «Sie brauchen kein Loblied auf ihn anzustimmen, kapiert?»

«He, Dash.» Billy legte die Hand auf ihren Arm, um sie zu beruhigen. Die Art und Weise, wie sie miteinander umgingen, mutete wie ein abgekartetes Spiel an. Billy übernahm die Rolle des interessierten Zuhörers, während La-a – ihrem Naturell entsprechend – keine Gelegenheit ausließ, Pater X zu provozieren.

«Tut mir leid, Pater», entschuldigte sie sich. «Fahren Sie fort.»

«Abby war damals ungefähr ein Jahr alt, und Reed und Marta hatten erst kurz zuvor geheiratet. Reed behauptete, davor Witwer gewesen zu sein. Diese Geschichte hat er allen aufgetischt – auch Marta. Er beteuerte, seine erste Frau wäre bei der Geburt gestorben und Abby wäre aus dieser Verbindung hervorgegangen. Irgendwann bin ich ihm allerdings auf die Schliche gekommen.» Er schloss kurz die Augen und sammelte sich. «Reed und Steve sind seit Ewigkeiten einmal im Jahr nach Brasilien gereist und haben sich Mädchen, egal woher, beschafft … manchmal auch bei dort ansässigen Menschenhändlern. Tina, die Reed ganz besonders mochte, war eins der Mädchen von dort. Und als sie von ihm schwanger war, behielt er sie im Auge. Zu jener Zeit wohnte sie in einem Slum in Rio. Reed und Steve hatten da eine Art Waisenhaus gegründet. Allerdings machten sie nie Anstalten, Eltern für die Kinder zu finden, die dort mehr schlecht als recht hausten. Nach der Geburt nahm Reed Abby – sein Fleisch und Blut – zu sich. Warum er so handelte, kann ich Ihnen beim besten Willen nicht sagen. Aber es war nicht so, wie Sie denken … Ich bin mir ziemlich sicher, dass er sie nie missbraucht hat. Durchaus möglich, dass er sie auf seine Art tatsächlich geliebt hat. Was wirklich in ihm vorging … keine Ahnung.» Das Thema wühlte ihn dermaßen auf, dass er nicht weitersprechen konnte.

«Fahren Sie fort!», herrschte La-a ihn an.

Pater X fuhr mit einer zitternden Hand über sein tränennasses Gesicht.

«Ich bin spielsüchtig.» Er rang sich ein armseliges Lächeln ab und warf den beiden Polizisten einen verlegenen Blick zu. «Ich habe mich verschuldet und Geld genommen, das der Gemeinde gehörte. Ich wollte es zurückzahlen. Zu Anfang bekam ich das noch hin, doch irgendwann stand ich so tief in der Kreide, dass ich es nicht mehr aus eigenen Kräften schaffte und mir auch gar keine Mühe mehr gab. Reed prüfte die Bücher und kam mir auf die Schliche. Da hatte ich leider schon viel zu tief in die Schatulle gegriffen ...»

Ich warf Sam einen fragenden Blick zu, die daraufhin erklärte: «Reed hat sich freiwillig bereit erklärt, sich um die finanziellen Angelegenheiten der Kirche zu kümmern.»

«Weshalb hat Pater X der Prüfung der Bücher zugestimmt?»

Sie zuckte mit den Achseln. «Vorschrift. Irgendjemand musste es machen, und er konnte sich in diesem Punkt nicht querstellen. Er mag ein Dieb sein, aber sonderlich gewieft ist er nicht.»

«Reed suchte eine Möglichkeit, das Geld zu waschen, mit dem er die Reisen nach Brasilien finanzierte», fuhr Pater X fort. «Und so hat er mir einen Deal vorgeschlagen: Er erklärte sich bereit, das Minus auszugleichen und mich im Notfall finanziell zu unterstützen, falls ich ihm half, wenn er mich brauchen würde. Zuerst habe ich nicht allzu viele Fragen gestellt, denn ich konnte mir nicht vorstellen, dass dabei jemand zu Schaden kam.»

«Na, an was haben Sie denn gedacht?», raunzte La-a ihn an, woraufhin Billy wieder ihren Arm berührte und seine Hand dort liegen ließ.

«Hm ... Wirtschaftskriminalität vielleicht.» Pater X ließ nun den Kopf hängen; nur Augenblicke später nahm er ihn mühsam wieder hoch. «Irgendwelche illegalen Investitionen, die er tätigte. Er war ja Banker und finanziell sehr gut gestellt. Ich hatte keine Ahnung und habe auch nicht nachgehakt. Bis ...»

Durch den Spiegel konnte man sehen, wie Billy den Druck

auf La-as Arm erhöhte, die mit keiner Wimper zuckte. Ich neigte mich neugierig nach vorn.

«… das erste Mädchen auftauchte und drohte, ihn auffliegen zu lassen. Er versuchte, sie mit Geld zum Schweigen zu bringen, aber darauf war sie nicht aus. Sie wollte sich rächen, vermute ich. Da dämmerte ihm, dass so etwas wieder passieren konnte. Wie ich glaube, hat er alles ganz sorgfältig geplant: Drohte ihm eins der Mädchen, würde er es umbringen und so deichseln, dass die Polizei von einem ganz bestimmten Tätertyp ausging. Er selbst sprach von ‹Irreführung›, und am Anfang schien es ja auch zu funktionieren …»

Mädchen, die in jungen Jahren entführt und auf den Strich geschickt wurden, nur um am Ende zum Schweigen gebracht und brutal ermordet zu werden. Und Pater X hatte einfach so mitgespielt? Weil er spielsüchtig war? Das ging weit über den narzisstischen Selbsterhaltungstrieb eines ganz gewöhnlichen Süchtigen hinaus. Selbst wenn man einen Mann wie ihn in die Ecke drängte, hätte er am Ende doch noch Gewissensbisse bekommen müssen. Dass dem nicht so war, deutete auf eine schwere psychopathologische Störung hin. Sein Schweigen, Ausdruck von Desinteresse und Böswilligkeit, war ungeheuerlich und unentschuldbar. Und dennoch – das hatten mich meine Ausflüge in die forensische Psychologie gelehrt – würde sich seine Spielsucht, sofern Pater X nur geschwiegen und ansonsten nichts verbrochen hatte, vor Gericht strafmildernd auswirken. Bei dem Gedanken schnürte es mir die Kehle zu.

Irgendwie gelang es Billy und La-a, sich zu beherrschen und so zu tun, als wären die Erklärungen von Pater X für sein Verhalten durchaus nachvollziehbar.

«Doch in den letzten zwei Jahren tauchten immer mehr Mädchen auf, was die Situation natürlich verkomplizierte», ergänzte er.

«Wie haben die Opfer ihn gefunden?»

«Wie das erste Mädchen ihn ausfindig gemacht hat, kann ich Ihnen nicht erklären, aber all die anderen nach ihr … Facebook.» Er grinste, was mir einen kalten Schauer über den Rücken jagte. Falls er darauf spekulierte, dass wir seine ironische Sicht der Dinge teilten, hatte er sich gründlich verrechnet.

«Von allein hätte das niemals aufgehört, und so bin ich froh, dass es jetzt vorbei ist», sagte er mit einer Stimme, als könnte er endlich wieder richtig durchatmen, obwohl ihm das Schlimmste erst noch bevorstand. Das Leben hinter Gittern war kein Zuckerschlecken, und schon gar nicht für Pädophile (oder ihre Kumpane). Aber vielleicht gelang es ihm, dort wieder den Priester zu geben und seine Schäfchen an der Nase herumzuführen. Und warum auch nicht? Bislang hatte seine Tour funktioniert.

«Sie behaupten also, Reed hätte Abby nicht sexuell missbraucht», hakte Billy nach. «Habe ich Sie da richtig verstanden?»

«Meines Wissens nicht.»

«Und wie steht es mit anderen Männern?»

«Das kann ich mir nicht vorstellen. Er hat sie geliebt und beschützt.»

«Wusste er, dass sie ihn durchschaut hatte?»

Pater X erstarrte. «Ich verstehe nicht ganz.»

«Sie hat sein Geheimversteck gefunden», sagte Billy mit messerscharfer Stimme. «Sie hat alles gesehen. Wir dachten, Sie hätten das mitbekommen.»

Pater X schwieg geraume Zeit. Allem Anschein nach hatte er tatsächlich nicht gewusst, dass Abby das Versteck ihres Vaters entdeckt hatte.

«Nein, ich hatte keine Ahnung», antwortete er so leise, dass er einem fast hätte leidtun können – aber eben nur fast.

«Können Sie mir sagen, wieso Sie so viel Zeit in Abbys Krankenzimmer zugebracht haben?», fragte Billy.

«Wegen Steve. Ich wollte sie nicht mit ihm allein lassen. Abby liegt mir sehr am Herzen, zumal ich sie von klein auf kenne.»

«Ach ja? Wollten Sie etwa auch bei den Campbells einziehen?», höhnte La-a. «O Gott, ersparen Sie mir das Gesülze.»

«Ich hatte noch nicht entschieden, wie ich vorgehen wollte.»

«Und Marta – was wusste sie von all dem?», wollte Billy wissen.

«Gar nichts. Deshalb liefen die Dinge auch so aus dem Ruder, als Tina an jenem Abend unerwartet auftauchte und Abby sehen wollte. Ich denke, allein ihr Erscheinen sprach schon Bände. Abby ist ihrer richtigen Mutter wie aus dem Gesicht geschnitten. Es würde mich doch sehr wundern, wenn Marta die Ähnlichkeit nicht aufgefallen wäre.»

Billy und La-a tauschten Blicke aus.

«Uns ist sie nicht ins Auge gesprungen», konstatierte La-a.

«Hätten Sie sie gesehen, bevor sie …» Er brachte es nicht fertig, *umgebracht wurde* zu sagen. «Nun, die Ähnlichkeit war frappierend.»

«Und Sie sind ihr schon mal früher begegnet?»

«Ja.»

«Wie ging es dann weiter?» Billy stützte die Ellbogen auf die Tischplatte und beugte sich nach vorn. «Sind Sie irgendwann selbst auf den Geschmack gekommen, nachdem Sie Reed und Steve eine Weile lang geholfen hatten, nicht aufzufliegen?»

Ein Schatten huschte über Pater X' Gesicht. «Kinder? Nie und nimmer.»

«Wir haben einen Zeugen, der Sie vor fünf Jahren in der Abstellkammer der Kirche gesehen hat … mit einem Jungen.»

Pater X lief rot an und schüttelte vehement den Kopf. «Die Anklage wurde fallengelassen. Der Junge war ein Unruhestifter und stand in dem Ruf, wie gedruckt zu lügen. Seine sexuellen Neigungen bereiteten ihm Schwierigkeiten. Keiner hat ihm abgenommen, dass er mich gesehen hat. Laut seiner Aussage trug der Priester eine Maske. Ich war das nicht.»

«Na schön. Wer war es dann?»

«Ein Kunde von Reed und Steve. Er hatte die Phantasie ...» Pater X senkte kleinlaut den Blick.

«Kunde?» La-a schleuderte ihren Stift durch den Raum. «Warum nennen Sie die Dinge nicht beim Namen?»

«Ein Freier.»

«Ein was?»

«Ein Mann ... Ich weiß nicht, was Sie von mir hören wollen.»

«Wie wäre es mit ‹Vergewaltiger›?»

Pater X musterte sie schweigend.

«Wäre es nicht langsam an der Zeit, Sie mal von Ihrem hohen Ross zu holen und als das zu bezeichnen, was Sie in Wahrheit sind? Nämlich ein *Zuhälter*.»

«Ich war nie –»

«Als was würden Sie sich denn bezeichnen? Ich bin Mutter und weiß ganz genau, wann jemand mit einem Kind zu weit geht.»

«Dash!», mahnte Billy sie mit fester Stimme. «Es reicht.»

«Der Mistkerl ist ein Zuhälter ... wie all die anderen. Und hält sich dabei für ganz heilig. Nimm ihm seine Robe weg, und was bleibt dann noch übrig? Ein ganz gewöhnlicher Verbrecher!»

Jetzt versuchte Billy nicht mehr, ihren Wortschwall zu unterbinden. Sie ereiferte sich noch eine ganze Weile und machte den beträchtlich angeschlagenen Pater X lautstark zur Schnecke. Nachdem sie ordentlich Dampf abgelassen hatte, lehnte sie sich zurück und inspizierte ihre rot lackierten Fingernägel.

«Okay», meinte Billy stoisch und verpasste dem weichgekochten Priester quasi den Todesstoß. «Dann erzählen Sie uns jetzt mal, wen Sie auf dem Gewissen haben.»

Inzwischen hatte Pater X nicht mehr die Kraft, irgendetwas zu leugnen. Er wirkte erschöpft und fiel in sich zusammen. «Reed bestand darauf, dass ich ihm helfen sollte, und drohte mir, mich zu verpfeifen, wenn ich mich weigerte. Sein Plan sah vor, dass er daheimblieb und Marta im Auge behielt, während ich Tina suchte. Ich willigte ein, nahm das Messer, das er für mich vor der Haustür unter einem Blumenkübel deponiert hatte, und folgte Tina in die Nevins Street. Ich dachte nicht, dass ich dazu in der Lage wäre, aber es fiel mir bemerkenswert leicht, sie zu töten. Ich stach zu und ließ es so ausschauen, dass der Verdacht auf den Serienmörder, also Reed, fiel. Und dann tauchte aus dem Nichts ein Fahrzeug auf. Ich versteckte mich in einem dunklen Winkel und beobachtete, wie Abby die Straße hochlief. Wäre sie nicht von daheim weggelaufen, wäre ich niemals auf die Idee gekommen, ins Haus der Dekkers zurückzukehren, doch nun musste ich meine Chance nutzen. Reed hatte mich in die Ecke gedrängt. Ich hatte für ihn getötet und musste das jetzt zu Ende bringen. Ich lief zu ihm nach Hause und teilte ihm mit, dass ich Tina getötet hatte. Er hatte nicht mitgekriegt, dass Abby verschwunden war, und ich beschloss, den Mund zu halten. Marta war oben; ich hörte sie weinen. Ich zitterte wie Espenlaub.» Er streckte seine bebende Hand aus, um ihnen zu zeigen, in welchem Zustand er damals gewesen war. Eines musste man ihm lassen: Er war ein begnadeter Schauspieler, dem es gelungen war, (fast) alle zum Narren zu halten. «Reed ging in die Küche, um mir ein Glas Wasser zu holen. Erst da fiel mir auf, dass er bewaffnet war. Er legte die Pistole neben der Spüle auf die Küchentheke, während das Wasser ins Glas lief. Ich schlich mich von hinten an ihn ran und schnappte sie mir. Es war ganz einfach. Er war felsenfest davon überzeugt, mich so sehr im Griff zu haben, dass ich es nie und nimmer wagen würde, ihm einen Strich durch die Rechnung zu machen. Sobald er sich umdrehte …» Er brach ab und schluckte so schwer, dass wir die hektische Bewegung seines Adamsapfels sehen konnten. «Danach bin ich nach oben zu Marta gegangen. Ich musste es zu Ende bringen. Mir blieb keine andere Wahl.»

«Was haben Sie mit der Waffe gemacht?», fragte Billy in einem vollkommen neutralen Tonfall. Er ließ sich das Entsetzen und die Abscheu nicht anmerken, die er bei der Schilderung der kaltblütig ausgeführten Morde empfunden haben musste. Und Pater X' Begründungen für sein verbrecherisches Handeln waren so abstrus, dass man an seinem Verstand zweifeln musste: Um dem Morden Einhalt zu gebieten, war er selbst zum Mörder geworden. Hatte er irgendwann einmal mit dem Gedanken gespielt, sich zu stellen? Reed oder Steve an ihrem Tun zu hindern? Oder die Kinder zu schützen? Wieso glaubte er, dass die Not eines alten Mannes schwerer wog als die Leiden vieler?

«Ich habe die Pistole heimlich von der Carroll Street Bridge in den Gowanus Canal geworfen. Da fällt man nicht auf.»

Ich beugte mich noch weiter zu dem Einwegspiegel vor. Jetzt wurde es wirklich spannend, denn bisher hatte er noch kein Wort über Chali verloren.

«Und was dann?», hakte Billy nach.

«Dann bin ich heimgegangen.»

«Und?»

«Ich wusste einfach nicht mehr aus noch ein. Alles, was ich getan hatte, erschien mir unverzeihlich. Und zu sehen, wie die hilflose, kleine Abby da im Krankenhaus lag, war unerträglich.»

«Weil Sie dafür verantwortlich waren!», herrschte La-a ihn an.

«Ja, in gewisser Weise.»

«In gewisser Weise?»

«Lassen Sie uns jetzt über Chali Das reden», schlug Billy vor.

Endlich.

Pater X nickte freudlos. «Am nächsten Tag, als die Polizei und die Zeitungen herauszufinden versuchten, was den Dekkers zugestoßen war, kam diese Babysitterin zur Beichte. Sie machte sich Sorgen, dass Abby missbraucht worden war. An dem Abend, an dem sie auf die Kleine aufgepasst hatte, spürte sie deutlich, dass etwas nicht stimmte. Sie erzählte mir, wie sie als Mädchen zwangsverheiratet worden war und dass sie bei Abby eine Befangenheit und Sprachlosigkeit wahrnahm, die sie selbst nur zu gut kannte. Ich hörte schweigend zu und glaubte, den Verstand zu verlieren. Was weiß sie sonst noch?, überlegte ich krampfhaft. Da ich diese Sache nicht auf sich beruhen lassen konnte, blieb mir gar keine andere Wahl: Ich musste noch mal töten. Zu dumm, dass ich mir nicht eins von Reeds Messern beschaffen konnte.» Er schüttelte den Kopf. «Alles ging aus den Fugen.»

Von da an hörte ich ihm nicht mehr zu. Stattdessen kehrte ich in Gedanken in Chalis Apartment zurück, suchte sie, fand sie tot im Badezimmer vor. Warum hatte ausgerechnet sie dieses grausame Schicksal ereilen müssen? Auf einmal konnte ich all das nicht mehr ertragen. Ich sprang auf und stürmte aus dem Zimmer.

* * *

Später am Abend, nachdem wir die Kinder ins Bett gebracht hatten, setzte ich mich mit Mac an den Küchentisch und erfuhr, wie der Rest des Verhörs verlaufen war. Wir hatten uns schon vor dem Abendessen einen Drink gegönnt und genehmigten uns nun noch einen. Bedauerlicherweise konnte keine noch so große Menge Alkohol mich derart benebeln, dass die Wahrheit nicht schmerzte.

Laut Pater X war Steve Campbell ein wahrer Facebook-Experte gewesen. Die CCU, die endlich nachgewiesen hatte, dass der Account, von dem aus Abbys Seite manipuliert und verwaltet worden war, Steve gehörte, stützte diese Behauptung. Er war es auch gewesen, der die wiederaufgetauchten Mädchen und Frauen ausfindig machte, während Reed sie zum Schweigen brachte. Gemeinsam erschufen sie das Szenario eines Serienmörders, um die Ermittlungsbeamten von dem eigentlichen Hintergrund dieser Morde abzulenken: Steve, Reed und die gemeinsamen Reisen nach Brasilien waren das, was die Mädchen miteinander verband. Im Grunde genommen fungierten die zwei als Reiseveranstalter für eine spezielle Klientel: amerikanische Männer, die auf Sex mit Kindern standen. Jahr für Jahr flogen fünfzehn bis zwanzig Männer nach Miami, bestiegen eine gecharterte Yacht und schipperten auf dem Atlantik nach Süden. Eine Woche verbrachten sie zusammen an Bord und gingen ihrem verabscheuungswürdigen Vergnügen nach. Danach nahmen sie wieder ihr normales Leben auf und spielten den braven Ehemann, trcusorgenden Vater, Banker, Arzt, Lehrer, Nachbarn oder Freund.

Kapitel 27

Bens Geburtstag fiel auf einen Sonntag. Als Mac und ich uns kurz nach neun aus dem Bett mühten, war Dathi bereits aufgestanden und in der Küche zugange. Der köstliche Duft von frischem Puri wehte in unser Schlafzimmer. Dieses Brot aus Indien hatte sie vor einiger Zeit schon einmal zubereitet. Damals hatten wir alle zugesehen, wie sich die goldenen Teigfladen in der Pfanne aufblähten, und ich hatte mir vor lauter Gier nach dem heißen Brot den Mund verbrannt, was mir heute garantiert nicht ein weiteres Mal passieren würde.

Im Bademantel gingen wir in die Küche. Ben, der neben ihr auf einem Stuhl am Herd stand, trug noch seinen karierten Pyjama, in dem er immer wie ein kleiner Gentleman aussah. Schon vier Jahre alt … Ich konnte es nicht fassen.

«Alles Gute zum Geburtstag!» Ich drückte ihm einen Kuss auf den verstrubbelten Haarschopf.

«Alles Gute zum Geburtstag, Mommy.»

«Heute ist dein Geburtstag, Dummerchen.» Lachend wendete Dathi ein Puri, das knisternd im Öl briet. «Nur deiner.»

Während Dathi die letzten Fladenbrote zubereitete, machte Mac Rühreier, und ich setzte Kaffee auf. Dann wusch ich die Erdbeeren, die ich am Vortag als besondere Leckerei gekauft hatte. Da sie im Winter extrem teuer waren, aßen wir sie in dieser Jahreszeit selten. Kurze Zeit später saß unsere vierköpfige Familie am Tisch. Davon hatte ich schon vor sechs Monaten geträumt – mit einem Unterschied: Die Tochter im Traum war eine andere gewesen. Und doch sah es ganz so aus, als würde Dathi langsam eine von uns werden. Wir hatten Anwälte in beiden Ländern engagiert und alle offiziellen Adoptionsunterlagen zusammengetragen. Bislang hatten weder Onkel Ishat, das indische Konsulat noch die indische Regierung Einwände erhoben. Offenbar interessierte sich – bis auf uns – keiner für dieses zwischen den Welten treibende Mädchen, das mir und inzwischen auch Mac sehr am Herzen lag.

Mom, die gerade noch rechtzeitig kam, schnappte sich das letzte Stück Puri. Dank eines neuen Medikaments und eines neuen Physiotherapeuten schaffte sie es mittlerweile ohne Hilfe zu uns. Ihr Geschenk hatte sie in buntes Papier gewickelt und mit hübschen Bändern geschmückt. Ben rannte sie beinah um, als er versuchte, ihr das Präsent zu entreißen.

«Noch nicht.» Mom lachte. «Karin? Mac? Ihr legt jetzt besser los.»

Wir hatten auf sie gewartet. Ich ging in den Flur und öffnete die Tür des Kleiderschranks, in dem wir vergangenen Abend Bens sperriges Geschenk versteckt hatten: ein neues königsblaues Fahrrad mit extrem lauter Klingel und Stützrädern. Kaum hatte er das Geschenkpapier entfernt, sprang er auf den Sattel und klingelte in einem fort. Mom machte Anstalten, ihm jetzt ihr Geschenk zu überreichen, aber er hatte bereits das Interesse daran verloren. Ich drückte es Dathi in die Hand, die es an seiner Stelle auspackte.

«Ah, ein Helm», verkündete sie. Dachte sie in dem Moment an den Helm, den Chali ihr geschenkt hatte und den sie nie aufsetzte, weil sie kein Fahrrad besaß? Sie stülpte den silbernen Helm mit den grünen Fröschen über Bens Kopf und schloss den Riemen.

In der Zwischenzeit hatte Mac sich in den Keller geschlichen. Ich hörte, wie er sich die Stufen hochkämpfte, kam ihm allerdings nicht zu Hilfe, weil ich nicht wollte, dass die Kinder mir hinterherliefen und die Überraschung ins Wasser fiel.

Als er atemlos ein wesentlich größeres Mädchenfahrrad – weiß mit kastanienbraunen Zierleisten – ins Wohnzimmer schob, fiel Dathis Kinnlade herunter. Mit Tränen in den Augen rannte sie zu Mac und schlang die Arme um seine Taille.

Wir hatten Ben eine Party versprochen, und die sollte er auch bekommen, obgleich sie wohl nicht die Art von Fete war, die er sich vorgestellt hatte. Es gab weder Spiele noch Kuchen, noch bunte Luftballons, vielmehr zogen Mac, Ben, Dathi und ich uns an, trugen unsere Räder aus dem Haus und wurden draußen von einem strahlend blauen Morgen empfangen. Auf diesen Teil des Geburtstagsprogramms verzichtete Mom, die später wieder zu uns stoßen wollte. Während der letzten paar Tage war die Temperatur gestiegen und ein Großteil des Schnees geschmolzen, sodass man sich draußen wieder ungehindert bewegen konnte. Ben und Dathi, beide in Helmen, fuhren mit ihren neuen Rädern auf dem Bürgersteig, während Mac und ich sie auf der Straße begleiteten. Allzu flott kamen wir nicht voran, denn wir mussten immer wieder wegen Ben anhalten, doch er erwies sich auf dem Rad als echter Kämpfer … und als wir zum Eingang vom Brooklyn Bridge Park an der Atlantic Avenue gelangten, fuhr er schon recht sicher.

Wir hatten mit den anderen verabredet, uns hier zu treffen. Da wir zuerst ankamen, setzten wir uns auf eine Bank, von der aus man einen schönen Blick auf den East River und die Südspitze Manhattans hatte, wo die Wolkenkratzer in den Himmel ragten.

«Es ist kalt», beschwerte sich Ben.

«Sobald wir uns bewegen, wird uns wieder warm.» Ich küsste seine Wange.

«Da sind sie!» Mac zeigte auf Mary und Fremont, die ebenfalls mit dem Fahrrad kamen. Der junge Mann preschte vor, und seine Mutter folgte ihm langsam.

Dathi fuhr ihnen entgegen. Trotz einiger Schlenker hielt sie sich tapfer auf dem Rad, auf das sie so lange gewartet hatte.

Kurz darauf tauchte Billy auf seinem Drahtesel auf, dem sie gleichfalls entgegenfuhr.

«Tolles Teil, Kleine», begrüßte er sie.

Breit grinsend folgte sie ihm zur Bank, wo Ben inzwischen auf Fremonts Schoß saß.

«Seid ihr bereit?» Dathi deutete auf den Pfad, der sich am Flussufer entlangschlängelte.

«Noch nicht», antwortete ich. «Wir warten noch auf ein paar Leute.»

Mac versuchte, sich ein Lächeln zu verkneifen, doch seine gute Laune wirkte ansteckend, und auf einmal hatte ich alle Mühe, nicht auch zu grinsen. Wir beide wussten, wie viel unsere Überraschung Dathi bedeuten würde. Zwar begingen wir eigentlich Bens Geburtstag, aber dies war fürs Erste unsere letzte Chance, Abby zu treffen. Zur Feier des Tages würde eine ganze Schar von Menschen mit Ben am Wasser entlang zu einem Restaurant radeln, wo ein Kuchen mit seinem Namen auf ihn wartete.

Einige Minuten später kam Abby auf ihrem Rad angefahren, das sie vor ihrem Umzug nach Connecticut zusammen mit ein paar anderen Dingen aus dem Haus in der Bergen Street geholt hatte. Hinter ihr radelte ein Paar mittleren Alters: ihre Großeltern.

Ray und Sandy Gifford waren noch jung genug, um sich um ihre Enkelin mit dem gleichen Elan zu kümmern, mit dem sie nach ihrer Tochter Tina gesucht hatten, die einst im Alter von zwölf Jahren verschwunden war. Wie sich herausgestellt hatte, war Tinas DNS irgendwie aus der Datenbank gefallen, was wiederum der Grund dafür war, wieso sich ihre Identifizierung so lange hingezogen hatte.

Die Giffords wohnten in einem schönen Haus ganz nah am Meer. Dort hatten sie ihre vier Kinder großgezogen. Da Tina das älteste der Gifford-Kinder gewesen und bereits mit vierzehn Mutter geworden war, verstand es sich von selbst, dass Abby deutlich älter als ihre Cousinen und Cousins war.

Abby warf ihr Fahrrad hin und eilte zu Dathi. Obwohl sie beim Gehen die Miene verzog und immer noch leicht humpelte, war die physische Heilung deutlich weiter fortgeschritten als die psychische.

«Wie, um Himmels willen, sollen wir nur mit ihr mithalten?», stöhnte Sandy gutgelaunt. Die Frage war selbstverständlich rhetorisch gemeint. Seit die Giffords von Abbys Existenz erfahren hatten, bezeugten all ihre Worte und Taten, wie dankbar sie für dieses Geschenk waren. Während Abby das neue Fahrrad von Dathi inspizierte und aus ihrer Begeisterung keinen Hehl machte, huschten Freude und Trauer über Sandys tiefgefurchtes Gesicht. Mir gegenüber hatte sie bei einem Telefonat erwähnt, wie sehr Abby Tina ähnelte, was für sie ganz wunderbar und gleichzeitig sehr schmerzhaft war.

«Kein Problem», antwortete Ray in gutmütigem Ton, nahm eine Hand vom Lenkergriff und legte sie auf die Schulter seiner Frau. «Nach dem, was wir alles gemeistert haben, wird das ein Kinderspiel. Vergiss nicht, diesmal müssen wir nur ein Kind großziehen.»

«Da hast du auch wieder recht», pflichtete Sandy ihm bei. «Und außerdem würde ich sie um nichts auf der Welt wieder hergeben.»

Im Vorbeigehen schenkte Abby ihren Großeltern ein Lächeln, hob ihr Rad auf und stieg auf den Sattel.

Dathi und Abby fuhren vor, Ben und Fremont nahmen die Verfolgung auf. Wir Erwachsenen hielten ein bisschen Abstand. Fünf Augenpaare achteten darauf, dass keinem der Kinder etwas zustieß. Zu unserer Rechten lagen in der Ferne die tiefen Straßenschluchten von New York, zu unserer Linken schlängelte sich der stille, graphitgraue Fluss, in dem sich ein hellblauer Himmel spiegelte. Und vor uns lag ein gewundener Pfad, dem wir gemeinsam folgten.